W0178722

Buch

Dieses Grundlagenwerk der Hirnforschung geht von der These aus,
daß menschliches Erleben stets lust- oder unlustbetont ist, was eine
Haltung der Gleichgültigkeit ausschließt. Gezeigt wird aber, daß Lust
und Schmerz als steuernde Instanzen nicht schematisch als Gegensätze zu begreifen sind, sondern – in verschiedenen Mischungsver-
hältnissen – in allen Erfahrungen enthalten sind. Dazu werden neueste
Erkenntnisse der Hirnforschung, der sogenannten Neurowissenschaften, herangezogen. Deutlich wird dadurch die enge Verbindung zwischen psychischen Phänomenen und körperlichen Vorgängen, insbesondere im Gehirn.

Autor

Ernst Pöppel ist Gründer und Vorstand des Instituts für Medizinische
Psychologie an der Universität München und einer der einflußreichsten Hirnforscher der Gegenwart.

Ernst Pöppel

LUST UND SCHMERZ

Über den Ursprung der Welt im Gehirn

GOLDMANN VERLAG

Für David und Amy,
Julie und Lili

Umwelthinweis:
Alle bedruckten Materialien dieses Taschenbuches
sind chlorfrei und umweltschonend.

Der Goldmann Verlag
ist ein Unternehmen der Verlagsgruppe Bertelsmann

Vollständige Taschenbuchausgabe November 1995
Wilhelm Goldmann Verlag, München
© 1982, 1993 Wolf Jobst Siedler Verlag GmbH, Berlin
Umschlaggestaltung: Design Team München
Druck: Presse-Druck Augsburg
Verlagsnummer: 12656
ss · Herstellung: Barbara Rabus
Made in Germany
ISBN 3-442-12656-8

10 9 8 7 6 5 4 3 2 1

Inhalt

A. Einleitung

1. Lust und Schmerz: Dimensionen des Erlebens

»Alles, was von den Menschen getan und erdacht wird, gilt der Befriedigung gefühlter Bedürfnisse, sowie der Stillung von Schmerzen.« Mit diesen Worten hat Albert Einstein einmal die grundlegende Weise unserer Welterfahrung gekennzeichnet. Es ist meine Absicht, in diesem Buch zu zeigen, wie in der Tat Lust und Schmerz in all unseren Erlebnissen verborgen sind und manchmal sich nur zu deutlich in den Vordergrund drängen.

Um die Grunddimension dieses als Gegensatz erscheinenden Paares *Lust* und *Schmerz* zu verdeutlichen, werde ich typische Erlebens- und Verhaltensweisen des Menschen erörtern. Dabei gehe ich davon aus, daß jedes Erlebnis von vornherein lust- oder unlustbetont ist. So etwas wie *Gleichgültigkeit* ist nach meiner Auffassung etwas Unnatürliches und dem eigentlichen Wesen unseres seelischen Lebens fremd. Ob wir etwas betrachten, hören, betasten, riechen oder schmecken, ob wir etwas bedenken, planen, erörtern oder auch erforschen, stets ist das subjektive Erlebnis mehr als objektive Auskunft über die reale Welt oder über ein Geschehen in uns selbst. Jedes *Er-Lebnis* ist von vornherein immer auch angenehm oder unangenehm, schön oder häßlich, lustvoll oder schmerzhaft, und im äußersten Fall berauschend oder ekelhaft.

Dabei erscheinen uns Lust und Schmerz zunächst als extreme Gegensätze, die sich offenbar ausschließen. Man könnte gleichsam von zwei Polen sprechen, die die Extreme unseres Erlebens charakterisieren: die Lust auf der einen und der Schmerz auf der Gegenseite. In dieser Weise hat auch einer der Begründer der Psychologie, Wilhelm Wundt, vor nahezu hundert Jahren menschliches Erleben gedeutet, wobei er neben dem Gegensatzpaar Lust/Unlust noch zwei weitere Gegensatzpaare vermutete, die unser Erleben charakterisieren, nämlich Erregung gegenüber Beruhigung und Spannung gegenüber Lösung. Ich will mich in diesem Buch aber nur auf den einen Bereich, den von Lust und Schmerz, beschränken, denn gerade dieser Bereich ist für unser Leben von größter Bedeutung. Und ich möchte dabei eine These vertreten, die im Gegensatz steht zu der traditionellen Auffassung, daß Lust und Schmerz extreme Pole unseres Erlebens sind, die sich gegenseitig ausschließen.

Ich möchte nämlich behaupten, daß in unserem Erleben

stets beide Dimensionen gleichzeitig, Lust und Schmerz also zusammen, enthalten sind. Jedes Erlebnis ist eingebettet in beides, enthält sowohl Lustvolles als auch Schmerzhaftes. Lust und Schmerz schließen sich also nicht unbedingt aus.

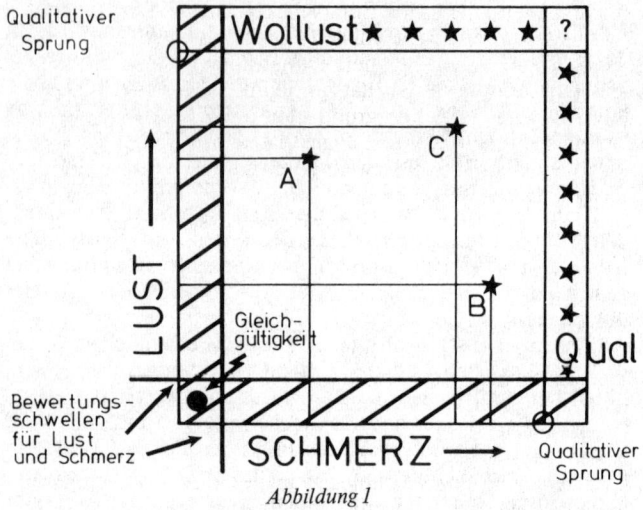

Abbildung 1

Um diese These zu verdeutlichen, sei eine schematische Darstellung (Abbildung 1) herangezogen. In der Zeichnung repräsentiert die horizontale Richtung den Schmerz und die vertikale Richtung die Lust. Geht man in horizontaler Richtung von links nach rechts oder in vertikaler Richtung von unten nach oben, nehmen Schmerz oder Lust in ihrer Intensität jeweils zu. Zusätzlich nehme ich an, daß es im unteren Bereich der beiden Dimensionen so etwas wie eine »Bewertungsschwelle« gibt. Unter diesen Schwellen gibt es weder Lust noch Schmerz; dies wäre also der unnatürliche Bereich der vollkommenen Gleichgültigkeit.

Der gestrichelte Bereich in der Abbildung, der jeweils unter den Bewertungsschwellen für Lust und Schmerz liegt, kann auch in traditionellem Sinne interpretiert werden als jener Bereich, in dem sich Lust und Schmerz ausschließen: In horizontaler Richtung würde der Schmerz zunehmen, ohne den geringsten Anteil von Lust; in vertikaler Richtung würde die Lust zunehmen ohne Beteiligung von Schmerz.

Im oberen Intensitätsbereich von Lust und Schmerz sieht man auf beiden Achsen Punkte markiert, wo ein qualitativer Sprung stattfindet. Dies soll für die Lust bedeuten, daß von einer gewissen Intensität ab der lustvolle Anteil eines Erlebnisses in eine neue Erlebnis-Qualität umschlägt, wo es nur noch Lust und nichts anderes mehr gibt. Ein solches Höchstmaß an Lust erleben wir beispielsweise im sexuellen Kontakt als Wollust. Der qualitative Sprung in der Schmerz-Dimension soll besagen, daß von einer bestimmten Intensität an Schmerz als eigenes Erlebnis, etwa als *Qual*, im Vordergrund steht und im Bewußtsein nichts anderes als der Schmerz Platz hat. Diese reinen Lust- und Schmerzerlebnisse sind jeweils durch die großen Sterne in Abbildung 1 symbolisiert.

Als These möchte ich vertreten, daß neben Lust und Schmerz als Extreme unseres Erlebens in dem durch die beiden Dimensionen definierten Bereich alle unsere Erlebnisse erfaßt werden. Mit den Buchstaben A, B und C seien beispielsweise drei verschiedene »theoretische« Erlebnisse symbolisiert, die sich durch ihren jeweiligen Anteil von Lust und Schmerz unterscheiden. Erlebnis A enthält mehr Lust als Schmerz; dagegen ist B ein eher unangenehmes Erlebnis, und bei C sind beide Anteile relativ hoch vertreten.

Dieses Schema scheint mir gegenüber der traditionellen Auffassung in der Psychologie, in der Lust und Schmerz als Gegensätze konzipiert werden, die Realität unseres Seelenlebens viel besser zu erfassen. Nach traditioneller Meinung muß man ja beispielsweise sagen, jemand befinde sich in »ausgeglichenem« Gemütszustand, wenn er genau zwischen den Extremen von Lust und Schmerz liegt. Aber ist ein derartig vorgestellter »ausgeglichener« Gemütszustand wirklich der, den wir für uns erstreben? Der Punkt zwischen den Extremen entspricht ja im Grunde der gefühllosen Gleichgültigkeit, dem unnatürlichen Abgehobensein vom Lust- oder Schmerzhaften unserer Existenz.

Nun mag in der Tat das Anstreben eines derartigen Gemütszustandes ein Programmpunkt mancher Psychotherapieformen oder gar Religionen sein. Doch wird man damit der Natur unseres seelischen Lebens gerecht? Ist der vollkommene Gleichmut, die »gelungene« Gleichgültigkeit der Seele, nicht etwas außerordentlich Artifizielles, das dem Wesen unseres seelischen Erlebens eigentlich fremd ist? Der Gewinn eines solchen Gleichmuts mag für viele vielleicht Hoffnung bedeuten, doch bereits der Wunsch danach weist darauf hin, daß wir von Natur eben nicht so sind, sondern in Wahrheit mit dem Schmerzhaften kämpfen und das Lustvolle erstreben. Damit möchte ich betonen, daß wir von

Natur gerade nicht »ausgeglichen« sind und daß das Streben danach uns nicht zum »natürlichen« Zustand zurückführt, sondern etwas schafft, das nicht in unserem Wesen liegt. Lust und Schmerz sind als Tönung unseres Erlebens immer schon mitgegeben und können nicht einfach abgestreift werden.

Nehmen wir als ein Beispiel den Konflikt als typische Lebenssituation, in der man gefangen ist zwischen dem lustvollen Wunsch nach einer Erfüllung und der Angst vor den schmerzhaften Folgen dieses Wunsches. Diese immer wiederkehrende Lebenssituation scheint die These sehr gut zu verdeutlichen, daß in unserem Erleben das Positive und das Negative, Lustvolles und Schmerzhaftes ko-existent sein können und unser Handeln durch ihre Ko-Existenz bestimmen. Wäre ein Lustgewinn gering oder fehlten die schmerzhaften Folgen, würde das Erleben der Situation selbstverständlich zu jeweils anderen Entscheidungen und Handlungen führen.

In Abbildung 1 ist als Beispiel einer solchen konfliktträchtigen Situation das mit C gekennzeichnete Erlebnis markiert. So könnte wohl die psychische Situation eines Glücksspielers beschrieben werden. Mit hohem Risiko versucht der Spieler eine Wette; der Gewinn der Wette führt zu hohem Lustgewinn; der Verlust kann außerordentlich schmerzhaft sein bis hin zum Ruin der eigenen Existenz. Der Augenblick der Wette, wenn der Ausgang noch offen ist, enthält im Kern beide Dimensionen, die Lust und den Schmerz, und der Reiz des Wettens liegt ja gerade in dem offenen Ausgang, also in der Koexistenz von Lustgewinn und drohendem Ver-Lust.

Mein Vorhaben in diesem Buch ist, mit der Grundthese einer Koexistenz von Lust und Schmerz menschliche Erlebens- und Verhaltensweisen zu untersuchen. Das in der Abbildung 1 konzipierte Schema soll gleichsam auf einzelne psychische Phänomene und Verhaltensweisen projiziert werden. Um dies zu tun, erörtere ich paradigmatisch aber nur einige psychische Funktionen, und damit das sinnvoll geschehen kann, möchte ich verschiedene Erkenntnisse der modernen Forschung, vor allem der sogenannten Neurowissenschaften, in denen die Arbeitsweise des Gehirns erforscht wird, darstellen, da mir diese am ehesten geeignet erscheinen, die Natur unseres seelischen Lebens und Erlebens zu verstehen.

Zunächst beschreibe ich die strukturellen Bedingungen (Abschnitt B), die vom Gehirn für unser Verhalten und Erleben vorgegeben sind. Ein wesentlicher Gesichtspunkt ist dabei, daß ich zu verdeutlichen versuche, wie überhaupt Psychisches in unserem Gehirn repräsentiert ist, wobei mir unser Gedächtnis und unsere Sprache als Beispiel dienen. Dabei wird sich zeigen, daß allein schon nach dem Bauplan unseres Gehirns unser gesamtes Erleben und Verhalten als auf Bedürfnisbefriedigung ausgerichtet zu verstehen ist.

Neben den strukturellen Randbedingungen des Gehirns, die für unser Erleben wesentlich sind, erscheinen aber die zeitlichen Mechanismen, die Erleben und Verhalten im Ablauf gestalten, sicher genau so wichtig. Die Diskussion dieser Aspekte erfolgt im Abschnitt C mit insgesamt fünf Kapiteln. Dabei werde ich u.a. zeigen, wie bestimmte Bedingungen unseres Zeiterlebens wesentlich sind für unsere Wertschätzung von Musik und daß die Nichtbeachtung der Weise unseres Zeiterlebens zu tiefgreifenden Störungen des ästhetischen Erlebnisses führt. Außerdem behandle ich in diesem Abschnitt die Probleme der »inneren Uhr«, die offenbar unseren Schlaf-Wach-Wechsel bestimmt, und diskutiere einige ungelöste Probleme über das Träumen.

An einem grundlegenden Beispiel, nämlich dem Sehen, möchte ich dann in Abschnitt D die »Lust des Schauens« untersuchen, wozu mir auch Beispiele aus der Malerei und optische Täuschungen dienen. In diesem Abschnitt kommen auch Fragen grundsätzlicher Art nach dem Bewußtsein zur Sprache. Es wird außerdem berichtet über Funktionsausfälle nach Störungen im Gehirn (z.B. nach Schlaganfällen), und ganz neue Befunde über Rehabilitation von Sehstörungen etwa nach Schlaganfällen oder Unfällen werden dargestellt.

Wie wichtig Lust und Schmerz für das Lernen sind und wie bedeutsam sogar für das Entstehen bestimmter Krankheiten (der psychosomatischen Krankheiten nämlich), möchte ich dann in Abschnitt E zeigen. Man kann tatsächlich nicht umhin, von einem »Vergnügungsviertel im Gehirn« zu sprechen, das offenbar direkt neben einem »Schmerz-Getto« liegt, wobei beide Bereiche im Gehirn von größter Bedeutung für Änderungen und Anpassungen unseres Erlebens und Verhaltens sind.

Während ich mich bis zu diesem Punkt mit Erlebnissen befaßt habe, die nach Abbildung 1 im großen Zwischenbereich (also zwischen den »Bewertungsschwellen« und den »qualitativen Sprüngen«) liegen, möchte ich dann im Abschnitt F den Extremen unseres Erlebens selbst zuwenden. Nach dem vorgestellten Schema handelt es sich dabei um vier extreme Erlebnisse, die zunächst nur theoretisch konzipiert sind. Es handelt sich einmal um Lust und Schmerz selbst, etwa in der Weise der Wollust und der Qual. Doch extrem ist auch jener Zustand, den wir als Gleichgültigkeit bezeichnen, in dem Lust und Schmerz auf ein nichtssagendes Minimum reduziert sind. Interessanterweise ist manchmal auch die Depression ein emotioneller Zustand, in dem einem Menschen Lust und Schmerz verlorengegangen sind, ihn nichts mehr erfreut, nichts mehr betrifft. Es stellt sich die Frage, ob es auch psychische Situationen gibt, in denen beide zugleich, Lust und Schmerz, in extremer Intensität erlebt werden. Könnte dies die Ekstase sein, vielleicht nur die Ekstase des Masochisten, in der Lust und Schmerz zu etwas Neuem führen, das nicht allein Lust, aber auch nicht allein Schmerz bedeutet?

In einem abschließenden und zusammenfassenden Kapitel (Abschnitt G) versuche ich zu zeigen, daß Lust und Schmerz als Dimensionen unseres Erlebens und Verhaltens auch ein Bezugssystem für die Bewertung von Sachverhalten und Ereignissen bereitstellen. Wie so oft in diesem Buch bleibt es aber im wesentlichen bei einer Frage: Müssen wir für das, was wir als Werte ansehen, Lust und Schmerz als biologische Grunddimensionen mit berücksichtigen?

Bei der Beschreibung unserer Erlebnisse hinsichtlich Lust und Schmerz versuche ich vor allem auch die Gehirn-Mechanismen, die unserem Erleben zugrunde liegen, zu diskutieren. Ich vertrete die Auffassung, daß die Neurowissenschaften in den letzten Jahren so wesentliche Beiträge geliefert haben, daß eine moderne Psychologie nicht daran vorbeigehen kann. Ich glaube, daß wir durch diese Forschungsrichtung ein sehr viel breiteres Verständnis für psychische Phänomene gewinnen können. Und ich meine auch, wir (vor allem wir Wissenschaftler) müssen begreifen lernen, daß eine Trennung zwischen psychischen Phänomenen und körperlichen Vorgängen, insbesondere Vorgängen im Gehirn, künstlich, deshalb nicht sinnvoll und wissenschaftlich irreführend ist.

Die Lust des Forschens über die Grundlagen unseres Verhaltens und Erlebens (gepaart mit den oft schmerzhaften Erfahrungen und Irrwegen) könnte vielleicht auch Thema eines solchen Buches sein. Wissenschaftler, die sich mit dem menschlichen Gehirn und seiner Bedeutung für unser Erleben beschäftigen, wurden schon immer von den faszinierenden Geheimnissen angezogen, die vom Gehirn ausgehen. Daß wir diese Geheimnisse allerdings wohl nie ganz ergründen werden, obwohl in jüngster Zeit viele neue Erkenntnisse gewonnen wurden, muß jedem Wissenschaftler über kurz oder lang klar werden. Wenn man sich fragt, warum uns das letzte Verständnis dieses Organs, das uns erst zum Menschen macht, verborgen bleiben muß, ergibt sich beispielsweise eine Antwort allein aus der Zahl der Nervenzellen. Im Gehirn gibt es mindestens zehn Milliarden Nervenzellen. Jede dieser Nervenzellen hat Kontakt mit jeweils Tausenden von anderen Nervenzellen, die ihrerseits jeweils tätig oder untätig sein können. Eine einfache Berechnung zeigt, daß jedes menschliche Gehirn erheblich mehr Funktionszustände haben kann, als es Teilchen im Universum gibt.

Warum arbeitet der Wissenschaftler aber trotzdem an einem derart komplexen und letztlich unlösbaren Problem, das ihm doch eigentlich hoffnungslos erscheinen müßte? Vielleicht wird seine Faszination, seine Lust am Forschen, durch die unendliche Schwierigkeit gerade gesteigert, obwohl er erkennen muß, einen letztlich undurchdringlichen Schleier des Geheimnisses vor sich zu haben. Diesen Antrieb zum Forschen hat Albert Einstein so beschrieben: »Das Schönste, was wir erleben können, ist das Geheimnisvolle. Es ist das Grundgefühl, das an der Wiege von wahrer Kunst und Wissenschaft steht.«

B. Räumliche Organisation: Strukturelle Bedingungen des Erlebens und Verhaltens

2. Gedächtnis: Gewinn und Verlust von Vergangenheit

Immer wieder geschieht es, daß man einen Menschen auf der Straße übersieht, weil man ihn in der ungewohnten Umgebung nicht erkannt hat. Und der Übersehene nimmt das natürlich übel, hält den anderen für hochnäsig oder für unhöflich. Man ist offenbar nicht wichtig genug, um überall und jederzeit erkannt und respektiert zu werden. Wie unhöflich muß dann erst Henry erscheinen, dem es seit 1953 nicht mehr möglich ist, irgend etwas in seinem Gedächtnis zu behalten. Verläßt er z.B. nur für eine halbe Stunde einen Raum, in dem er sich längere Zeit mit einem Partner unterhalten hat, und kommt dann zurück, erinnert er sich an überhaupt nichts mehr. Er erkennt den Partner nicht wieder. Er weiß nicht mehr, worüber gesprochen wurde. Man kann mit ihm dasselbe Gespräch noch einmal führen, ohne daß Henry sich bewußt ist, daß es vor kurzem schon geführt wurde. Und das kann man unendlich wiederholen, wobei man gleichsam in der Zeit auf der Stelle tritt.

Henry kann seit 1953 nichts mehr behalten, weil bei ihm eine Gehirnoperation durchgeführt werden mußte. Warum wurde er operiert? Henry litt vor seiner Operation an einer schweren Epilepsie, die zu jener Zeit mit Medikamenten nicht geheilt werden konnte. In jeder Woche hatte er mehrmals schwere Anfälle, so daß seine Ärzte schließlich beschlossen, eine Gehirnoperation durchzuführen, von der sie erwarten konnten, daß die Häufigkeit der Anfälle vermindert würde.

Zum Zeitpunkt der Operation war Henry 27 Jahre alt. An einer genau bestimmten Stelle im Gehirn wurde ein umschriebener Bereich Hirnsubstanz abgetragen, den man als »epileptischen Herd«, d.h. als Ausgangspunkt für die Anfälle, vermutete. Wie gesagt, die Operation wurde nur vorgenommen, weil keine andere ärztliche Hilfsmaßnahme mehr zur Verfügung stand. Und für die Behandlung der Erkrankung, nämlich der epileptischen Anfälle, war die Operation ein Erfolg. Seit der Operation ist die Häufigkeit von Anfällen erheblich zurückgegangen. Die Operation hatte jedoch Nebenwirkungen, die man sich vorher nicht hatte vorstellen können. Und der wesentlichste Nebeneffekt ist der Verlust des Gedächtnisses. Seit der Zeit der Operation lebt Henry in immerwährender Gegenwart. Er kann sich seit 1953 nichts mehr merken. Nahezu 40 Jahre, die vergangen sind, bedeuten für Henry nicht Vergangenheit, sie sind völlig ausgelöscht.

Der Grund für den Gedächtnisausfall ist, daß Henry auf beiden Seiten des Gehirns operiert wurde und nicht nur auf einer, weil man meinte, daß damit die Epilepsie wirksamer unterdrückt würde. Trotz des schweren Gedächtnisverlustes muß es aber erstaunen, daß Henry im Gespräch nicht den Eindruck macht, als hätte er ein schwerwiegendes Problem. Er macht im Gegenteil einen aufgeschlossenen Eindruck, und Untersuchungen mit Tests haben gezeigt, daß er überdurchschnittlich intelligent ist. Seine Gesprächsthemen berühren nur nicht Vergangenes aus den Jahren seit der Operation. Da besteht ein vollständiges Erinnerungsloch.

Interessanterweise kann sich Henry aber gut an Ereignisse erinnern, die vor seiner Operation liegen. Darüber spricht er ohne Schwierigkeiten. Für die Zeit vor der Operation besteht also keine Gedächtnislücke. Der Gedächtnisausfall bezieht sich nur auf die Zeit nach der Operation, und die Störung betrifft nur einen besonderen Aspekt des Gedächtnisses, nämlich das Speichern von neuen Informationen. Da er sich an Ereignisse vor 1953 erinnern kann, ist dieser Aspekt seines Gedächtnisses also intakt. Die Erinnerungsfähigkeit ist geblieben, nur die Speicherfähigkeit ist zerstört.

Ein anderer Teil seines Gedächtnisses ist ebenfalls heil geblieben, nämlich das sogenannte Kurzzeitgedächtnis. Man kann sich mit Henry ohne Schwierigkeiten unterhalten, was bedeutet, daß er offensichtlich in der Lage ist, das, was ihm im Augenblick bewußt ist, über kurze Zeitstrecken zu behalten. Sonst wäre er ja unfähig, noch einen sinnvollen Satz zu sagen. Die Gehirnoperation hat somit nur einen ganz bestimmten Bereich der Gedächtnisfunktionen zerstört: die Speicherung von Information im Langzeitgedächtnis. Dieser Ausfall genügt jedoch, Henry in seinem täglichen Leben derart zu schädigen, daß er, allein gelassen, nicht überleben könnte.

Als er nach einer Untersuchung in Boston in seine Heimatstadt nach Hause gefahren wurde, bot er an, dem Fahrer den Weg zu zeigen. Er gab sehr sichere Anweisungen, wie man fahren müßte, so daß jeder glaubte, er wisse offenbar den Weg. Schließlich ließ er vor einem Haus halten, das er als sein Zuhause erkannte. In jenem Haus lebten aber völlig fremde Menschen, die nicht begriffen, als Henry darauf bestand, daß dies sein Haus sei. Es stellte sich dann heraus, daß dieses Haus früher Henrys Eltern gehört und inzwischen mehrmals den Besitzer gewechselt hatte. Die neuen Besitzer mußten natürlich von Henrys Besitzanspruch überrascht sein. Obwohl er seit vielen Jahren in einem anderen Haus lebte, hatte er sich nicht einprägen können, wo dieses Haus lag. Henry ist aufgrund seines Gedächtnisverlustes also vollkommen verloren, denn neue Orte bleiben ihm für immer fremd. Nicht nur die Vergangenheit als zeitliche Dimension ist ihm abhanden gekommen, sondern auch neue räumliche Orientierungen sind ihm unmöglich. Die Operation hat Henry auf Ort und Zeit im Jahre 1953 fixiert, die er nicht mehr verlassen kann – ein Thema für eine Science-Fiction-Geschichte.

Für das Verständnis von Hirnfunktionen ist es wichtig, daß die geschilderte Gehirnoperation hauptsächlich zu einer Gedächtnis-Einschränkung führte. Henrys intellektuelle Leistungen blieben überdurchschnittlich, seine Sprachfähigkeit ist in Ordnung, und seine Wahrnehmung im Bereich des Sehens, Hörens und Tastens ist nicht beeinträchtigt. Neben der schweren Gedächtnisstörung hat sich bei Henry nach der Operation aber auch ein entscheidender Wandel in seinem Lust- und Schmerzerleben ergeben, dem Generalthema dieses Buches. Kürzlich wurde unter Leitung von Suzanne Corkin vom Massachusetts Institute of Technology in Cambridge genau untersucht, wie Henry sich Schmerzreizen gegenüber verhält. Dabei zeigte es sich, daß er verschieden intensive Schmerzreize außerordentlich schlecht unterscheiden kann und daß er auch intensive Schmerzreize als durchaus erträglich erlebt. Wenn die Haut beispielsweise mit einem Hitzereiz bestrahlt wurde, zog jede andere Versuchsperson ihre Hand nach kurzer Zeit weg. Henry dagegen hielt seine Hand solange unter den schmerz-auslösenden Reiz, bis schließlich der Experimentator die Reizung beenden mußte.

Eine ähnliche »Distanzierung« von Gefühlen hat Henry auch der Sexualität gegenüber entwickelt; seit der Operation hat er jegliches Interesse an Sexualität verloren. Und dann scheint ihm auch der spontane Antrieb zum Essen vollkommen abhanden gekommen zu sein. Er spürt keinen Hunger mehr, und er fühlt nicht, wann er satt ist. Bei einer Untersuchung seiner Einstellung zum Essen setzte man ihm, nachdem er seinen Teller geleert hatte, ein zweites vollständiges Mahl vor. Obwohl ihm nicht erklärt wurde, warum, verhielt Henry sich so, als sei nichts Ungewöhnliches geschehen, und aß ein zweites Gericht. Zum Schluß sagte er nicht, daß er »satt«, sondern daß er nun »fertig« sei.

Es scheint besonders interessant, daß neben den genannten Störungen, also dem Verlust des Gedächtnisses, der Vernachlässigung des Schmerzes und der Verminderung des Hungererlebens und der sexuellen Lust, nach der Operation auch eine Beeinträchtigung des Riechens eingetreten ist. Gerade unser Antrieb zum Essen, aber auch unsere sexuellen Bedürfnisse werden ja stark vom Geruchserleben mitgeprägt. Man hat nun festgestellt, daß Henry große Schwierigkeiten hat, verschiedene Gerüche voneinander zu unterscheiden. Für ihn riecht praktisch alles gleich.

Aufgrund seiner ungewöhnlichen Ausfälle ist Henry von Ärzten und Psychologen in den letzten Jahren immer wieder eingehend untersucht worden. Er dürfte wohl zu den am intensivsten untersuchten Patienten überhaupt gehören. Bei diesen Untersuchungen einer Vielzahl verschiedener Funktionen ist auch noch etwas entdeckt worden, was für das Verständnis, wie Gelerntes im Gehirn gespeichert wird, sehr wichtig ist. Wenn wir vom »Lernen« sprechen, dann meinen wir damit sehr verschiedene Dinge, z. B. Wörter lernen aus einer neuen Sprache oder eine neue Bewegungsweise lernen wie z. B. Schreiben in der Grundschule. Dabei sagt schon der gesunde Menschenverstand, daß das Lernen von Vokabeln doch wohl für unser Gehirn etwas ganz anderes sein muß als das Lernen einer neuen Bewegungsweise. Daß es sich in der Tat um prinzipiell verschiedene Lern-Vorgänge handelt, die unglücklicherweise mit demselben Wort – Lernen – bezeichnet werden, haben Versuche mit Henry eindeutig bewiesen. Henrys Gedächtnis-Störung, also die Unfähigkeit, sich etwas zu merken, betrifft nur Sachverhalte, die einmal im Bewußtsein gewesen sind und von denen man sich eine Vorstellung sprachlicher Art machen kann. Sie betrifft aber nicht neue Bewegungsweisen.

Henry mußte in mehreren Versuchen einfache Bewegungskoordinationen lernen, und dann wurde geprüft, ob er sie an darauffolgenden Tagen noch behalten hatte. In Abbildung 2 ist die Aufgabe schematisch gezeigt. Henry mußte möglichst exakt mit einem Bleistift zwischen den beiden Linien des Sterns entlangfahren, ohne die Linien zu berühren. An jedem Tag mußte er dies zehnmal probieren, und man sieht, daß die Anzahl der Fehler am ersten Versuchstag schnell abnimmt. Am zweiten und am dritten Versuchstag muß er aber mit dem Lernen nicht wieder von vorne beginnen, sondern er geht mit einer gewissen Ersparnis an die Aufgabe heran. Wäre dies eine verbale Aufgabe gewesen, hätte man dagegen beobachtet, daß sich der Ablauf des Lernens täglich nahezu identisch wiederholt. Henry hat also bei diesem »psychomotorischen« Lernen keine Schwierigkeiten, d. h. er kann sich wie ein Gesunder eine neue Bewegungskoordination aneignen. Sein »Gedächtnis« für neue Bewegungsabläufe ist also noch intakt.

Dies macht deutlich, und viele andere Versuche haben das bestätigt, daß wir mit dem Wort Lernen offenbar sehr verschiedene Funktionen bezeichnen (vgl. Kap. 20) und daß die Gehirnoperation bei Henry nur die Speicherung neuer Information, die sprachlich im Bewußtsein oder im Kurzzeitgedächtnis erfolgt, nicht mehr zuläßt.

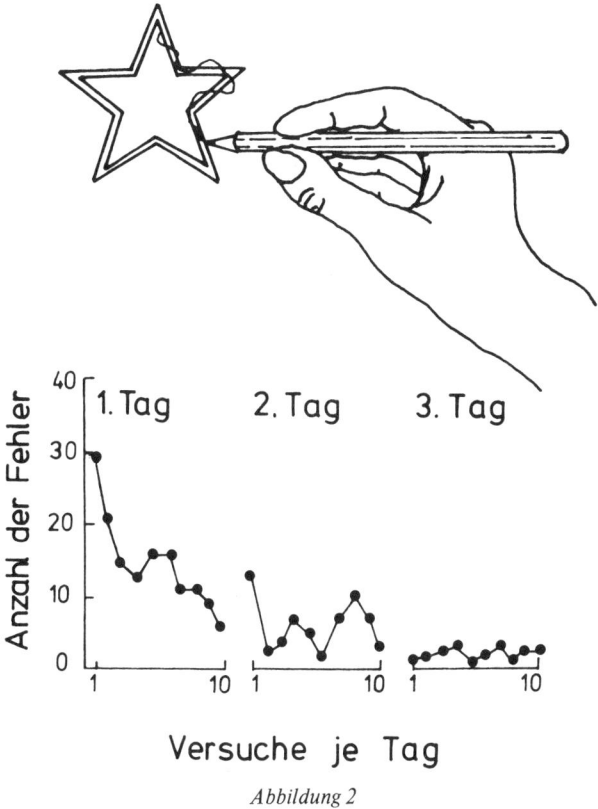

Abbildung 2

Aus dieser Beschreibung der Gedächtnis-Störungen bei Henry kann man folgern, daß eine Abtragung eines wohldefinierten Bereichs im Gehirn zu ganz bestimmten Einschränkungen der Leistungsfähigkeit führt. Inzwischen ist durch zahlreiche andere Beobachtungen bestätigt worden, daß der Bereich des Gehirns, der bei Henry abgetragen wurde, tatsächlich verantwortlich ist für die Speicherung neuer Information. Daraus gewinnen wir für unsere weitere Betrachtung der neuronalen Grundlagen des Erlebens und Verhaltens einen wesentlichen Gesichtspunkt: Offenbar ist es so, daß verschiedene Funktionen unserer Psyche, d. h. unserer geistig-seelischen Beschaffenheit, an ganz bestimmten Orten im Gehirn *lokalisiert* sind oder – wenn wir es etwas vorsichtiger ausdrücken wollen – *irgendwie* im Gehirn lokalisiert sind.

Eine zentrale Aufgabe der Neuropsychologie, also der Wissenschaft, die sich darum bemüht, die neuronalen Grundlagen des Erlebens und Verhaltens zu erforschen, ist es deshalb, diese Orte im Gehirn ausfindig zu machen, in denen bestimmte psychische Teilleistungen repräsentiert sind. Neben der Beobachtung, daß bestimmte seelische Inhalte *irgendwo* lokalisiert sein können, wollen wir aber gleich feststellen, daß es nicht nur Orte im Gehirn sind, die Psychisches repräsentieren, sondern daß auch die charakteristischen Verknüpfungen zwischen Orten für die psychische Eigenart der Menschen wesentlich sind. Das Problem der Verknüpfungen von Orten zu untersuchen, aus denen wahrscheinlich neue psychische Qualitäten entstehen können, ist eine der schwierigsten Aufgaben der Wissenschaft, und wir stehen auf diesem Sektor sicher erst am Anfang.

Damit wir die Grundlagen des Psychischen überhaupt besser verstehen können, beschäftigen wir uns im nächsten Abschnitt zunächst kurz mit dem Aufbau des Gehirns, um dabei auch genauer zu sehen, in welchem Bereich bei Henry die Gehirnoperation ausgeführt wurde.

3. Evolution des Gehirns: 1500 Gramm Universum

Wir Menschen können gewiß stolz sein auf die Größe und Komplexität unseres Gehirns, wenn wir es mit den meisten Tieren vergleichen. Doch gibt es andere Lebewesen, die noch erheblich größere Gehirne haben als wir: die großen Wale, die Delphine und die Elefanten. Während das Hirngewicht des Menschen im Durchschnitt knapp drei Pfund beträgt, liegt es beim Elefanten bei zehn und bei den Walen bei fünfzehn Pfund. Delphine haben ein geringfügig größeres Gehirn als wir. Vielleicht ist aber das Hirngewicht selbst gar nicht so wichtig, wenn man die Intelligenz, den Erlebnis- und Verhaltensreichtum eines Lebewesens beurteilen will. Womöglich ist es wichtiger, den relativen Anteil des Gehirns am gesamten Körpergewicht zu berücksichtigen. Aber auch dann liegen wir Menschen leider nicht an der Spitze. Verglichen mit Walen oder Elefanten kommen wir zwar besser weg: Etwa 2 Prozent des menschlichen Körpers sind Gehirn, während beim Elefanten das Gehirn etwa 0,2 Prozent und bei den Walen 0,01 Prozent beträgt. Delphine haben jedoch etwa denselben Gewichtsanteil des Gehirns am gesamten Körper wie wir, und die bescheidene Maus hat sogar ein noch günstigeres Verhältnis. Wenn relatives Hirngewicht das entscheidende Maß für Intelligenz wäre, müßte allerdings der Totenkopfaffe am intelligentesten sein, denn sein Gehirn macht knapp 10 Prozent des gesamten Körpers aus.

Solche Überlegungen scheinen freilich nicht recht befriedigend zu sein, vor allem nicht für uns Menschen, die wir doch davon ausgehen, die intelligentesten Lebewesen auf der Erde zu sein. Wir wollen deshalb vorsichtshalber unterstellen, daß weder das absolute noch das relative Hirngewicht ein geeignetes Maß für die Beurteilung der Intelligenz verschiedener Lebewesen sein kann. Oder möglicherweise doch? Da wir die intelligentesten Lebewesen sein wollen, suchen wir, um dies auch »wissenschaftlich« zu beweisen, so lange, bis ein geeignetes Maß gefunden ist, das diesem Anspruch gerecht wird. Dies ist im Grunde kein sauberes wissenschaftliches Vorgehen, denn eine gegebene Auffassung wird erst im Nachhinein durch geeignete Definition oder gar Zahlen-Manipulation bestätigt. Vielleicht sind wir nämlich aufgrund der Struktur und Funktion unseres Gehirns gar nicht in der Lage, die Intelligenz von Delphinen sachgerecht zu beurteilen

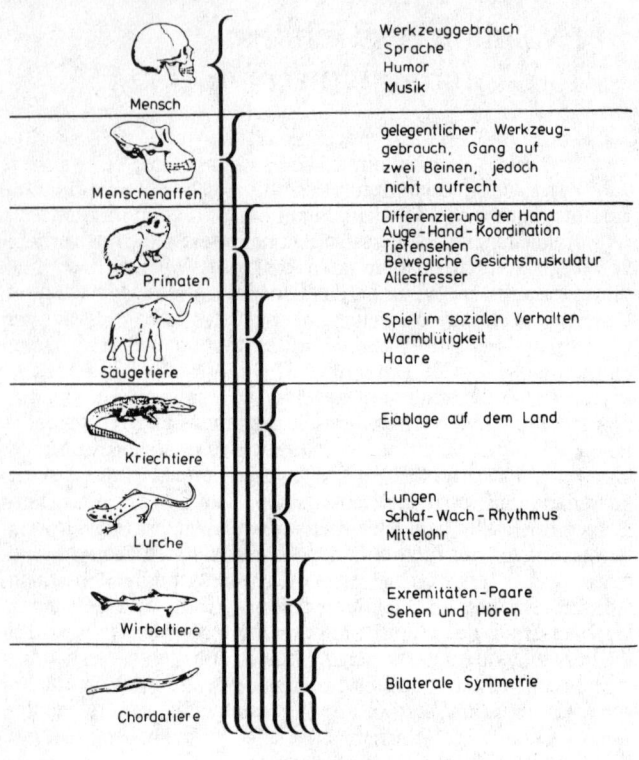

Mensch	Werkzeuggebrauch Sprache Humor Musik
Menschenaffen	gelegentlicher Werkzeug- gebrauch, Gang auf zwei Beinen, jedoch nicht aufrecht
Primaten	Differenzierung der Hand Auge-Hand-Koordination Tiefensehen Bewegliche Gesichtsmuskulatur Allesfresser
Säugetiere	Spiel im sozialen Verhalten Warmblütigkeit Haare
Kriechtiere	Eiablage auf dem Land
Lurche	Lungen Schlaf-Wach-Rhythmus Mittelohr
Wirbeltiere	Exremitäten-Paare Sehen und Hören
Chordatiere	Bilaterale Symmetrie

Abbildung 3

– und Delphine haben wahrscheinlich ähnliche Schwierigkeiten mit uns. Auf der Suche nach geeigneten Maßen, die Überlegenheit des Menschen hinsichtlich seiner Intelligenz im Vergleich mit anderen Lebewesen zu zeigen, spiegelt sich zunächst nur der *Anspruch* auf diese Überlegenheit.

Betrachtet man die relativen Hirngewichte verschiedener Lebewesen etwas genauer, dann stellt man fest, daß innerhalb der Gruppe der Säugetiere, zu der wir Menschen ja gehören, der Unterschied gar nicht besonders auffallend ist, daß aber zwischen Säugetieren und anderen Tiergruppen, beispielsweise Kriechtieren, ganz erhebliche Unterschiede bestehen. Besonders interessant sind in diesem Zusammenhang die Dinosaurier. So hatte der Brontosaurus offenbar ein Gehirn, das nur ein Hunderttausendstel seines Körpergewichtes betrug. Manche Wissenschaftler nehmen darum an, daß für das Aussterben der Dinosaurier die Minimal-Ausstattung mit Gehirn einer der Gründe gewesen sein könnte, weil dadurch eine Verhaltensanpassung an sich ändernde Umweltsituationen nicht möglich war. Hier spielt die Annahme eine wichtige Rolle, daß ein größeres Gehirn auch eine größere Zahl von Verhaltensweisen, Erlebnismöglichkeiten und eine breitere Anpassungsfähigkeit an neue Situationen ermöglicht.

In der Abbildung 3 ist diese Zunahme von Verhaltensmöglichkeiten in der Evolution der Wirbeltiere durch eine einfache Klassifikation verdeutlicht. Jede genannte Tiergruppe ist durch hinzukommende Verhaltensmöglichkeiten charakterisiert, verfügt aber auch jeweils über das Verhaltensrepertoire der darunter liegenden Tiergruppen. (Ob die beim Menschen hinzukommenden Verhaltensweisen, die ihn vom Menschenaffen unterscheiden, vollzählig sind, bleibe dahingestellt).

Offenbar ist es schwierig, Beziehungen zwischen absolutem bzw. relativem Hirngewicht und Intelligenz bei verschiedenen Lebewesen aufzudecken, da wir, wie schon gesagt, besondere Schwierigkeiten bei den Vorstellungen haben, was überhaupt Intelligenz bei einem Delphin, bei einem Dinosaurier oder Krokodil, verglichen mit der menschlichen Intelligenz, bedeuten könnte. Dagegen mag ein solcher Vergleich zwischen verschiedenen Menschen möglich und sinnvoll sein. Es gibt in der Tat Hinweise, daß besonders kreative Menschen sich durch ein überdurchschnittlich großes Gehirn auszeichnen. So hatten etwa der Dichter Friedrich Schiller, der Philosoph Immanuel Kant, der Physiker Werner von Siemens oder der Politiker Otto von Bismarck überdurchschnittlich große Gehirne. Besonders Bismarck mit etwa 1800 Gramm Gehirn lag mit über 300 Gramm über dem Durchschnitt. Andererseits hatten aber andere ebenfalls bekannte kreative Menschen Gehirne, die zum Teil erheblich unter dem Durchschnitt lagen: etwa der Chemiker Justus von Liebig, der Komponist Franz Schubert, der Dichter Dante oder der Maler Adolf von Menzel. Interessanterweise hat gerade der Wissenschaftler, der als erster auf die Bedeutung der verschiedenen Gehirnbereiche für unser Erleben und Verhalten hingewiesen hat, der Phrenologe Gall, der zu Anfang des letzten Jahrhunderts wirkte, ein besonders kleines Gehirn gehabt. Es lag etwa 300 Gramm unter dem Durchschnittsgewicht. Und der französische Dichter Anatole France hatte mit etwa 1000 Gramm sogar ein Miniatur-Gehirn. Die Gehirngröße kann also offensichtlich nicht als Maßstab dienen, wenn man Hirngewicht und kreative Leistungen einzelner Menschen miteinander vergleichen will.

Vor gar nicht langer Zeit glaubte man aber endlich einen anderen, nämlich einen statistischen Beweis erhalten zu haben für die These, daß Intelligenz und Hirngewicht zusammenhängen. In Amerika ist mit Hilfe zahlreicher Tests geprüft worden, ob sich Schwarze und Weiße hinsichtlich ihrer Intelligenz unterscheiden. Dabei ergab sich, daß Weiße in Intelligenztests im Durchschnitt besser abschneiden als Schwarze. Neben Messungen der Intelligenz mit Tests wurde geprüft, ob sich nicht auch das Hirngewicht unterscheide. Und tatsächlich – die Messungen ergaben, daß Schwarze im Durchschnitt ein um 10 Prozent leichteres Gehirn haben als Weiße. Also lag nahe zu argumentieren, daß die geringere »Testintelligenz« von Schwarzen am geringeren durchschnittlichen Hirngewicht liege.

Dieses für manche selbstverständlich zu erwartende, für andere dagegen in keiner Weise zu akzeptierende Ergebnis hat den Nachteil, daß es auf mehreren Ebenen falsch ist. Zunächst muß man sich prinzipiell davor hüten, aus einer positiven Beziehung oder Korrelation, also hier zwischen Intelligenz-Leistungen und Hirngewicht, eine ursächliche Beziehung abzuleiten; denn ein Zusammenhang ist nicht dasselbe wie eine Ursache. Für eine ursächliche Beziehung ist ein Zusammenhang, eine Korrelation zwar notwendig, aber auf gar keinen Fall eine ausreichende Bedingung. (Ein gutes Abitur ist vielleicht notwendig, aber sicher nicht ausreichend für ein erfolgreiches Medizin-Studium – wahrscheinlich ist es nicht einmal notwendig).

Die positive Beziehung zwischen Intelligenz und Hirngewicht, die aus der positiven Korrelation abgeleitet wurde, ist aber auch vor allem deshalb falsch, weil die Messungen des Gewichtsunterschiedes der Gehirne von Weißen und Schwarzen auf nicht vergleichbaren Zahlen beruhten – wie man leider erst später feststellte. Man hatte nämlich Gehirne untersucht, die aus völlig verschiedenen Bevölkerungsgruppen stammten. Die Gehirne der Schwarzen stammten aus Krankenhäusern, in die Verstorbene nach längerer Krankheit und insbesondere auch nach Unterernährung eingeliefert worden waren. Aus anderen Beobachtungen, beispielsweise auch an Tieren, weiß man, daß sich Unterernährung auf das Hirngewicht auswirkt. Der beobachtete Unterschied zwischen Schwarzen und Weißen ist also falsch, weil die Gehirne der Schwarzen wegen Unterernährung weniger wogen. Weiße haben kein größeres Gehirn als Schwarze. Im Gegenteil, falls überhaupt ein Unterschied vorliegt, ist das Gehirn Schwarzer im Durchschnitt geringfügig schwerer, wie man heute durch genauere Untersuchungen weiß.

Was aber den Unterschied der Intelligenz zwischen Weißen

und Schwarzen betrifft, so wollen wir diese Frage später erörtern, wenn wir mehr erfahren haben über die neuronalen Grundlagen des Erlebens, des Verhaltens und der geistigen Leistungsfähigkeit – und damit wissen, was Intelligenztests eigentlich messen. Dabei wird dann dargestellt werden, daß es erblich bedingte Unterschiede auch zwischen Frauen und Männern gibt, die aber auf Unterschieden in der *Organisation* des Gehirns beruhen und nicht durch ein derart grobes Maß wie ein Gewichtsunterschied zu erklären sind.

Daß die Organisation des Gehirns, also sein struktureller Aufbau und seine Funktion, offenbar wichtig sind für geistige Leistungen, wird ja auch durch die Beschreibung von Henrys Gedächtnisstörungen deutlich. Es sind eben z.B. ganz bestimmte Orte im Gehirn, die bestimmte psychische Leistungen repräsentieren. Versuchen wir nun einen Überblick über den Aufbau des menschlichen Gehirns zu gewinnen, wobei auf die Unterteilung Wert gelegt werden soll. Dabei ist es praktisch, einen entwicklungsgeschichtlichen Standpunkt einzunehmen, d.h. davon auszugehen, daß das menschliche Gehirn ein Endergebnis (oder »Zwischen-Ergebnis«) der biologischen Evolution ist.

Die einfachsten Gehirne, die es in der Natur gibt – falls wir überhaupt schon von Gehirn sprechen können – bestehen aus nur einem Typ von Nervenzellen, die zwischen anderen Körperzellen eingestreut liegen; sie kommen beispielsweise bei Seeanemonen vor. Diese Nervenzellen erfüllen für diese Organismen bereits alle wesentlichen Funktionen. Wenn sie gereizt werden, lösen sie eine bestimmte und eindeutige Reaktion aus. Das Verhalten eines solchen Organismus ist ohne Schwierigkeiten voraussagbar. Wann immer eine bestimmte neue Situation mit neuen Reizen gegeben ist, reagiert der Organismus reflexartig immer wieder in der gleichen Weise ähnlich einem Klingelknopf-Mechanismus; ein Knopf wird gedrückt und es läutet.

Diese primitive Form eines Nervensystems, die es auch heute noch gibt, wurde in der Entwicklungsgeschichte recht bald durch eine kompliziertere Form erweitert, die wir bei anderen Tierarten, z.B. bei manchen Polypen, beobachten. In dieser komplizierteren Form eines Nervensystems unterscheidet man *zwei* verschiedene Typen von Nervenzellen. Ein Typ ist darauf spezialisiert, von außen kommende Information zu registrieren, der zweite Typ darauf, die anderen Körperzellen zu reizen, indem sie beispielsweise veranlaßt werden, sich zusammenzuziehen. Den ersten Typ nennen wir Sinneszellen (oder sensorische Zellen), und den zweiten Typ bezeichnen wir als motorische Zellen, weil sie dafür sorgen, Bewegungsänderungen herbeizuführen, bzw. –

allgemeiner gesprochen – eine Wirkung am Organismus zu erzielen. Die sensorischen und motorischen Nervenzellen sind miteinander verbunden, so daß eine über die Sinneszellen registrierte Änderung in der Umwelt über die motorischen Zellen durch eine passende Reaktion beantwortet werden kann. Während bei den Seeanemonen die Reaktionen des Organismus voraussagbar waren, ist bei dieser Form des Nervensystems mit den zwei Typen von Nervenzellen die Voraussagbarkeit von Verhaltensweisen bereits erheblich eingeschränkt, und das mag ein Vorteil sein. Die geringere Voraussagbarkeit liegt daran, daß nicht jeweils nur eine sensorische mit einer motorischen Nervenzelle verbunden ist, sondern reiche Querverbindungen bestehen. Eine sensorische Nervenzelle mag ihre Information etwa an zehn motorische Nervenzellen weiterreichen (das bezeichnen wir als Divergenz), und eine motorische Nervenzelle mag etwa von zehn sensorischen Nervenzellen informiert werden (Prinzip der Konvergenz).

Die Einschränkung der Voraussagbarkeit des Verhaltens liegt aber noch an einer weiteren Tatsache, die eine der großartigsten Erfindungen der Entwicklungsgeschichte ist. Die Verbindung zwischen den beiden Typen von Nervenzellen ist von zweifacher Art. Einerseits kann die Informationsweiterleitung *erregend* sein, d. h. Erregung in der sensorischen Nervenzelle bewirkt Erregung in der motorischen Nervenzelle. Andererseits kann aber die gegenteilige Situation auftreten, d. h. die Verbindung kann *hemmend* sein, wobei Erregung in der sensorischen Zelle zur Hemmung der motorischen Zelle führt. Es ist klar, daß ein solches Gehirn, in dem bei Divergenz und Konvergenz erregende und hemmende Verbindungen bestehen, einen erheblichen Fortschritt bedeutet gegenüber dem Nervensystem mit nur einem Typ von Nervenzellen. Organismen mit diesem komplizierten Gehirn, das ihnen eine größere Variabilität im Verhalten ermöglicht, hatten in der Entwicklungsgeschichte offenbar einen großen Vorteil gegenüber den mit einfacheren Gehirnen ausgestatteten Lebewesen, weil sich Feinde beispielsweise nicht an die eindeutige Voraussagbarkeit ihres Verhaltens anpassen konnten.

Bereits sehr früh in der Entwicklungsgeschichte hat es dann noch einen weiteren Schritt gegeben, indem zwischen die sensorischen und motorischen Nervenzellen noch ein dritter Typ geschoben wurde. Es ist einleuchtend, daß das Verhalten dieser Lebewesen noch sehr viel komplizierter werden mußte, wenn Informationen aus den Sinneszellen erregend und hemmend zu den Zwischenzellen geleitet und von dort erst erregend und hemmend zu den motorischen Zellen geschickt wurden. Ein solcher Organismus reagiert nicht mehr wie eine programmierte Maschine mit eingebauten Reflexen.

Dieser Art eines mit drei Typen von Nervenzellen ausgestatteten Nervensystems entspricht auch das menschliche Gehirn. Die Gehirne aller höheren Lebewesen haben prinzipiell drei Typen von Nervenzellen: sensorische, motorische und die dazwischenliegenden Zellen. Die sensorischen Zellen dienen der Aufnahme von Information aus der Umwelt, aber auch aus dem Organismus, um über den Zustand des eigenen Leibes informiert zu werden. Die motorischen Zellen erregen die sogenannten Erfolgsorgane, also z.B. die Muskeln oder die Drüsen; mit den motorischen Zellen wird also etwas bewirkt. Und dazwischen liegt der dritte Typ von Nervenzellen. Alle diese Zellen werden als das »große intermediäre Netz« zusammengefaßt.

Groß ist das intermediäre Netz in der Tat. Um sich die Bedeutung dieses dazwischengeschobenen dritten Typs von Nervenzellen zu verdeutlichen, seien ein paar Zahlen genannt. Beginnen wir mit den motorischen Nervenzellen: Der Mensch hat etwa zwei bis drei Millionen. All unser Handeln, Sprechen, alles was anderen an individuellem Verhalten sichtbar wird, beruht auf Aktivität von wenigen Millionen Nervenzellen.

Bei den Sinneszellen gibt es große Unterschiede zwischen den einzelnen Sinnessystemen. Am schlechtesten bedient ist der Geschmack: Nur etwa 3 000 Sinneszellen informieren uns über die Geschmacksqualität süß, sauer, bitter oder salzig. An zweiter Stelle steht das Hören mit etwa 30 000, gefolgt vom Tastsystem mit etwa 300 000 Sinneszellen. Diese Zahlen sind bescheiden, verglichen mit dem visuellen System und interessanterweise auch mit dem Geruchssystem. Die Zahlenangaben beim Riechen schwanken allerdings sehr stark und sind außerdem vom Lebensalter abhängig. Man nimmt an, daß Neugeborene etwa 200 Millionen Nervenzellen pro Nasenloch haben, die dann aber im Laufe des Lebens stark abnehmen bis auf etwa 20 Millionen. In jedem Auge gibt es etwa 130 Millionen Sinneszellen, wobei man zwischen zwei Typen unterscheidet: Etwa 6 Millionen Sinneszellen vermitteln das Farbensehen, während der Rest für das Nachtsehen verantwortlich ist.

Wenn man beim Zusammenzählen der Sinneszellen in den einzelnen Systemen nur an der Größenordnung interessiert ist, kann man im Grunde auf das Schmecken, Hören und Tasten verzichten. Diese Größenordnung beträgt einige hundert Millionen Sinneszellen. Dagegenhalten müssen wir die Zahl der Nervenzellen im großen intermediären Netz. Allerdings variieren Auskünfte über die Zahl der Nervenzellen im Gehirn sehr stark. Manche sprechen z.B. von zehn Milliarden im sogenannten Großhirn, auch einem Teil des intermediären Netzes. Aber diese Zahl ist

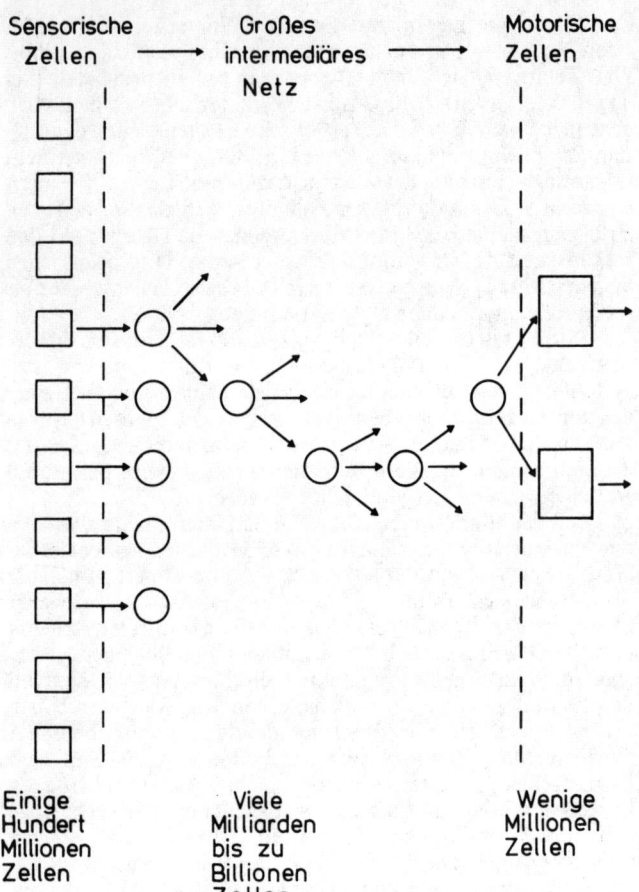

Abbildung 4

sicher viel zu niedrig, wenn man das ganze intermediäre Netz einbezieht. Der bedeutende Neuro-Anatom aus Cambridge in USA, W. Nauta, nimmt an, daß es hundertmal mehr Zellen sein können, also etwa 1 Billion Nervenzellen. Das bedeutet, daß im intermediären Netz mehr als tausendmal soviel Nervenzellen liegen, als es sensorische Nervenzellen gibt, und etwa einmillionenmal mehr, als motorische Nervenzellen vorhanden sind.

In Abbildung 4 ist schematisch der Aufbau dieses dritten Typs eines Nervensystems gezeigt. Ausgehend von den sensorischen Zellen wird Information über das große intermediäre Netz in die motorischen Zellen geleitet. Wesentlich ist die stark ausgeprägte Divergenz und Konvergenz der Projektion, die durch die Pfeile charakterisiert ist. Bei jedem Pfeil muß man sich außerdem entweder Erregung oder Hemmung der jeweils angesteuerten Zelle vorstellen.

Die Zahlenüberlegungen dienen dazu, sich zu verdeutlichen, daß bei einer Erörterung der neuronalen Grundlagen des Erlebens eine Beschränkung auf Sinnessysteme oder motorische Systeme kaum sinnvoll ist. Wenn wir vom Gehirn sprechen, dann meinen wir im Grunde dieses große intermediäre Netz. Sein Reichtum mit seinen vielfältigen Verschaltungen ist die wesentliche Grundlage für unser Erleben und Verhalten. Eingebettet in die sinnliche Erfahrung und unsere Äußerungsmöglichkeiten liegt eine unerhört komplizierte Struktur, die die sinnlichen Erfahrungen (Sehen, Hören usw.) bearbeitet, bewertet, die außerdem lernfähig ist und die durch ihre vielfältigen Möglichkeiten und ihre Plastizität unser Verhalten und Erleben als das eines einzelnen ermöglicht. Die Größe unseres Gehirns und die Komplexität seiner Verschaltungen bieten von vornherein Gewähr für Individualität, für die Unmöglichkeit, Menschen zu kopieren (zu klonieren), was neuerdings von manchen Gen-Technikern als möglich erachtet wird.

Es soll nun kurz erläutert werden, wie das Gehirn, d. h. das große intermediäre Netz, aufgebaut ist, wobei selbstverständlich kein Anatomie-Lehrbuch bereitgestellt werden kann. Die erste Überraschung, die wir dabei erleben, ist, daß die Gehirne aller Säugetiere, in gewisser Weise sogar aller Wirbeltiere, prinzipiell ähnlich aufgebaut sind. Der Bauplan des Gehirns einer Maus, einer Katze, eines Affen oder des Menschen ist durchaus vergleichbar, zum Teil sogar bis ins Detail. In der Evolution sind neue Arten also nicht dadurch entstanden, daß beispielsweise ihr Gehirn jeweils völlig neu entwickelt wurde (so wie ja auch Gliedmaßen nicht immer »neu« erfunden werden mußten), sondern ausgehend vom Vorgefundenen wurden Änderungen versucht, die die Überlebensmöglichkeiten für den Organismus für die gegebenen Umweltbedingungen verbesserten. Dies hat natürlich nicht nur Vorteile, sondern kann ganz erhebliche Nachteile bringen. Arthur Koestler hat in seinem Buch »Der Mensch – Irrläufer der Evolution« gerade auf diesen Sachverhalt hingewiesen, wobei er die evolutionäre Belastung des Menschen durch seine Gehirnentwicklung in den Vordergrund stellt.

Zur Veranschaulichung des Bauplanes des Gehirns sei auf Abbildung 5 verwiesen. Um sich dieses Schema-Gehirn in seiner Lage im Körper besser vorstellen zu können, denke man sich

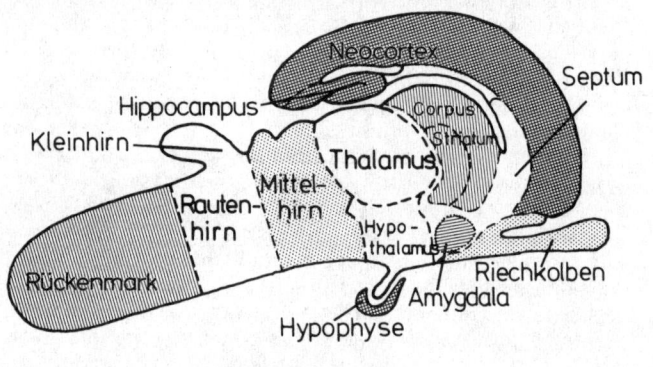

Abbildung 5

einen Hund oder eine Katze, die vor einem stehen mit dem Kopf nach rechts und dem Schwanz nach links. Der gleichsam primitivste und entwicklungsgeschichtlich älteste Teil des Gehirns ist das Rückenmark. Über dem Rückenmark lagert das Rautenhirn, wobei auf der Rückseite eine besondere Ausstülpung entwickelt wurde, nämlich das Kleinhirn oder Cerebellum. Das Kleinhirn ist besonders ausgeprägt bei den Lebewesen, die vielfältige Bewegungsmöglichkeiten besitzen. Über dem Rautenhirn liegt das Mittelhirn mit zwei kleinen Hügeln auf der Oberseite, die Umschaltstellen für visuelle und akustische Informationen sind. Beim Menschen ist das Mittelhirn relativ klein, während es bei Tierarten sehr viel mehr Raum einnehmen kann.

Über dem Mittelhirn liegt das Zwischenhirn mit drei Unterstrukturen, die für unser Erleben und Verhalten von außerordentlicher Bedeutung sind. Es handelt sich einmal um den sogenannten Thalamus, durch den alle Sinneserfahrungen zum Großhirn hindurchgeschleust werden, den sogenannten Hypothalamus, der entscheidend ist für die Steuerung unserer Gefühle, und die Hypophyse, eine Drüse, die unter direkter Kontrolle des Hypothalamus steht und die Hormonsysteme im Körper reguliert. Über die Hypophyse greift unser Gehirn direkt in die Regulation der Hormonsysteme ein.

Um das Zwischenhirn herum liegen das Endhirn oder die sogenannten »cerebralen Hemisphären«. In den Gehirnen von Säugetieren und insbesondere im Gehirn des Menschen nimmt das Endhirn bei weitem den meisten Platz ein. Die Oberfläche des Endhirns ist stark gefurcht, was bedingt, daß es damit eine erheblich größere Oberfläche zur Verfügung hat. Zum Endhirn selbst gehören wiederum eine Reihe von Unterstrukturen, beispielsweise das gesamte Riechsystem. Obwohl man häufig davon spricht, daß das Riechen ein primitiver Sinn sei – insbesondere für den Menschen –, gehört das Riechsystem interessanterweise zum höchst entwickelten Teil des Gehirns. Ein weiterer Teil des Endhirns ist der Hippocampus, jene Struktur, die bei Henry abgetragen wurde, was dann zu dem katastrophalen Gedächtnisverlust führte. In der Tiefe der cerebralen Hemisphären findet sich auch die sogenannte Amygdala, eine Struktur, die neuerdings bei psychochirurgischen Eingriffen zur Kontrolle der Gewalttätigkeit eine wichtige Rolle spielt. Eine weitere Struktur ist das Corpus striatum, das offenbar wichtig ist bei der Ausführung mancher Bewegungen, und das Septum, das an der Regulation des sexuellen Erlebens wesentlich beteiligt ist.

Der größte Teil des Endhirns jedoch, der ungefähr 70 Prozent des gesamten menschlichen Gehirns ausmacht, ist der Neocortex. Er ist jene Struktur, die sich gerade beim Menschen so erstaunlich entwickelt hat und, verglichen mit anderen Lebewesen (vielleicht mit Ausnahme des Delphins), von unvergleichlicher Größe und Komplexität ist. Der Neocortex ist die neueste Errungenschaft der Evolution. Er hat sich erst mit dem Aufkommen der Säugetiere entwickelt. Bei den Kriechtieren oder den Vögeln sind besonders die Mittelhirnstrukturen ausgeprägt entwickelt worden, um das Verhalten dieser Lebewesen zu steuern. Bei Säugetieren treten die Mittelhirnstrukturen zurück zugunsten der Neu-Entwicklung des Endhirns und besonders des Neocortex. Mit dem Neocortex und seiner besonderen Ausprägung bei Primaten, also auch beim Menschen, ist etwas völlig Neues in der Evolution aufgetreten, was auch völlig neue Verhaltens- und Erlebensweisen ermöglichte.

Es ist deshalb notwendig, einen genaueren Blick auf die Struktur des Neocortex zu werfen. Auffallend ist die paarige

Ausprägung, d.h. die Entwicklung von zwei Hemisphären, die durch ein massives Faserbündel miteinander verbunden sind (vgl. auch Abb. 7). Für den Menschen ist die Tatsache, daß zwei Hemisphären vorhanden sind, von größter Bedeutung. Wie sich zeigen wird, sind beide Hemisphären – anders als bei anderen Lebewesen, auch bei den uns evolutionär nahe verwandten Affen – nicht vollkommen symmetrisch, sondern sie weisen wichtige Spezialisierungen auf. Dies scheint ein wesentlicher neuer Entwicklungsschritt zu sein, der im menschlichen Gehirn seinen Höhepunkt erreicht; es werden nämlich in jede Hemisphäre Funktionsspezialisierungen gelegt.

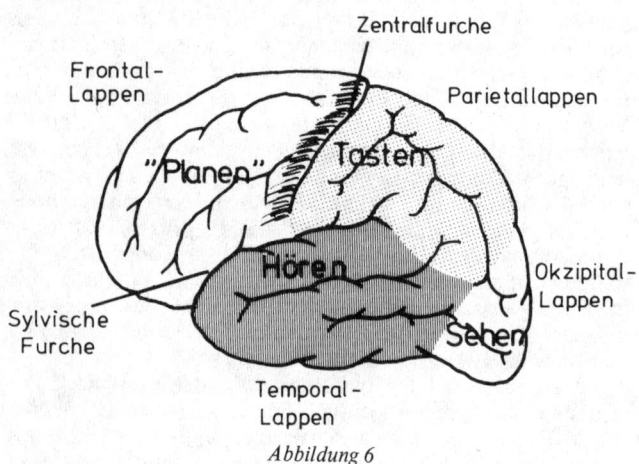

Abbildung 6

Jede der Hemisphären kann in vier Bereiche (oder Lappen) eingeteilt werden (siehe Abb. 6), wobei jedem dieser Bereiche eine Primär-Funktion zugeordnet wird. Der kleinste Bereich ist der Hinterhaupt- oder Okzipital-Lappen, in dem die visuelle Information, die von den Augen dorthin geschickt wird, abgebildet wird. Wann immer wir also etwas sehen, läuft hier im Okzipital-Lappen eine ganz bestimmte Erregung ab. An der Seite des Neocortex, hinter den Schläfen, liegt der Schläfen- oder Temporal-Lappen, in dem unter anderem Hörfunktionen und sprachliche Leistungen abgebildet sind. Oberhalb des Schläfen-Lappens liegt der Parietal-Lappen, in dem neben anderem der Tastsinn repräsentiert ist. Wenn wir irgendwo berührt werden, dann erfolgt eine Erregung an einem ganz bestimmten Ort dieses Lappens.

Der bei weitem größte Teil des Neocortex, etwa 40 Prozent im menschlichen Gehirn, wird vom Frontal-Lappen eingenommen. Im Bereich, der an den Parietal-Lappen angrenzt (vor der Zentralfurche), sind Funktionen der Bewegung repräsentiert; dieser Bereich wird deshalb auch »Motor-Cortex« genannt. In einem davor liegenden Areal sind die Nervenzellen an der Steuerung von Augenbewegungen beteiligt. Für den größten Teil des Frontal-Lappens sind funktionelle Zuordnungen bisher jedoch schwierig. Es sei denn, man ist bereit, Begriffe zu verwenden, die üblicherweise von Physiologen und Anatomen ungern in den Mund genommen werden. Einige Beobachtungen nämlich weisen darauf hin, daß im Frontal-Lappen etwa Erlebnisweisen wie Planen, Entscheiden oder Bewerten repräsentiert sind. Dies sind Erlebnisweisen, die die Eigenart des Menschen gegenüber anderen Lebewesen hervorheben, sehr viel mehr als etwa Sehen, Hören oder Bewegen, was ja auch den meisten anderen Lebewesen mehr oder weniger eigen ist. Vielleicht hat sich der Frontal-Lappen beim Menschen in so besonderer Weise entwickelt, weil in der Entwicklungsgeschichte solche Erlebnisformen wie etwa die Bewertung von Sachverhalten, das Auswählen von Alternativen oder Planung in die Zukunft immer wichtiger wurden.

Am Ende dieses Überblicks über den Bauplan des Gehirns soll versucht werden, mit einer radikalen biologistischen Betrachtungsweise – die zur Pointierung der Auffassung dienen soll – eine globale Funktionszuordnung zu den Hirn-Bereichen zu treffen, allerdings in stark vereinfachter Weise. Dann läßt sich sagen, daß die »primitiveren«, d. h. entwicklungsgeschichtlich älteren Bereiche des Gehirns dafür sorgen, daß einerseits das *innere Milieu* des Organismus stabil bleibt, also daß etwa die Körpertemperatur reguliert wird oder die Atmung die notwendige Sauerstoff-Zufuhr ermöglicht. Andererseits sind diese Bereiche auch verantwortlich dafür, daß wir uns geordnet und richtig bewegen können, also etwa nicht dauernd umfallen, wenn wir gehen oder laufen. Eine wirksame und schnelle Reflex-Kontrolle auf Rückenmarks-Ebene ermöglicht, daß wir, ohne uns darüber Gedanken machen zu müssen, auf zwei Beinen balancieren können.

Die Erhaltung des inneren Milieus und die Stabilität im Raume mögen als sehr einfache Aufgaben der Gehirnbereiche bis hinauf zum Mittelhirn erscheinen. Man kann sich allerdings auf den gegenteiligen Standpunkt stellen und behaupten, daß dies genau die Funktionen sind, die für das individuelle Überleben unverzichtbar sind. Störungen der Durchblutung in diesen Bereichen, die die Sauerstoffzufuhr nur kurzfristig unterbrechen, können zu katastrophalen Folgen führen und enden häufig mit dem

Tode. Man kann behaupten, daß es für den Organismus in erster Linie darauf ankommt, das innere Milieu zu garantieren, und daß alle anderen Funktionen, also auch jene, die durch höher entwickelte Hirnstrukturen vermittelt werden, im Dienste der Erhaltung des inneren Milieus stehen.

In diesem Lichte und mit dieser biologistischen Betrachtungsweise erscheint es dann vielleicht akzeptabel zu argumentieren, daß die Funktionen, die durch später entwickelte Hirnbereiche vermittelt werden, zunächst nur dem Zwecke dienen, die Erhaltung der grundlegenden leiblichen Funktionen zu verbessern. Diese neuen Funktionen, die durch Zwischenhirn und Endhirn ermöglicht werden, können allgemein umschrieben werden mit: Auswahl aus Verhaltensmöglichkeiten, Bewerten von Alternativen und Optimierung des Verhaltens aufgrund von Lernen. Was hier dem gesamten Vorderhirn zugeordnet wurde, erfährt dann offenbar, besonders beim Menschen, noch einmal eine besondere Spezialisierung im Frontal-Lappen, wie schon festgestellt wurde.

Die hier vertretene Argumentation besagt also, daß höher entwickelte, später in der Evolution ausgeprägte Hirnfunktionen im Dienste der älteren, »primitiveren« Hirnstrukturen stehen, da diese die Basis-Funktionen des Überlebens repräsentieren. Die Möglichkeit, bewerten oder auswählen zu können, dient also, nach biologistischer Auffassung, primär dem Zweck, die primitiven Grundbedürfnisse besser zu erfüllen und das leibliche Wohlbefinden zu garantieren. Es scheint notwendig, auf diesen Sachverhalt hinzuweisen, weil bei der Erörterung der sogenannten Funktionen, die beispielsweise im Neocortex repräsentiert sind, die Gefahr besteht, diese Funktionen losgelöst von den Grundbedürfnissen zu sehen. Das sind sie nicht. Sinneserlebnisse oder Lernvorgänge, Sprache oder Gefühle, die durch neocorticale Strukturen beeinflußt oder gesteuert werden, sind immer, wenn wir die Entwicklungsgeschichte unseres Gehirns berücksichtigen, auch zu sehen als sekundäre Funktionen, die nicht losgelöst sind von den Funktionen, die der Erhaltung des inneren Milieus dienen. In dieser Orientierung zur Leiblichkeit hin waltet gleichsam ein allgemeines Lustprinzip, in das alle höheren Funktionen notwendig eingebettet sind. Schon allein aufgrund des entwickelten Bauplans unseres Gehirns gibt es keine gleichgültige, abstrahierte Auskunft über die Welt mittels unserer Sinnesorgane. Stets sind höhere Funktionen gefärbt von leiblichen Funktionen aufgrund ihres evolutionären Erbes.

Diese Bemerkungen scheinen mir auch für einen anderen Gesichtspunkt wichtig zu sein. Aufgrund des entwickelten Bauplans des Gehirns muß man von vornherein von einer geschlossenen Einheit unseres Erlebens und Verhaltens ausgehen. Von jeweils anderen Erlebnisbereichen gänzlich isolierte Erlebnisse gibt es prinzipiell nicht. Eine absolute Konzentration auf völlig losgelöste andere Erlebnisse ist auch wegen des Bauplans unseres Gehirns kaum möglich. Man kann nie »reiner Geist« sein, weil die verschiedenen neuronalen Bereiche oder Module (ein Begriff, den der bedeutende ungarische Wissenschaftler Janos Szentágothai bevorzugt), die den einzelnen Erlebnisformen zugrunde liegen, zu stark miteinander vermascht und integriert sind. Um dies zu verdeutlichen, sei noch einmal mit Zahlen argumentiert. Es wurde festgestellt, daß das menschliche Gehirn vielleicht 1 Billion Zellen enthält. Es gibt aber eine Tatsache, die diese unglaubliche Zahl nahezu ins Gegenteil reduziert; denn jede Nervenzelle im Gehirn ist von irgendeiner anderen Nervenzelle, gleichgültig wo sie sich im Gehirn befindet, nicht weiter entfernt als *vier* Zwischenstationen. Was heißt das?

Nervenzellen kommunizieren miteinander, indem elektrische Impulse von einer Zelle zur nächsten übertragen werden, die dann ihrerseits ihre aufgenommene Information an die nächste Zelle weitergibt. Es scheint nun so zu sein, wie wiederum der Anatom W. Nauta betont hat, daß eine Zelle im Gehirn aufgrund eines unglaublich komplexen, bisher noch längst nicht enträtselten Verbindungsreichtums jede andere Zelle über nur vier andere Zellen als Zwischenstationen erreichen kann. Dabei muß man sich aber auch verdeutlichen, daß eine Zelle nie nur eine einzige erregt (mit hier nicht wichtigen Ausnahmen in bestimmten Teilen der Netzhaut des Auges), sondern jeweils Tausende von Zellen auf eine Zelle konvergieren bzw. eine Zelle auf Tausende divergiert. Aufgrund dieser Tatsache einer erheblichen Konvergenz und Divergenz von Verbindungen bei einer riesigen Zahl von Zellen, die aber gar nicht so weit voneinander entfernt liegen, soweit es ihre Informationsübertragung betrifft, haben wir es mit einem offenbar nicht übersehbaren, eng vermaschten Netz von Elementen zu tun. Man muß sich dann aber fragen, wie man überhaupt etwas über die Tätigkeit des Gehirns erfahren kann und wieso wir sagen können, dieser oder jener Hirnbereich sei für bestimmte Funktionen oder Erlebnisse zuständig. Wie das möglich ist, zeigt das nächste Kapitel, in dem über eine ganz moderne Technik berichtet wird, mit der wir gleichsam ins Gehirn hineinschauen können, ohne es öffnen zu müssen.

4. Psychische Funktionen: Gipfel über Wolken

Am Anfang des vorigen Jahrhunderts begannen die Phrenologen von Jahrmarkt zu Jahrmarkt zu ziehen, um aus der Form des Kopfes ihrer Kunden den Charakter zu bestimmen. Vermutlich aus dieser Zeit stammt die Vorstellung, daß jemand mit einer hohen Stirn auch klug sein müsse. Durch Betasten stellte der Phrenologe fest, ob bei diesem oder jenem Charakter-Feld eine besonders starke Ausprägung vorhanden sei oder nicht, und teilte seinem Kunden dann etwa mit, daß er besonders ehrliebend, musikbegabt und intelligent sei. Jener belohnte den Phrenologen dann sicher reichlich – wie auch heute noch ein günstiges Horoskop sein finanzielles Opfer wert ist.

Die Vorstellung der Phrenologen war, daß besondere Ausprägungen des Schädels darauf zurückzuführen seien, daß die darunter liegende Hirnsubstanz besonders reichlich entwickelt sei und es dadurch zu den Vorwölbungen des Schädels komme. So absurd uns heute diese Auffassung erscheinen mag, so enthält sie doch ein Körnchen Wahrheit. Zwar sind nicht Charaktereigenschaften an bestimmten Stellen des Gehirns lokalisiert, und schon gar nicht führen die Repräsentationen der Eigenschaften zu Verformungen des Schädels, aber – und dies ist das Körnchen Wahrheit – es ist in der Tat so, daß bestimmte Funktionen an umschriebenen Orten des Gehirns lokalisiert sind. Ohne die Phrenologen wäre man vielleicht gar nicht auf die Idee gekommen, nach der Lokalisation von Funktionen im Gehirn zu fragen, und dies zeigt wieder einmal, daß auch eine unsinnige Theorie in der Geschichte der Wissenschaft eine kreative Funktion haben kann.

Der erste Wissenschaftler, der eine im Gehirn lokalisierte Repräsentation einer psychischen Funktion zeigen konnte, war der französische Arzt Broca, der in der Mitte des vorigen Jahrhunderts wirkte. Broca hatte Gelegenheit, einen Patienten zu untersuchen, der an einer schweren Sprachstörung litt. Nach dem Tode des Patienten war es möglich, dessen Gehirn genauer zu untersuchen, und es wurde festgestellt, daß auf der linken Seite im vorderen Bereich die Hirnsubstanz zerstört war. Broca nahm aufgrund dieser Beobachtung an, daß genau dieser Bereich üblicherweise die Sprachfunktionen vermittle. Da er zerstört war, konnte der Patient nicht mehr sprechen. Broca hat mit dieser Beobachtung nicht nur das Konzept der Lokalisation von Funktionen in die Hirnforschung eingeführt, sondern auch eine Technik begründet, die heute noch verwendet wird. Aus dem umschriebenen Ausfall eines Gehirnbereichs mit einem entsprechenden psychischen Funktionsverlust wird geschlossen, daß normalerweise der verlorengegangene Bereich diese Funktion vermittelt. Die Wissenschaft, die sich speziell mit diesem Problem der Struktur-Funktionszuordnung befaßt, wird als Neuropsychologie bezeichnet.

Leider ist die Zuordnung nicht immer ganz so einfach, wie es erscheinen mag, und auch Broca ist ob solcher Naivität von vielen heftig kritisiert worden. Um Zuordnungen psychischer Funktionen zu Hirnbereichen eindeutig treffen zu können, hat dann der Psychologe Hans-Lukas Teuber in unserem Jahrhundert ein Forschungsprinzip formuliert, nämlich das »Prinzip der doppelten Dissoziation von Funktionen«. Es besagt, daß man erst dann von der Repräsentation einer Funktion in einer gegebenen Struktur sprechen kann, wenn gegeben ist: Bei Zerstörung von Struktur A fällt Funktion A' aus, Funktion B bleibt jedoch erhalten; bei Zerstörung von Struktur B fällt Funktion B' aus, Funktion A' bleibt jedoch erhalten. Unter Verwendung dieses Verfahrens ist es in der Tat möglich geworden, viele psychische Funktionen eindeutig bestimmten Bereichen im Gehirn zuzuordnen.

In den letzten Jahren ist nun ein sehr elegantes Verfahren entwickelt worden, das die Beobachtungen der neuropsychologischen Experimente an hirnverletzten Patienten bestätigt. Dieses Verfahren wird neuerdings auch routinemäßig in den großen neurologischen Kliniken eingesetzt. Man mißt die regionale Hirndurchblutung. Das Verfahren beruht darauf, daß die Durchblutung sich mit der Intensität des Stoffwechsels und der Aktivität im Gewebe verändert. Je höher die Aktivität beispielsweise eines Muskels ist, desto höher sind der Stoffwechsel und die Durchblutung in diesem Gewebe. Dieses Prinzip scheint offenbar nicht nur für periphere körperliche Strukturen zuzutreffen, sondern auch für das Gehirn insgesamt und ebenso – wie wir sehen werden – für bestimmte Bereiche des Gehirns.

Um die regionale Hirndurchblutung zu bestimmen, muß der Patient ein radioaktiv markiertes Gas (Xenon) einatmen, oder es wird in einer Lösung in die Halsschlagader gespritzt. Daß es sich um eine radioaktive Substanz handelt, mag bedrohlich klingen, doch muß betont werden, daß die Intensität der Radioaktivität weit unter der Schwelle des Erlaubten liegt. Das Verfahren wird auch nicht ausschließlich für wissenschaftliche Zwecke verwendet, sondern dient der Diagnostik bei Patienten nach Schlaganfällen, Tumoren oder bei einer Epilepsie. Aufgrund der relativ kurzen Zerfallszeit der radioaktiven Substanzen besteht dann für wenige Minuten die Möglichkeit, die Verteilung der Radioaktivität im Gehirn zu verfolgen. Um dies tun zu können, werden Sensoren außerhalb am Kopf angebracht, die für jeden Quadratzentimeter die Höhe der Radioaktivität im Gehirn messen. Wenn in einem bestimmten Hirnbereich die Durchblutung ansteigt, dann erhöht sich gleichzeitig in diesem Bereich die Radioaktivität. Einer Abnahme der Durchblutung entspricht eine Verminderung der Strahlungsintensität. Aus ihrer Veränderung kann dann abgeleitet werden, wo im Gehirn höhere oder geringere Aktivität vorhanden ist. Mit diesem Verfahren, das von Niels Lassen in Kopenhagen und David Ingvar in Lund, Schweden entwickelt wurde, sind mittlerweile viele hundert Patienten untersucht worden.

Die erste Beobachtung, von der die Wissenschaftler überrascht wurden, bezieht sich auf die sogenannte Ruhe-Aktivität des Gehirns. Man sollte vermuten, daß im Gehirn überall die gleiche Aktivität vorhanden ist, wenn wir gar nichts tun. Aber was geschieht tatsächlich, wenn wir, in Ruhe gelassen, in wachem Zustand, mit geschlossenen Augen in bequemer Position in einem geräusch-isolierten Labor in einem Sessel sitzen? Die Aktivität des Gehirns ist nicht überall dieselbe. Die Durchblutung – und damit die Gehirn-Aktivität – ist im Frontal-Lappen erheblich höher als in den anderen Gehirn-Bereichen. Die Durchblutung im vorderen Bereich des Gehirns liegt 20 bis 30 Prozent über dem Durchschnitt, und die Aktivität im Temporal-Lappen liegt weit unter dem Durchschnitt. In der Tafel I (*siehe Vorsatzblatt*) oben ist die Verteilung der regionalen Durchblutung nur für die linke Hemisphäre gezeigt. Es wurde beobachtet, daß hinsichtlich der Ruhe-Aktivität zwischen den beiden Gehirn-Hälften keine Unterschiede bestehen, daß also auch die rechte Hemisphäre diese asymmetrische Verteilung der Durchblutung mit Bevorzugung des Frontal-Lappens zeigt.

Dieser Unterschied in der Ruhe-Aktivität kann nicht darauf zurückgeführt werden, daß die Blutversorgung in den verschiedenen Hirn-Bereichen unterschiedlich ist. Die Dichte der kleinen Blutgefäße, der Kapillaren, und die Dichte der Nervenzellen ist in den hier beobachtbaren Bereichen des Gehirns überall gleich. Der Unterschied muß also auf unterschiedliche Hirn-Aktivität im Ruhezustand zurückgeführt werden.

Nun wurde im vorangegangenen Abschnitt festgestellt, daß die Funktionen des Temporal-, Parietal- und Okzipital-Lappens hauptsächlich sensorischer Art sind; Hören, Tasten und Sehen sind in diesen Bereichen repräsentiert. Der Frontal-Lappen ist dagegen eher verantwortlich für den Bereich der Verhaltensplanung, des Bewertens und Auswählens. Die Beobachtung der erhöhten Aktivität im Frontal-Lappen während des »Nichtstuns« läßt also vermuten, daß wir zwar nach außen hin nichts tun, daß das Gehirn aber dennoch aktiv ist, indem es plant, Alternativen durchspielt, Situationen bewertet, Handlungen vorbereitet. Wohlgemerkt, diese Aktivität im Frontal-Lappen muß nicht notwendigerweise »bewußt« sein oder »bewußt« werden. Die erhöhte Aktivität kann durchaus im »Vor-Bewußten« ablaufen, um nicht den durch die Psychoanalyse vorbelasteten Begriff des »Unbewußten« zu gebrauchen. (Der Begriff des Unbewußten, wie ihn die Tiefenpsychologie, insbesondere die Psychoanalyse, meint, umfaßt nur die aus dem Bewußten *verdrängten* psychischen Inhalte; der Begriff ist also viel enger als das, was hier unter vor-bewußter Aktivität innerhalb des Frontal-Lappens verstanden wird).

Neben der Beobachtung der Hirn-Durchblutung im Zustand der Ruhe erlaubt dieses Verfahren, Änderungen der regionalen Aktivität bei bestimmten psychischen Tätigkeiten aufzuzeichnen. Es muß allerdings hervorgehoben werden, daß nicht jegliche Form psychischer Tätigkeit damit erfaßbar ist. Aufgrund des zeitlichen Ablaufs von Durchblutungsänderungen können nur solche Tätigkeiten erfaßt werden, die man kontinuierlich über längere Zeit, d. h. wenige Minuten, ausführen kann. Und nur solche Funktionen können (bisher) erfaßt werden, die auf der Oberfläche der Hemisphären repräsentiert sind. Kurz dauernde Erlebnisse und Ereignisse sind mit diesem Verfahren nicht registrierbar. Der Geistesblitz als ein momentanes Ereignis entzieht sich der Beobachtbarkeit. Dennoch können eine Reihe von Leistungen untersucht werden, wie etwa das Sprechen, das Lesen, bestimmte Bewegungen oder Sinneserlebnisse, wie Sehen, Hören oder Schmerz, die über einige Minuten ausgedehnt sein können.

Bei solchen Aufzeichnungen zeigt sich nun, daß bei den meisten Tätigkeiten ein typisches Muster der Hirn-Aktivität vorhanden ist. Hier sei nur ein Beispiel herausgegriffen, nämlich das Lesen, das auch den markanten Unterschied der Hirn-Aktivität gegenüber dem Ruhezustand zeigt. In der Tafel I unten sieht man, daß beim Lesen die Aktivität im Frontal-Lappen zurücktritt gegenüber hervortretenden Aktivitätsinseln. Beim Lesen wird also nicht nur *ein* bestimmter Ort im Gehirn aktiv, sondern es entsteht ein typisches Muster mit mehreren aktiven Bereichen. Auf der rechten Seite, wo der Okzipital-Lappen liegt, in dem die Sehfunktionen repräsentiert sind, sieht man erwartungsgemäß erhöhte Aktivität; denn Lesen ist ja eine visuelle Leistung. (Aufgrund der speziellen Blutversorgung des Gehirns kann man mit dieser Technik nicht den ganzen Okzipital-Lappen hinsichtlich seiner Aktivität sichtbar machen). Aber nicht nur im okzipitalen Bereich ist das Gehirn aktiviert, sondern außerdem noch in vier anderen Bereichen. In dem links davon liegenden Bereich sind die Hörfunktionen und die Funktionen des Sprachverstehens repräsentiert. Auch hier ist die Aktivität erhöht. Ebenfalls Aktivitätserhöhung wird am Fuße des Frontal-Lappens beobachtet. Das ist jener Bereich, der bei dem Patienten von Broca zerstört war und den man als »motorisches Sprachzentrum« bezeichnet (links unten). Dort wird offenbar gesprochene Sprache programmiert. Dann ist vermehrte Hirnaktivität genau in der Mitte beobachtbar.

Schließlich sieht man noch eine Erhöhung der Gehirnaktivität links oben. Diesen Bereich bezeichnet man als supplementäres motorisches Feld, und dieses verdient noch eine besondere Betrachtung. Wenn nämlich eine Versuchsperson beauftragt wird, im Kopf zu zählen oder zu sprechen, ohne sonst etwas zu tun, dann sieht man nur in diesem Bereich erhöhte Aktivität. Vorgestellte Sprache aktiviert also interessanterweise nicht das Sprachzentrum, mit dem Sprache verstanden wird, oder das motorische Sprachzentrum, in dem Sprache programmiert wird, sondern man kann feststellen, daß in diesem supplementären motorischen Feld der Ablauf geistiger Tätigkeit repräsentiert ist.

Die Beobachtungen mit Hilfe der regionalen Hirndurchblutung lassen mehrere Schlußfolgerungen zu. Die wichtigste ist wohl die, daß komplexe geistige Tätigkeiten, wie zum Beispiel das Lesen, durch ein spezifisches Muster von Hirn-Aktivität gekennzeichnet werden. Nicht ein Ort allein im Gehirn repräsentiert die Tätigkeit, sondern das Zusammenspiel vieler Bereiche. Komplexe Tätigkeiten sind also nicht an *einen* Ort gebunden, sondern in typischer Weise über das Gehirn verteilt. Dabei ist ein weiterer Gesichtspunkt von Bedeutung. Das typische Muster der Gehirn-Aktivität gilt für alle Menschen in gleicher Weise. Es ist nicht so, daß der eine dieses und der andere ein anderes Muster der Gehirn-Aktivität hat. Die Individualität drückt sich nicht auf dieser Ebene aus. Das Grundmuster der Gehirn-Aktivität, die Zuordnung von Bereichen zu Funktionen, ist bei allen Menschen gleich.

Aus den Beobachtungen ist aber noch eine weitere Schlußfolgerung zu ziehen. Zwar ist eine komplexe geistige Tätigkeit wie das Lesen durch Inseln von Aktivität gekennzeichnet, die über Brücken miteinander verbunden sind. Aber dabei darf man die einzelnen Inseln nicht vergessen. Jede der Inseln liefert einen wesentlichen Aspekt des gesamten Prozesses. Ein Ausfall im Okzipital-Lappen, etwa nach einem Schlaganfall, der zu einer teilweisen Blindheit im Gesichtsfeld führt, hat natürlich Wirkungen auf das Lesen. Dies ist trivial, aber ähnliches gilt vermutlich auch für die anderen Inseln. Noch muß leider »vermutlich« gesagt werden, weil die Bedeutung der verschiedenen Inseln für die Lesefähigkeit noch nicht ausführlich genug untersucht worden ist.

Nun mag der Eindruck entstehen, daß psychische Phänomene immer durch ein spezifisches *Muster* von Aktivitätsänderungen im Gehirn gekennzeichnet sind. Um Vorsicht walten zu lassen, sei betont, daß es auch psychische Funktionen gibt, die nicht durch lokalisierte Aktivitätsänderungen gekennzeichnet sind, sondern bei denen globale Aktivitätsänderungen des Gehirns auftreten. Interessanterweise kommt es neben bestimmten Muster-Veränderungen in bestimmten Situationen auch oder nur zu generellen Veränderungen der Gehirn-Aktivität. Wenn sich jemand mit einem komplizierten Problem auseinandersetzt, beispielsweise bei einer Schachpartie in einer schwierigen Situation den nächsten Zug überlegen muß, dann kommt es tatsächlich zu einer globalen Erhöhung der Aktivität, die etwa bei zehn Prozent liegt. Anstrengung, auch geistiger Art, führt zu einer Aktivität des gesamten Organismus und auch des Gehirns. Durch diese unspezifische Aktivation des Gehirns wird eine konzentriertere Arbeits- und Denkweise ermöglicht.

Solche globalen Änderungen der Gehirn-Aktivität treten ebenfalls im Zustand der Angst, im Streß und beim Schmerz-Erleben auf. David Ingvar aus Lund hat kürzlich Experimente durchgeführt, die die Bedeutung von Schmerzreizen auf die Hirndurchblutung zeigen. Mit Zustimmung der Patienten wurden während der Messung der Hirndurchblutung auch elektrische Schmerzreize verabreicht. Wenn die Intensität der elektrischen Reize gering war, also gerade an der Empfindungsschwelle lagen und der Reiz nur als eine Berührung erlebt wurde, änderte sich an der Hirndurchblutung praktisch nichts. Wenn aber die Intensität der Reize erhöht wurde, so daß die Patienten einen Schmerz-Reiz fühlten, dann erhöhte sich im ganzen Gehirn die Aktivität um etwa 20 Prozent. Aus diesen Messungen ergibt sich, daß Schmerz eine allgemeine Änderung, d.h. Aktivitätserhöhung im Gehirn bewirkt.

Das soll nicht heißen, daß Schmerz-Erleben nicht auch gebunden ist an spezifische Orte im Gehirn – dies wird später noch deutlich werden –, sondern daß außerdem eine allgemeine Änderung der Aktivität des gesamten Gehirns eintritt. Dies weist darauf hin, daß bei allen psychischen Funktionen stets von einem spezifischen und unspezifischen Anteil gesprochen werden muß. Psychisches Erleben, etwa Schmerzerleben oder geistige Tätigkeit, ist einmal durch seine spezifischen Erlebnis-Inhalte charakterisiert – d.h. der Schmerz ist stechend, dauert nur kurz und wird an einer bestimmten Körperstelle erlebt, oder bei einer geistigen Aufgabe verbirgt sich noch der Lösungsweg. Zum anderen ist unser Erleben aber auch gekennzeichnet durch allgemeine Begleitphänomene, wie die Erhöhung oder Verminderung der Konzentration, die Veränderung der Reaktionsfähigkeit oder die Tönung des Erlebnisses als angenehm oder unangenehm. Diese Begleitphänomene sind unspezifischer Natur, da sie bei allen psychischen Phänomenen mit mehr oder weniger Intensität auch vorhanden sind.

5. Hemisphären: Zwei Seelen wohnen, ach! in meinem Kopf

Entdeckungen sind häufig von Zufällen abhängig, so auch solche über die neuronalen Grundlagen unseres Erlebens und Verhaltens. Eine der wesentlichsten Erkenntnisse über die Struktur unseres Bewußtseins verdanken wir einer derartigen Situation. In Kalifornien ist in den letzten Jahren von verschiedenen Gehirnchirurgen ein Verfahren zur Kontrolle von schweren Epilepsien entwickelt worden, das darin besteht, die beiden Hemisphären des Gehirns chirurgisch voneinander zu trennen. Bei einigen Patienten war es nicht möglich, die Epilepsien medikamentös einzudämmen. Es besteht dann die Gefahr, daß in einer Hemisphäre ein sogenannter epileptischer Herd sich ausbreitet, der einen zweiten epileptischen Herd in der anderen Hemisphäre bildet. Um dies zu verhindern, ist bei einigen wenigen Patienten die Trennung der Hemisphären vorgenommen worden.

Roger Sperry, ein bedeutender Neuro-Wissenschaftler, der 1981 mit dem Nobelpreis für Medizin und Physiologie ausgezeichnet wurde, wollte nun prüfen, wie die getrennten Hemisphären für sich allein funktionieren. Die Untersuchungen Sperrys haben entscheidende Einblicke in die Arbeitsweise unseres Gehirns vermittelt und gezeigt, zu welchen Leistungen jede Hemisphäre für sich allein in der Lage ist. Um eines seiner elegantesten Experimente verständlich zu machen, ist es zunächst notwendig, sich darüber klar zu werden, wie unser Gesichtsfeld im Gehirn abgebildet ist. Um dies zu veranschaulichen, nehmen wir Abbildung 7 zu Hilfe. Wenn wir auf einen Punkt vor uns schauen, dann legen wir eine gedachte *senkrechte* Linie durch den Fixationspunkt. Diese gedachte Linie teilt für jedes Auge das Gesichtsfeld (GF) in zwei Hälften, also das *linke* Halbfeld des linken und rechten Auges und das *rechte* Halbfeld des linken und rechten Auges. Aufgrund eigentümlicher anatomischer Bedingungen ist diese Aufteilung des Gesichtsfeldes in zwei Halbfelder wesentlich: Alles, was *links* vom Fixationspunkt liegt, ist in der *rechten* Gehirnhälfte abgebildet, und alles, was *rechts* vom Fixationspunkt liegt, also rechts von der senkrechten Linie durch den Fixationspunkt, wird in die *linke* Gehirnhälfte geschickt.

Diese Aufteilung des Gesichtsfeldes in zwei Hälften hat zur Folge, daß jede Hemisphäre nur ein halbes Gesichtsfeld »sieht«.

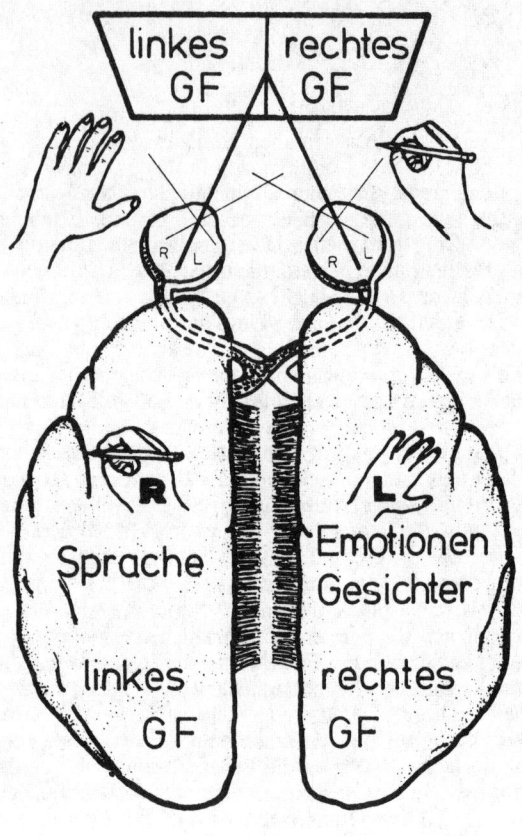

Abbildung 7

Wie kommt es nun dazu, daß wir trotzdem erlebnismäßig ein ganzes Gesichtsfeld haben, das sich kontinuierlich von unserem Fixationspunkt nach links und nach rechts ausbreitet? Das liegt daran, daß zwischen den beiden Gehirnhälften massive Verbindungen von Nervenfasern bestehen, die gleichsam wie ein Reißverschluß die beiden Halbfelder zusammenziehen.

Durch diese Verbindung zwischen den Hemisphären ist es also möglich, daß die linke Hemisphäre weiß, was in der rechten geschieht und umgekehrt.

Was aber sind nun die Folgen, wenn ein Chirurg aus medizinischen Gründen die beiden Hirnhälften voneinander trennt, damit die gegenüberliegende Hemisphäre nichts erfährt und damit auch nichts von dem epileptischen Herd »weiß«, um womöglich auch zu erkranken? Einer der Versuche, die Sperry durchführte, lief folgendermaßen ab: Die Patienten mit den getrennten Hemisphären mußten sich im ersten Teil des Experiments mit acht verschiedenen Gesichtern vertraut machen, die in der Abbildung 8 (links oben) gezeigt sind. Dann wurde eine photographische Manipulation vorgenommen. Jedes Gesicht wurde senkrecht durchgeschnitten und dann mit einem anderen Halbgesicht zusammengeklebt (Abb. 8, links unten). Auf diese Weise wurden also »Chimären-Gesichter« konstruiert.

Wenn nun der Patient genau die Mitte der Chimären-Gesichter fixiert, dann liegt aufgrund des oben Angeführten folgende Situation vor: Das Halbgesicht links vom Fixationspunkt wird in der rechten Gehirnhälfte abgebildet, und das Halbgesicht rechts vom Fixationspunkt wird in der linken Gehirnhälfte abgebildet. Wenn wir selbst die verbundenen Gehirnhälften genau in der Mitte fixieren, merken wir sofort, daß etwas nicht stimmt. Wie aber reagieren die Patienten, bei denen die beiden Gehirnhälften nicht einander darüber informieren können, was sie wahrnehmen?

Die Antwort gibt gleichzeitig wichtige Auskunft über allgemeine Arbeitsweisen unseres Gehirns. Die Antwort ist nämlich, daß die Reaktion von der Frage abhängt, die man den Patienten stellt, bzw. von der Aufgabe, die sie auszuführen haben. *Fragt* man die Patienten, welches Gesicht sie sehen, dann geben sie an, jenes Halbgesicht erkannt zu haben, das *rechts* vom Fixationspunkt abgebildet ist. Wenn die Patienten aber nicht antworten sollen, wenn sie also nicht in einer sprachlichen Reaktion mitteilen sollen, was sie gesehen haben, sondern wenn sie nur *zeigen* sollen, welches der acht Gesichter sie gesehen haben, dann geben sie an, das Gesicht *links* vom Fixationspunkt, das in der rechten Gehirnhälfte abgebildet ist, zu sehen.

Mit diesem Versuch erhält man gleich mehrere Auskünfte über die Funktionsweisen des Gehirns. Der erste Hinweis ist, daß die Kompetenz der beiden Gehirnhälften verschieden ist, insbesondere, daß die Kompetenz der linken Gehirnhälfte offenbar im sprachlichen Bereich liegt, während die Kompetenz der rechten auf einer anderen Ebene zu liegen scheint. Um diese Kompetenz zu verdeutlichen, müssen wir uns die ganze Versuchssituation vor Augen halten. Vor dem Versuch mußten sich die Patienten mit den Gesichtern vertraut machen, d. h. sie lernten auch, an welcher

Chimären - Reize

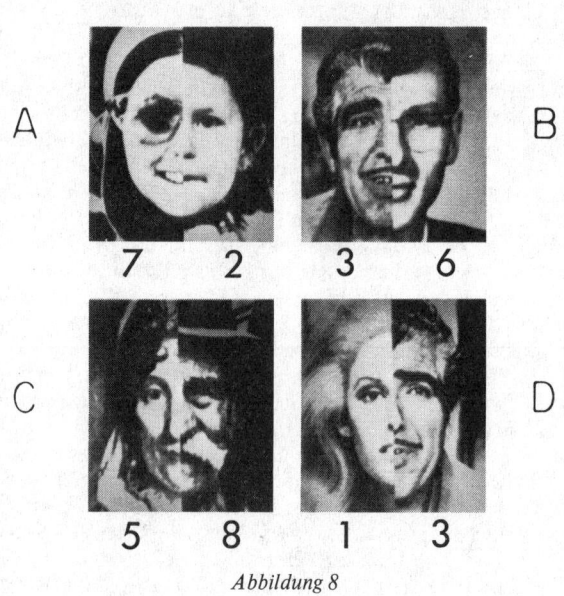

Abbildung 8

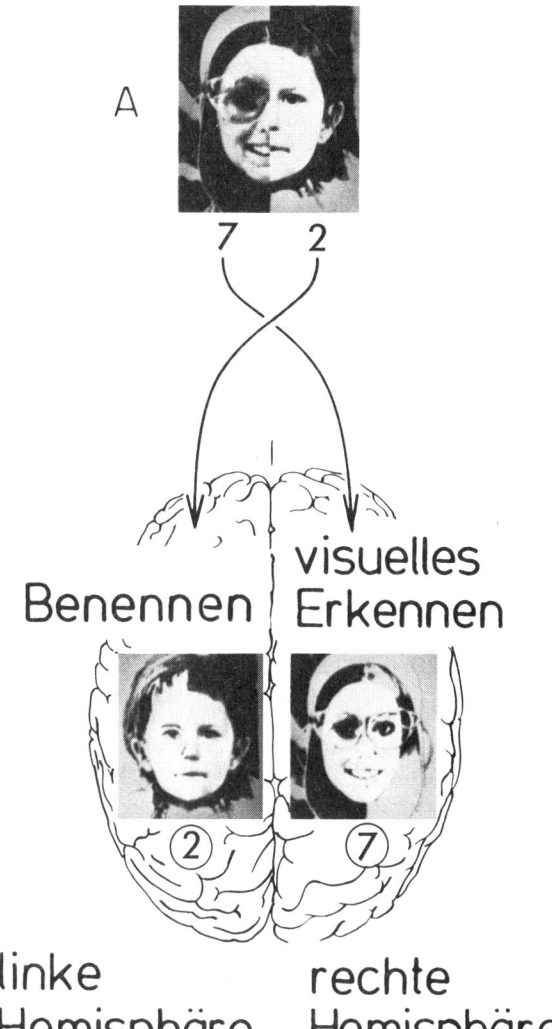

Abbildung 8

Stelle der Abbildung welches Gesicht lag. Wenn sie aber ohne Worte zu reagieren hatten, war unter anderem von ihnen verlangt, ein bestimmtes Gesicht an einer bestimmten Stelle der Vorlage ausfindig zu machen. Ihre Reaktionsweise war also unter anderem räumlich. Aus dieser Beobachtung – und einer Vielzahl anderer – kann man ableiten, daß eine der Kompetenzen der rechten Hemisphäre das räumliche Vorstellungsvermögen ist. Wenn ein Taxifahrer das Straßennetz einer Stadt im Kopf hat und sich von irgendeinem Punkt der Stadt auf kürzestem Wege zu irgendeinem anderen Punkt der Stadt begeben kann, dann bemüht er Kompetenzen seiner rechten Gehirnhälfte – allerdings vielleicht gegen sein finanzielles Interesse.

Neben diesem Hinweis auf verschiedene Kompetenzen der Gehirnhälften erfahren wir aus Sperrys Versuch ein weiteres: Die beiden Gehirnhälften mußten offenbar jeweils erst in Gang gesetzt werden, um zu reagieren. Wenn die Patienten mit Worten reagieren sollen, so heißt dies, daß sie erwarteten, sprachlich zu reagieren, und diese Erwartung oder Einstellung auf eine sprachliche Reaktion bewirkt offenbar, daß sich die sprachliche Reaktionsweise in den Vordergrund des Bewußtseins schiebt und eine räumliche Reaktionsweise von vornherein unterdrückt wird. Das Gehirn ist dann sprachlich eingestellt. Anders bei der räumlichen Reaktion: Sprache spielt gemäß der Einstellung der Patienten auf die Reaktion keine Rolle, und so wurde die sprachliche Reaktionsweise von vornherein unterdrückt. Gesehen wurde das, was durch das Hineinversetzen in die räumliche Vorstellungsweise vorprogrammiert war. Die induzierte Weise des Reagierens bestimmt dann das Wahrgenommene. Durch die Erwartung, wie zu reagieren sei, entwickelt sich eine ganz bestimmte Bewußtseinskonstellation, die nur noch für gewisse Dinge empfänglich ist.

Daß diese Aussage allgemein gültig ist, soll an einem weiteren Beispiel erörtert werden, das sich übrigens auch gut zum experimentellen Spielen in Familie oder Bekanntenkreis eignet. Dies Beispiel soll zeigen, daß nicht nur die Reaktionsweise, wie bei den Patienten, das Wahrgenommene bestimmt, sondern daß Einstellungen und Erwartungen in bezug auf das, was zu sehen ist, also »Vorurteile«, ebenfalls dazu führen, das Wahrgenommene entsprechend der Einstellung zu interpretieren. Wer sich beispielsweise viel mit Katzen abgibt, wird vermutlich in Abbildung 9 zunächst und vorzugsweise eine Maus sehen. Aber ein Friseur wird vermutlich zunächst und vorzugsweise einen Mann mit Glatze erkennen, der als Kunde nicht in Frage kommt. Man kann dieses Bild natürlich verwenden, um selber einmal zu prüfen, ob das Setzen einer Erwartung die eine oder andere Alterna-

Abbildung 9

tive dieses zweideutigen Bildes in den Vordergrund drängt, wenn man sich entsprechende vorbereitende Geschichten ausdenkt. Bei Versuchen im Hörsaal mit mehreren hundert Studenten gelingt es mir regelmäßig, durch entsprechende Geschichten vorweg die Masse der Studenten eine Maus oder einen Mann sehen zu lassen, wobei diese demagogischen Manipulationen sich in jedem Semester abwechseln. Das Wort Demagogie ist hier wohl am Platze, wenn es darum geht, durch das Erzeugen von Vorurteilen bei einer Menge Menschen Sachverhalte in bestimmter Weise erscheinen zu lassen.

Diese Abbildung hat im übrigen noch eine weitere Eigenschaft, auf die schon hier verwiesen sei, obwohl erst später auf diesen Aspekt, nämlich die zeitliche Ordnung unseres Erlebens, eingegangen wird. Wenn man sich einmal von der Einstellung frei gemacht hat, daß es nur eine Maus oder nur ein Mann sein könne, und wenn man tatsächlich beide Deutungen dieses Bildes sehen kann, dann wird man feststellen, daß man jeweils das eine oder andere sehen kann, wann immer man will. Das mag am Anfang noch etwas schwierig sein, und manchem mag es sogar zunächst unmöglich sein, aber mit der Zeit geht dieses durch den Willen aufgezwungene Hin- und Herspringen immer besser. Man kann dann also selbst bestimmen, was man sieht. Wenn man beides alternativ sehen kann, dann sollte man noch folgenden Versuch machen: Man schaue das Bild an in der Absicht, nun konti-

nuierlich nur eine Interpretation sehen zu wollen, also beispielsweise die Maus – und man wird dann feststellen, daß nach einigen
Sekunden und ohne daß man es verhindern kann, ja sogar gegen
den eigenen Willen, die andere Interpretation ins Bewußtsein
tritt. Dieses Phänomen spiegelt eine zeitliche Dynamik unserer
Bewußtseinsprozesse wider, auf die noch näher bei der Erörterung unseres Zeiterlebens eingegangen wird.

Die Erkenntnis, daß Einstellungen und vorprogrammierte
Reaktionsweisen maßgeblich mitbestimmend sind für das, was
wir wahrnehmen und erleben, ist leider nicht allgemein bekannt,
selbst nicht Kreisen der zuständigen Wissenschaften. Die traditio-
nelle Auffassung, die mit dem französischen Philosophen René
Descartes beginnt und auch heute noch von vielen vertreten wird,
ist die, daß wir gleichsam wie Reaktionsapparate funktionieren.
Wann immer in der Umwelt etwas geschieht und unsere Sinne
davon gereizt werden, dann wird automatisch die Umweltände-
rung ins Gehirn gemeldet. Dort findet eine Bearbeitung und
Bewertung statt, und wenn die Reizung nur stark genug war, folgt
eine Reaktion. Daß Organismen, und selbstverständlich auch wir
Menschen, nicht nach einem derartigen Klingelknopf-System
funktionieren, haben insbesondere die Verhaltensforscher mit
Konrad Lorenz an der Spitze deutlich gemacht. Wahrnehmung ist
nicht passives Reagieren auf Reiz-Konstellationen, sondern ein
Auswählen solcher Umweltereignisse, die aufgrund der individuellen Bedürfnislage oder einer Erwartung als bestätigt erlebt
werden. Die neuronale Ausstattung des Gehirns bedingt von
vornherein, daß unsere Wahrnehmungserlebnisse durch erwar-
tete Reaktionsweisen oder Einstellungen inhaltlicher Art mitgeprägt werden.

6. Sprache: Ein Puzzle für das Gehirn

Der Sprachforscher Noam Chomsky aus Cambridge in Massachusetts, der die moderne Linguistik ganz entscheidend beeinflußt hat, stellte einmal fest, daß Science-Fiction-Filme, in denen Wesen anderer Welten mit den Erdbewohnern sprechen, schon deshalb unwahrscheinlich seien, weil den fremden Wesen unsere Sprache überhaupt nicht zugänglich sein könne. Chomsky dachte dabei besonders an die Grammatik: Diese sei derart komplex und eine nur dem Menschen innewohnende Kompetenz, daß außerirdische Fremdlinge hoffnungslos verloren sein müßten, wollten sie unsere Sprache verstehen. Im Sinne Chomskys gibt es also auf der Erde selbst keine Fremdlinge.

Es ist eine der faszinierendsten Erfahrungen der Sprachforscher, daß jedes Kind irgendeine beliebige auf der Welt vorhandene Sprache lernen kann. Wenn dieses Lernen früh genug beginnt, kann z.B. ein deutsches Kind vollkommene Sprachfähigkeit, auch was den Akzent betrifft, in Ungarisch, Chinesisch, Bayerisch oder Hopi erwerben. Da es etwa 5 000 Sprachen auf der Erde gibt, ist dies in der Tat eine sehr starke Aussage der Sprachforscher, die jedoch durch zahlreiche Erfahrungen belegt wird.

Wissenschaftlich ist die Aussage darin begründet, daß gewisse grammatikalische Grundregeln für alle menschlichen Sprachen gelten und daß darüber hinaus die Zahl von Sprachlauten, die es in allen Sprachen gibt, bei weitem nicht so groß ist wie die Zahl der Sprachen selbst. Man nimmt an, daß in den etwa 5 000 verschiedenen Sprachen nur etwa 100 verschiedene Sprachlaute vorkommen. Aus dieser relativ kleinen Zahl von Sprachlauten setzen sich die verschiedenen Sprechsysteme, auch wenn sie noch so fremdartig klingen mögen, zusammen. Chomsky behauptet, daß gewisse grammatikalische (besser syntaktische) Grundregeln dem Menschen angeboren seien, d.h. sich im Laufe der Entwicklungsgeschichte ausgeprägt haben, so wie etwa auch der aufrechte Gang des Menschen. Aufgrund der genetischen Verankerung von Sprachkompetenz ergebe sich, daß jeder Mensch notwendig zu sprechen lerne. Sprache wird dennoch nicht freiwillig aufgrund einer Entscheidung der Eltern erworben, wie etwa Klavier spielen, sondern das Lernen von Sprache kann gar nicht verhindert werden. Die Eltern können nur entscheiden, welche Sprache gelernt wird oder ob es sogar mehrere gleichzeitig sind. Verhindern kann man Sprachlernen und Sprechen nur, wenn ein Kind vollkommen isoliert aufwächst.

Derartige Isolation hat es in der Menschheitsgeschichte ja tatsächlich gegeben; der Fall Kaspar Hauser ist eine von ihnen. Es wird auch überliefert, daß der Stauferkaiser Friedrich II. im 13. Jahrhundert ein Experiment ausführen ließ, um zu entdecken, welches die menschliche Ursprache sei. Seine Hypothese war wohl, daß es das Griechische sein müßte. Kinder verschiedener Herkunft wurden deshalb nach Sizilien gebracht und von Ammen bestens versorgt. Die Ammen hatten aber die ausdrückliche Weisung mitbekommen, nicht mit den Kindern zu sprechen, damit nur das sich entwickeln möge, was schon in den Kindern als Ursprache angelegt sei. Wie es heißt, war das Experiment deshalb erfolglos, weil alle Kinder starben, bevor sich die sprachliche Entwicklung vollzogen hatte. Aus dem Experiment über den Ursprung der Sprachen war eine nicht beabsichtigte Erfahrung über den Einfluß mangelnder Zuwendung der Bezugsperson auf die Entwicklung der Kinder geworden. Nicht mit den Kindern sprechen zu dürfen, schränkte offenbar auch maßgeblich die mütterliche Zuwendung ein, so daß Entwicklungsstörungen, die schließlich sogar zum Tode führten, die Folge waren. Derartige, oft lebensentscheidende Störungen aufgrund mangelnder Zuwendung sind auch heute wohlbekannt. Der Psychologe René Spitz hat schwere Entwicklungsrückstände bei Heimkindern beobachtet, bei denen die Zuwendung eingeschränkt war. Spitz hat das Phänomen als Hospitalismus bezeichnet.

Daß übrigens das gleichzeitige Lernen mehrerer Sprachen für Kinder schädlich sei, wie manchmal behauptet wird, scheint ein Irrtum zu sein. Dabei auftretende Probleme sind weniger im Sprachlichen begründet als vielmehr im Sozialen, da eine Sprache ja auch immer ein soziales Umfeld definiert. Wenn sich soziale Umfelder aber ausschließen, wie z.B. bei Gastarbeiter-Kindern, dann kann es deshalb zu Spracherwerbsschwierigkeiten kommen, nicht jedoch wegen der Konkurrenz der Sprachen selbst.

Nicht nur sprachliche Kompetenz scheint dem Menschen angeboren zu sein, sondern auch die Fähigkeit, einzelne Sprachlaute wahrnehmungsmäßig hervorzubringen und zu unterscheiden. Auch das ist in unserem Gehirn angeborenerweise verankert. Hierzu gibt es neuerdings einige Beobachtungen an Neugeborenen, die kaum eine andere Deutung zulassen. Peter Eimas aus Providence in Rhode Island mußte für die Demonstration, daß wenige Wochen alte Kinder schon zwischen solchen Sprachlauten wie ba und pa unterscheiden können, allerdings ein neues Verfahren entwickeln, da er sie natürlich nicht fragen konnte. Die

Babys bekamen einen Schnuller mit einer Vorrichtung, die aufzuzeichnen erlaubte, in welcher Geschwindigkeit am Schnuller gesaugt wurde. Das Maß wollen wir als »Nuckel-Frequenz« bezeichnen. Über Lautsprecher wurde nun kontinuierlich ein Sprachlaut vorgespielt, beispielsweise: ba ba ba … Dann wurde beobachtet, daß die Nuckelfrequenz anfänglich hoch war, aber allmählich abnahm, weil die Babys von dem dauernden ba ba ba offenbar gelangweilt wurden. Man bezeichnet diese Abnahme der Reaktionshäufigkeit auf einen kontinuierlich dargebotenen Reiz als »Habituation«. Nachdem solche Habituation festgestellt worden war, wurde der akustische Reiz plötzlich in pa pa pa verändert. Wenn diese Veränderung eintrat, änderte sich auch die Nuckelfrequenz. Sie ging schlagartig nach oben und verringerte sich allmählich wieder wie vorher bei ba ba ba. Wenn nun statt pa der Reiz wieder in ba verändert wurde, ging die Nuckelfrequenz wieder nach oben. Da sich sonst nichts änderte, kann die Beobachtung, daß sich die Nuckelfrequenz jeweils dann verändert, wenn ba und pa variiert werden, nur so gedeutet werden, daß die Babys in der Tat diese beiden Sprachlaute unterscheiden können. Daraus schloß Eimas, daß das wenige Wochen alte Kind ba und pa schon unterscheiden können muß, denn sonst hätte es nicht zu diesen körperlichen Veränderungen kommen können.

Solche Versuche wurden nicht nur mit ba und pa gemacht, sondern viele andere Sprachlaute wurden verwendet, und es zeigte sich immer wieder, daß Neugeborene tatsächlich die Fähigkeit der Unterscheidung von nah verwandten Sprachlauten besitzen. Da es unmöglich ist, daß sie diese Fähigkeit zwischen Geburt und Untersuchungstermin gelernt haben, muß man annehmen, daß die Fähigkeit, Sprachlaute als Wahrnehmungskategorien zu erkennen, angeboren sein muß. Man spricht deshalb auch von der genetischen Verankerung der »kategorialen Wahrnehmung«.

Welche Anforderungen dabei an das kleine Gehirn gestellt werden, mögen ein paar Zahlen verdeutlichen. Der Unterschied zwischen ba und pa betrifft ja nur die Konsonanten b und p. Konsonanten sind gekennzeichnet durch akustische Information, die viel kürzer ist als eine Sekunde. Die Babys unterscheiden Laute aufgrund von akustischen Reizen in einem Zeitbereich von nur einigen Tausendstel Sekunden.

Bisher haben wir festgestellt, daß Sprache sowohl durch Syntax als auch durch Sprachlaute charakterisiert ist und daß die Fähigkeit, Syntax anzuwenden, indem man strukturierte Sätze bauen und Sprachlaute verstehen kann, vermutlich angeboren ist. Wenn wir sprechen, machen wir uns aber selten klar, daß Sprache auch noch andere Fähigkeiten – neben der syntaktischen und der sprachlautlichen – erfordert. Insgesamt lassen sich *sieben* solche Kompetenzen unterscheiden, über die wir verfügen bzw. verfügen sollten, wenn wir als kompetente Gesprächspartner ernstgenommen und das heißt richtig verstanden werden wollen.

Selbstverständlich ist, daß wir eine Art »Lexikon«, einen Sprachvorrat von Wörtern im Kopf haben müssen, wenn wir sprechen oder Sprache verstehen wollen. Das schulische Lernen einer Sprache besteht ja zum großen Teil in dem Erwerb der lexikalischen Kompetenz in einer Fremdsprache, neben dem Lernen der Grammatik. Man kann nun schon miteinander kommunizieren, wenn das persönliche Lexikon nur etwa 2 000 Wörter umfaßt, aber mit einem aktiven Wortschatz von 10 000 Wörtern kann viel mehr gesagt werden – manchmal wird dann freilich auch nur mehr »geredet«.

Die Verfügbarkeit eines Lexikons, syntaktischer Regeln und der Sprachlaute kennzeichnet aber noch immer nicht hinreichend den verständlichen Sprecher. Im folgenden Satz sind die genannten Kompetenzen gegeben, dennoch dürfte der Satz zunächst wenig Sinn geben: »Die Zukunft soll rothaarig sein.« Denn bei einer Äußerung muß auch die Bedeutung erkennbar sein, d.h. es wird sogenannte *semantische* Kompetenz verlangt. (Es wurde hier mit Absicht eine Zeile aus einem modernen Gedicht von Heinz Piontek gewählt, da gerade das Spiel mit der semantischen Dimension, die Verletzung der semantischen Kompetenz, bei manchen poetischen Aussagen einen besonderen Reiz schaffen kann.) Übrigens ist auffallend, daß die Verletzung der semantischen Kompetenz besonders in Äußerungen von Schizophrenen vorhanden sein kann. Die semantische Kompetenz kann aber beispielsweise auch dann fehlen, wenn Grundprinzipien unseres Denkens verletzt werden. Eines dieser Grundprinzipien gilt im »Satz der Identität«: A = A. Wenn Dinge ihre Selbst-Identität verlieren, wenn also ein Stuhl plötzlich etwas anderes sein kann als ein Stuhl, dann verliert auch die Sprache ihre Bedeutung.

Aber wenn auch die Bedeutung einer Aussage offen liegt, so ist damit Sprache doch noch nicht hinreichend charakterisiert. Selbstverständlich erwarten wir vom Gesprächspartner, daß das, was er sagt, auch richtig ist. »Schnee ist schwarz« ist einfach falsch. Das Beispiel zeigt, daß bei einer sprachlichen Äußerung »kognitive« Kompetenz des Sprechers vorausgesetzt wird. Im Zusammenhang der kognitiven Kompetenz spielt auch das *Lügen* eine Rolle. Offenbar gehen wir natürlicherweise davon aus, daß jedermann die Wahrheit sagt. Daß jemand lügt, entspricht nicht unserem natürlichen Erwartungsverhalten einem anderen gegenüber (auch wenn wir durch besondere Erfahrungen in bestimmten Gesprächen unsere kognitive Einstellung dem anderen gegenüber umstellen können).

Daß Schnee nicht schwarz ist, können wir selber nachprüfen. Aber wie steht es mit den Aussagen der Wissenschaftler, beispielsweise über konjunkturelle Entwicklung in der Wirtschaft oder über die neuronalen Grundlagen des Erlebens und Verhaltens? Kognitive Kompetenz fordert offenbar auch so etwas wie einen moralischen Anspruch auf seiten des Sprechers – und eine kritische Einstellung auf seiten des Hörers. Die Tatsache, daß wir beim Sprecher von vornherein kognitive Kompetenz voraussetzen, kann zum blinden Glauben führen und alles akzeptabel erscheinen lassen, was gesagt wird, insbesondere dann, wenn damit eine bestimmte Erwartungshaltung einhergeht. Während der »Psycho-Welle« der letzten Jahre ist erstaunlich viel über psychische Phänomene publiziert worden. Als kritischer Mensch muß man sich fragen, woher die Autoren wissen, was sie behaupten. Beispielsweise sind Aussagen über verschiedene Psycho-Theraphie-Verfahren zum besten gegeben worden, etwa die sogenannte Urschrei-Therapie, die den Anspruch auf Wissenschaftlichkeit erhoben, die aber äußerst fragwürdig blieben und der Psycho-Therapie insgesamt nur geschadet haben.

Sprache ereignet sich stets in einer Wechselbeziehung mit anderen, denn selten sprechen wir nur mit uns selbst, d. h. Sprache ist auch durch einen sozialen Rahmen gekennzeichnet. Beobachtungen, die insbesondere am Max-Planck-Institut für Psychiatrie in München, das Detlev Ploog leitet, durchgeführt wurden, lassen die Schlußfolgerung zu, daß wir bei der Sprache auch von einer »sozialen Kompetenz« sprechen können. Das Fehlen einer solchen Kompetenz macht ein Gespräch unerhört schwierig. Es wurde festgestellt, daß Patienten mit schweren Depressionen eine Einbuße an sozialer Kompetenz erlitten haben. Das normale Gespräch ist dadurch gekennzeichnet, daß beim Sprechen der Hörende den Sprecher die meiste Zeit über anschaut, der Sprecher dagegen in einem etwas geringeren Ausmaß den Hörenden fixiert. Wenn Sprecher und Hörer sich im Dialog abwechseln, dann ändert sich damit auch der zeitliche Ablauf des Blick-Kontaktes. Der regelmäßige Wechsel des Blick-Kontaktes und die Dauer des Anschauens des jeweils anderen machen das Gespräch mit sozialer Kompetenz beider Gesprächspartner sogar objektiv beschreibbar. Ganz anders verhält es sich mit schwer depressiven Patienten. Ein wesentliches Merkmal der Depression ist die Vermeidung des Blick-Kontaktes mit dem Gesprächspartner. Vollkommen in sich versunken und abgekehrt geht der Depressive dem sozialen Kontakt aus dem Wege. Diese Vermeidung der offenen Zuwendung ist für den Gesprächspartner eine außerordentliche Belastung, da er das Gefühl haben muß, den anderen nicht erreichen zu können. Manche Psychiater haben den Eindruck, daß sich in der Wiederaufnahme des Blick-Kontaktes im Gespräch eine Besserung der Depression zeige, indem ein Wiederaufleben der sozialen Kompetenz zum Ausdruck kommt.

Man möchte meinen, daß lexikalische, syntaktische, semantische, kognitive, soziale und sprachlautliche Kompetenzen unsere Sprache hinreichend beschreiben. Doch fehlt noch eine ganz wesentliche Dimension. Es ist nämlich auch wichtig, *wie* etwas gesagt wird. Man stelle sich nur den Dreiwörter-Satz vor: »Ich liebe Dich.« Durch unterschiedliche Betonungen kann der Satz sehr Verschiedenes bedeuten:

Ich *liebe* Dich! – Positives Bekenntnis in der Ekstase.
Ich *liebe* Dich? – Nein, Du bist mir zuwider.
Ich liebe *Dich*! – Im Gegensatz zum/zur anderen.
Ich liebe *Dich?* – Voller Haß, nein jemand anders.
Ich liebe Dich! – Voller Hingabe, ich kann nicht anders.
Ich liebe Dich? – Nein, wie kommst Du denn darauf?

Vielleicht gibt es neben den sechs Ausdrucksmöglichkeiten noch andere, wobei angemerkt sei, wie schwierig es ist, durch Kursivdruck, Ausrufungs- oder Fragezeichen den gesprochenen Sinn der Aussage jeweils zu erfassen. Diese Fähigkeit, Gesprochenes durch die Weise unseres Sprechens zu vermitteln, bezeichnen wir als *prosodische* Kompetenz. Die Prosodie der Sprache umfaßt alles, was wir mit Intonation, Betonung, Sprachmelodie usw. meinen.

Es ist deutlich, daß die Vermittlung von Gefühlen im wesentlichen über die prosodische Kompetenz erfolgt. Ohne sie ist unsere Sprache nackt. Sie ist dann nur Mitteilung von Sachverhalten. Man erlebt die Bedeutung der prosodischen Kompetenz eindrucksvoll, wenn man verschiedene Vortragsweisen miteinander vergleicht. Wenn ein Redner einen Vortrag hält und dabei abliest, dann bedeutet das für die Hörer fast immer eine erhöhte Anstrengung, denn der Lesende erlebt das, was er vorträgt, ja nicht als ursprünglich, sondern er vollzieht mit Worten nach, was er sich vorher überlegt hat. Von Ausnahmen mancher Redner abgesehen, wie etwa dem Philosophen Martin Heidegger in seinen Vorlesungen, bedeutet das eine maßgebliche Einschränkung der Ausdruckskraft der Sprache. Die Prosodie wird blasser, zumal der lesende Sprecher auch noch erheblich schneller spricht als der spontan Sprechende. Dann verlieren die Zuhörer den roten Faden und beginnen sich zu langweilen.

Der spontan Sprechende ist viel aktiver, denn er muß jeden Satz neu schaffen. Er versucht, seine Gedanken wie in einem Gespräch direkt zu vermitteln, wobei die Gestik auch eine wesentliche Rolle spielt. Die mit voller prosodischer Kompetenz vorgetragene Rede erlaubt den Zuhörern den unmittelbaren Kontakt zum Redner und damit auch zu dem Gesagten, und dieser direkte Kontakt erleichtert das Zuhören entscheidend. (Leider gibt es Sachverhalte, die das spontane Sprechen nicht erlauben, wie etwa die Erörterung komplizierter Ideen, in denen vielfältige Alternativen zu berücksichtigen sind, die im spontanen Denkprozeß nicht alle gleichzeitig präsent sein können, wobei die Sprache dann einen langdauernden Denkprozeß nur nachvollziehen kann.)

Bei der Aufzählung der verschiedenen Sprachkompetenzen mag die Frage aufgekommen sein, ob diese nicht vielleicht durch bestimmte Mechanismen, die an verschiedenen Orten des Gehirns lokalisiert sind, vermittelt werden, da dies ja schon für andere Funktionen möglich erschien. Und in der Tat: Obwohl eine derartige Lokalisation noch nicht für alle Sprachkompetenzen angegeben werden kann, gilt sie jedoch zumindest für einige von ihnen. Vor kurzem hat der italienische Neurologe Guido Gainotti aus Rom festgestellt, daß die prosodische Kompetenz bei Patienten mit Verletzungen der *rechten* Hemisphäre eingeschränkt ist. Solche Patienten sind durchaus noch in der Lage, syntaktische und semantische Qualitäten eines gehörten Satzes zu erkennen. Sie haben aber Schwierigkeiten, festzustellen, ob etwas mit zorniger oder humorvoller Stimme vorgetragen wird. Der Satz »Ich liebe Dich« birgt dann sehr viel weniger Bedeutungsmöglichkeiten als für den Gesunden.

Überhaupt scheinen Patienten mit Läsionen der rechten Hemisphäre eine Einschränkung ihrer emotionellen Möglichkeiten zu erleiden. So reagieren sie auf die Tatsache einer Hirnverletzung bei sich selbst relativ gelassen, als ginge es sie kaum etwas an. Patienten mit Läsionen in der linken Hemisphäre zeigen dagegen häufig Katastrophen-Reaktionen. Sie sind verzweifelt über den Verlust bestimmter Fähigkeiten. Diese Beobachtungen neben anderen zeigen, daß die rechte Hemisphäre eine Dominanz, d. h. eine allgemeine Kompetenz besitzt für die emotionelle Bewertung von Ereignissen und das Erleben von Gefühlen. Neben der Dominanz für das räumliche Vorstellungsvermögen wäre dies also ein weiteres psychologisches Grundphänomen, das in der *rechten* Gehirnhälfte angesiedelt ist.

Dennoch spricht man aber häufig davon, daß die *linke* Gehirnhälfte die dominante und wichtigere sei. Das hat historische

Gründe, die auf den schon erwähnten französischen Forscher Paul Broca und auf den deutschen Arzt Carl Wernicke zurückgehen. Beide haben die Grundlagen geschaffen für unser Verständnis der Repräsentation der Sprache im Gehirn, zumindest der syntaktischen und der semantischen Kompetenz. Es wurde festgestellt, daß Sprachstörungen oder Aphasien, wie sie in medizinischer Terminologie genannt werden, in 95 Prozent der Fälle bei Störungen im Gehirn auftreten, die auf der *linken* Seite liegen. Da sprachliche Fähigkeiten ein entscheidendes menschliches Wesensmerkmal ausmachen, wurde daraus abgeleitet, daß die linke Hemisphäre, da sie Sprache repräsentiere, die wesentlichere sei und als dominant bezeichnet werden müsse. Das heißt wohl auch, daß Gefühle in unserer abendländischen geistesgeschichtlichen Tradition als ein nicht gleich mächtiges Wesensmerkmal des Menschen gelten – wohl im Gegensatz zu anderen Kulturkreisen.

Paul Brocas Entdeckung war nun, daß im vorderen Teil des Gehirns auf der linken Seite ein Bereich liegt, der notwendig ist für die Produktion von Sprache. Wenn noch sprachliche Restfunktionen bei sprachgestörten Patienten vorhanden sind, dann treten häufig falsche syntaktische Konstruktionen auf. Die Sprache ist verlangsamt, der Patient scheint sich besonders anstrengen

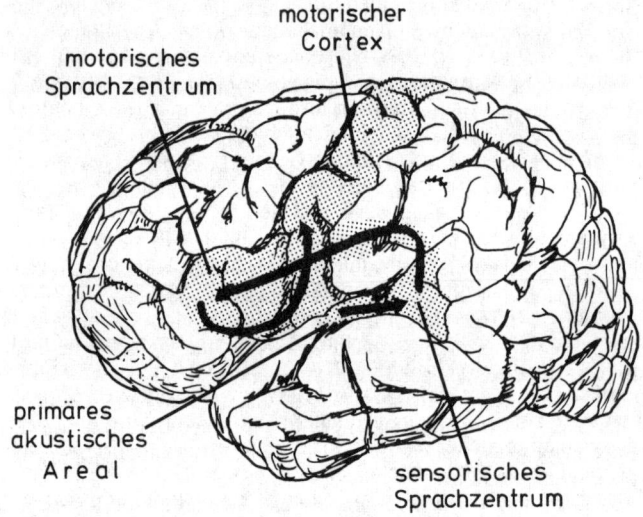

Abbildung 10

zu müssen, und häufig reicht es nur zu ganz kurzen Äußerungen, so daß manche Neurologen von einem Telegrammstil der Sprache bei solchen aphasischen Patienten sprechen. Wenn der Patient eine Frage beantwortet hat, dann ist das, was er vorbringt, zwar sinnvoll, obwohl die Grammatik falsch sein mag, indem Fehler bei der Beugung der Verben oder Hauptworte auftreten können. Aus diesen Beobachtungen läßt sich ableiten, daß der erwähnte Bereich im Gehirn, der in Abbildung 10 als motorisches Sprachzentrum bezeichnet ist, die syntaktische Kompetenz in der Sprache vermittelt.

Carl Wernicke, der im letzten Jahrhundert in Breslau wirkte, beobachtete eine andere Form von Aphasie, die bei Störungen weiter hinten im Gehirn, im Temporal-Lappen, auftreten. Dieser Bereich ist in Abbildung 10 als sensorisches Sprachzentrum markiert. Diese Verletzungen liegen ganz in der Nähe der sogenannten Hörrinde (primäres akustisches Areal). Das ist jener Bereich, in dem die akustische, von den Ohren kommende Information, über einige Umschalt-Stationen, abgebildet wird. Patienten mit solchen Störungen erscheinen hinsichtlich der Verständlichkeit ihrer Sprache oder der grammatikalischen Konstruktion ihrer gesprochenen Sätze völlig normal. Auffallend ist jedoch, daß die Bedeutung ihrer Sprache Störungen aufweist. Einzelne Wörter sind falsch gewählt, manchmal werden Wörter neu erfunden, und das Ganze gibt häufig keinen Sinn. Wenn man nicht genau hinhört, mag man die Patienten sagen, mag man den Eindruck haben, als sei alles in Ordnung. Doch bei genauerer Analyse stellt man fest, daß zwar viel geredet, aber wenig gesagt wird. Bei Störungen in diesem Bereich des Gehirns ist also die semantische Kompetenz eingeschränkt. Daraus scheint der Schluß erlaubt zu sein, daß im normalen Zustand im gesunden Gehirn in diesem Bereich die semantische Kompetenz bereitgestellt wird.

Auf der Grundlage der bisherigen Informationen läßt sich eine vereinfachte Vorstellung gewinnen über die neuronalen Prozesse, die bei der Sprache ablaufen. Das Modell stammt bereits von Carl Wernicke und ist heutzutage besonders von dem amerikanischen Neurologen Norman Geschwind aus Boston aktuell gemacht worden. Es wird angenommen – zur Veranschaulichung sind Pfeile in der Abbildung 10 eingezeichnet –, daß die Grundstruktur einer sprachlichen Äußerung im sensorischen Sprachzentrum entsteht. Die sprachliche Grundstruktur wird über eine Nervenleitung nach vorn geschickt in das Brocasche Sprachzentrum. Dort wird ein detailliertes Programm entworfen unter Berücksichtigung der syntaktischen Regeln, wobei die Vorausplanung der Wortfolge wesentlich ist. Dieses Programm wird

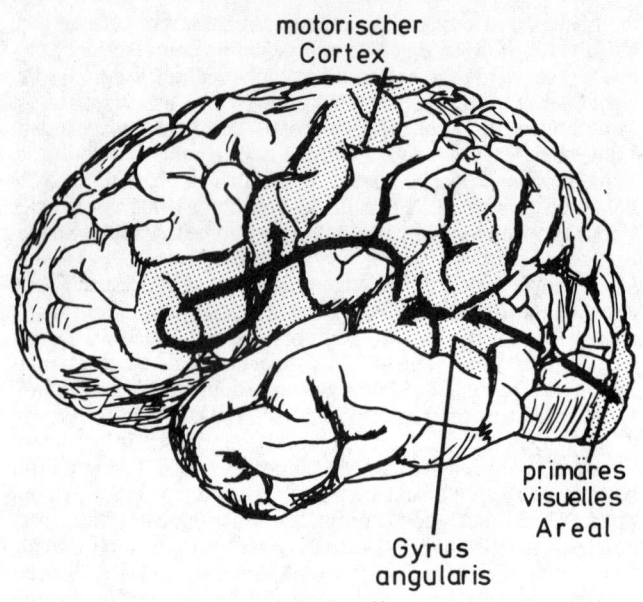

motorischer
Cortex

primäres
visuelles
Areal

Gyrus
angularis

Abbildung 11

dann zum motorischen Cortex geleitet, der die notwendigen Sprechmuskeln, z.B. des Mundes oder der Zunge, in Gang setzt.

Dieses neuronale Sprachmodell nimmt auch an, daß das Wernickesche Sprachzentrum eine wichtige Rolle spielt beim Verstehen von Sprache, also nicht nur beim Sprechen selbst. Wenn ein Wort oder ein Satz gehört wird, dann erfolgt zunächst neuronale Erregung im primären akustischen Areal des Neocortex. Diese Erregung hat aber selbst noch keine Sprach-Qualität. Erst nachdem die neuronale Erregung im sensorischen Sprachzentrum weiter verarbeitet wurde, kann das Gehörte als sprachlich erlebte Information wahrgenommen werden.

Wenn etwas gelesen wird, dann wird die in dem Okzipital-Lappen repräsentierte visuelle Information, die dort ebenfalls noch keine sprachliche Qualität hat, weitergeleitet über den sogenannten Gyrus angularis zum sensorischen Sprachzentrum. Die Weiterleitung ist mit den Pfeilen in der Abbildung 11 angedeutet. Im Gyrus angularis wird offenbar visuelle Information derart umgewandelt, daß sie nun sprachlich verfügbar wird. Wie wir uns das im einzelnen vorstellen müssen, wissen wir leider bisher nicht. Die Hauptschwierigkeit für das Gehirn ist wahrscheinlich die, aus der räumlich gegebenen Struktur des Gelesenen ein zeitlich korrektes Muster, die richtige Abfolge der Sprachlaute, zu formen.

In diesem Zusammenhang ist es interessant, anzumerken, daß die Reifung des Gehirns sich noch lange nach der Geburt abspielt und daß gerade dieser Hirnbereich zu jenen gehört, die am langsamsten reifen. Erst mit etwa 10 Jahren ist hier die Reifung des Gehirns abgeschlossen. Vielleicht spielt diese Reifungsverzögerung eine Rolle für unser Verständnis der Lese-Rechtschreib-Schwäche, der Legasthenie mancher Kinder. Die Legasthenie ist ja unter anderem dadurch charakterisiert, daß Fehler in der Aufeinanderfolge von Buchstaben auftreten. Wenn dieser Hirnbereich, der die Umwandlung des Räumlich-Sprachlichen vollzieht, noch lange nicht fertig entwickelt ist, von den Kindern aber schon Lesen verlangt wird, erscheint das Auftreten typischer Fehler, wie sie bei Legasthenikern vorkommen, nicht mehr so unverständlich.

Mit diesem Modell der neuronalen Grundlagen einiger sprachlichen Kompetenzen lassen sich eine Reihe von sprachlichen Störungen, wie sie beispielsweise nach einem Schlaganfall auftreten können, erklären. Wenn etwa die Verbindung zwischen dem motorischen und dem sensorischen Sprachzentrum unterbrochen wird, dann klingt die Sprache flüssig und artikuliert, während sie semantisch unzureichend ist, da ja das sensorische Sprachzentrum seinen grundlegenden Beitrag für die beabsichtigte Äußerung nicht bereitstellen kann. Da das sensorische Sprachzentrum selbst aber intakt ist, ist das Verständnis gehörter oder geschriebener Sprache nahezu normal.

Das Schreiben scheint bei allen Formen von Sprachstörungen, die durch Läsionen im Neocortex bedingt sind, ebenfalls gestört zu sein. Man weiß allerdings bisher nicht, welche Teilbereiche des Gehirns im einzelnen für das Schreiben zuständig sind. In diesem Bereich der Forschung muß noch sehr viel mehr getan werden wegen der großen Bedeutung, die die Fähigkeit des Schreibens für uns besitzt.

C. Zeitliche Organisation: Funktionelle Bedingungen des Erlebens und Verhaltens

7. Gleichzeitigkeit: Relativismus der erlebten Zeit

Hat die Gegenwart eine Dauer? Ist »jetzt« schon nicht mehr jetzt? Was heißt eigentlich »gleichzeitig«? Die Zeit gibt uns seltsame Rätsel auf. Seit Beginn der Geistesgeschichte haben sich Denker mit dem Problem der Zeit auseinandergesetzt. Eine der schönsten Betrachtungen über die Zeit findet sich bei dem Kirchenvater Augustinus am Ende des 4. Jahrhunderts im 11. Buch seiner Bekenntnisse. Hier lesen wir die berühmten Zeilen: »Quid enim est tempus?« »Was aber ist die Zeit?« Und Augustinus antwortet, daß wir, wenn wir nicht gefragt werden, immer schon wissen, was Zeit sei, aber wenn wir darauf antworten sollen, plötzlich keine Antwort haben.

Ich will hier keine philosophische Erörterung der Zeit beginnen, sondern auszumachen versuchen, wie unser Gehirn die wesentlichen Voraussetzungen für solche zeitlichen Erlebnisse wie Gleichzeitigkeit, Gegenwart oder das Phänomen der Langeweile schafft. Dabei kommt es mir auch darauf an, die Bedeutung menschlichen Zeiterlebens für die Sprache und – wie später noch ausgeführt wird – für das Erleben von Musik und Poesie aufzuzeigen.

Um zu bestimmen, was wir als gleichzeitig erleben, lassen sich relativ einfache Experimente durchführen. Eine Versuchsperson hört über einen Kopfhörer kurze akustische Reize, die nur eine tausendstel Sekunde dauern; das linke und das rechte Ohr werden getrennt gereizt. Wenn zwischen den beiden Reizen kein zeitlicher Unterschied besteht, sie also physikalisch betrachtet gleichzeitig sind, dann hört die Versuchsperson nur einen Reiz. Das ist nicht so selbstverständlich, wie es zunächst scheinen mag; denn bei bestimmten Störungen im Gehirn könnte auch etwas anderes passieren. Wenn nun im nächsten Versuchsschritt der zeitliche Abstand zwischen den beiden Reizen ein oder zwei tausendstel Sekunden beträgt, dann hört die Versuchsperson nicht zwei Reize, einen im linken und einen im rechten Ohr, sondern immer noch nur einen akustischen Reiz. Erst wenn der zeitliche Abstand drei tausendstel Sekunden beträgt, werden plötzlich zwei Töne gehört, einer rechts und einer links.

Daraus ergibt sich, daß physikalische Gleichzeitigkeit nicht dasselbe ist wie erlebte psychische Gleichzeitigkeit. Obwohl zwei Töne längst nicht mehr gleichzeitig sind, haben sie dennoch die subjektive Qualität von Gleichzeitigkeit. Wenn wir nun dasselbe Experiment nicht mit zwei Tönen, sondern mit zwei Hautreizen durchführen, erleben wir eine Überraschung. Die zwei Töne mußten etwa drei tausendstel Sekunden voneinander getrennt sein, um als nicht mehr gleichzeitig aufgefaßt zu werden. Bei zwei Hautreizen müssen etwa zehn tausendstel Sekunden vergehen, bis sie nicht mehr gleichzeitig sind. Alles, was innerhalb eines zeitlichen Fensters von etwa zehn tausendstel Sekunden geschieht, wenn wir berührt werden, ist für uns gleichzeitig. Betrachten wir nun das Sehen, dann erhalten wir wieder ein anderes Ergebnis. Beim Sehen müssen, bei optimalen Bedingungen, mindestens zwanzig tausendstel Sekunden zwischen zwei optischen Reizen liegen, um als zwei zu erscheinen. Beim Sehen ist die Spanne der Gleichzeitigkeit verglichen mit dem Hören oder dem Berührtwerden also am längsten. Man kann die Aussage auch umdrehen und sagen, daß verglichen mit der objektiv gegebenen Reiz-Situation unser akustisches System die beste und unser visuelles System die schlechteste zeitliche Auflösung besitzt.

Die Frage nach dem, was gleichzeitig ist, kann also gar nicht allgemein beantwortet werden, sondern muß immer relativ gesehen werden mit Bezug auf die Art der Ereignisse, die zu vergleichen sind, ob sie im akustischen, im taktilen oder im visuellen Bereich auftreten. Die Spanne der visuellen Gleichzeitigkeit ist mindesten zehnmal so groß wie die der akustischen Gleichzeitigkeit.

Bei der Bestimmung der Gleichzeitigkeitsspanne kann man nun noch ein weiteres Experiment durchführen, das darin besteht, die Versuchsperson zu fragen, welches jeweils der erste und welches der zweite Reiz gewesen ist; ob also beispielsweise bei der akustischen Reizung zuerst das linke oder das rechte Ohr gereizt wurde. Hierbei stellt man nun überraschenderweise fest, daß die Versuchspersonen nicht in der Lage sind, eine korrekte Auskunft zu geben, auch wenn sie bereits zwei Töne hören, es sei denn, der zeitliche Abstand zwischen den beiden Tönen liegt etwa bei dreißig tausendstel Sekunden. Obwohl zwei Töne erlebt werden, muß von etwa drei tausendstel Sekunden an ein zehnmal so langes Intervall vergehen, bis Sicherheit darüber besteht, welches nun eigentlich der erste oder der zweite Ton war.

Wenn dieses Experiment mit Hautreizen oder visuellen Reizen durchgeführt wird, dann ergibt sich ebenfalls eine Nicht-Übereinstimmung mit der Gleichzeitigkeits-Spanne, sondern eine Übereinstimmung mit den dreißig tausendstel Sekunden bei der akustischen Reizung. Sagen zu können, etwas sei das erste

70

oder zweite, erfordert also jeweils dasselbe zeitliche Intervall für die drei genannten Sinnessysteme, eben etwa dreißig tausendstel Sekunden, während die Spanne der Gleichzeitigkeit völlig verschieden ist. Die Tatsache, daß zwei Ereignisse als zeitlich getrennt wahrgenommen werden können, heißt noch nicht, daß sie eindeutig eine zeitliche Richtung definieren. Unterhalb von etwa dreißig tausendstel Sekunden bestimmt ihr getrenntes Erlebtwerden noch keine zeitliche Reihenfolge.

Der Begriff der Gleichzeitigkeit ist damit freilich noch komplizierter geworden. Unterhalb einer bestimmten Schwelle, die für die einzelnen Sinnessysteme unterschiedlich ist, kann man von vollkommener, erlebter Gleichzeitigkeit sprechen. Oberhalb dieser Schwelle, aber unterhalb der sogenannten Ordnungsschwelle bei dreißig tausendstel Sekunden, liegt ein Intervall, dessen Ausdehnung für jedes Sinnessystem verschieden ist, wobei es so etwas wie unvollkommene Gleichzeitigkeit gibt. Zwar wissen wir, daß zwei Signale nicht gleichzeitig sind. Das hören, fühlen oder sehen wir ja. Aber gefragt, welches nun das erste oder das zweite war, versagen wir. Erst jenseits dieser Grenze können wir dann mit hinreichender Gewähr sagen, daß zwei Reize nicht gleichzeitig waren, weil dieser der erste und jener der zweite war.

Wenn man sich fragt, woran es liegt, daß das zeitliche Auflösungsvermögen der verschiedenen Sinnessysteme derart unterschiedlich ist, während die Ordnungsschwelle in allen Fällen gleich ist, wird man darauf gestoßen, daß vermutlich verschiedene Bereiche des Gehirns für diesen Unterschied verantwortlich sind. Daß das zeitliche Auflösungsvermögen beim Hören, Tasten oder Sehen so verschieden ist, liegt an Eigenschaften der Sinnesorgane selbst. Das Auge ist, verglichen mit dem Gehör, zeitlich gesehen ein relativ träges System. Das liegt unter anderem daran, daß die Umwandlung von Licht-Energie in Impulse, die vom Gehirn verstanden werden, auf einem langsamen chemischen Prozeß beruht, während die Umwandlung von akustischer Energie in Nervenimpulse mechanisch geschieht. Diese verschiedenen Umwandlungsweisen (Transduktionsmechanismen, wie sie auch genannt werden) erfordern unterschiedliche Dauer, was sich dann im zeitlichen Auflösungsvermögen und im Erleben von Gleichzeitigkeit und Ungleichzeitigkeit widerspiegelt.

Die Ordnungsschwelle beruht dagegen nicht auf einem peripheren Prozeß in den Sinnesorganen, sondern ist bedingt durch zeitliche Prozesse, die im Gehirn selbst ablaufen. Daß dieses Phänomen irgendwo »zentral« verankert sein muß, ergibt sich schon aus der Tatsache, daß das zeitliche Intervall für die Angabe der zeitlichen Ordnung für die verschiedenen Sinnessysteme dasselbe ist. Zur Überprüfung dieser Hypothese, daß zeitliche Ordnung im Gehirn selbst zustande kommt, haben wir in den letzten Jahren in unserem Institut eine Reihe von Experimenten ausgeführt. Dabei gingen wir von einer grundlegenden Erfahrung aus, die man seit langem gemacht hat, daß nämlich Verletzungen oder Ausfälle im Gehirn immer zu einer Verlangsamung der untersuchten Funktionen führen. Könnte es sein, so lautete die Frage, daß beispielsweise bei einem Aphasie-Patienten mit einer Verletzung etwa im Bereich des Wernickeschen Sprachzentrums die Ordnungsschwelle bei zwei akustischen Reizen nicht mehr dreißig tausendstel Sekunden beträgt, sondern signifikant länger ist, im Sinne einer Verlangsamung der neuronalen Prozesse, die dieser Schwelle zugrunde liegen? Das Ergebnis hat uns bezüglich des Ausmaßes der Veränderung erstaunt. Statt dreißig tausendstel Sekunden benötigen Patienten mit solchen Sprachstörungen durchschnittlich achtzig tausendstel Sekunden, also fast eine zehntel Sekunde, um anzugeben, welches der erste und welches der zweite Reiz war. Eine Störung an einer bestimmten Stelle im Gehirn führt also zu einer erheblichen Verschlechterung der Fähigkeit, die Abfolge von Ereignissen zu bestimmen. Der Bereich der unvollkommenen Gleichzeitigkeit wird sehr viel breiter. Dies kann sich möglicherweise auch in anderen Bereichen des Verhaltens und Erlebens zeigen. Es ist beispielsweise vorstellbar, daß aufgrund der Verlangsamung der Gehirnprozesse nach einem Schlaganfall, die sich in der Verlängerung der Ordnungsschwelle zeigt, sprachliche Information schon allein deshalb nicht mehr verstanden werden kann, weil sie einfach zu schnell für das verlangsamt arbeitende Gehirn auf den Patienten zukommt. In diesem Zusammenhang gibt es eine interessante Beobachtung an sprachbehinderten Patienten. Manchmal kann man ihre Schwierigkeit, Sprache zu verstehen, dadurch überwinden, daß man sehr viel langsamer als sonst spricht. Dadurch wird die Sprechgeschwindigkeit gleichsam an die zeitlichen Möglichkeiten des geschädigten Gehirns angepaßt.

Bei der Erörterung der Beobachtungen, die man bei der Messung der regionalen Hirndurchblutung erhält, oder der Probleme, die bei der Repräsentation der verschiedenen Sprachkompetenzen in verschiedenen Bereichen des Gehirns entstehen, stellt sich notwendigerweise die Frage nach der zeitlichen Organisation von Verarbeitungsprozessen im Gehirn. Wenn beispielsweise beim Lesen mehrere räumlich voneinander getrennte Hirnbereiche beteiligt sind, dann muß irgendeine Instanz, irgendein Mechanismus dafür sorgen, daß die einzelnen Buchstaben zeitgerecht miteinander kommunizieren. Sonst entstünde im Gehirn ein Informationschaos. Der Begründer der Kybernetik, der amerikanische Mathematiker Norbert Wiener, hat darauf hingewiesen, daß ein solcher Mechanismus nur durch eine Art Uhr gegeben sein könne, die die Aktivität in den verschiedenen Teilen des Gehirns synchronisiert. Auch der bedeutende Neuropsychologe Karl Lashley hat in einem einflußreichen Artikel (»Das Problem der seriellen Ordnung im Verhalten«) betont, daß nur rhythmische Prozesse im Gehirn wohlkoordiniertes Verhalten ermöglichen können. Er zitiert ein Wort aus der Cree-Indianersprache, nämlich »Kekawewechetushekamikowanowow«, das soviel heißt wie »daß es bei Dir bleiben möge«, und er meint, daß für den korrekten zeitlichen Ablauf einer solchen Konstruktion periodische Gehirn-Mechanismen notwendig sind. Jeder Bereich des Gehirns muß wissen, wie spät es jeweils ist, sonst schickt er seine Information zur Unzeit irgendwohin, wo die Information früher oder erst später benötigt wird.

Daß tatsächlich manchmal etwas zur Unzeit geschieht, daß also dieses hypothetische zeitliche Organisationsprinzip in unserem Gehirn nicht immer perfekt arbeitet, erlebt man gelegentlich an sich selbst, etwa wenn man sich verspricht, indem zwei Sprachlaute vertauscht werden, oder an der Schreibmaschine, wenn man die Reihenfolge von Buchstaben umdreht. Verglichen mit den Fehlermöglichkeiten, die uns theoretisch offenstehen, scheinen wir allerdings bezüglich der zeitlichen Organisation unseres Verhaltens ganz gut zu funktionieren, wenn wir sprechen, lesen oder uns bewegen. Wir müssen uns also fragen, ob die theoretische Forderung Wieners nur eine Hypothese ist oder ob es in der Tat experimentelle Hinweise für das Vorhandensein einer Uhr im Gehirn gibt, die die sachgerechte zeitliche Organisation unseres Verhaltens und Erlebens garantiert.

Hinweise auf das Vorhandensein einer solchen Uhr oder eines Taktgebers im Gehirn ergeben sich aus mehreren Beobachtungen. Wenn man beispielsweise die Aktivität von Nervenzellen beobachtet oder bestimmte Verhaltensweisen analysiert, stellt man periodische Ereignisse fest, die als Taktgeber dienen könnten. Wir wollen nun in diesem Zusammenhang aber ein anderes Maß betrachten, nämlich die menschliche Reaktionszeit, die ebenfalls einen Hinweis auf eine Gehirn-Uhr liefert.

Setzt man einer Versuchsperson, wie im vorangegangenen Experiment zur Bestimmung der Gleichzeitigkeit, einen Kopfhörer auf und bittet sie, immer dann, wenn sie einen Ton hört, möglichst schnell auf eine vor ihr befindliche Taste zu drücken, dann wird man feststellen, daß die Reaktionszeit, je nach Individuum leicht verschieden, im Mittel bei 0,15 Sekunden liegt. Muß dieselbe Versuchsperson nicht auf einen Ton, sondern auf ein plötzlich erscheinendes Licht reagieren, dann liegt die Reaktionszeit bei etwa 0,2 Sekunden. Hier ist wieder ein wichtiger Unterschied beobachtbar: Die Reaktion auf akustische Reize ist kürzer als auf optische Signale.

Der Unterschied unserer Reaktionsmöglichkeiten auf optische und akustische Signale ist übrigens für manche Sportarten bedeutsam. Beim Squash beispielsweise, einer Kreuzung zwischen Tennis, Badminton und Tischtennis, kann der Ballwechsel so schnell werden, daß dem Spieler keine Möglichkeit mehr bleibt, visuell auf den Ball zu reagieren. Aufgrund der kürzeren akustischen Reaktionszeit muß er – und kann er – sich auf die akustische Informationsverarbeitung verlassen und noch richtig reagieren, indem er seinen Schläger in die richtige Stellung bringt.

Für die Überlegungen bezüglich eines Taktgebers im Gehirn sollen nun nicht nur derartige einfache Reaktionen herangezogen werden, sondern sogenannte »Wahl-Reaktionszeiten«. Die Versuchsperson erhält zwei Reaktionstasten. Eine muß gedrückt werden, wenn ein optischer Reiz auftritt, die andere, wenn ein akustischer Reiz erscheint. Ob der Reiz optisch oder akustisch sein wird, ist der Versuchsperson vorher nicht bekannt. Bei der Reaktion muß also eine Unterscheidung vorgenommen und erst dann muß entsprechend reagiert werden. Im Durchschnitt sind solche Wahlreaktionen erheblich länger als die vorher beschriebenen einfachen Reaktionen, sie liegen bei 0,3 Sekunden, wenn zwischen zwei Reizen zu unterscheiden ist. Man kann einen derartigen Versuch natürlich beliebig komplizieren, indem man immer mehr Reize zur Unterscheidung anbietet. Entsprechend geht dann die Wahl-Reaktionszeit nach oben.

Betrachtet man bei derartigen Wahlreaktionen nicht die durchschnittliche Reaktionszeit, sondern die gesamte Verteilung der Reaktionen, d.h. beurteilt man jede von beispielsweise 100 Reaktionen gesondert, dann macht man folgende Beobachtung, wobei zur Veranschaulichung Zahlen genannt seien: Die Versuchsperson reagiert am häufigsten nach 0,3 Sekunden. Sie reagiert sehr selten mit Werten, die um 0,3 Sekunden herum liegen, also mit 0,29 oder 0,28 auf der einen oder mit 0,31 oder 0,32 auf der anderen Seite. Dann reagiert sie wieder sehr häufig mit 0,27 Sekunden und mit 0,33 Sekunden. Und jenseits dieser Werte sinkt die Reaktionshäufigkeit wieder ab. Dies bedeutet, daß es nicht nur *eine* häufigste Reaktionszeit gibt, sondern daß deren mehrere vorhanden sind. In dem gewählten Beispiel sind es drei häufigste Zeiten, wobei wesentlich ist, daß der Abstand zwischen den jeweils häufig auftretenden Reaktionszeiten 0,03 Sekunden oder dreißig tausendstel Sekunden beträgt. Diese Weise des Reagierens, indem vorzugsweise Werte im Abstand von 0,03 Sekunden auftreten, beobachtet man sowohl bei akustischen als auch bei visuellen Reizen. Die zeitliche Verteilung der Reaktion ist also unabhängig von den Sinnessystemen.

Wie läßt sich diese »gequantelte« Reaktionsweise erklären, indem mit einem zeitlichen Unterschied von 0,03 Sekunden bevorzugt reagiert wird? Wann immer eine neue Situation oder ein Reiz auftreten, die vom Organismus beantwortet werden müssen, löst der Reiz im Gehirn einen oszillatorischen Vorgang aus, dessen Periode bei 0,03 Sekunden liegt. In einer Sekunde treten somit etwa 30 solcher Perioden oder Zyklen auf. Dieser oszillatorische Prozeß synchronisiert, bezogen auf den Reiz, die neuronale Tätigkeit im ganzen Gehirn. Synchronisation bedeutet die Herstellung von Gleichzeitigkeit in den verschiedenen Bereichen des Gehirns. Wenn vor dem Reiz ein zeitliches Auseinanderlaufen der Gehirntätigkeit in verschiedenen Bereichen vorhanden gewesen sein sollte, wird durch den Reiz schlagartig Synchronisation geschaffen. Für alle Bereiche im Gehirn gilt dann die gleiche Uhrzeit. Wenn nun eine Entscheidung bezüglich einer bestimmten Reaktion getroffen werden muß, so läuft dieser Entscheidungsprozeß ab im zeitlichen Muster, das durch den Reiz synchronisiert wurde. Und dieser Entscheidungsprozeß erfolgt nicht zu einer beliebigen Zeit, sondern kann nur zu bestimmten (diskreten) Zeitpunkten erfolgen, die durch den periodischen Prozeß im Gehirn definiert sind. Wenn sofort Klarheit über den Reiz besteht, daß es also z.B. ein visueller war, dann erfolgt die Reaktion nach 0,27 Sekunden. Wenn diese Sicherheit noch nicht vorhanden ist, gleichsam im Gehirn noch einmal nachgefragt werden muß, erfolgt die Reaktion nach 0,30 oder nach 0,33 Sekunden. Sie erfolgt aber nicht zwischen diesen Zeitpunkten, sondern immer erst dann, wenn eine Periode, d.h. ein Zeitquant von dreißig tausendstel Sekunden, abgeschlossen ist.

Wir können also davon ausgehen, daß unsere Gehirn-Aktivität durch eine schnellgehende Uhr gekennzeichnet ist, die überhaupt erst ermöglicht, Entscheidungen zu treffen. Denn wenn der visuelle und der akustische Bereich im Gehirn nicht zeitlich zusammengeschaltet würden, wie könnte man dann entscheiden, was was ist? Diese schnelle Uhr bedingt, daß Entscheidungen nicht »irgendwann« fallen, sondern vorzugsweise zu bestimmten Zeitpunkten. Das Phänomen der »gequantelten« Zeit entzieht sich allerdings unserer subjektiven Einsicht. Das zeitliche Raster unseres Bewußtseins erlebt Kontinuität der Zeit, nicht die durch notwendige Hirnprozesse aufgestückelte Zeit in Quanten von etwa dreißig tausendstel Sekunden, also der Periode jenes oszillatorischen Vorgangs in unserem Gehirn.

Rückblickend fällt auf, daß auch die Ordnungsschwelle bei dreißig tausendstel Sekunden liegt. Wir vermuten deshalb, daß auch sie durch den zentralen Taktgeber im Gehirn diese Größe aufgezwungen bekommt. Untersuchungen in unserem Institut haben ergeben, daß es auch eine starke individuelle Übereinstimmung zwischen den Zeitquanten in den Reaktionszeiten und den Ordnungsschwellen gibt. Das bestätigt ebenfalls, daß die Gehirn-Uhr für beide Prozesse den zeitlichen Rahmen bereitstellt.

8. Gegenwart: Schnittpunkt von Vergangenheit und Zukunft

Wir teilen den Fluß der Zeit in Vergangenheit, Gegenwart und Zukunft. Was Vergangenheit und Zukunft ist, ist eindeutig, nämlich das, was nicht mehr bzw. noch nicht ist. Aber was ist Gegenwart? Ist sie nicht ein Zeitpunkt ohne Dauer, der Vergangenheit und Zukunft voneinander trennt? Aber wenn sie selbst keine Dauer hat, dann kann sie ja nicht als eine zeitliche Dimension existieren. So kann man als Physiker argumentieren, wenn man ein Fließen abstrakter oder absoluter Zeit annimmt, wobei man dann notwendigerweise feststellen muß, daß es die Gegenwart eigentlich gar nicht geben kann.

Diese theoretisch denkbare Nicht-Existenz einer Gegenwart widerspricht aber ohne Zweifel unserem subjektiven Erleben. Wir empfinden das, was in der »Jetztzeit« geschieht, als gegenwärtig, und dieses unmittelbare Erlebnis sollte man nicht leugnen. Das gleichzeitige Vorhandensein von Vergangenheit und Zukunft, was ja gegeben sein könnte oder müßte, wenn Gegenwart ausdehnungslos wäre, ist keine erlebnismäßige Qualität. Ganz im Gegenteil: Vergangenheit ist uns nur präsent als ein *gegenwärtiger* Gedächtnisinhalt und Zukunft ist nur als *gegenwärtige* Erwartung des Kommenden gegeben. Ein von theoretischen physikalischen Überlegungen ausgehendes Konzept der Zeit verstellt von vornherein unser Verständnis unseres Zeiterlebens. Wir müssen vom Erlebnismäßigen, vom unmittelbar Gegebenen, vom Phänomenologischen ausgehen.

Allzuoft hat man in der Psychologie den Fehler begangen, an die Analyse psychischer Vorgänge mit physikalischen Methoden und Denkweisen heranzugehen, bei offensichtlicher Vernachlässigung des subjektiv Wirklichen. Man kann sogar sagen, daß die wissenschaftliche Tradition der Psychologie mit dieser physikalischen Ausrichtung begonnen und sie damit schwer belastet hat. Die an der Physik orientierte Denkweise in der Psychologie, beginnend mit G. Th. Fechner und seinem 1860 erschienenen Buch »Elemente der Psychophysik«, meint, daß es für das Verständnis psychischer Phänomene am besten sei, einfache physikalische Gesetze zu formulieren, möglichst in mathematischer Schreibweise, und dann zu prüfen, wie diese Gesetze erlebnismäßig realisiert sind. Für eine solche Denkweise ist ein reduktionistisches Vorgehen typisch, d. h. immer einfachere Bedingungen zu formulieren und zu untersuchen, wie sich unser Seelenleben aus elementaren, physikalisch definierten Empfindungseinheiten zusammensetzt.

Ein solcher Anspruch, letzten Endes prinzipiell alles erklären zu können, wird ja manchmal von Physikern erhoben, auch wenn das gar nicht oder noch nicht möglich ist. Als Beleg möchte ich eine Stelle aus der Rede Albert Einsteins anführen, die er zum 60. Geburtstag von Max Planck am 23. April 1918 vor den Mitgliedern der Physikalischen Gesellschaft in Berlin gehalten hat:

»Es [das Weltbild] stellt die höchsten Anforderungen an die Straffheit und Exaktheit der Darstellung der Zusammenhänge, wie sie nur die Benutzung der mathematischen Sprache verleiht. Aber dafür muß sich der Physiker stofflich um so mehr bescheiden, indem er sich damit begnügen muß, die allereinfachsten Vorgänge abzubilden, die unserm Erleben zugänglich gemacht werden können, während alle komplexeren Vorgänge nicht mit jener subtilen Genauigkeit und Konsequenz, wie sie der theoretische Physiker fordert, durch den menschlichen Geist nachkonstruiert werden können. Höchste Reinheit, Klarheit und Sicherheit auf Kosten der Vollständigkeit. Was kann es aber für einen Reiz haben, einen so kleinen Ausschnitt der Natur genau zu erfassen, alles Feinere und Komplexere aber scheu und mutlos beiseite zu lassen? Verdient das Ergebnis einer so resignierten Bemühung den stolzen Namen »Weltbild«? Ich glaube, der stolze Name ist wohlverdient, denn die allgemeinen Gesetze, auf die das Gedankengebäude der theoretischen Physik gegründet ist, erheben den Anspruch, für jedes Naturgeschehen gültig zu sein. Auf ihnen sollte sich auf dem Wege reiner gedanklicher Deduktion die Abbildung, d. h. die Theorie eines jeden Naturprozesses einschließlich der Lebensvorgänge [!!] finden lassen, wenn jener Prozeß der Deduktion nicht weit über die Leistungsfähigkeit menschlichen Denkens hinausginge. Der Verzicht des physikalischen Weltbildes auf Vollständigkeit ist also kein prinzipieller. Höchste Aufgabe der Physiker ist also das Aufsuchen jener allgemeinsten elementaren Gesetze, aus denen durch reine Deduktion das Weltbild zu gewinnen ist.«

Die Bemerkungen Einsteins zeigen, daß innerhalb des physikalischen Weltbildes der prinzipielle Anspruch besteht, auch die Lebensvorgänge, zu denen natürlich die Gehirnvorgänge gehören, erklären zu können. An anderer Stelle erörtert Einstein, daß der Einblick in die Natur der Dinge durch die geistige Struktur des Menschen möglich sei, da in geheimnisvoller Weise die von menschlichem Geist geschaffene Mathematik unmittelbar der Wirklichkeit entspreche und »die Natur die Realisierung des mathematisch denkbar Einfachsten« sei. Wenn also Psychologen das Weltbild der Physik für sich akzeptieren, dann vertreten sie damit auch die von Einstein ausgedrückte Hoffnung der prinzipiellen Erklärbarkeit psychischer Phänomene auf der Grundlage physikalischer Gesetze.

Aber schon am Anfang der psychologischen Forschung im letzten Jahrhundert stellten sich die von Einstein erwähnten Schwierigkeiten ein, die durch die Komplexität psychischer Sachverhalte bedingt sind, weswegen sich einfache physikalische Gesetze für unser Erleben nicht formulieren lassen. Das wichtigste Gesetz, das aufgestellt wurde und das in mathematischer Schreibweise den Zusammenhang zwischen Reizstärke und Empfindungsstärke beschreibt (Fechners Gesetz), erwies sich im nachhinein als falsch.

Selbstverständlich konnte eine solche Art von Psychologie nicht lange unkritisiert bleiben, obwohl sie auch heute noch nicht ausgestorben ist, ja in den letzten Jahren sogar eine Neubelebung erfahren hat. Gegenpositionen zu einer zu stark am physikalischen Weltbild orientierten Denkweise wurden etwa von der Gestaltpsychologie und später von der Verhaltensforschung entwickelt. Gestaltpsychologen – einer ihrer bedeutendsten Vertreter war der nach Amerika emigrierte Wolfgang Köhler, dessen Einfluß auf die amerikanische Psychologie beträchtlich gewesen ist – haben darauf hingewiesen, daß »das Ganze mehr sei als die Summe seiner Teile«, daß es also so etwas wie Gestaltqualitäten gebe. Beispielsweise seien eine Melodie oder ein Akkord etwas Eigenes und mehr als die Addition von einzelnen Tönen. Eine reduzierende Analyse der Gestalt zerstöre darum ihre Struktur und ihren Sinn.

In dieselbe Richtung, also gegen eine physikalistische Analyse psychischer Phänomene, weisen Argumente der Verhaltensforscher mit Konrad Lorenz und Niko Tinbergen als Wortführer. Auslösung bestimmter Verhaltensweisen geschehe nicht über Reize, die im physikalischen Sinne einfach sind. Im Gegenteil: physikalisch gesehen ist z.B. die Struktur eines lächelnden Gesichtes sehr kompliziert. Trotz der hochgradigen physikalischen Komplexität sind bestimmte Reize aber biologisch oder psychologisch gesehen einfach, indem sie unverwechselbar, automatisch und sofort zu bestimmten Reaktionen und Erlebnissen führen. (Umgekehrt kann es passieren, daß physikalisch einfache Reize zu komplexeren biologischen oder psychologischen Reaktionen führen, weil der zugrundeliegende neuronale Prozeß im Gehirn gar nicht auf einen derart künstlich-einfachen Reiz durch die

Evolution vorbereitet wurde. Die Wahrnehmung eines Dreiecks muß also nicht »einfacher« sein als die Wahrnehmung eines Gesichtes; sie kann sogar komplizierter sein.)

Diese allgemeinen Vorbemerkungen scheinen ganz besonders angebracht, wenn wir uns auf das Zeiterleben konzentrieren und insbesondere das Phänomen der Gegenwart untersuchen. Im vorangehenden Abschnitt wurde festgestellt, wie schwierig es ist, von Gleichzeitigkeit zu sprechen. Verschiedene Experimente führen sogar zur Auflösung dieses Begriffs. Trotz der Gefahr, durch Experimente verwirrt zu werden, sollen hier nun wieder einige beschrieben werden, deren Ergebnisse uns erlauben, in einem praktischen Sinn von Gegenwart zu sprechen.

Das erste Experiment soll unsere besondere Fähigkeit demonstrieren, vorgegebene Zeitstrecken in ihrer Dauer zu reproduzieren. Dies scheint ein recht einfacher Versuch zu sein, was er in der Tat auch ist. Aber das Ergebnis, das man dabei erhält, ist alles andere als einfach. Gibt man beispielsweise einen Reiz, einen Ton oder ein Licht, von einer Sekunde Dauer zur Reproduktion, dann beobachtet man, daß der Reiz geringfügig länger reproduziert wird, als er war (siehe Abbildung 12). Dasselbe geschieht, wenn der Reiz 1,5 Sekunden oder 2 Sekunden dauert. Die Wiederholung ergibt jeweils einen etwas höheren Wert, obwohl die Versuchsperson meint, die Zeitdauer genau getroffen zu haben. Wird der Reiz noch weiter verlängert, kippt die Wahrnehmung um: Individuell verschieden, aber meist zwischen zwei und drei Sekunden, wird plötzlich ein Zeitintervall erreicht, das exakt reproduziert wird und jenseits dessen die Reproduktion kürzer ist als der aufgegebene Reiz. Längere Reize können dabei beträchtlich unterschätzt werden, d. h. ein fünf Sekunden dauernder Reiz kann mit weniger als vier Sekunden wiedergegeben werden, wie in Abbildung 12 zu sehen ist.

Halten wir zunächst fest, daß offenbar zwischen zwei und drei Sekunden ein wichtiger Umschlagpunkt liegt (die Forscher nennen ihn Indifferenzpunkt), und wenden wir uns nun einer anderen Beobachtung zu. Wenn man die spontane Sprache von jemandem in einer Unterhaltung aufzeichnet und dann hinsichtlich ihres zeitlichen Ablaufs untersucht, dann macht man folgende Feststellung: In recht regelmäßigen Abständen macht der Sprecher eine kleine Pause, die etwa eine halbe Sekunde dauert. Der Redefluß ist zeitlich gegliedert durch Pausen, wobei das Wesentliche ist, daß der Abstand dieser Pausen etwa zwischen zwei und drei Sekunden liegt. Nach jeder Pause wird gleichsam eine sprachliche Einheit geäußert, dann folgt die nächste Pause, in der das Gehirn des Sprechers vermutlich wiederum die nächste sprachliche Aussage plant.

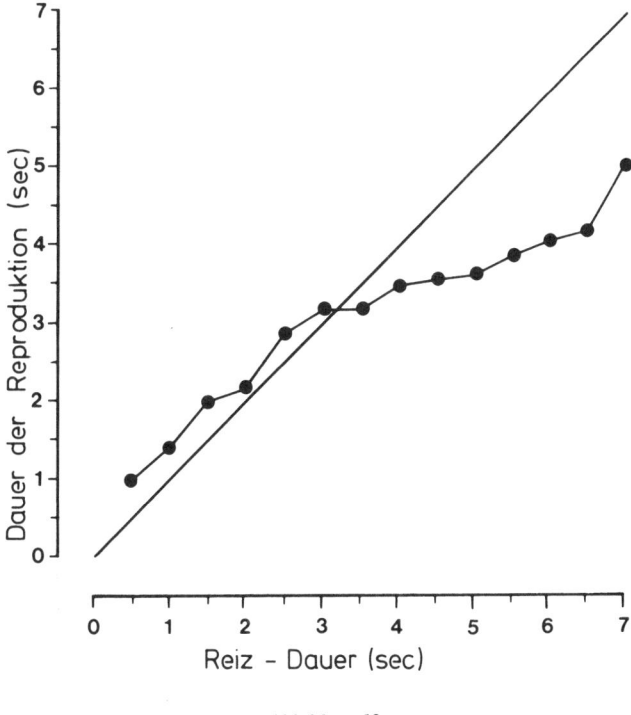

Abbildung 12

Man hat geprüft, ob diese zeitlichen Einheiten von zwei bis drei Sekunden, die in der spontanen Sprache zu beobachten sind, vom Lebensalter abhängen. Dabei ergab sich, daß auch Kinder, die gerade in die Schule gekommen sind, die gleiche Pausenverteilung beim Sprechen haben, obwohl sie erheblich langsamer sprechen. Das zeitliche Grundmuster beim Sprechen ist also unabhängig vom Lebensalter trotz ganz verschiedener Sprechgeschwindigkeiten. Beobachtet man Sprecher mit verschiedenen Sprachen, so ergibt sich das gleiche Muster. Die Sprache ist eingebettet in ein universelles zeitliches Grundmuster, wobei sprachliche Äußerungen jeweils Einheiten von zwei bis drei Sekunden bilden.

Bei einem Besuch in China versuchte ich zu prüfen, ob dieses zeitliche Grundmuster auch in der chinesischen Sprache festzustellen ist. Leider kann ich nicht Chinesisch und mußte mich ganz auf den prosodischen Ablauf der Sprache konzentrieren. Ich hatte dabei aber den Eindruck und konnte dies durch Messungen bestätigen, daß auch im Chinesischen dasselbe zeitliche Grundmuster beim Sprechen besteht.

Die dritte Beobachtung zeigt uns ebenfalls, daß im Bereich von zwei bis drei Sekunden eine besondere Eigenart der subjektiven Zeit zu erkennen ist. Diesmal führen wir einen sogenannten Metronom-Test durch. Die Schläge des Metronoms sind bekanntlich alle gleich laut, und ihr zeitlicher Abstand kann beliebig variiert werden. Wichtig für diesen Versuch ist, daß die Metronomschläge tatsächlich objektiv gleich laut sind. Aber jeder Schlag kann subjektiv akzentuiert werden, d. h. man kann jeden zweiten Schlag subjektiv etwas lauter als den jeweils anderen Schlag hören. Durch dieses Akzentuieren ergibt sich eine zeitliche Gestalt: Jeweils zwei aufeinander folgende Schläge bilden eine Wahrnehmungseinheit, sie gehören zusammen. Verlängert man den zeitlichen Abstand zwischen den Metronom-Schlägen, dann stellt man fest, daß es immer schwieriger wird, jeden zweiten Schlag zu akzentuieren, d. h. der Abfolge der Reize eine zeitliche Gestalt zu geben. Wenn schließlich der Abstand zwischen den Schlägen zwei bis drei Sekunden beträgt, geht die Fähigkeit, Akzente zu setzen, verloren. Eine zeitliche Gestalt kann subjektiv nicht mehr hineingehört (oder herausgehört) werden. Dies mag der Grund dafür sein, daß käufliche Metronome nur bis 40 gehen, wo der Abstand aufeinanderfolgender Schläge 1,5 Sekunden beträgt.

Alle drei Experimente sind dadurch ausgezeichnet, daß im Bereich von zwei bis drei Sekunden ein Qualitätssprung im Erleben auftritt. Was mag diesem Phänomen zugrunde liegen? Am schnellsten zu einer Deutung führt das letzte Experiment. Bis zu einer nur wenige Sekunden dauernden zeitlichen Grenze können wir Information zu einer *Einheit* integrieren. Jenseits dieser Grenze fehlt die Möglichkeit einer Integration in eine unmittelbar und jetzt gegebene Gestalt.

Auch das Zeit-Reproduktions-Experiment kann so verstanden werden. E. Boring von der Harvard Universität in Cambridge hat vorgeschlagen, die Zeit bis zum Indifferenzpunkt als Präsenzzeit, also als subjektive Gegenwart, zu verstehen. Reize, die länger als zwei bis drei Sekunden dauern, können als Ganzes nicht in unserem Bewußtsein gehalten werden, sie werden deshalb subjektiv verkürzt. Die Überlegungen weisen darauf hin, daß die subjektive Gegenwart offenbar ein integraler Bestandteil dessen ist, was wir als Bewußtsein bezeichnen. Dies geht vielleicht am offensichtlichsten aus dem zweiten Experiment hervor, das zeigt, daß unsere Sprache in analoger Weise zeitlich gegliedert ist. Im Sprachlichen bilden sich ja unmittelbar unsere Bewußtseinsprozesse ab.

Wenn, wie hier betont wird, die zeitliche Integrationsfähigkeit ein universelles Phänomen ist, das sich auch im Sprachlichen zeigt, dann liegt es nahe, zu prüfen, ob die Integrationsfähigkeit möglicherweise bei sprachgestörten Patienten eingeschränkt ist. In Untersuchungen an unserem Institut haben wir kürzlich festgestellt, daß Aphasie-Patienten tatsächlich eine erheblich verschlechterte Fähigkeit besitzen, zeitliche Gestalten herzustellen. Es stellt sich damit die Frage, und dies wird noch experimentell verfolgt, ob sich gewisse Probleme bei Sprachstörungen dadurch erklären lassen, daß dem Gehirn nach einer Läsion die Fähigkeit verlorengeht, zeitliche Gestalten, wie sie die Sprache kennzeichnen, aufzunehmen oder selber herzustellen. Eine Sprachstörung ergibt sich dann also nicht nur aufgrund des Verlustes bestimmter Kompetenzen, z. B. der syntaktischen oder semantischen Kompetenz, sondern vielleicht auch dadurch, daß zeitliche Organisationsprinzipien des Gehirns, in diesem Fall die Integrationsfähigkeit, nicht mehr voll zur Verfügung stehen. Kann dies bestätigt werden, dann ergibt sich daraus, daß für Patienten mit derartigen Störungen ganz andere therapeutische Verfahren zur Verbesserung der Sprechfähigkeit eingesetzt werden müssen als die bisher angewandten.

Wie wichtig die zeitliche Organisation beim Sprechen ist, hat der Linguist J. Martin hervorgehoben. Er meint, man müsse sich einen Dialog wie einen rhythmischen Wechselgesang vorstellen mit klarer zeitlicher Gliederung. Der Vorteil von rhythmisch-zeitlicher Gliederung in der Sprache ist unter anderem, daß der jeweilige Hörer immer etwas vorwegnehmen kann von dem, was gesagt wird. Er paßt sich als Zuhörender synchronisierend an den Sprechrhythmus des anderen an, der alle zwei bis drei Sekunden eine Planungspause macht. Aufgrund dieser Synchronisation wird das Verstehen des Gehörten entscheidend erleichtert. Fremde Sprachen sind deshalb am Anfang so schwer zu verstehen, weil wegen unzureichender Wort- und Grammatik-Kenntnisse eine derartige Synchronisation der Dialog-Partner noch nicht stattfinden kann.

9. Integration:
Zeitlicher Rahmen für ästhetische Erlebnisse

Vor wenigen Jahren konstituierte sich eine Studiengruppe der Werner-Reimers-Stiftung in Bad Homburg, die es sich zum Ziel gesetzt hat, zu prüfen, ob biologische oder psychologische Phänomene beim Entstehen eines Kunstwerks oder bei dessen Beurteilung eine Rolle spielen und mitberücksichtigt werden sollten. Für viele war und ist dieses Unternehmen, das so aussieht, als würden Naturwissenschaftler plötzlich fremdgehen, ein Ärgernis. Ist es denn nicht abwegig anzunehmen, so wird den Mitgliedern der Studiengruppe manchmal entgegengehalten, daß etwas kulturell Geprägtes wie ein Kunstwerk unmittelbar etwas mit Biologie oder mit Hirnforschung zu tun haben könnte?

Die Studiengruppe hat sich allerdings nicht vorgenommen, den ästhetischen Prozeß in biologische, neuronale oder psychologische Gesetze aufzulösen. Sie glaubt aber, daß die Beurteilung von Kunstwerken farbiger werden kann, wenn dabei gewisse Randbedingungen mitberücksichtigt werden, die biologischer und psychologischer Natur sind. Die Analyse des ästhetischen Prozesses soll also nicht von einer anderen Fachrichtung usurpiert werden (wie offenbar manche befürchten), sondern zusätzliche Hinweise sollen geliefert werden, um die multikausale Natur des künstlerischen Schaffens und des Genießens von Kunst hervorzuheben. Zu diesem Sachverhalt möchte ich hier ein Beispiel anführen, nämlich inwiefern möglicherweise Mechanismen, die der menschlichen Wahrnehmung zugrunde liegen, ein Kunstwerk beeinflussen können, das durch seinen zeitlichen Ablauf charakterisiert ist.

Ich befasse mich in meiner Freizeit recht viel mit der Dichtkunst (indem ich manchmal auch Gedichte auswendig lerne), und so war naheliegend, im Rahmen der wissenschaftlichen Arbeit an Fragen der Zeitwahrnehmung einmal zu prüfen, wie lange eigentlich gesprochene Verse dauern. Ich stellte fest, daß die meisten gesprochenen Verse etwa zwei bis drei Sekunden dauern. Um nicht einer subjektiven Täuschung zu unterliegen, wurden auch viele Sprechplatten mit Gedichten analysiert, und ich stellte auch dabei fest, daß unabhängig vom Interpreten eines Gedichts ein Vers in der Tat meist zwischen zwei und drei Sekunden dauert. Ich habe dann eine ausführliche Analyse durchgeführt an zweihundert deutschen Gedichten (von Gryphius bis Hofmannsthal) und folgende Beobachtung gemacht: 73 Prozent aller Gedichte haben eine Versdauer zwischen zwei bis drei Sekunden; 3 Prozent liegen unter zwei Sekunden; 7 Prozent liegen zwischen drei und vier Sekunden und 17 Prozent zwischen vier und fünf Sekunden.

Auffallend ist, daß wieder mehr Gedichte mit Versdauern über vier Sekunden gezählt wurden. Hört man sich solche Verse genauer an (z. B. einen Hexameter), dann ergibt sich, daß der Vers selbst wieder zeitlich untergliedert wird mit einer kleinen Sprechpause mitten in der Zeile. Eine Verszeile von vier bis fünf Sekunden ist gesprochen also eigentlich ein Doppelvers, und man könnte geneigt sein, diese Gedichte zu der Gruppe zu zählen, deren Verse zwischen zwei und drei Sekunden liegen.

Im vorangegangenen Kapitel wurde erörtert, daß die erlebte Gegenwart etwa in dem Zeitbereich von zwei bis drei Sekunden liegt. Als Grundlage für die subjektive Gegenwart wurde die begrenzte Fähigkeit unseres Gehirns angenommen, zeitlich verteilte Informationen nur etwa bis zwei oder drei Sekunden in eine zeitliche Gestalt zu integrieren. Die zahlenmäßige Übereinstimmung zwischen der subjektiven Gegenwart und der weitaus am häufigsten vorkommenden Dauer gesprochener Verse legt nahe, daß letztere nicht unabhängig von ersterer ist. Könnte es sein, so lautet die vorsichtige Hypothese, daß der Dichter (manche Dichter!) von vornherein die begrenzte Fähigkeit, sprachliche Einheiten wahrzunehmen, berücksichtigt und deshalb mit seinen Versen im zeitlich passenden Rahmen bleibt? Theoretisch wäre denkbar, da es die Struktur unserer Sprache erlaubt, sehr viel längere Verse zu dichten. Und man sollte erwarten, wenn zeitliche Randbedingungen in der Dichtung keine Rolle spielen, daß Versdauern zwischen einer und sechs, sieben oder acht Sekunden gleich häufig vorkommen. Gibt es nun einen kulturellen, geistesgeschichtlichen Grund für die Präferenz von Versdauern zwischen zwei und drei Sekunden? Mir ist darüber nichts bekannt. Untersucht man Gedichte aus anderen Sprachen, so stellt man ebenfalls eine Bevorzugung von Versdauern fest, die ich in deutschen Gedichten beobachtet habe.

Mit dieser Überlegung, daß der Dichter, vermutlich ohne es selbst zu ahnen, Mechanismen menschlichen Zeiterlebens mit – berücksichtigt, ist selbstverständlich keine Reduktion des Dichtens auf einen zeitpsychologischen Prozeß vorgenommen worden. Selbstverständlich ist ein Gedicht zunächst ein sprachliches Ereignis, also durch Worte gekennzeichnet. Ich möchte nur betonen, daß das sprachkünstlerische Ereignis eingebettet ist in einen notwendigen zeitlichen Rahmen. Ein Gewinn, der sich aus den

85

beschriebenen Beobachtungen ergibt, ist, daß bei der Beurteilung der ästhetischen Wirkung eines Gedichtes die zeitliche Dimension wesentlich sein kann. In einem Gedicht können besondere Effekte hervorgerufen werden, indem die zeitlichen Grenzen überschritten werden – ein Gedicht kann sich dann der Prosa nähern –, oder die zeitlichen Grenzen werden möglicherweise gar nicht ausgenutzt bei besonders kurzen Versen, was dann die Bewegung eines Gedichts beschleunigt.

Eine Untersuchung von Interpretationen von Goethe-Gedichten zeigte, daß der Sprecher dann, wenn in einem Vers weniger Silben vorkommen, geringfügig langsamer spricht als in Versen mit mehr Silben oder daß die Pausen zwischen den Versen verlängert werden. Der Grund könnte darin liegen, daß eine natürliche Tendenz besteht, die Dauer des »Gegenwartsfensters« von zwei bis drei Sekunden optimal auszunutzen, wobei diese natürliche Tendenz außerhalb der bewußten Kontrolle liegt oder liegen kann.

Wenn man einmal mit der zeitlichen Analyse von Gedichten begonnen hat, dann kann man vor der Musik nicht haltmachen. Hier gilt aber dieselbe theoretische Zurückhaltung wie bei Gedichten. Gefragt wird nur danach, ob es möglicherweise allgemeingültige zeitliche Grundmuster in der Musik gibt, die vom Komponisten und Interpreten berücksichtigt werden. Der amerikanische Komponist, Dirigent und Musiktheoretiker David Epstein aus Boston hat gefunden, daß offenbar jedes Musikstück, insbesondere der klassisch-romantischen Tradition, ein Grundtempo besitzt, an das sich der Interpret hält oder das er verletzt. Die proportionellen Tempobeziehungen innerhalb einer Symphonie rufen eine besondere ästhetische Wirkung hervor.

Nach gemeinsamem Nachdenken mit David Epstein habe ich in Musikstücken dieser klassisch-romantischen Tradition Untersuchungen begonnen über die Dauer von Motiven. Hört man sich unbefangen ein Stück an, dann springt, wenn man darauf achtet, eine deutliche zeitliche Gliederung hervor. Es ist zwar nicht so einfach wie bei Gedichten, derartige Messungen auszuführen. Doch der Geübte kann recht genau zeitliche Markierungen für Motive auffinden. Bisher liegen erst ausführliche Messungen bei Mozart-Stücken vor, wobei die Messungen von mehreren musikerfahrenen Mitarbeitern unabhängig voneinander durchgeführt wurden. Und man geniert sich fast zu sagen, daß die bei weitem häufigste Motiv-Dauer wieder bei zwei bis drei Sekunden liegt.

Noch zurückhaltender als bei der Beurteilung von Gedichten sei hier die Vermutung ausgesprochen, daß auch für den musikalisch-ästhetischen Prozeß die Struktur unseres Zeiterlebens ein Grund-Gerüst liefern kann, das der Komponist intuitiv mitberücksichtigt und der ausführende Künstler aufgreift. Wenn gespielte Musik diesen zeitlichen Rahmen zerbricht, dann ist auch das Erlebnis ihrer Wirkung verändert. Wohlgemerkt, die Integration von Gehörtem in eine zeitliche Gestalt, die unser Gegenwartsbewußtsein jeweils vorgibt, ist nur *ein* Gesichtspunkt der ästhetischen Beurteilung von Musik – aber sicher auch ein interessanter Aspekt.

Ich möchte die Aufmerksamkeit hier nur auf Bedingungen unseres Erlebens lenken, die unserm Gehirn aufgrund seiner Struktur und seiner Funktionsweise vorgegeben sind und die sich offenbar auch im ästhetischen Empfinden aufdecken lassen. Die Grundlagen der Ästhetik sollten daher über die geistesgeschichtlichen und philosophischen Orientierungen hinaus in diesem Sinne erweitert werden, wobei die Hirnforscher nur eine Richtung anzeigen können.

10. Die innere Uhr: Tageszeiten, Nachtzeiten

Bisher haben wir uns mit zeitlichen Organisationsprinzipien unseres Gehirns befaßt, die im Bereich von Sekundenbruchteilen und von wenigen Sekunden liegen und die den Erlebnisweisen von Gleichzeitigkeit und Gegenwart zugrunde liegen. Nun wenden wir uns einem ganz anderen Zeitbereich zu, nämlich der sogenannten Tagesperiodik. In den letzten zwanzig Jahren sind besonders durch die Arbeiten von Jürgen Aschoff im Max-Planck-Institut für Verhaltensphysiologie in Erling-Andechs in der Nähe von München entscheidende neue Erkenntnisse über die Organisation unseres tageszeitlichen Verhaltens gewonnen worden.

Wir beginnen mit ein paar einfachen Beobachtungen, die unsere Leistungsfähigkeit betreffen. Wenn man von morgens bis spät abends in regelmäßigen Abständen von zwei oder drei Stunden testet, wie gut jemand einfache Rechenaufgaben lösen kann, dann stellt man fest, daß die Leistungsfähigkeit tagesperiodisch variiert. Die beste Leistung beobachtet man am späten Vormittag, über die Mittagszeit sinkt die Leistung etwas ab und steigt dann gegen Abend wieder an. In den späteren Abendstunden wird die Leistung dann wieder schlechter, und wenn man eine Versuchsperson auch nachts untersucht, also in regelmäßigen Abständen weckt, um die Messungen auszuführen, dann sieht man, daß zur eigentlichen Schlafenszeit die Leistung am schlechtesten ist.

Eine ähnliche Beobachtung über den tagesperiodischen Verlauf wie bei den Rechenaufgaben kann man bei der Messung von Reaktionszeiten machen. Wir reagieren nicht immer gleich gut, sondern unsere Reaktionsfähigkeit hängt von der Tageszeit ab. Der tageszeitliche Verlauf ist ähnlich wie bei der Lösung von Rechenaufgaben. Die Merkfähigkeit scheint sich ebenso tagesperiodisch zu ändern, und auch das Erleben des Ablaufs der Zeit. Ich habe Versuchspersonen einfache Zeitschätzungen durchführen lassen, d.h. sie mußten jeweils angeben, wie lange ihnen zehn Sekunden erschienen. Dabei zeigte sich, daß morgens objektive zehn Sekunden subjektiv etwa elf Sekunden entsprechen, daß zum Mittag hin die subjektive Zeit immer kürzer wird, d.h. durchschnittlich bis auf neun Sekunden abfällt und daß gegen Abend die objektiven zehn Sekunden wieder länger werden und sogar zu später Abendstunde über elf Sekunden hinaus wachsen können.

Das Ergebnis dieser Untersuchung ist in der Abbildung 13 dargestellt.

Hier sei eine verkehrspsychologische Nebenbemerkung erlaubt: Wenn die subjektive Zeit zu verschiedenen Tageszeiten unterschiedlich schnell abläuft, dann könnte sich dies auch auf die Beurteilung von Geschwindigkeiten auswirken. Bekanntlich ist

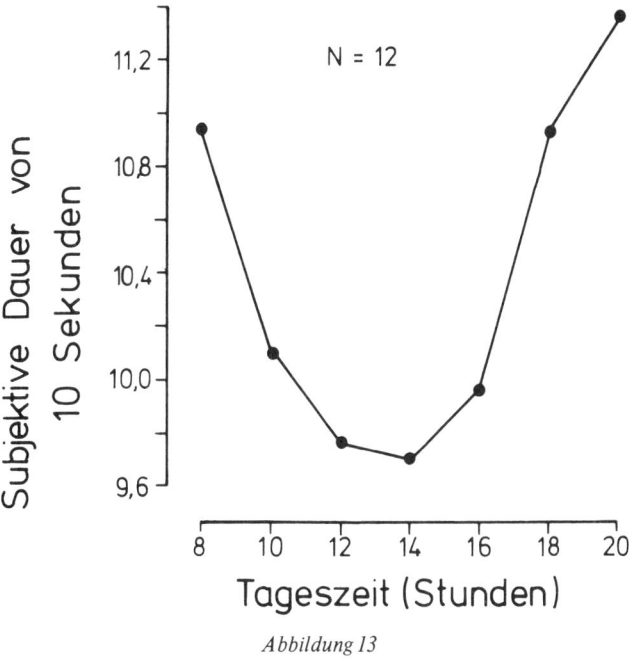

Abbildung 13

Geschwindigkeit (v) gleich gefahrener Weg (s) pro Zeiteinheit (t) : $v = \frac{s}{t}$. Wenn abends die subjektive Zeit langsamer abläuft, t also größer ist, dann verringert sich, da t im Nenner steht, auch der Wert für v, die Geschwindigkeit. Dies bedeutet, daß bei langsam ablaufender subjektiver Zeit die erlebte Geschwindigkeit unterschätzt werden kann. Ein zusätzliches Unfallrisiko beim Nachtfahren ist also vermutlich auch die Unterbewertung der Fahrgeschwindigkeit.

Neben den erwähnten psychologischen Funktionen, die sich tageszeitlich ändern, zeigen auch alle körperlichen, physiologischen Funktionen eine derartige Tagesrhythmik. Ja, man kann behaupten, daß praktisch alle psychischen und körperlichen Funktionen einen klaren *Tagesgang* zeigen. Besonders bedeutsam – beispielsweise für das Fiebermessen – ist der Tagesgang der Körpertemperatur. Die Angabe einer »normalen« Körpertemperatur von 37° C ist ohne Angabe der Tageszeit, zu der sie erhoben wurde, im Grunde sinnlos; denn die tageszeitliche Schwankung der Körpertemperatur beträgt beim Gesunden bis zu 1° Celsius. Tagsüber steigt die Temperatur an und erreicht am späten Nachmittag ihren maximalen Wert. Bevor wir schlafen gehen, beginnt die Temperatur wieder zu sinken, und sie erreicht ihren niedrigsten Wert im Durchschnitt gegen 5 Uhr morgens. Dann beginnt sie wieder zu steigen, also bevor wir üblicherweise aufstehen. Dieser Hinweis ist wesentlich: Die Körpertemperatur steigt nicht, wenn wir aktiv werden, nach dem Aufstehen, sondern unabhängig von körperlicher Aktivität. In der Abbildung 14 ist das Ergeb-

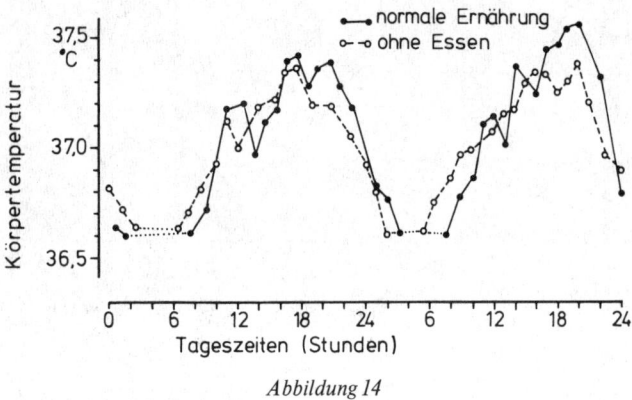

Abbildung 14

nis von Messungen der Körpertemperatur dargestellt, die diesen Sachverhalt verdeutlichen. Auch bei im Bett liegenden Versuchspersonen variiert die Körpertemperatur systematisch als Funktion der Tageszeit, und die tagesperiodischen Veränderungen sind auch vorhanden, wenn die Versuchspersonen fasten. Weder motorische Aktivität noch der Stoffwechsel bedingen also den Temperatur-Rhythmus.

Es mag bisher der Eindruck entstanden sein, als würde der tagesperiodische Verlauf der psychischen und körperlichen Funk-

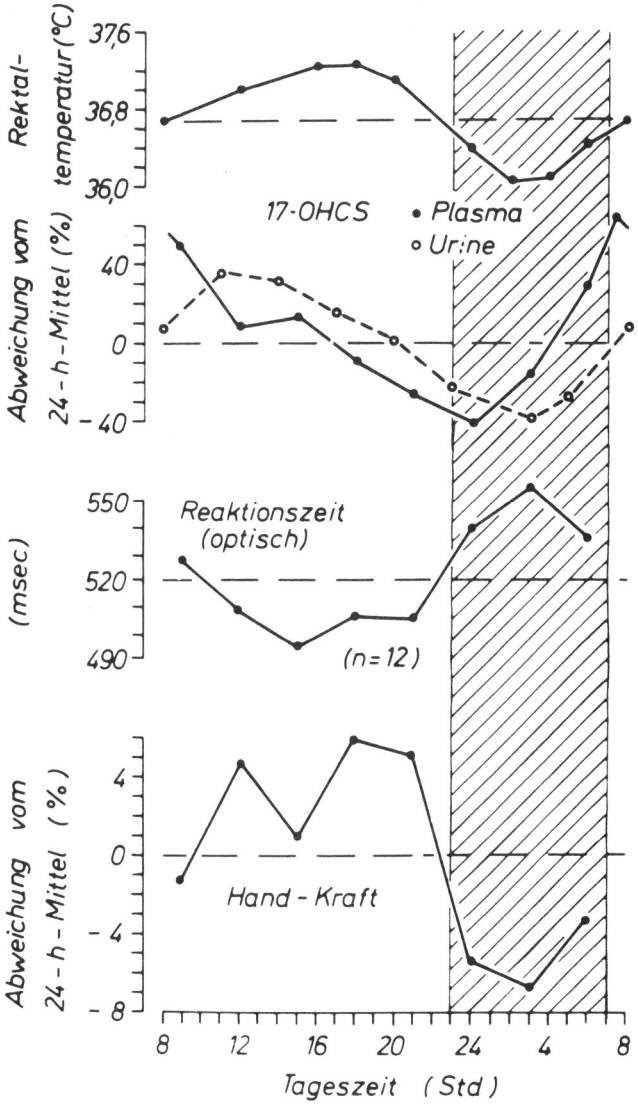

Abbildung 15

tionen zeitlich parallel erfolgen, d.h. alle Funktionen steigen an, erreichen beispielsweise um 11 Uhr vormittags einen höchsten Wert und sinken dann wieder ab. Ein solcher Eindruck wäre falsch. Es hat sich gezeigt, daß praktisch für jede Funktion ein eigener tagesperiodischer Ablauf typisch ist. Manche Funktionen haben ihr Maximum früher, andere später, und andere Funktionen haben sogar zwei Maxima, morgens und nachmittags. In Abbildung 15 ist für einige Funktionen der typische tagesperiodische Verlauf gezeigt. Das Gesamt der tageszeitlichen Abläufe aller Funktionen bezeichnet man als »Phasenkarte«. Das soll heißen, daß zu jeder Tageszeit ein jeweils anderes Muster der psychischen und körperlichen Funktionen besteht. Zu jeder Tageszeit sind wir durch eine andere »psycho-somatische« Konstellation gekennzeichnet. Von einer Konstanz oder Identität unserer seelisch-körperlichen Gesamtheit über den Tag hinweg kann also nicht die Rede sein.

Demnach sind wir in gewissem Sinne nicht mit uns selbst identisch, wenn wir den Ablauf der vielen Funktionen im Blick haben, obwohl wir uns auf einer anderen Ebene dennoch als mit uns selbst identisch erleben. Darüber hinaus sind wir für einen bestimmten tageszeitlichen Punkt auch nicht miteinander vergleichbar. Für jeden Menschen sieht die Phasenkarte etwas anders aus, und es steht zu vermuten, daß sogenannte »Morgenmenschen« eine ganz andere Phasenkarte besitzen als »Abendmenschen«. Da sich die Konstellation unserer psychischen und körperlichen Funktionen auf unsere subjektive Befindlichkeit auswirkt, ist es selbstverständlich, daß auch unsere zwischenmenschliche Kommunikation vom tagesperiodischen Ablauf der Funktionen beeinflußt – und manchmal beeinträchtigt – wird. Jemand, der morgens frisch aus dem Bett springt, ist in einer anderen psycho-somatischen Ausgangslage als jemand, der erst mittags allmählich »warmläuft«. Wenn es sich dann um Lebensgefährten handelt, sind Spannungen und Ärger zwischen ihnen vorprogrammiert. (Man ist darum schon auf die Idee gekommen, vor dem Eingehen einer Lebensgemeinschaft zu prüfen, ob die Phasenkarten einander ähnlich sind, d.h. ob zumindest die Morgen- und Abend-Orientierung übereinstimmen, um von diesen Ergebnissen eine Empfehlung abhängig zu machen).

Woher kommen die tagesperiodischen Veränderungen? Sind sie das Resultat der regelmäßigen Veränderung in unserer Umwelt, also bedingt durch den Tag-Nacht-Wechsel? Die Antwort ist positiv. Aber die genauere Frage ist, ob wir tagtäglich von der Umwelt derart beeinflußt werden, daß sich die Funktionen in uns verändern oder ob möglicherweise der Tag-Nacht-

Wechsel schon »in uns steckt«. Zur Prüfung dieser Frage wurden von Jürgen Aschoff und Rütger Wever langdauernde Experimente durchgeführt – mit einem eindeutigen Befund: Der Mensch hat eine innere Uhr.

Es wurde ein unterirdischer Bunker eingerichtet, der von der Außenwelt vollkommen isoliert ist. Im Bunker weiß man nicht, ob draußen Tag oder Nacht ist, da eine vollständige Geräuschisolation gegeben ist, selbstverständlich nur künstliches Licht verwendet wird und kein Radio oder Fernseher darüber Auskunft geben kann, was in der Welt passiert. Freiwillige Versuchspersonen ließen sich und lassen sich immer noch für durchschnittlich vier Wochen in diesem Bunker isolieren, wobei sie üblicherweise allein sind. Die Frage ist nun, wie die Versuchsperson zeitlich lebt,

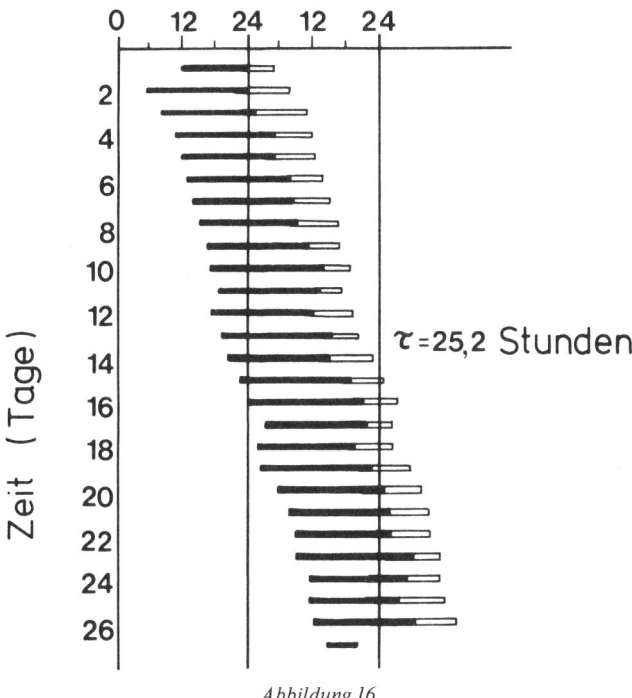

Abbildung 16

wenn sie überhaupt keine Reize aus der Umwelt erhält. Aus den bisher über 200 Versuchen läßt sich eindeutig ableiten, daß auch im Bunker ein regelmäßiger Schlaf-Wach-Wechsel bestehen bleibt. Die Körpertemperatur zeigt ihren tagesperiodischen Verlauf. Die psychischen Funktionen verändern sich in einer ähnlichen Weise wie im normalen Leben. Es gibt jedoch einen markanten Unterschied. Der Tag im Bunker dauert, gemessen am Verlauf der beobachteten Funktionen, nicht mehr genau 24 Stunden, sondern durchschnittlich etwa 25 Stunden. Dies ist ein Mittelwert mit individuellen Abweichungen, wobei jedoch auffallend ist, daß fast alle Versuchspersonen einen subjektiven Tag von mehr als 24 Stunden haben. Unter 24 Stunden liegt kaum jemand. Wenn man das regelmäßige zeitliche Verhalten im Bunker als durch eine Uhr gesteuert betrachtet, könnte man sagen: Die »innere Uhr« des Menschen geht nach. Das Ergebnis eines solchen Isolationsversuchs ist in Abbildung 16 zu sehen. Wie man erkennt, steht diese Versuchsperson während der Bunker-Isolation jeden Tag etwas später auf, so daß die durchschnittliche Tagesdauer nicht mehr 24, sondern 25,2 Stunden beträgt.

Die Feststellung, daß in totaler Isolation der tageszeitliche Wechsel von Funktionen bestehenbleibt, wobei es individuelle Varianten der Dauer gibt, läßt darauf schließen, daß dieser Wechsel nicht täglich von außen, vom Tag-Nacht-Wechsel der Natur, aufgedrängt wird, sondern daß er in uns selbst verankert, also »endogenen« Ursprungs ist. Die Tatsache, daß die Lebewesen im Laufe der Entwicklungsgeschichte immer dem regelmäßigen Wechsel von Tag und Nacht ausgeliefert waren, hat zu einer evolutionären Anpassung an dieses konstant bleibende Umwelt-Ereignis geführt. Die Lebewesen, und wir als deren Erbe, haben fast ohne Ausnahme eine etwa 24stündige »innere Uhr« (einen »circadianen« Rhythmus) entwickelt, die es erlaubt, den natürlichen Wechsel der natürlichen Abläufe gleichsam vorwegzunehmen. Durch eine derartige Vorwegnahme kann das Leben sehr viel ökonomischer gestaltet werden, und es lassen sich im Laufe des Tages zeitliche Nischen für die Synchronisierung artgleichen Verhaltens definieren.

Die Bedeutung der inneren Vierundzwanzig-Stunden-Uhr für den Menschen ist erst in der neuesten Zeit ganz klar geworden, wenn die regelmäßige Tagesstruktur etwa durch Einführung von Schichtarbeit und Nachtdienst oder auch durch das schnelle Reisen zwischen den Kontinenten durchbrochen wird. Wenn wir nachts arbeiten müssen, dann sind wir gezwungen, zu einem Zeitpunkt tätig zu sein, an dem wir vermutlich nicht optimal leistungsfähig sind. Nun könnte man meinen, daß bei längerem Schichtdienst allmählich eine Umstellung des Organismus auf die notwendige Arbeitszeit stattfinden würde. Leider ist das nicht der Fall. Offenbar ist die soziale Bindung der Schichtarbeiter an ihre Umwelt derart stark, daß sie subjektiv dieser Umwelt verbunden bleiben. Aufgrund dieser Verbundenheit wird eine Anpassung der psychischen und körperlichen Funktionen an die Arbeitszeit verhindert. Schichtarbeiter arbeiten daher aufgrund ihrer sozialen Umwelt immer zur Unzeit.

Zur Wirkung sozialer Faktoren auf die innere Uhr konnte ich vor einigen Jahren eine Beobachtung machen, die mir durch Jürgen Aschoff und Rütger Wever ermöglicht wurde. Ich hatte Gelegenheit, bei einem Bunker-Versuch vier Versuchspersonen gleichzeitig zu isolieren und zu studieren, was beim Verlust der objektiven Zeit hinsichtlich der zeitlichen Organisation des Gruppen-Verhaltens geschehen würde. Bei den Versuchspersonen handelte es sich um vier Studenten, die sich erst am Tage des Versuchsbeginns kennenlernten. Plötzlich für drei Wochen von der Umwelt isoliert zu werden mit Leuten, die man vorher nicht kennt, ist sicher auch eine interessante psychologische Herausforderung. Ich stellte fest, daß vom ersten Tage an die Versuchspersonen miteinander synchronisiert lebten. Ihr durchschnittlicher Tag dauerte aber nicht mehr 24 Stunden, sondern betrug 26,2 Stunden. Das gemeinsame Leben dauerte hinsichtlich des Schlaf-Wach-Wechsels etwa zehn Tage. Dann muß in der Gruppe etwas Ungewöhnliches geschehen sein; denn plötzlich löste sich eine der Versuchspersonen zeitlich von den anderen und begann, einen eigenen Tag zu leben, der sehr viel kürzer war als der der Gruppe.

Was war geschehen? Durch verschiedene Testverfahren, die von den Versuchspersonen regelmäßig durchgeführt werden mußten, war es möglich, durch den Versuch hindurch die soziale Konstellation der Gruppe zu verfolgen. Am Anfang des Versuchs bestand ein starker Konformitätsdruck zur Anpassung, der sich besonders in der zeitlichen Synchronisation des Verhaltens zeigte. Dieser soziale Druck war so stark, daß die eine Versuchsperson, die sich später selbständig machte, sogar gegen ihre eigene innere Uhr lebte. Die Analyse des Verlaufs der Körpertemperatur und anderer Funktionen ergab nämlich, daß diese Versuchsperson einen eigenen Tagesrhythmus von etwa 24,5 Stunden hatte und daß 26,2 Stunden, der Gruppenrhythmus, für sie im Grunde zu lang waren. Aber aufgrund der sozialen Situation zwang sich diese Versuchsperson zu einem längeren Tag, wobei es zu einer Unterdrückung des eignen Rhythmus kam. Als nach etwa zehn Tagen der Konformitätsdruck nachließ, der soziale Druck also geringer wurde, da man sich nun offenbar schon gut kannte, löste sich diese Versuchsperson von der zeitlichen Tagesstruktur der Gruppe und lebte gemäß ihrem eigenen, subjektiven Tag – unsozial. Dieser Versuch zeigt, wie wirksam manchmal soziale Faktoren für unser Verhalten sein können, daß sie also beispielsweise eine Zerstörung der zeitlichen Struktur, eine »Desynchronisation« zwischen den verschiedenen Funktionen im Organismus bewirken können.

Solche Desynchronisationen treten auch spontan bei einer Reihe von Versuchspersonen während eines Bunker-Versuchs auf. Desynchronisation bedeutet, daß manche Funktionen etwa eine Dauer von 25 Stunden, während gleichzeitig andere eine ganz andere Dauer haben. In Abbildung 17 sieht man, daß im

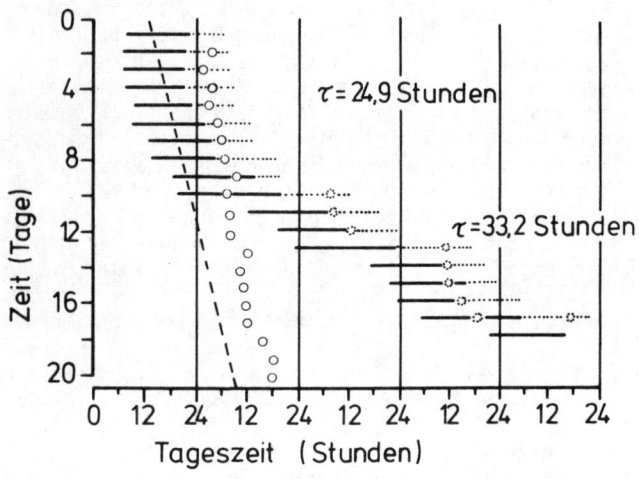

Abbildung 17

Laufe eines solchen Isolationsexperiments der Rhythmus des Schlaf-Wach-Wechsels und der Rhythmus der Körpertemperatur plötzlich auseinanderlaufen. Der circadiane Rhythmus des Schlaf-Wach-Wechsels ist durch die durchgezogenen und gestrichelten Balken gekennzeichnet und der Rhythmus der Körpertemperatur durch die Kreise, die jeweils die Minima der Körpertemperatur an aufeinanderfolgenden Tagen angeben. Während einer internen Desychronisation kann man nicht von der Existenz einer stabilen Phasenkarte im Organismus sprechen. Es herrscht das zeitliche Chaos.

In der zweiten Versuchshälfte ist der Rhythmus der Körpertemperatur 24,9 Stunden, der Rhythmus des Schlafens und Wachens aber 33,2 Stunden. Nun hat sich gezeigt, daß nicht alle Personen in gleicher Weise anfällig sind für das Auftreten von Desynchronisationen. Menschen, die durch psychische Labilität gekennzeichnet, die streß-anfällig sind und in einem erhöhten Ausmaß sogenannte »neurotische Symptomatik« zeigen, lassen sehr viel häufiger ein Auseinanderfallen der zeitlichen Organisation ihres Verhaltens beobachten. Man kann dies als eine reduzierte Integrationsleistung der inneren Uhr, die psycho-somatischen Funktionen zusammenzuhalten, bezeichnen.

Diese Beobachtung und weitere aus der psychiatrischen Erfahrung haben die Bedeutung der Tagesperiodik für das Verständnis von psychischen Erkrankungen, besonders von Depressionen, in neuester Zeit in den Vordergrund gerückt. Es ist eine alte Erfahrung von Psychiatern, daß bei manchen Formen der Depression, die durch Antriebsstörung und umdüsterte Stimmung (»die Welt bricht über einem zusammen«) gekennzeichnet sind, ein klarer tageszeitlicher Ablauf der Symptome vorhanden ist. Solche Patienten wachen morgens viel zu früh auf, und es geht ihnen am frühen Morgen außerordentlich schlecht. Im Laufe des Tages ergibt sich dann eine allmähliche Aufhellung der Stimmung. Doch am nächsten Morgen ist wieder dieser depressive Einbruch vorhanden (vgl. Kap. 26).

Inwiefern die innere Uhr tatsächlich mit Problemen der Depression zusammenhängt, wird zur Zeit in vielen Zentren der psychiatrischen Forschung geprüft; denn aus einem besseren Verständnis ließen sich vielleicht neue und bessere therapeutische Verfahren gewinnen. Auch in Deutschland gibt es solche Zentren. Eine große Untersuchung – vermutlich die größte, die jemals begonnen wurde – läuft seit einigen Jahren unter der Leitung von Detlev Ploog im Max-Planck-Institut für Psychiatrie in München. Viele Patienten sind bisher untersucht worden. Aber schon die Beobachtung an einem Patienten macht die Bedeutung des Tagesrhythmus für Depressionen besonders augenfällig: Ein 66 Jahre alter Patient zeigte einen regelmäßigen Wechsel von depressiven und nicht-depressiven Tagen, wobei sich an den depressiven Tagen das Befinden häufig gegen Abend besserte. Der vierundzwanzigstündigen Tagesperiodik war also ein 48-Stunden-Rhythmus der Depressivität überlagert. Der Patient erklärte sich dankenswerterweise zu einem Isolationsversuch im Bunker bereit, damit man einen noch besseren Einblick in die zeitliche Organisation der Tagesperiodik und der Depressivität erhielt. Dabei zeigte sich, daß der Schlaf-Wach-Wechsel nicht länger als 24 Stunden war, wie aufgrund der anderen Experimente zu erwarten gewesen wäre, sondern nur 19,5 Stunden betrug. Demgegenüber lag der Rhythmus der Körpertemperatur und des Cortisols (eines Hormons) bei einem Wert nahe bei 24 Stunden. In der Isolation, ohne die äußeren »Zeitgeber«, ergab sich also eine Desynchronisation zwischen verschiedenen Funktionen, wobei die Verkürzung des Schlaf-Wach-Wechsels unter 24 Stunden untypisch ist.

Die Frage war nun, wie sich der 48-Stunden-Zyklus der Depressivität verhält. Folgt er dem Schlaf-Wach-Wechsel oder den anderen Funktionen – oder hat er gar einen eigenen Rhythmus? Die Antwort war eindeutig, daß die Depression des Patienten zeitlich parallel zum Verlauf der Körpertemperatur und des Cortisols verlief und nicht parallel zum Schlaf-Wach-Wechsel. Es besteht also eine engere Verbindung der Depression zu diesen Mechanismen als zu jenen, die der Steuerung des Schlaf-Wach-Wechsels, also der Aktivitätsperiodik, zugrunde liegen.

Es bleibt zu hoffen, daß sich diese und ähnliche Beobachtungen recht bald auch auf die Entwicklung besserer therapeutischer Verfahren auswirken. Die Häufigkeit von Depressionen hat ja eine erstaunliche Höhe erreicht. (Von den regelmäßig seit Jahren mit verschiedenen Verfahren untersuchten Studenten, die ihr Medizinstudium beginnen, ist durchschnittlich ein Drittel depressiv!)

Die Bedeutung der inneren Uhr ist übrigens auch für jeden einsichtig, der eine Reise mit dem Flugzeug in die USA unternimmt, d. h. plötzlich einer anderen Tageszeit ausgesetzt wird. Es ist eher möglich, und meist ist es auch erforderlich, daß man sich mit seinem Schlaf-Wach-Wechsel auf die neue Zeit einstellt als mit den anderen psychischen und körperlichen Funktionen, obwohl die meisten Reisenden in den ersten Tagen auch nicht schlafen können. Der soziale Druck auf die zeitliche Anpassung bewirkt, daß wir unseren Schlaf-Wach-Wechsel meist sofort anpassen. Eine sofortige Anpassung der anderen Funktionen ist aber nicht möglich. Das bedeutet, daß wir nach der Reise zunächst für einige Tage erzwungenermaßen in einem Zustand der Desynchronisation leben. Mit der Aktivität haben wir das Ziel schon erreicht; der Rest des Körpers und der Psyche kommt hinterher. Bei einer Reise an die Ostküste der USA ist die völlige zeitliche Umstellung ungefähr nach einer Woche beendet – so lange dauert also, allerdings mit abnehmender Intensität, eine Desynchronisation. Es sei betont, daß es dabei große individuelle Unterschiede gibt und daß vermutlich das Verabreichen schwerer Mahlzeiten während des Fluges eine schnellere zeitliche Anpassung verhindert. Daß wir nach einem Flug für einige Zeit nicht in optimaler Verfassung sind, daß unsere Leistungsfähigkeit eingeschränkt ist, daß unsere Stimmung labil ist, wird jedem Reisenden bekannt sein. Erstaunlicherweise sind sich Politiker dieser Tatsache kaum bewußt; sie berücksichtigen bei Verhandlungen ihre durch Zeitverschiebungen veränderte Verfassung noch zu wenig.

Daß häufige Reisen zwischen Kontinenten mit jeweils ausgelösten Desynchronisationen im Organismus auch der Gesundheit abträglich sind, wird von medizinischer Seite immer mehr berücksichtigt. Es ist bekannt, daß viele Stewardessen über Störungen ihres Menstruationszyklus klagen, was durch die häufigen Durchbrechungen der zeitlichen Organisation von Funktionen im Organismus bedingt sein könnte. An einem Tierversuch hat Jürgen Aschoff zu demonstrieren versucht, daß häufiger Zeitwechsel sich auf die Lebenserwartung auswirkt. Er stellte fest, daß Versuchstiere, die wöchentlich einmal einem zeitlichen Wechsel unterzogen wurden, eine erheblich kürzere Lebenserwartung hatten als solche, die unter normalen Umweltbedingungen lebten. Durch den Zeitwechsel bedingte Anpassungen des Verhaltens an eine neue zeitliche Ordnung mit den dadurch ausgelösten Desynchronisationen im Organismus sind also ein maßgeblicher Streß-Faktor, der von den betroffenen menschlichen Berufsgruppen nicht vernachlässigt werden sollte.

Soviel man aus Beobachtungen des Verhaltens über dessen zeitliche Organisation sagen kann, so wenig ist leider bisher bekannt über die Prozesse im Gehirn, die diesen Verhaltensweisen zugrunde liegen. Ein erster Hinweis hat sich allerdings in den letzten Jahren ergeben. Es wurde festgestellt, daß ein winzig kleines Areal im Gehirn, das zum Bereich des Hypothalamus (siehe Abbildung 5) gehört, maßgeblich beteiligt ist bei der Strukturierung des tageszeitlichen Verhaltens von Säugetieren. Wenn man dieses kleine Areal, das auf den Zungenbrecher »Nucleus suprachiasmaticus« hört, abträgt, dann verschwindet auch, zumindest zeitweise, die klare tageszeitliche Gliederung des Verhaltens. Das Aktivitätsverhalten eines Versuchstieres scheint dann zeitlich völlig unstrukturiert, und die Tagesperiodik anderer Funktionen mit klaren Höhe- und Tiefpunkten zu verschiedenen Tageszeiten scheint verschwunden zu sein. Dieses Aufhören von Tagesrhythmik wird aber nur dann beobachtet, wenn die Versuchstiere in vollkommener Isolation gehalten werden. Nur ihre innere Uhr ist gleichsam verschwunden; denn wenn ein Zeitgeber vorhanden ist, also etwa ein Licht-Dunkel-Wechsel von 24 Stunden, dann erkennt man entsprechend dem Zeitgeber ein zeitlich klar gegliedertes Verhalten. Dieses winzige Areal im Gehirn spielt also anscheinend eine strategisch sehr wichtige Rolle für die zeitliche Ordnung des Verhaltens. Über den Menschen liegen bisher keine direkten Erfahrungen vor. Aber da bei bisher allen untersuchten Säugetieren die Bedeutung dieses Bereichs im Gehirn offensichtlich ist, müssen wir vermuten, daß auch unser tagesperiodisches Verhalten von diesem winzigen Zentrum geprägt wird.

11. Träume:
Programmierter Aufruhr der Psyche

Träume sind für viele von uns Quelle angenehmer Unterhaltung, Ursache von Angst und Schrecken oder Anlaß zur Verwunderung über soviel skurriles Zeug, das unser Gehirn während des Schlafens produziert. Da der Trauminhalt so häufig gar nichts mit der alltägiichen Realität zu tun hat, wird er von vielen als eine geheime Informationsquelle angesehen. Von der Antike bis in die Neuzeit haben Traumdeuter versucht, aus dem Geträumten Anhaltspunkte für Zukünftiges abzuleiten. Mit einer entscheidenden wissenschaftlichen Nutzbarmachung des Träumens hat um die Jahrhundertwende Sigmund Freud begonnen. In seiner überaus lesenswerten Abhandlung »Die Traumdeutung« versucht er zu zeigen, daß man über den Traum Zugang gewinnen könne zu verborgenen Antrieben in unserer Persönlichkeit. Aufgrund der inhaltlichen Analyse der Träume seiner Patienten und auch seiner eigenen Träume sah sich Freud zu dem Schluß gezwungen, daß als wichtigste Triebfeder für die inhaltliche Ausgestaltung der Träume sexuelle Motive anzunehmen seien. Sexuelles erscheine zwar nicht unverhüllt im erinnerten (manifesten) Traum, da eine Instanz dafür sorge, durch Verschiebungen, Verdichtungen oder Symbolisierungen den eigentlichen (latenten) Traum in unanstößiger Weise ins Traumbewußtsein hineinzulassen. Doch ergebe eine sachgerechte Psychoanalyse solcher Träume im allgemeinen deren sexuellen Ausgangspunkt.

Es ist nun überraschend, daß auch die moderne Traumforschung, die mit der Freudschen Fixierung der Traumanalyse auf Sexuelles gar nichts im Sinne hat, zeigen konnte, daß während des Träumens doch eine ausgeprägte sexuelle Erregung vorhanden ist. Viele der modernen Traumforscher interessieren sich aber nicht für die inhaltliche Analyse mitgeteilter Träume, sondern besonders dafür, wann geträumt wird. Es handelt sich also mehr um eine objektive, physiologisch orientierte Forschung, in der versucht wird, die Mechanismen des Träumens aufzudecken, um erst mit einem zweiten Schritt dem Trauminhalt näherzutreten. Begonnen hat die moderne Traumforschung vor knapp dreißig Jahren mit einer zufälligen Entdeckung.

Um diese Entdeckung würdigen zu können, müssen wir kurz einen Blick auf das sogenannte Elektroencephalogramm (EEG) werfen (Abbildung 18). Wenn man kleine Silberelektroden, mit denen man elektrische Veränderungen feststellen kann, an bestimmten Stellen außen am Kopf anbringt, dann stellt man fest, daß das Gehirn dauernd elektrisch aktiv ist. Bei bestimmten psychischen Allgemeinzuständen gibt es typische elektrische Gehirnzustände. Wenn man im Zustand der ruhigen Entspanntheit mit geschlossenen Augen vor sich hin döst, kann man die sogenannten Alpha-Wellen im EEG beobachten. Das sind regelmäßige Wellen mit einer durchschnittlichen Dauer jeder einzelnen Welle von 0,1 Sekunden. Öffnet man die Augen und konzentriert sich auf eine geistige Tätigkeit, dann verschwinden diese Alpha-Wellen sofort, und Beta-Wellen treten auf, die sehr viel unregelmäßiger aussehen, so daß man kaum noch von regelmäßigen Wellen sprechen kann, wobei deren Periode nur 0,03 Sekunden betragen kann. Da bestimmte geistige Tätigkeiten oder mentale Zustände typische Ausprägungen im EEG zeigen, liegt es nahe, einmal zu prüfen, wie das EEG während des Schlafens aussieht.

Mit Elektroden, die am Kopf befestigt sind, zu schlafen, ist etwas ungewöhnlich. Aber wenn Versuchspersonen mehrere Nächte in einem Schlaf-Labor zubringen, dann gewöhnen sie sich allmählich an die ungewohnten Bedingungen und schlafen acht Stunden fast so wie im eignen Bett. Betrachtet man das EEG während einer durchschlafenen Nacht, dann fallen sofort typische Wellenmuster unterschiedlicher Dauer auf. Am auffälligsten sind

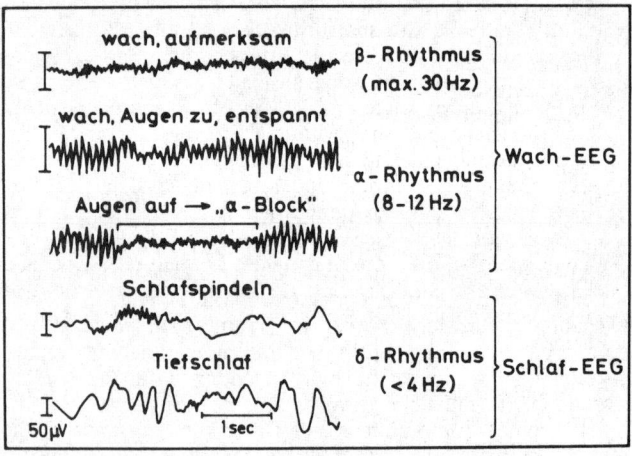

Abbildung 18

riesige langsame Wellen, die Delta-Wellen genannt werden und etwa 10 Minuten nach dem Einschlafen auftreten. Wenn man die Versuchsperson in diesem EEG-Zustand, der etwa eine halbe Stunde dauert, zu wecken versucht, dann ist das besonders schwer. Umgangssprachlich bezeichnen wir diese Phase des Schlafes als Tiefschlaf. Man hat nun in anderen Versuchen festgestellt, daß der Tiefschlaf, charakterisiert durch diese Delta-Wellen, maßgeblich verantwortlich ist für die körperliche Erholung. Deswegen sagt man wohl auch, daß der Schlaf vor Mitternacht der gesündeste sei, da der Tiefschlaf eben unmittelbar nach dem Einschlafen eintritt. Das hat aber nichts mit der Mitternacht als Uhrzeit zu tun. Wenn jemand nur sechs Stunden Schlaf braucht und immer erst um ein Uhr nachts ins Bett geht, dann ist sein »gesündester« Schlaf eben der nach ein Uhr.

Nach etwa einer halben Stunde der Delta-Wellen-Aktivität im Gehirn ändert sich das EEG plötzlich, ohne daß äußere Ereignisse dafür verantwortlich gemacht werden könnten. Nach einer Zwischenphase von einigen Minuten setzt dann etwa eine Stunde nach dem Einschlafen eine Phase ein, in der das EEG so aussieht, als sei der Schläfer hellwach. Wie bei konzentrierter geistiger Tätigkeit herrschen Beta-Wellen vor, obwohl die Versuchsperson fraglos schläft. Nach etwa zehn Minuten hört diese Phase plötzlich auf. Das EEG ändert sich wiederum, und es treten nach einiger Zeit wieder Delta-Wellen auf, jedoch üblicherweise nicht mit der gleichen Ausprägung wie zuvor. Etwa 90 Minuten nach dieser ersten Pseudo-Wach-Phase sieht das EEG wieder so aus, als sei die Versuchsperson wach, und diesmal dauert die »paradoxe« EEG-Phase etwa 15 Minuten. Dann erfolgt wieder eine spontane Änderung, wobei die Delta-Wellen immer seltener werden, und nach weiteren 90 Minuten kommt eine dritte, schließlich nach weiteren 90 Minuten eine vierte paradoxe EEG-Phase. Dabei fällt auf, daß diese paradoxen Phasen im Laufe der Nacht immer länger werden und am Ende der Nacht 20 bis 30 Minuten dauern. Paradox nennt man diese Phasen einmal deshalb, weil offensichtlich geschlafen wird, obwohl das EEG einen wachen, gehirn-aktiven Zustand meldet. Paradox ist sie aber auch deshalb, weil es relativ schwer ist, den Schläfer zu wecken, obwohl eine intensive geistige Tätigkeit gemeldet wird, die Wachheit vermuten läßt.

Das typische EEG-Muster des Wachens, das unser Gehirn jede Nacht etwa in einem Fünftel der Zeit signalisiert, läßt bereits vermuten, daß in diesen Phasen wirklich intensive geistige Tätigkeit stattfindet. Und dies bestätigt sich dann auch, wenn der Schläfer im Schlaf-Labor während dieser paradoxen Phasen geweckt wird. In praktisch allen Fällen wird berichtet, daß der Schläfer aus einem Traum herausgerissen wurde. Weckt man die Schläfer dagegen in anderen Phasen, dann ergeben sich keine Berichte über Träume, es sei denn Erinnerungsstücke aus vergangenen Träumen. Die Intensität und Bildhaftigkeit des Träumens scheint über die Nacht hin zuzunehmen: Während der Traum in der ersten Phase noch relativ blaß sein mag, werden die folgenden immer intensiver. Manche Versuchspersonen berichten allerdings auch, daß in aufeinanderfolgenden paradoxen EEG-Phasen die Thematik der Träume gleich bleibt, also gleichsam im Abstand von 90 Minuten fortgesponnen wird.

Aus diesen Beobachtungen geht hervor, daß wir während der paradoxen EEG-Phasen träumen, daß wir also etwa zwanzig Prozent unseres Schlafes träumend verbringen. Wir können deshalb diese Phasen auch als Traum-Phasen bezeichnen. Wenn jemand sagt, er träume nie, dann beruht dies darauf, daß er sich an seine Träume nicht zu erinnern vermag. Jeder Mensch träumt jede Nacht mehrere Male, so daß die Traum-Phasen insgesamt ein Fünftel Traum-Schlaf ausmachen. Die Behauptung alter Traumforscher, Träume würden nur Sekunden oder Bruchteile von Sekunden dauern, ist mit diesen Beobachtungen widerlegt.

Warum manche Menschen sich an ihre Träume nicht erinnern, das ist ein besonderes Problem, das zu vielen Spekulationen Anlaß gegeben hat. Vielleicht ist etwas an der Vorstellung, daß Träume manchmal inhaltlich zu unerfreulich sind, daß sie Unlust auslösen und daß das Bewußtsein deshalb nichts mit ihnen zu tun haben möchte und sie deshalb unterdrückt. Nur wenn Träume etwas Wichtiges mitteilen wollen, werden sie auch erinnert. Neben einer solchen tiefenpsychologischen Interpretation kommt freilich auch eine ganz andere in Frage, die eher neuropsychologisch orientiert ist. Jedes psychische Ereignis ist durch eine bestimmte Intensität charakterisiert, und wir erinnern uns vielleicht an die Beobachtungen bei der Messung der regionalen Hirndurchblutung, daß Veränderungen der Aktivation so etwas wie »Intensität des Bewußtseins« melden. Bei Menschen, die ihre Träume nicht erinnern, könnte zwar der zeitliche Rahmen des Träumens eingehalten werden. Der Inhalt der Träume könnte jedoch derart geringe psychische Intensität haben, daß er die Schwelle des Traumbewußtseins nicht erreicht. Wenn sich also nichts oder zu wenig ereignet hat, was hinreichend intensiv oder was zu langweilig war, dann wird es auch nicht erinnert. Ähnlich verhält es sich ja auch mit langweiligen Situationen im Wachbewußtsein, aus denen wir auch kaum etwas erinnern.

Natürlich gibt es im Ablauf der Träume interessante individuelle Unterschiede. Einige Beobachtungen deuten darauf hin, daß während der zweiten Hälfte des Menstruationszyklus der Frau die durchschnittliche Traumdauer erheblich länger wird. Andere Untersuchungen haben gezeigt, daß die durchschnittliche Traumzeit bei Kindern sehr viel höher liegt als bei Erwachsenen. Durch technisch sehr komplizierte Versuche ist es sogar gelungen zu zeigen, daß bereits vor der Geburt geträumt wird.

Manche Traumforscher betonen, daß aufgrund der vielen Zeit, die wir im Traumschlaf verbringen, man nicht nur von zwei Bewußtseinszuständen, Wachen und Schlafen, sondern von drei sprechen sollte: Wachen, Schlafen, Träumen.

Der regelmäßige 90 Minuten dauernde Rhythmus, dem das Träumen unterliegt, läßt sich auch in anderen Funktionen zeigen, und nicht nur im EEG. So wurde beobachtet, daß während des Träumens der ganze Organismus in eine völlig neue physiologische, also nicht nur psychologische Situation kommt. Aufzeichnungen der Herzfrequenz ergaben, daß beim Träumen unser Herz schneller und unregelmäßiger schlägt als während der anderen Schlafphasen. Wenn man die Atmung registriert, stellt man etwas Ähnliches fest: Die regelmäßigen Atemzüge, an denen wir uns vom Schlaf eines Menschen überzeugen können, werden unregelmäßiger und vor allem schneller. Wiederum könnte man hier den Eindruck haben, daß der betreffende Mensch gar nicht schläft. Nahezu die gesamte Muskulatur des Körpers entspannt sich, und wir werden völlig schlaff. In der Tat kann man auch hier von einer paradoxen Situation sprechen: Bei einer regen Gehirntätigkeit, die wir als Traum erleben, verliert der Körper jeweils jegliche Kontrolle, während wir bei gedanklicher Tätigkeit im Wachen im allgemeinen auch körperlich angespannt sind.

Interessant ist auch, daß sich während des Träumens unsere Augen intensiv bewegen. Wenn ein Traum beginnt, schauen die Augen, obwohl die Lider geschlossen sind, nach links und rechts, nach oben und unten. Je intensiver ein Traum ist, d. h. je dramatischer und affektiver sein Ablauf ist, um so rascher folgen diese Augenbewegungen aufeinander. Die schnellen Augenbewegungen sind derart typisch, daß man den Traumschlaf auch nach ihnen bezeichnet: *R*apid-*E*ye-*M*ovement-Schlaf, also REM-Schlaf.

Lange Zeit meinte man, daß die Augenbewegungen etwas mit dem Inhalt des Traumes zu tun hätten. Aber das war zu schön, um wahr zu sein. Allerdings gibt es hierzu einen verblüffenden Traumbericht: Jemand träumt, er fahre nachts mit einer Straßenbahn und schaue jeweils zu den an der Straßenseite stehenden Laternen. Das regelmäßige Hinschauen aus dem fahrenden

Wagen zeigte sich in den regelmäßig auftretenden Blickbewegungen, die registriert wurden. Aus diesen und ähnlichen Übereinstimmungen glaubte man zunächst ableiten zu können, daß die Richtung der Augenbewegungen im Traum mit den bildhaften Ereignissen im Traum zusammenhängen müsse. Aber leider ließ sich das nicht allgemein bestätigen. Aus dem genannten Beispiel läßt sich jedoch etwas anderes folgern. Man kann objektiv nachprüfen, wie weit der tatsächliche Abstand zwischen den genannten Straßenlaternen ist, und aus den Blickbewegungen zu den Laternen läßt sich dann ableiten, wie die subjektive Zeit im Traum abläuft, indem die Erfahrung des Wachbewußtseins mit der im Traumbewußtsein verglichen wird. Dabei zeigt sich, daß im allgemeinen der Ablauf der subjektiven Zeit im Traum und im Wachzustand recht ähnlich ist, obwohl es wichtige Ausnahmen geben kann, wenn nämlich Ereignisse aus verschiedenen Zeiten in einem Traumbild zusammengezogen werden.

Neben der Beobachtung, daß während des Träumens Augenbewegungen auftreten, war eine weitere Feststellung überraschend, daß nämlich Träume mit einer intensiven sexuellen Erregung einhergehen. Es wurden Manschetten entwickelt, die um den Penis gelegt wurden, um damit den Zeitpunkt und das Ausmaß einer Erektion festzuhalten. Während der ersten, noch kurz dauernden Traumphase in der Nacht kommt es zu einer geringfügigen Erektion, die mit dem Beginn des Traumes einsetzt. Alle folgenden Traumphasen, besonders die gegen Ende der Nacht, sind durch volle und langdauernde Erektionen gekennzeichnet. Das morgendliche Aufwachen des Mannes mit einer Erektion ist also nicht durch Harndrang verursacht, sondern zeigt an, daß man aus einem Traum erwacht ist. Aber nicht nur der Mann zeigt diesen 90-Minuten-Rhythmus sexueller Erregung während des Schlafes, sondern ebenso die Frau: Das zeigt sich unter anderem in dem regelmäßigen Rhythmus der Befeuchtung der Scheide.

Wenn Sigmund Freud von der Allgegenwart sexueller Inhalte in den Träumen beeindruckt war, so muß dies nicht nur daran liegen, daß verdrängte seelische Inhalte, die Sexuelles betreffen, sich nur im Traum an die Oberfläche des Bewußtseins wagen und auch hier nur verhüllt. Es kann auch damit zu tun haben, daß unser Körper während des Träumens automatisch in sexuelle Spannung gerät, ohne daß verdrängte sexuelle Erlebnisse dazu den Anstoß geben. Es ist nun ohne Zweifel richtig und wird auch von Psychoanalytikern akzeptiert, daß sogenannte Leibreize sich im Trauminhalt abbilden können. Wenn man – beispielsweise – zu viel gegessen hat, kann man Alpträume wegen eines zu vollen

Magens haben. Die Erektion des Penis und die Lubrikation der Scheide sind ebenfalls derartige Leibreize, und es ist durchaus vorstellbar, daß viele Träume aufgrund der Wahrnehmung dieser Leibreize durch das Traumbewußtsein eine sexuelle Tönung erhalten. Damit soll die Freudsche Deutung, daß Verdrängung sexueller Wünsche aus der Alltagserfahrung sich in Träumen abbilden kann, nicht weginterpretiert werden. Es ergibt sich aber eine breitere Ebene für die analytische Behandlung von Träumen, wenn man die körperliche Sphäre mit einbezieht.

Die klare zeitliche Strukturierung unseres Schlafes nach einem 90-Minuten-Rhythmus läßt fragen, ob nicht vielleicht auch unser Wachen durch eine ähnliche zeitliche Gliederung gekennzeichnet ist. Bisher gibt es noch nicht sehr viele Untersuchungen hierüber. Aber eine Studie macht dies doch deutlich. Es wurde geprüft, nach welchem zeitlichen Muster »orale« Aktivität abläuft. Was ist darunter zu verstehen? Oral ist all jene Aktivität, die in irgendeiner Weise den Mund oder die Mundregion betrifft, also Essen, Trinken, Rauchen, den Mund mit der Hand berühren, Küssen, Kaugummi kauen und dergleichen. Die Analyse der Beobachtungen zeigt, daß diese Form der Aktivität ebenfalls einem 90-Minuten-Rhythmus gehorcht, d.h. wir rauchen möglicherweise nicht immer gleich gern, sondern in regelmäßigen zeitlichen Abständen. Es fragt sich, ob nicht auch die sexuelle Erregbarkeit einem derartigen zeitlichen Ablauf gehorcht, gemessen etwa an dem Bedürfnis zu küssen oder geküßt zu werden. Bisher ist diese Frage aber noch nicht hinreichend geprüft worden.

Der amerikanische Schlafforscher N. Kleitman war von der Bedeutung dieses 90-Minuten-Rhythmus derartig beeindruckt, daß er dafür einen eigenen Begriff prägte, nämlich »grundlegender Ruhe-Aktivitäts-Zyklus« (basic-rest-activity-cycle), der der tagesperiodischen Organisation unseres Verhaltens zugrunde liegt. Beim Neugeborenen beobachtet man zunächst nur diesen grundlegenden Zyklus, indem sich in schnellem Wechsel Schlafen, Träumen und Wachen ablösen. Erst im Laufe von einigen Wochen und Monaten nach der Geburt bildet sich dann der Tagesrhythmus heraus, wobei der 90-Minuten-Rhythmus weiter bestehenbleibt. Er wird von der tagesperiodischen Strukturierung jedoch zum Teil unkenntlich gemacht.

Wenn man den Schlaf von Tieren untersucht, dann zeigt sich auch bei ihnen ein deutlicher Wechsel des EEG während des Schlafes. Allerdings beträgt der Rhythmus nicht 90 Minuten wie bei uns, sondern ist je nach Tierart verschieden. Offenbar hängt der Rhythmus mit der Körpergröße zusammen: Bei der Maus ist er am kürzesten und beim Elefanten am längsten. Da die Eigenschaften des EEG, zumindest bei den Säugetieren, vom menschlichen EEG nicht sonderlich verschieden sind, kann man vermuten, daß auch Säugetiere in regelmäßigen Abständen träumen. Wovon sie träumen, das können wir freilich nicht ahnen.

Aus dem EEG kann man über den Inhalt dessen, was im Kopfe vor sich geht – trotz mancher Hoffnungen, die man sich gemacht hatte –, überhaupt nichts sagen, weder bei uns selbst noch gar bei Tieren. Das EEG zeigt nur in allgemeinster Weise Zustände an und verrät nichts Spezifisches. Zustände wie Tiefschlaf, ruhige Entspannung, geistige Tätigkeit oder Träumen – wobei die Unterscheidung der letzten beiden schon schwierig ist – bilden sich im Muster der elektrischen Hirnaktivität ab: Und außerdem – und darin besteht der große Wert dieser Methode für die Medizin – äußern sich im EEG auch Erkrankungen im Gehirn, etwa wenn ein Tumor vorhanden ist oder im Falle einer Epilepsie. Ohne die Möglichkeit eines EEG wäre man heutzutage in der Neurologie hinsichtlich diagnostischer Möglichkeiten tatsächlich erheblich eingeschränkt.

Der Einsatz dieser Methode bei der Untersuchung des Schlafablaufs an depressiven Patienten hat ein wichtiges Ergebnis gebracht. Man beobachtete, daß depressive Patienten beim Einschlafen oft unmittelbar in eine Traumphase hineinfallen, was bei einem Gesunden nie vorkommt. Die zeitliche Struktur des Schlafes von Depressiven ist häufig völlig zerstört. Der erste Traum mag eine Stunde dauern, gefolgt von einer kurzen Episode von Tiefschlaf, die dann wieder durch eine kurze Traumphase abgelöst wird. Zählt man den gesamten Traumschlaf von Depressiven zusammen, ergibt sich, daß sie erheblich mehr Zeit ihres Schlafs – bis zu 40 Prozent – im Traum verbringen, ohne jedoch die normale zeitliche Gliederung zu zeigen. Das Auftreten eines Traumes unmittelbar nach dem Einschlafen ist normalerweise so ungewöhnlich, daß man eine Besserung der Depression vermuten kann, wenn dieser frühe Traum immer mehr ausbleibt.

Wie stabil normalerweise die zeitliche Struktur der Traumphase während einer Nacht ist, konnte ich feststellen, als ich den zeitlichen Ablauf der Traumphasen bei Versuchspersonen untersuchte, die manchmal durchschlafen durften und manchmal aufgeweckt wurden. Auch wenn sie mehrmals geweckt wurden, gab es keine Auflösung der zeitlichen Ordnung. Die Versuchspersonen folgten trotzdem dem normalen 90-Minuten-Rhythmus so, als würde eine Uhr mit einer Taktzeit von 90 Minuten weiterlaufen. Dieses Einhalten des Rhythmus gilt aber nur solange, als die Laborschläfer ausreichend Zeit zum Träumen haben. Wird das Träumen durch häufiges Wecken reduziert, dann entsteht offenbar im Gehirn ein größeres Bedürfnis, möglichst rasch wieder in einen Traum zu fallen.

Systematische Versuche solcher Traum-Deprivation ergaben, wie wichtig das Träumen ist. In diesen Untersuchungen wurden das EEG und die anderen körperlichen Veränderungen, die beim Träumen auftreten, genau beobachtet. Wann immer der Schläfer erste Anzeichen eines aufkommenden Traumes zeigte, wurde er geweckt. In der ersten Nacht war es noch recht einfach, den Schläfer vollständig am Träumen zu hindern. Wenn aber der Versuch über mehrere Nächte ausgedehnt wurde, dann wurde es immer schwieriger, die Traum-Deprivation auch tatsächlich auszuführen, denn wie beim Depressiven entstand offenbar ein gewaltiger »Traumdruck«. Kaum war die Versuchsperson wieder eingeschlafen, begann »das Gehirn« wieder zu träumen. Diese Versuche konnten nicht zu lange ausgedehnt werden, weil die Versuchspersonen überaus reizbar und nervös wurden. Das verhinderte Träumen wirkte sich katastrophal auf das psychische Befinden aus.

Offenbar braucht unser Gehirn das regelmäßige Träumen und versucht, in diesen Zustand so schnell wie möglich wieder hineinzukommen, wenn es daran gehindert wird. Wenn man Schlaf-Deprivationen in Nicht-Traum-Phasen durchführt, dann kommt es nicht zu derart besorgniserregenden psychologischen Konsequenzen. Nach Ende einer Traum-Deprivation wird der fehlende Traum-Schlaf nachgeholt, was auch darauf hinweist, daß Träumen geradezu ein körperliches Bedürfnis erfüllt.

Aber ist dies schon alles? Was ist letzten Endes die Funktion des Traumes? Und welche körperlichen oder gehirnlichen Bedürfnisse werden durch das Träumen erfüllt? Und was sind Tagträume – sind sie mit normalen Nachtträumen zu vergleichen, oder sind sie etwas ganz anderes? Auf viele solcher Fragen weiß die Forschung trotz aller Bemühung bisher noch keine zureichende Antwort.

D. Sehen:
Ein grundlegendes Beispiel

12. Sehen und Blindheit: Stufen des Bewußtseins und das Problem der Tierversuche

Warum überwiegt eigentlich das Bildhafte in unseren Träumen? Erlebnisse aus den anderen Sinnesbereichen des Riechens, Schmeckens, Tastens oder Hörens kommen im Traum sehr viel seltener vor. Ein Grund für dieses Übergewicht visueller Ereignisse in unseren Träumen könnte sein, daß dem visuellen System in unserem Gehirn bei weitem am meisten Platz eingeräumt ist und daß in dem Augenblick, wenn Informationen von außen nicht verarbeitet werden, das Gehirn in seiner Tätigkeit sich also selbst überlassen bleibt, wobei der Bereich mit der größten Ausdehnung die Führung übernimmt. Es lohnt sich deshalb, einen genaueren Blick auf dieses Sinnessystem zu werfen, das den Menschen in seiner reichen Ausgestaltung ähnlich charakterisiert wie die Sprache, so daß man vom Menschen als von einem »Augentier« spricht.

Zahlreiche Erkenntnisse über den Aufbau und die Funktionsweise des visuellen Systems stammen wie bei anderen Erlebnis- und Funktionsbereichen aus Beobachtungen an Patienten. Wenn jemand einen Schlaganfall erlitten hat, bei dem die Durchblutung des hinteren Teils des Gehirns unterbrochen wird, dann kommt es normalerweise zu Sehstörungen; denn im hinteren Teil des Gehirns, im Okzipital-Lappen, wird die von den Augen kommende Information abgebildet und verarbeitet. Eine nur wenige Minuten dauernde Unterbrechung der Blutversorgung kann zu dauernden Einschränkungen der Sehfähigkeit führen. Derartige Blindheiten, oder besser Teil-Blindheiten, die nach Schlaganfällen auftreten, sind gar nicht so selten.

Bekanntlich ist die häufigste Todesursache in Deutschland auf Herz-Kreislauf-Probleme zurückzuführen. Zu hoher Blutdruck ist einer der wichtigsten Risiko-Faktoren für einen Schlaganfall. Je nach dem Ort der Unterbrechung der Blutversorgung im Gehirn sind verschiedene Funktionssysteme betroffen. Patienten können bei einem Schlaganfall auf einer Seite gelähmt sein. Eine Sprachstörung oder Gedächtnisstörung kann eintreten, oder der Patient kann eine Sehbehinderung davontragen. Eine Schätzung zeigt, daß etwa 150 000 Patienten in der Bundesrepublik an einer Sehbehinderung aufgrund von Durchblutungsstörungen im Gehirn leiden. Da man Patienten eine Sehbehinderung nicht so leicht anmerkt wie eine Lähmung oder eine Sprachstörung, fallen diese Patienten nicht so auf, und man übersieht sie daher leicht – auch in der Öffentlichkeit. Es gibt zwar therapeutische Einrichtungen, in denen Patienten mit Sprachstörungen oder Halbseitenlähmungen behandelt werden. Trotz der großen Zahl von betroffenen Patienten gibt es für solche mit Sehstörungen derartige Einrichtungen aber noch nicht, obwohl neuerdings Therapieverfahren vorhanden sind, mit denen man die Sehleistungen verbessern kann, wie im nächsten Abschnitt gezeigt werden soll.

Eine typische Form einer Sehbehinderung nach einem Schlaganfall ist in Abbildung 19 gezeigt. Da sich eine Durchblutungsstörung im allgemeinen nur auf einer Seite des Gehirns ereignet, bleibt die Sehbehinderung auf eine Seite des Gesichtsfeldes beschränkt. Wenn man die Sehfähigkeit mit Hilfe eines sogenannten Perimeters bestimmt, dann stellt man fest, daß für jedes Auge ein Teil des Gesichtsfeldes ausgefallen ist. Wie schon in Kapitel 5 erwähnt wurde, laufen die Ausfälle über Kreuz: Wenn der Okzipital-Lappen der linken Hemisphäre ganz oder zum Teil ausfällt, dann fehlt das Gesichtsfeld der beiden Augen auf der rechten Seite ganz oder teilweise. Wie man in der Abbildung 19 sieht, ist alles, was rechts vom Fixationspunkt liegt, mit Ausnahme eines Teils rechts unten, ein blinder Bereich. Dieser Teil des Gesichtsfeldes hat seine Repräsentation im Gehirn aufgrund einer Durchblutungsstörung auf der linken Seite verloren.

Gezeigt ist die Gesichtsfeld-Störung eines Arztes, Dr. W., der einen Schlaganfall erlitten hatte und wegen der Sehstörung, die außerdem auch seine Lesefähigkeit entscheidend einschränkte, seinen Beruf aufgeben mußte. Ich habe mit Dr. W. ein Jahr lang nach Beginn dieser Sehstörung zusammengearbeitet und dabei einiges über die Grundlagen menschlichen Sehens untersuchen können. Aufgrund der glänzenden Beobachtungsgabe des Patienten, der Veränderungen seines Sehens im Detail beschreiben konnte, und dank seinem elementaren Interesse an der Wissenschaft, für die er sich bereitstellte, konnten interessante Beobachtungen gemacht werden, die, nach einem kurzen Exkurs über Migräne, beschrieben werden.

Ähnliche Ausfälle im Gesichtsfeld wie bei Dr. W., die allerdings glücklicherweise nur vorübergehend sind, erleben viele von uns, die an Migräne leiden. Eine Migräne beruht auf einer vorübergehenden Durchblutungsstörung im Gehirn, wobei sich Blutgefäße zuerst zusammenziehen und es dann als automatische Gegenreaktion zu einer Erweiterung der Blutgefäße kommt. In dieser zweiten Phase der Gefäßdehnung wird der häufig unerträgliche Kopfschmerz erlebt. Wenn eine derartige Durchblutungs-

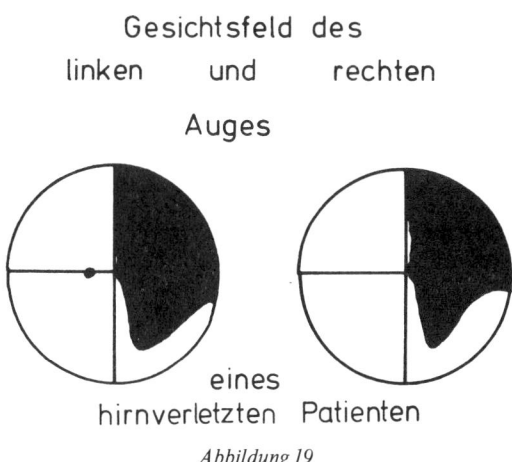

Gesichtsfeld des
linken und rechten
Auges

eines
hirnverletzten Patienten

Abbildung 19

störung im Okzipital-Lappen des Gehirns vorliegt, dann erleben viele in der ersten Phase des Migräne-Anfalls, die noch nicht mit Schmerzen verbunden ist, optische Halluzinationen. Solche Halluzinationen werden meist als ein Flimmern erlebt, das eine typisch gezackte Struktur hat. Diese Zackenlinie, die rechts oder links vom Fixationspunkt liegen kann, je nach dem Ort der Störung im Gehirn, erinnert an Zeichnungen alter Festungswälle, die um unsere mittelalterlichen Städte angelegt wurden. Man bezeichnet dieses Halluzinationsmuster bei einem Migräne-Anfall deshalb auch als Fortifikationsmuster. Meist dauert die Phase der Halluzination nicht länger als zwanzig bis dreißig Minuten. In dieser Zeit wandert das Fortifikationsmuster von innen nach außen, also von der Nähe des Fixationspunktes in die Peripherie des Gesichtsfeldes. Je weiter weg vom Fixationspunkt sich das Muster befindet, desto schneller wird die Wanderungsgeschwindigkeit nach außen. Bewegt man die Augen hin und her, dann bewegt sich das Fortifikationsmuster in derselben Richtung wie die Augen. Dies bedeutet, daß das Muster tatsächlich als Halluzination im Gehirn ausgelöst wird und nicht als etwas Wirkliches in der Umwelt vorhanden ist; denn sonst müßte es bei Augenbewegungen an einem bestimmten Ort der Umwelt bleiben. Eine seltsame Wahrnehmungserscheinung ist auch, daß das halluzinierte Muster frei im Raum schwebt und wahrnehmungsmäßig nicht auf einer Oberfläche wie etwa einer Wand gesehen wird.

Für viele, die an einer solchen »ophthalmischen Migräne« leiden, wird gleichsam im Sog des nach außen wandernden Fortifikationsmusters ein vorübergehend blinder Bereich, ein Skotom, nachgezogen. Dann ist nicht die ganze Hälfte des Gesichtsfeldes notwendigerweise blind, sondern ein kleiner umschriebener Bereich. Einer der Väter der neuropsychologischen Forschung, Karl Lashley, der lange an der Harvard Universität in Cambridge wirkte, litt selber an solchen Migräne-Anfällen mit Skotomen. Er machte sich einmal in einer Sitzung, als er eine Migräne-Attacke hatte, den Spaß, einen Kollegen, der offenbar gerade etwas Törichtes gesagt hatte, so anzuschauen, daß der Kopf gerade innerhalb dieses Skotoms lag, daß er ihn also nicht sehen konnte, worauf er sagte: »Herr Kollege, ich habe Sie gerade geköpft!«

Jeder, der an dieser Form von Migräne leidet, wird bestätigen, daß man bestimmte Objekte in der Umwelt zum Verschwinden bringen kann, indem man die Augen in eine solche Position bringt, daß das Objekt genau im Skotom liegt. Interessanterweise kann man aber nicht alles zum Verschwinden bringen. Wenn Karl Lashley seinen Kollegen köpfte – der Kollege saß vor einer Wand mit einem regelmäßigen Tapetenmuster –, dann verschwand zwar der Kopf, aber wo eigentlich der Kopf sein sollte, sah er die Tapete. Das weist auf einen eigentümlichen Gehirn-Mechanismus hin, der dem Sehen zugrunde liegt und den man als »Ergänzungseffekt« bezeichnen könnte. Wenn ein regelmäßig gegliedertes Muster, wie eine Tapete, auf einer großen Fläche vorhanden ist, dann geht das Gehirn offenbar davon aus, daß in diesem Muster keine Lücken sind. Es entwirft aufgrund der redundanten Wahrnehmungsinformation eine neuronale Hypothese über eine homogene Umweltstruktur oder eine »homogene Schicht«, wie es der Münchner Kybernetiker Hans Marko nennt. Wenn tatsächlich im Abbildungsmechanismus im Gehirn ein Loch vorhanden ist, etwa aufgrund einer Durchblutungsstörung oder wegen einer Verletzung, dann vervollständigt die Wahrnehmungsapparatur das Abbild aufgrund der überreichlich vorhandenen, also redundanten optischen Information in den anderen Bereichen. Und wenn ein Loch in der optischen Vorlage vorhanden ist, dann wird es ebenfalls ergänzt, sofern die um das Loch herumliegende optische Struktur eine Kontinuität nahelegt.

Etwas Bestimmtes, also zum Beispiel ein Gesicht, das nicht viel Platz im Gesichtsfeld einnimmt und das in seiner Größe in einem Skotom Platz hat, kann nicht vervollständigt werden, da keine Information außerhalb des Skotoms, also außerhalb des Lochs im Gesichtsfeld, vorhanden ist und das Gehirn somit keine neuronale Hypothese entwerfen kann, was es sehen könnte.

In den im Kapitel 5 beschriebenen Versuchen von Roger Sperry, bei denen die Versuchspersonen Chimären-Gesichter sahen, jeweils ein Halbgesicht in der linken und in der rechten Hemisphäre, erkannten die Versuchspersonen offenbar immer vollständige Gesichter, obwohl sie ja nur halbe Gesichter »sahen«. Da aber die vollständigen Gesichter vorher bekannt waren, vervollständigte das Gehirn aufgrund der Gedächtnisinformation die Halbgesichter zu ganzen Gesichtern. Der Mechanismus der neuronalen Vervollständigung ist also durch zwei Aspekte charakterisiert: Redundante Information wird benutzt, um einen homogenen Horizont der visuellen Welt zu schaffen, und Gedächtnis-Information wird verwendet, um nur teilweise Gegebenes erlebnismäßig zur prägnanten Gestalt zu formen.

Ich möchte nun auf die Untersuchung der Gesichtsfeld-Störung von Dr. W. zurückkommen. In dem schwarz ausgefüllten Teil des Gesichtsfeldes auf der rechten Seite von Abbildung 19 war Dr. W. vollständig blind. Das entspricht Beobachtungen, die seit Jahren an Patienten mit Läsionen im Okzipital-Lappen gemacht werden. Wie wird die Blindheit bestimmt? Für spätere Argumente ist wichtig, sich dies zu verdeutlichen: Der Patient schaut im Perimeter (das ist eine gleichmäßig ausgeleuchtete Halbkugel) geradeaus auf einen Punkt. An verschiedenen Stellen des Perimeters wird dann ein zweiter Punkt gezeigt, und der Patient muß angeben, ob er diesen sieht oder nicht. Das bedeutet, daß der Patient *verbal* reagiert, also Auskunft gibt, ob er an einer bestimmten Stelle etwas sieht. So hat zum Beispiel Dr. W. in dem schwarzen Bereich nie einen Lichtpunkt gesehen, im Gegensatz zu der Gesichtsfeldhälfte auf der linken Seite. Da bei einer derartigen Meß-Methode Patienten mit Ausfällen im Okzipital-Lappen nie über Lichteindrücke berichten, hat man angenommen, daß in diesem Teil des Gesichtsfeldes die Blindheit *absolut* ist.

Die Feststellung einer absoluten Blindheit nach einer Verletzung des Okzipital-Lappens beim Menschen steht in einem interessanten Widerspruch zu Beobachtungen aus Tierversuchen. Wenn im Experiment beim Versuchstier künstlich ein Teil des Okzipital-Lappens abgetragen wird, dann ergibt die Prüfung der visuellen Leistungen, daß die Versuchstiere immer noch auf visuelle Reize an der Stelle im Gesichtsfeld reagieren, wo sie eigentlich blind sein sollten. Zum Verständnis, warum dies sein könnte, muß man einen anatomischen Sachverhalt berücksichtigen. Die visuelle Information wird von den Augen nicht nur in den Neocortex zum Okzipital-Lappen weitergeleitet, sondern es gibt mehrere parallele Bahnen, die an anderen Stellen im Gehirn enden. Eine dieser Bahnen zieht ins Mittelhirn, von wo aus die visuelle

Information auch an den Neocortex im Bereich außerhalb des Okzipital-Lappens weitergereicht wird. Außerdem gibt es eine Verbindung, die nicht über das Mittelhirn läuft, sondern direkt im Neocortex, in der Nachbarschaft des Okzipital-Lappens, endet, wie mein Mitarbeiter Wolfgang Fries kürzlich nachgewiesen hat. Die Tatsache, daß Versuchstiere nach Verletzungen im Okzipital-Lappen noch auf optische Reize reagieren können, liegt also daran, daß im Gehirn noch Nebenstraßen vorhanden sind, die ebenfalls für bestimmte Aufgaben benutzt werden können.

Diese Nebenstraßen anatomischer Verbindungen zwischen Auge und Gehirn sind auch beim Menschen vorhanden – und dennoch ergibt sich beim Menschen absolute Blindheit, wenn bei einem Patienten mit einer Okzipital-Lappen-Verletzung das Gesichtsfeld ausgemessen wird. Liegt der Widerspruch darin begründet, daß vielleicht das Gehirn der Versuchstiere doch anders organisiert ist als das menschliche, also gar kein adäquates Modell für das menschliche Gehirn hinsichtlich der Sehfunktionen ist? Oder liegt der Unterschied in den Ergebnissen – absolute Blindheit beim Menschen, Erhaltung von Sehfunktionen bei Tieren nach Okzipital-Lappen-Verletzungen – in etwas anderem begründet, was vielleicht nicht so ins Auge springt? Wenn man davon ausgeht, daß bei relativ ähnlichem Aufbau des Gehirns, was hinsichtlich des visuellen Systems zwischen Menschen und höheren Affen ohne Zweifel zutrifft, auch die damit verbundenen Funktionen sich entsprechen sollten, also ein Prinzip der Einheit in der organismischen Natur angenommen wird, dann wird man eher versuchen, die Ursache der widersprüchlichen Ergebnisse im Methodischen zu erkunden. Und tatsächlich ist die Ursache für den Unterschied auch wirklich hier zu finden.

Ich betone, daß bei der Ausmessung des Gesichtsfeldes bei Patienten jeweils verbal reagiert werden muß, d. h. ein Lichtpunkt wird dann als gesehen markiert, wenn er dem Patienten *bewußt* wurde, so daß er über sein bewußtes Seherlebnis *verbal* Auskunft geben konnte. Immer dann, wenn es nicht zu einem bewußten Seheindruck kam und der Patient nicht darüber berichten konnte, wurde für diesen Teil des Gesichtsfeldes absolute Blindheit angenommen. In den Tierversuchen wurden die Tiere aber mangels Sprachkompetenz nicht gefragt, sondern sie reagierten »nicht-verbal« mit einer zumeist antrainierten Reaktion. Wann immer im eigentlichen blinden Teil des Gesichtsfeldes ein Lichtpunkt erscheint, führt das Versuchstier eine Augenbewegung zu dem Lichtpunkt hin aus. Und weil die Augenbewegung präzise zu diesem Lichtpunkt geht, muß er irgendwie gesehen werden. Der Unterschied zwischen Tier- und Menschenversuchen liegt also im Methodischen, da für die Untersuchung am Menschen die sprachliche Auskunft entscheidend ist.

Was geschieht nun, wenn man auf den methodischen Unterschied verzichtet, also nicht etwa die Tiere zum Reden bringt, sondern bei den Untersuchungen der Patienten auf sprachliche Äußerungsmöglichkeiten verzichtet, gleichsam ein Tier-Experiment mit ihnen durchführt? Dabei erwies sich Dr. W. als außerordentlich hilfreicher Mitarbeiter, denn er zeigte sich bereit, an Versuchen teilzunehmen, deren Erfolg nicht garantiert und deren Logik zunächst schwer einsehbar war.

Dr. W. wurde vor ein Perimeter gesetzt, in dem im Zentrum ein heller Punkt als Fixationspunkt diente. Diesen Punkt konnte er gut erkennen. Wir erinnern uns, daß aufgrund seiner Verletzung in der linken Hemisphäre ein großer Teil der rechten Gesichtshälfte in beiden Augen fehlte (vgl. Abbildung 19). Dann wurde an verschiedenen Stellen im Perimeter ein zweiter Punkt gezeigt, und zwar in seinem blinden Bereich. Dr. W. sollte nun nicht sagen, ob er diesen sehen konnte, sondern er wurde aufgefordert, automatisch dorthin zu schauen. Nun »sah« er aber die Lichtpunkte im blinden Bereich gar nicht, wußte also auch nicht, wann er wohin schauen sollte. Deshalb wurde immer gleichzeitig mit einem Lichtpunkt auch ein akustisches Signal gegeben, dessen Ort im Raum aber gleich blieb, während die Lichtpunkte an verschiedenen Stellen in seinem blinden Bereich gezeigt wurden. Dr. W. wußte nun also, wann ein Lichtpunkt auftauchte, und sollte automatisch, wann immer er den Ton hörte, in die Richtung seines blinden Bereichs schauen. Dabei »sah« er – im bewußten, sprachlichen Sinn – den Lichtpunkt nie, so daß einer seiner ersten Kommentare war: »Wie kann ich zu etwas hinschauen, das ich nicht sehe?« Daß er trotzdem gegen den gesunden Menschenverstand mitmachte, erwies sich als sehr fruchtbar.

Es ließ sich nämlich feststellen, daß er, ohne die Lichtpunkte zu »sehen«, trotzdem dorthin schaute. Diese Fähigkeit war am Anfang unserer Experimente zwar noch nicht gut, wurde aber im Laufe der Untersuchungen immer besser. Er war also in der Lage, seinen Blick auf Lichtpunkte zu richten – ähnlich wie die Versuchstiere –, ohne sie »bewußt« gesehen zu haben. Die Lichtpunkte wurden jeweils für nur 0,1 Sekunden präsentiert, und da die Reaktionszeit bei Augenbewegungen um 0,2 Sekunden liegt, war der Lichtpunkt schon wieder verschwunden, wenn der Blick auf den Lichtpunkt gerichtet wurde. Dies bedeutet, daß Dr. W. nie erfuhr, wie gut er eigentlich auf Lichtpunkte schaute. Er tat also etwas und wurde dabei sogar immer besser, ohne ein Bewußtsein dieser Tätigkeit zu haben und ohne darüber verbal Auskunft geben zu können. Seine Fähigkeit, auf Lichtreize richtig zu reagieren, indem er zu ihnen hinschaute, war dissoziiert von bewußten Prozessen. Seine Leistung war dem Bewußtsein nicht zugänglich.

Die Untersuchung zeigt, daß bei Verzicht auf die sprachliche Vermittlung von Reaktionen der Patient in analoger Weise wie die Versuchstiere richtig reagieren kann. Das heißt weiter, daß die anatomisch vorhandenen Bahnen vom Auge in das Gehirn, die »Nebenstraßen«, auch beim Menschen funktionsfähig und vermutlich an der Programmierung unserer Augenbewegungen beteiligt sind. Der im Perimeter als blind beschriebene Bereich des Gesichtsfeldes nach Verletzungen des Okzipital-Lappens ist also nicht absolut blind. Die Absolutheit bezieht sich nur auf die Äußerungsmöglichkeit über visuelle Ereignisse in diesem Bereich.

Bei derartigen Verletzungen bleibt im allgemeinen das Mittelhirn intakt. Verletzungen hier sind meist tödlich, da in dieser Gegend äußerst lebenswichtige Zentren liegen. Dr. W. war also noch in der Lage, sich auf visuelle Ereignisse in seinem Skotom hin zu orientieren, da die Repräsentation in den niederen Zentren des Gehirns noch vorhanden war. Aber diese Repräsentation war ihm nicht bewußt. Eine solche Restfunktion des Sehens, sich »sprachlos« im visuellen Umfeld orientieren zu können, ist natürlich von großer praktischer Bedeutung für das alltägliche Verhalten.

Inzwischen sind sehr viel mehr Patienten untersucht worden, bei denen das Vorhandensein dieser visuellen Restfunktion nach Hirnverletzungen bestätigt wurde. Mein ehemaliger Mitarbeiter Josef Zihl hat am Max-Planck-Institut für Psychiatrie in München diese Untersuchungen in großem Umfang weitergeführt. Der englische Psychologe Larry Weiskrantz aus Oxford hat die Fähigkeit, visuelle Reize zu unterscheiden, ohne daß man sie sehen kann, als »Blindsight«, also als Blindsehen bezeichnet. Er konnte mit einem Patienten zusammenarbeiten, der eine noch ausgeprägtere Fähigkeit zum Restsehen hatte als Dr. W. Dieser Patient konnte zwischen verschiedenen Mustern, etwa zwischen einem X und einem O, unterscheiden, ohne daß er die Buchstaben im eigentlichen Sinne sehen konnte.

Nicht alles, was wir machen und was wir sogar richtig machen, hat also Zugang zu unserem Bewußtsein. Was sich automatisch erledigen läßt, wird »bewußtlos« und »sprachlos« ausgeführt. Für unsere Orientierung im Raum, also für die Zuwendung zu Objekten, die *irgendwo* sind, braucht unser Gehirn offenbar keine bewußte Repräsentation. Dieser Teilaspekt des visuellen

120

Systems, der für die sachgerechte Orientierung im Raum sorgt, wird als *Wo-System* bezeichnet, und seine strukturelle Grundlage ist von jenem System weitgehend getrennt, das im Okzipital-Lappen repräsentiert ist. Auch diesem Bereich läßt sich schlagwortartig ein Funktionsbereich zuordnen, nämlich das sogenannte *Was-System.* Diese Struktur vermittelt uns, oder – vorsichtiger formuliert: sie schafft die Grundlagen für das, was in jedem Augenblick als etwas Bestimmtes gesehen wird.

Die genaue Analyse dieses Seh-Systems liegt zum großen Teil in den Händen von Experimentatoren, die mit Tieren arbeiten und einige Ergebnisse dieser Untersuchungen werden in Kapitel 17 vorgeführt. Detaillierte Untersuchungen über die Verschaltungen von Nervenzellen, um herauszufinden, wie man damit Wahrnehmungsvorgänge erklären kann, verbieten sich natürlich am Menschen aus ethischen Gründen. Denn bei solchen Versuchen muß der Experimentator meist den Schädel öffnen, um mit Elektroden ins Gehirn zu fahren, und häufig muß das Versuchstier auch geopfert werden. Sind solche Versuche an Tieren erlaubt? Von vielen Leuten wird heute die Auffassung vertreten, daß Tierversuche eingestellt und durch alternative Methoden ersetzt werden sollten. Nun sind sicher Bereiche denkbar, in denen eine drastische Einschränkung von Tierversuchen möglich ist. Warum müssen beispielsweise dauernd neue Kosmetika entwickelt werden?

Aber wie stellt sich das Problem in der Medizin, insbesondere in der Hirnforschung? Es scheint mir, daß ein prinzipieller Verzicht auf Tierversuche schwierige neue Fragen aufwirft. Der Forscher bemüht sich, für bestimmte Verhaltensweisen oder Krankheiten »Tiermodelle« zu finden, um über diese Modelle Genaueres für den Menschen aussagen zu können. Dabei sollte man in der Öffentlichkeit anerkennen, daß die meisten Wissenschaftler ihre Versuchstiere nicht als »Vital-Konserven« ansehen, die nur dazu da sind, für den Ausbau der persönlichen Karriere benutzt zu werden. Die meisten Wissenschaftler sehen zweifellos die ethische Problematik, die mit Tierversuchen verbunden ist, und stürzen sich nicht blind darauf. Ein befreundeter Hirnforscher aus Boston, mit dem ich über diese Frage sprach, sagte: »There is no answer!« – »Es gibt keine Antwort!«. Wenn man sich auf das Gebiet der Forschung und speziell der Hirnforschung begeben hat, kann man sich nur mit Konflikten und mit Schuld beladen. Denn wenn ein Wissenschaftler weiß, daß er durch ein Tierexperiment ein besseres Medikament erhalten wird, und er verzichtet auf das Experiment, dann verhält er sich schuldhaft gegenüber seinen Mitmenschen. Opfert er dagegen seine Versuchstiere, dann behandelt er diese als nicht dem Menschen gleichwertige Lebewesen und macht sich damit gleichfalls schuldig.

Aber die Sachlage ist häufig noch komplexer; denn Tierversuche werden ja auch durchgeführt, ohne daß dabei eindeutige Entscheidungen für den Menschen und seine Gesundheit im Blick stehen, sondern aus reiner Neugier, um beispielsweise die Struktur und Funktion des Gehirns aufzuklären. Sollte man unterlassen, nur aus Wissensdrang Tiere zu opfern? Nehmen wir als konkretes Beispiel die Beobachtung über die residualen Sehfunktionen beim Menschen. Danach zu fragen, ob es so etwas wie »Blindsehen« beim Menschen geben könnte, war nur möglich, weil tierexperimentelle Beobachtungen vorlagen. Ohne die vorausgegangenen Tierversuche, die nur der Grundlagenforschung und nicht therapeutischen Zwecken dienten, wäre diese Beobachtung ausgeblieben. Aus der Erkenntnis, daß nach Schlaganfällen, die die Sehfunktionen einschränken, noch Restfunktionen da sind, haben sich aber wichtige Gesichtspunkte für die Therapie solcher Patienten ergeben. Also ohne die vorausgegangenen Versuche wäre auch die mögliche Therapie ausgeblieben. Das Problem spitzt sich zu: Soll man auf die Therapie solcher Patienten verzichten, ist sie weniger wert als das Leben jener Versuchstiere, deren Untersuchung letzten Endes zu dieser Therapie führte? Zufällig haben die genannten Tierversuche einen für uns Menschen positiven Effekt gehabt. Aber das war nicht vorauszusehen, und viele Untersuchungen an Tieren haben bisher keine derartige Bestätigung durch nachträglichen therapeutischen Nutzen erfahren. Im nachhinein können Versuche aber nicht verboten werden. Ist also möglicher therapeutischer Nutzen überhaupt ein Kriterium für Tierversuche?

Die Fragen häufen sich, und eine schlüssige Antwort wird kein Wissenschaftler zur Hand haben, da die mit den Fragen aufgeworfenen Konflikte prinzipiell nicht entscheidbar zu sein scheinen. Wenn wissenschaftliche Erkenntnis an sich ein Wert ist, dann braucht therapeutischer Nutzen (auch nur als Möglichkeit) nicht als ein Kriterium für Tierversuche herangezogen zu werden. Aber ist wissenschaftliche Erkenntnis ein so hoher Wert, ist die Lust des Forschens so bedeutsam, daß das Opfer von Tieren erlaubt ist? In dem auf den Menschen bezogenen, also anthropozentrischen Weltbild, in dem wir leben, das Tiere als Geschöpfe minderer Qualität ausweist, sind Tierversuche nur um der Erkenntnis willen vielleicht erlaubt. Sind aber Tiere wirklich Geschöpfe minderer Qualität?

Gerade die Arbeitsweise in der Hirnforschung, bei der

»Modelle« von Tieren für Menschen definiert werden, impliziert ja, daß Tiere und Menschen vergleichbar sind. Wenn sie geeignete Modelle sind, wenn also das visuelle System des Affen dem des Menschen so ähnlich ist, daß damit gleichsam das visuelle System des Menschen selbst untersucht wird, dann wird damit auch die Ähnlichkeit des Erlebens und Verhaltens unterstellt. Aber darf man das »Modell«, das so ähnlich ist, dann auch opfern? Je besser ein tierisches Modell menschliches Erleben und Verhalten simuliert, was versuchstechnisch immer erstrebenswert ist, desto eher müßte es doch verboten sein, aufgrund der vorhandenen Ähnlichkeit dieses Modell dann noch zu opfern. Erkenntnistheorie, wissenschaftliche Methodik und Ethik stehen sich also im Wege. Beides kann man offenbar nicht haben: Entweder muß man sich für das *Wissen* oder für das *Gewissen* entscheiden.

13. Rehabilitation: Ein Plädoyer gegen die Hoffnungslosigkeit

In den letzten Jahrzehnten hat sich in der medizinischen und in der psychologischen Forschung immer stärker eine an der Statistik orientierte Denkweise durchgesetzt. Wenn man einen Sachverhalt untersuchen will, muß man bei dieser Denkweise zunächst einmal eine Hypothese formulieren, die dann durch Messungen an mehrere Versuchspersonen oder Patienten bestätigt oder widerlegt wird. Ein gefundenes Ergebnis imponiert besonders durch den Grad seiner Signifikanz, die ein statistisches Maß für die Wahrscheinlichkeit beobachteter Resultate ist. Das statistische Vorgehen ist ein Paradigma im Sinne Thomas Kuhns, der in seinem einflußreichen Buch »Die Struktur wissenschaftlicher Revolutionen« darauf hingewiesen hat, wie schwierig es für den Forscher ist, sich in seiner Arbeits- und Denkweise von seinem Bezugssystem, einem expliziten oder impliziten Paradigma zu lösen.

So bedeutsam das an statistischen Verfahren orientierte Vorgehen in der Forschung ist, so bedauerlich ist dabei andererseits der Trend, deshalb einzelne Fallbeschreibungen von Patienten mit besonderen Erkrankungen oder Symptomen als wissenschaftlich minderwertig, als historisch überwundenes Paradigma anzusehen. Dabei wird nämlich übersehen, daß die grundlegenden Erkenntnisse in der Medizin und in der Psychologie zum größten Teil auf Beobachtungen an einzelnen Patienten oder Probanden beruhen. Das ist eigentlich auch selbstverständlich, denn nur durch eine präzise Beobachtung am einzelnen ist erst eine Phänomenologie von Symptomen möglich, die jeder Hypothesenbildung vorangehen muß. Erst wenn man durch die Beobachtung an einem speziellen Fall auf einen interessanten Sachverhalt aufmerksam gemacht wurde, kann im zweiten Schritt versucht werden, durch statistische Verfahren die Bedeutsamkeit dieses Sachverhalts genauer zu studieren. Untersuchungen an einzelnen Fällen sollten also die Anerkennung wiedergewinnen, die sie verdienen und die sie früher, besonders im letzten Jahrhundert, gehabt haben. Ich möchte, indem ich auf die Erkrankung *eines* Patienten eingehe, die Bedeutung dieser Vorgehensweise verdeutlichen, weil daraus ersichtlich wird, daß ohne die intensive Beschäftigung mit dem einzelnen, ähnlich wie es mit

Dr. W. geschah, und die dadurch entstandene Hypothese des »Blindsehens« die Aufstellung einer mit statistischen Verfahren überprüfbaren Hypothese gar nicht möglich gewesen wäre.

Vor einiger Zeit hatte ich die Möglichkeit, fast ein Jahr lang mit einem Patienten, Herrn H., zusammen zu arbeiten, der aufgrund einer Durchblutungsstörung im Gehirn fast vollständig erblindet war. Mein erster Kontakt mit H. ergab sich aufgrund einer ärztlichen Anfrage, ob dieser Patient nicht möglicherweise seine Blindheit simuliere; denn den behandelnden Ärzten kam die Erscheinungsweise seiner Sehstörung neurologisch unwahrscheinlich vor. H. gab an, daß er unmittelbar vor sich einen kleinen Ausschnitt der Umwelt sehen könne, daß ihm aber in diesem minimalen Ausschnitt im Gegensatz zur Zeit vor der Erkrankung alles nur noch schwarz und weiß erscheine.

Bei H. wurde eine genaue Bestimmung des Gesichtsfeldes durchgeführt, und seine Angaben konnten bestätigt werden: Die Umwelt sah er tatsächlich so wie durch eine vor die Augen gehaltene Röhre. Der Durchmesser dieser Röhre war bei der ersten Messung nicht größer als ein Fünfmarkstück, das man in Armeslänge vor sich hält. Um eine Vorstellung von seiner visuellen Umwelt zu erhalten, mußte er seine Augen kontinuierlich hin und her bewegen, um Gesichtseindrücke aufzunehmen. Man kann das selbst nachvollziehen, wenn man sich eine Röhre vor ein Auge hält, das andere Auge schließt und mit dieser Röhre das Gesichtsfeld abtastet. Für H. mußte die visuelle Umwelt also aus nacheinander erfaßten Gesichtseindrücken erst zusammengesetzt werden. Seine Umwelt war ihm nicht in *einem* Blick gleichzeitig gegeben wie uns, sondern aufgrund des röhrenförmigen Gesichtsfeldes mußte es mit großem Aufwand sequentiell aufgebaut werden. Wenn wir uns mit H. vergleichen, macht das deutlich, wie viel wir eigentlich mit einem Blick sehen und daß die das Gesichtsfeld ausfüllenden Gegenstände uns gleichzeitig zur Verfügung stehen. Die räumliche Ausdehnung unseres Gesichtsfeldes spart also Zeit für die visuelle Orientierung und ist somit außerordentlich ökonomisch. Im Gegensatz zu vielen Tieren haben wir aber (leider) kein panoramatisches Gesichtsfeld, d.h. wir können nicht gleichzeitig nach hinten sehen.

Neben der starken räumlichen Einschränkung klagte H. besonders über den Verlust des Farbensehens. Der Rest der Umwelt, den er noch sehen konnte, hatte seine Farbigkeit verloren und erschien wie auf einem Schwarz-Weiß-Fernseher. Ein objektiver Test, der seine Farbtüchtigkeit überprüfen sollte, bestätigte seine Aussage allerdings nur zum Teil. Es war für ihn praktisch unmöglich, die Farben grün, blau und gelb auseinanderzuhalten. Wenn ihm rot gezeigt wurde, sah er jedoch sehr häufig richtig. Sein Farbempfinden war also nicht vollkommen verloren gegangen, sondern eine kleine Farbinsel war erhalten geblieben. Aber diese objektiv bestimmbare Insel war zu unbedeutend, um für den subjektiven Eindruck von der Farbigkeit der Welt als Ankerplatz zu dienen.

Was ihn aber am unglücklichsten machte, war die Tatsache, daß es ihm nach seiner Erkrankung nicht mehr möglich war, die Gesichter seiner Mitmenschen zu erkennen. Obwohl es möglich war, die Größe eines Gesichts in sein röhrenförmiges Gesichtsfeld hineinzupassen, vor allem später, als sich sein Gesichtsfeld erweitert hatte, erkannte er immer nur ein »allgemeines«, nie aber ein »bestimmtes« Gesicht. Ich selbst hatte sehr häufig mit ihm zu tun, und dennoch erkannte er mich nur an der Stimme, manchmal auch am Schritt, nie an meinen Gesichtszügen. Um diese Selbstbeobachtung seines Versagens, Gesichter zu erkennen, (Prosopagnosie, wie Neurologen das nennen) bei H. zu verifizieren, wurden mehrere Experimente mit ihm durchgeführt, wobei hervorgehoben werden muß, wie bereitwillig er an den vielen Untersuchungen teilnahm. Er wußte, daß diese Untersuchungen nicht allein diagnostischen oder therapeutischen Zwecken dienten, sondern aus wissenschaftlicher Neugier betrieben wurden – und gerade dies schien ihn für seine Mitarbeit zu motivieren, ja manchmal sogar zu begeistern. Man hatte den Eindruck, daß durch diese Kooperation bei wissenschaftlichen Untersuchungen, die sich aus der Tatsache seiner ungewöhnlichen Hirnstörung ergaben, seine Erkrankung für ihn auch einen Sinn bekam, so daß er nicht mehr nur darüber verzweifelt zu sein brauchte. Sein seelischer Schmerz über seine tragische Verletzung konnte so zum Teil kompensiert werden.

Bei den Tests über die Erkennbarkeit von Gesichtern, bei denen Photographien verwendet wurden, zeigte sich der Verlust dieser Fähigkeit in dramatischer Weise. Er konnte immer nur raten, welches Gesicht er gerade sah oder vorher gesehen hatte und welches nicht. Wichtig war in dieser Situation ein Kontrollexperiment: Wenn ihm Abbildungen von Objekten gezeigt wurden, dann hatte er damit keine Schwierigkeiten. Er konnte sich auch bildlich Dinge vorstellen, wie seine Zeichnungen in Abbildung 20 belegen. Die Schwierigkeit des Erkennens beschränkte sich auf Gesichter.

Ein derartiger Verlust, nicht mehr in der Lage zu sein, die Gesichter seiner Mitmenschen, ja seiner Familienangehörigen zu erkennen, hat natürlich schlimmste Folgen im sozialen Leben. Es ist für den Gesunden sehr schwer nachvollziehbar, daß er trotz

Abbildung 20

engstem Kontakt mit einem Menschen von diesem nicht erkannt wird. Und da der Laie nicht unbedingt eine Ursache hierfür in einer Gehirnstörung vermutet, kann das Nicht-Erkennen eines anderen, wenn es sich dauernd wiederholt, als extreme »Unhöflichkeit« ausgelegt werden, wie es Henry, von dem eingangs berichtet wurde, aufgrund seiner Gedächtnisstörung ergangen ist.

Ähnliche Fälle der verlorenen Fähigkeit, Gesichter zu erkennen, sind in der wissenschaftlichen Literatur einige Male beschrieben worden, wobei die anderen Patienten nicht diese extreme Einschränkung des Gesichtsfeldes zeigten. Es ist dabei wichtig, hervorzuheben, daß sich der Funktionsverlust nur auf Gesichter, nicht auf andere Wahrnehmungsphänomene bezieht. Des weiteren ist auffallend, daß bei allen diesen Patienten, H. eingeschlossen, eine Verletzung im Gehirn vorliegt, die im Übergangsbereich von drei Gehirnbereichen liegt, dem Okzipital-, Temporal- und Parietal-Lappen.

Aus diesen Beobachtungen kann man schließen, daß das Erkennen von Gesichtern für den Menschen vermutlich eine eigene Wahrnehmungskategorie des Sehens ist. Offenbar gibt es für diese Fähigkeit eine eigene neuronale Grundlage; denn sonst könnte diese Fähigkeit ja nicht selektiv, völlig unabhängig von anderen Fähigkeiten verlorengehen. Gesichter sind anscheinend für unser Verhalten und Erleben derart wichtig, daß die Evolution sich der Mühe unterzogen hat, für ihre individuelle Erkennbarkeit einen eigenen neuronalen Mechanismus zur Verfügung zu stellen. Hier muß allerdings nachdrücklich betont werden, daß trotz dieser Hypothese, die berechtigt zu sein scheint, noch sehr viel unbekannt bleibt über die Mechanismen, mit denen das Gehirn Gesichter »erkennt«. Die bisherigen Versuche an Patienten beantworten nicht die Frage, ob der Verlust des Gesicht-Erkennens eine Wahrnehmungsstörung für Gesichter oder eine Gedächtnisstörung für Gesichter ist. Mit anderen Worten: Kann H. sich einmal gesehene Gesichter nicht merken, und erscheint ihm deshalb jedes gesehene Gesicht wieder völlig neu? Das wäre eine Gedächtnisstörung. Oder ist das Gedächtnis intakt, aber es kann seine Fähigkeiten gar nicht demonstrieren, weil aufgrund einer Wahrnehmungsstörung alle Gesichter gleich aussehen?

Hier liegt ein noch ungelöstes Problem, das man unter anderem auch durch neurophysiologische Untersuchungen an Affen zu lösen versucht. Wenn es für den Menschen so wichtig ist, Gesichter erkennen zu können, dann mag das vielleicht auch für solche höheren Tiere gelten, die in sozialen Verbänden leben, also viele der Affen-Arten. Einige Neurophysiologen haben an Rhesus-Affen geprüft, ob nicht Nervenzellen im Neocortex an jener Stelle, die dafür in Frage kommen könnte, vorhanden sind, die dann besonders angesprochen werden, wenn man dem Versuchstier das Gesicht eines anderen Affen zeigt. Und in der Tat glauben manche – doch dies muß noch mit allem Vorbehalt geäußert werden –, daß einige Nervenzellen dort dann »begeistert« reagieren, wenn ein Affengesicht der eigenen Art gezeigt wird. Wenn diese Beobachtungen stimmen und wenn sie sich auf den Menschen übertragen lassen, dann hieße das, daß zumindest ein neuronaler Mechanismus für das wahrnehmungsmäßige Erkennen von Gesichtern vorhanden ist.

Mit den bisher beschriebenen Beobachtungen bei H. ist der Fundus interessanter Phänomene, die sich aufgrund seiner Sehstörungen ergeben haben, aber noch nicht erschöpft. Ich möchte noch auf zwei weitere Beobachtungen eingehen, die von wesentlicher Bedeutung sind und sich durch Untersuchungen an ihm demonstrieren lassen. Es handelt sich einmal um das Problem der Verlangsamung psychischer Funktionen nach Hirnverletzungen und zum anderen um die Frage nach den Möglichkeiten der Rehabilitation nach Hirnverletzungen.

Bei der Erörterung der neuronalen Grundlage der Sprache wurde darauf hingewiesen, daß wir in unserem Labor beobachtet haben, wie eine Verletzung in den Sprachzentren zu einer Erhöhung der Ordnungsschwelle führt. Diese Schwellenerhöhung ist ein Ausdruck der *Verlangsamung* der integrierenden Nervenzellen-Tätigkeit in dem betroffenen Areal. Bei H. ergab sich die Möglichkeit, im Detail zu untersuchen, ob eine Verlangsamung nach einer Störung im Gehirn alle psychischen Funktionen betrifft oder ob sie nur auf jene Funktionen beschränkt ist, die in dem von der Verletzung betroffenen Bereich zu Hause sind. Dafür war es wichtig zu wissen, wo genau im Gehirn eigentlich die strukturellen Ausfälle vorlagen.

Zur exakten Bestimmung von Struktur-Zerstörungen im Gehirn – und in anderen Körperbereichen – gibt es seit wenigen Jahren ein Verfahren, die Computer-Tomographie, die hierzu einzigartig geeignet ist. Das Verfahren, für das die Entdecker mit dem Nobelpreis ausgezeichnet wurden, beruht darauf, daß verschiedene Gewebe-Arten des menschlichen Körpers in unterschiedlicher Weise Röntgen-Strahlen aufnehmen. Wenn nach einem Schlaganfall ein Teil des Gehirns nicht mehr mit Blut versorgt wird, dann stirbt dieses Gewebe ab, und dadurch ändert sich auch die Aufnahme-Kapazität für Röntgenstrahlen. Während einer Untersuchung mit Hilfe der Computer-Tomographie, die relativ schnell geht und bei der die Belastung mit Röntgenstrahlen unter der von herkömmlichen Verfahren liegt, wird gleichsam jeder Kubikzentimeter Hirnsubstanz danach befragt, wieviel Röntgenstrahlen er aufnimmt. Meist sind die untersuchten Würfel sogar noch kleiner. Aus dem Vergleich mit gesunden Gehirnen kann man erkennen, an welchen Stellen im Gehirn eines Patienten ein Ausfall vorhanden ist und wo das Gehirn noch intakt ist.

Eine derartige Untersuchung wurde auch bei H. durchgeführt, und es zeigte sich, daß in beiden Hemisphären der okzipitale Bereich betroffen war, in dem die Sehfunktionen, also das »Was-System«, repräsentiert sind, daß aber in jenen Bereichen, die das Hören oder sprachliche Funktionen beinhalten, keinerlei Hinweis auf eine Verletzung vorlag. Nur ein minimaler Bereich im Okzipital-Lappen war erhalten geblieben, der für den Rest des Sehens in Form einer Seh-Röhre verantwortlich war.

Die Schnelligkeit von psychischen Abläufen und ihre mögliche Verlangsamung läßt sich am einfachsten durch die Bestimmung von Reaktionszeiten nachweisen. Ich habe schon früher darauf hingewiesen, daß die durchschnittliche Reaktionszeit nach akustischen Reizen bei 0,15 und nach optischen Reizen bei 0,2 Sekunden liegt. Wenn bei H. eine generelle Verlangsamung aller Funktionen aufgrund der Hirnverletzung die Folge ist, dann müssen die akustische und die optische Reaktionszeit um einen ähnlichen Betrag gegenüber den angegebenen Werten verlängert sein. Dies wäre eine Mindestforderung. Wenn nur die visuelle Verarbeitung verlangsamt ist, dann sollte die akustische Reaktionszeit etwa dem angegebenen Wert entsprechen, die optische Reaktionszeit dagegen verlängert sein. Letzteres wurde auch tatsächlich beobachtet. Auf akustische Reize reagierte H. mit einer Durchschnittszeit, die sogar etwas besser war als der angegebene Wert. Bei optischen Reizen ergab sich dagegen ein ganz anderes Bild; denn im Mittel lag hier seine Reaktionszeit bei 0,3 Sekunden. Sie war also deutlich (um 50 Prozent) verlängert. Die Verlangsamung beschränkte sich also nur auf die Funktion, nämlich die visuelle, die aufgrund der Hirnverletzung in Mitleidenschaft gezogen worden war, und nicht auf die andere Funktion. Dies belegt, daß trotz der engen Verknüpfungen zwischen den verschiedenen Hirnbereichen dennoch eine gewisse Autonomie gegeben ist, da die Geschwindigkeit der jeweils in ihnen repräsentierten Funktionen sich dissoziieren läßt.

Hier muß noch einmal kurz auf das Phänomen der Gleichzeitigkeit eingegangen werden. Es wurde im vorangegangenen Kapitel 7 festgestellt, daß von außen auftretende Reize einen zeitlichen Gleichklang in den verschiedenen Bereichen des Gehirns hervorrufen. Damit beispielsweise Entscheidungen optimal getroffen werden können, muß jeder Bereich im Gehirn wissen, wie spät es überall »im Lande« ist. Wenn jede Stadt in der Bundesrepublik ihre eigene Uhrzeit hätte, könnten Fahrpläne praktisch nicht mehr aufgestellt werden, und Reisen könnten nur mit größtem Informationsaufwand geplant werden. Die Gehirnuhr, die die verschiedenen Bereiche im Gehirn synchronisiert, schlägt etwa mit einem Takt von dreißig tausendstel Sekunden. Wenn nun in einem Bereich eine Verletzung vorliegt, dann kommt es, wie wir gesehen haben, zu einer Verlangsamung der neuronalen Prozesse in diesem Bereich. Für diesen Teil des Gehirns geht dann die Uhr in den anderen Bereichen des Gehirns zu schnell. Damit fällt der verletzte Bereich aus dem zeitlichen Gerüst der sonstigen Hirntätigkeit heraus; denn er hat nun eine andere Uhr mit einer langsameren Ganggeschwindigkeit. Verletzungen im Gehirn bedingen also auch, daß zwischen den einzelnen Sinnesbereichen Disharmonien entstehen, da die neuronalen Grundlagen zur Schaffung der »schwachen« Gleichzeitigkeit nicht mehr zur Verfügung stehen, wobei sich diese zeitlich bedingten Disharmonien in einer Verschlechterung der Zusammenfassung von Informationen aus verschiedenen Sinnesbereichen äußern können.

Wie bedeutsam eine derartige Synchronisierung etwa für das

laute Lesen ist, das ja visuelle und sprachliche Kompetenzen fordert, ist mir in einem Versuch klargeworden, den ich mit mehreren Patienten mit Kopfschuß-Verletzungen durchführte. Jeder Patient hatte eine relativ kleine, aber deutliche Einschränkung peripherer Teile des Gesichtsfeldes. Die Blicklinie war bei keinem der Patienten betroffen. Die Patienten gehörten zu einer Gruppe, die als Soldaten am Korea- und Vietnam-Krieg teilgenommen hatten. Keiner der Patienten klagte über besondere Schwierigkeiten beim Lesen. Doch wenn genau geprüft wurde, wie schnell einfache Sätze gelesen wurden, dann zeigte sich, daß diese Patienten etwa doppel soviel Zeit benötigten wie Gesunde. Ihnen selbst war offenbar diese zeitliche Einschränkung der Lesefähigkeit bisher nicht aufgefallen. Dieser Befund läßt sich vielleicht so erklären, daß aufgrund der Verletzung des Okzipital-Lappens nicht nur eine Einschränkung des Gesichtsfeldes die Folge war, sondern daß durch den Ausfall eines Teils der neuronalen Struktur, die das Gesichtsfeld abbildet, sich eine Verlangsamung in dem noch intakten Bereich eingestellt hat. Diese Verlangsamung führte zu einer schlechteren zeitlichen Synchronisation mit dem sprachlichen Bereich und dadurch sekundär zu einer Verminderung der Lesefähigkeit.

Nachdem so viele verschiedene Untersuchungen mit H. durchgeführt worden waren, wurden gelegentlich Messungen auch wiederholt, um die Zuverlässigkeit der Beobachtungen zu prüfen. Die Messung des stark eingeschränkten Gesichtsfeldes wurde mehrfach wiederholt, und es ergab sich – so könnte man es zumindest interpretieren –, daß die erste Messung offensichtlich nicht zuverlässig war, denn jede folgende Messung ergab ein größeres Gesichtsfeld. Einige Ergebnisse solcher Gesichtsfeld-Bestimmungen sind in Abbildung 21 gezeigt.

Zunächst blieb völlig rätselhaft, warum das Gesichtsfeld immer größer wurde, denn die Hirnverletzung lag ja vor, und daß sie zurückgehen würde, war nicht denkbar. Bis sich der Gedanke aufdrängte, daß möglicherweise das Experimentieren im visuellen Bereich, bei dem H. sich stets intensiv anstrengen mußte, einen verbessernden Effekt auf seine Sehleistungen haben könnte. Um dieser Hypothese nachzugehen, wurde ein systematisches Seh-Training mit ihm durchgeführt. Wie auch im Sport wurde das Training so vorgenommen, daß H. jeweils bis zur Ermüdung an eine Leistungsgrenze herangeführt wurde. An immer derselben Stelle im Gesichtsfeld, gerade an der Grenze zwischen Blindheit und Sehbereich, wurden ihm schwache Lichtpunkte geboten, die er gerade noch oder gerade nicht mehr sehen konnte. Bei jedem solchen Lichtpunkt mußte er sich stark anstrengen, ihn zu erken-

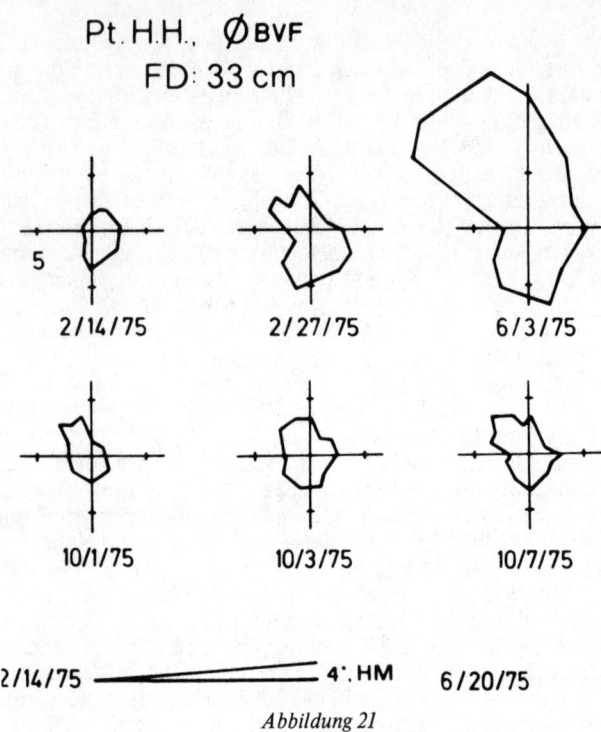

Pt. H.H., Ø BVF
FD: 33 cm

5

2/14/75   2/27/75   6/3/75

10/1/75   10/3/75   10/7/75

2/14/75 ————————— 4°. HM   6/20/75

Abbildung 21

nen. Diese kontinuierliche Reizung führte – ähnlich wie bei einem sportlichen Training – zur Ermüdung, d.h. die Grenze zwischen Blindheit und Sehbereich verschob sich nach innen. Wenn dann am nächsten Tag das Training wieder aufgenommen wurde, dann hatte sich H. bzw. sein Gehirn vom gestrigen Tag erholt und die Grenze zwischen Blindheit und Sehbereich hatte sich *nach außen* verschoben, d.h. das Gesichtsfeld hatte sich, verglichen mit dem Beginn der Messungen vom Vortage, vergrößert. Wieder wurde dann trainiert, wobei sich der Trainingseffekt in der jeweiligen Ermüdung zeigte. In dieser Weise gelang es, die Grenze der Blindheit erheblich nach außen zu schieben, d.h. das Gesichtsfeld von H. wesentlich zu vergrößern. In der Abbildung 21 sieht man, daß im Juni und Juli der Öffnungswinkel des Gesichtsfeldes sehr viel weiter war als am Anfang der Untersuchungen.

132

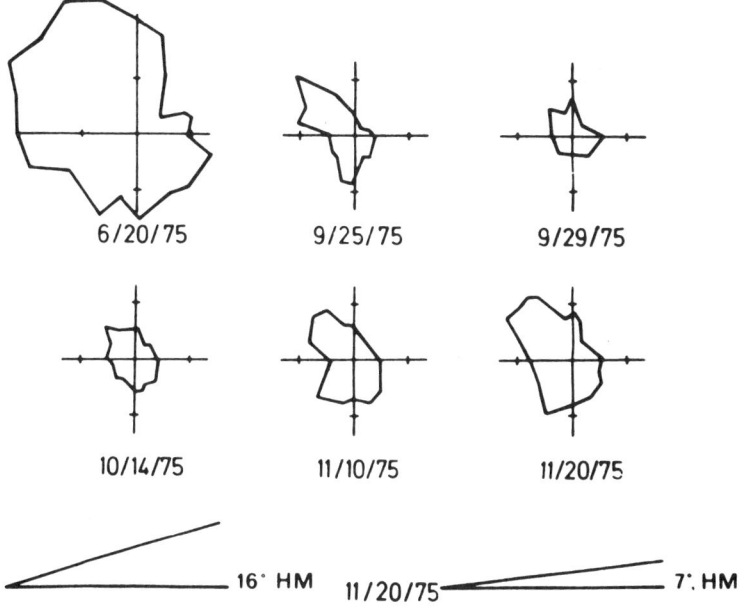

6/20/75   9/25/75   9/29/75

10/14/75   11/10/75   11/20/75

16° HM   11/20/75   7°. HM

Interessanterweise wurde aber nicht nur das Gesichtsfeld größer, sondern auch seine Fähigkeit, Farben zu unterscheiden, besserte sich parallel dazu, ohne daß diese Fähigkeit trainiert wurde. Er war schließlich in der Lage, rote Reize immer und gelbe Reize fast immer richtig zu benennen. Nur der Unterschied zwischen grün und blau blieb schwierig. Im Gegensatz zur Vergrösserung des Gesichtsfeldes und zum Wiedergewinn von etwas Farbensehen blieb aber die Fähigkeit, Gesichter zu erkennen, verloren. Diese Beobachtung weist darauf hin, daß manche unserer visuellen Funktionen miteinander assoziiert sind, andere jedoch dissoziiert sein können.

Diese und ähnliche Befunde legen die Vermutung nahe, daß zwar viele psychische, in diesem Fall visuelle Funktionen an bestimmten Orten im Gehirn lokalisiert sind. Und wenn dieser Ort zerstört wird, dann geht die Funktion und nur diese verloren.

Andere Funktionen jedoch, die miteinander assoziiert sind, indem sie zusammen nach einer lokalen Störung im Gehirn ausfallen können und eventuell zusammen wieder besser werden, sind vermutlich gemeinsam an einem Ort repräsentiert. Dann stellt sich die Frage, *wie* sie eigentlich an diesem Ort auseinander gehalten werden können.

Hier tun sich die interessantesten Fragen der modernen Hirnforschung auf; denn man muß über eine einfache Ortszuweisung von Funktionen hinausdenken. Eine Denkmöglichkeit ergibt sich, wenn wir an die Arbeitsweise von Computern erinnern. Vielleicht sind Funktionen auch als Programme mit verschiedenen Aufgaben innerhalb des Hirnbereichs repräsentiert.

Oder denken wir uns beispielsweise eine Stadt, die zur Veranschaulichung einem Bereich im Gehirn analog sei, etwa dem Okzipital-Lappen. Es ist selbstverständlich, daß eine Stadt durch viele Kommunikationsnetze charakterisiert ist wie das Straßennetz, das Telefonnetz, die Kanalisation. Räumlich sind diese Netze überlagert, doch sie erfüllen unterschiedliche Funktionen. Wenn wir diese Analogie auf das Gehirn übertragen, dann müssen wir leider sagen, daß dies schon ungefähr alles ist, was wir wissen. Wie eine räumlich überlagerte Repräsentation von Funktionen aussehen könnte, welche Verschaltungen zwischen Nervenzellen dabei wichtig sind, welches die neuronalen »Algorithmen« sind, das ist zwar Gegenstand intensiver Überlegungen. Aber noch sehen wir nicht das Licht am Ende des Tunnels, das die Antwort erhoffen ließe. Und vielleicht sind wir mit unserer Forschung im Augenblick noch gar nicht im richtigen Tunnel, was man ja vorher nicht wissen kann.

Bei der Betrachtung des Verlaufs der Gesichtsfeldgröße von H. in Abbildung 21 fällt auf, daß plötzlich wieder eine entscheidende Verkleinerung mit einer darauf folgenden geringfügigen Vergrößerung stattgefunden hat. Was war geschehen? Nach der intensiven Trainings- und Experimentiertätigkeit ging H. nach Hause und kam einige Monate später zur erneuten Untersuchung. Zur größten Überraschung erschien H. als ein sich völlig blind verhaltender Mann. Er hatte in der Zwischenzeit seine erworbene Seh-Kompetenz wieder verloren. Offenbar fehlte ihm zu Hause der äußere Anreiz, sein immer noch stark reduziertes Sehen auch einzusetzen und weiter zu üben. Ohne diese Motivation, die ihm offenbar während seines Klinikaufenthalts durch die Mitarbeit an wissenschaftlichen Untersuchungen gegeben wurde, vernachlässigte er das Sehen, und die schon vorhandene Funktion ging wieder verloren. Auch intensivste Trainingsbemühungen führten nicht mehr zu dem einmal erreichten Umfang des Gesichtsfeldes.

Aus diesem letzten Teil der Versuche mit H. läßt sich für die Rehabilitation nach Störungen im Gehirn dreierlei ableiten. Ohne kontinuierliche Übung kann ein Funktionsdefizit nicht kompensiert werden. Wie bei einer sportlichen Tätigkeit wird nur durch intensives Training ein höheres Funktionsniveau erreicht, und das kontinuierliche Training bzw. die Benutzung der Funktion gewährleisten dann den Erhalt des Funktionsniveaus. Zweitens versprechen Maßnahmen zur Rehabilitation von Funktionen immer dann den größten Erfolg, wenn sie frühzeitig nach einer Hirnverletzung einsetzen. Je größer der zeitliche Abstand zur Erkrankung ist, desto schwieriger wird es, eine Besserung zu bewirken. (Das spätere Training bei H. hatte weniger Effekt als das frühe, das nur wenige Monate nach der Erkrankung begann.) Rehabilitative Maßnahmen haben aber auch Erfolg bei schon älteren Patienten, wie mehrfach gezeigt wurde. H. war bereits über 60 Jahre alt. Und schließlich geht drittens aus der Arbeit mit H. hervor, daß die motivationale Einstellung des Patienten zur Therapie sehr wichtig ist. Alleingelassen, ohne Ansporn von außen, war es zu schwer für ihn, und die Funktion verfiel wieder.

Auf diesen letzten Aspekt der unmittelbaren Beziehung zwischen Arzt oder Psychologen und Patient bei derartigen Rehabilitationsbemühungen weisen Josef Zihl und Detlev von Cramon aus dem Max-Planck-Institut für Psychiatrie in München hin, die zusammen in den letzten Jahren Entscheidendes für das Verständnis der Rehabilitation von Sehbehinderten geleistet haben. Es ist ihnen möglich, aus ersten Beobachtungen abzuleiten, wie groß der Trainingseffekt wahrscheinlich sein kann. Und es ist auch gelungen, neben einer Vergrößerung des effektiven Gesichtsfeldes eine wesentliche Verbesserung von Blickbewegungen zu Zielen, die noch im blinden Bereich liegen, herbeizuführen, also jener Fähigkeit, die wir bei Dr. W. als Patient feststellen konnten.

Die Tatsache, daß eine Funktionsverbesserung durch Training dann eintritt, wenn im Training eine Ermüdung der Funktion vorhanden ist, verweist auf eine allgemeine Beobachtung unseres Gedächtnisses, die viele erlebt haben. Eindrücke, die wir im Zustand der Ermüdung oder gar der Erschöpfung aufgenommen haben, scheinen sich in sehr viel tieferer Weise einzuprägen als solche, bei denen wir körperlich frisch sind. Könnte es sein, daß durch die Erschöpfung Gefühle sehr viel intensiver hervortreten und, da gefühlsmäßige Sachverhalte sich besser einprägen als »trockene«, dadurch besser im Gedächtnis aufgehoben werden?

14. Lateralität: Links und rechts in Gesichtern und Kunstwerken

Jeder sieht sich anders, als er sich selbst von seinem eigenen Spiegelbild her kennt. Dies wird einem schlagartig bewußt, wenn man in einen Spiegel schaut, der links und rechts vertauscht. Das seitenverkehrte Spiegelbild kommt einem ungewohnt und fremd vor. Aber so sieht uns jeder andere, nur wir selbst kennen uns aufgrund unserer Selbsterfahrung im Spiegel von der falschen Seite; oder von der richtigen Seite – und alle anderen sehen uns von der falschen Seite.

Daß es auffallende Unterschiede gibt zwischen dem richtigen und dem seitenverkehrten Spiegelbild eines Gesichtes, liegt daran, daß menschliche Gesichter nicht vollkommen symmetrisch sind. (Mir ist nicht bekannt, ob auch Tiergesichter leicht asymmetrisch sind). Die Asymmetrie des menschlichen Gesichts kann man mit einem Lineal sehr schnell selbst bestätigen, wenn man den Abstand der linken und rechten Pupille zur Nasenwurzel mißt; die Unterschiede liegen im Durchschnitt bei zwei Millimetern, aber können sogar vier oder fünf Millimeter betragen, ohne daß dies Gesicht dann irgendwie ungewöhnlich erscheint. Übrigens scheint die Asymmetrie bei männlichen Gesichtern stärker ausgeprägt zu sein als bei weiblichen, wenn man Messungen an Münchner Medizin-Studenten und -Studentinnen Glauben schenken darf. Die größere Symmetrie bei weiblichen Gesichtern mag der Grund dafür sein, daß wir den Begriff schön – »eine schöne Frau« – eher zur Kennzeichnung des weiblichen Geschlechts gebrauchen, da symmetrische Gebilde von vornherein einen größeren ästhetischen Reiz zu haben scheinen. Ein »schöner Mann« wäre dann wohl der, dessen Gesicht durch einen vollkommeneren symmetrischen Aufbau gekennzeichnet ist.

Wenn beide Gesichtshälften verschieden sind, könnte es dann sein, daß beide Hälften neben ihrer strukturellen Verschiedenheit auch sonst noch unterschiedliche Eigenschaften haben? Um dies zu prüfen, wurden mehrfach Experimente mit frontalen Photographien von Gesichtern, die technisch verändert wurden, durchgeführt. Man kann die Photographie eines frontal photographierten Gesichtes senkrecht durchschneiden und dann neue Gesichter zusammensetzen, indem die linke und die rechte Gesichtshälfte seitenvertauscht kopiert werden. Dann ergibt sich die Möglichkeit, *ein* Gesicht nur aus der linken Gesichtshälfte zu montieren, wobei die rechte Hälfte die seitenverkehrte linke Hälfte wäre, und entsprechend ein anderes Gesicht nur aus der rechten Gesichtshälfte herzustellen. Dann hat man zu Vergleichszwecken drei verschiedene Gesichter eines Menschen: das wahre Abbild und zwei montierte, die symmetrisch sind, da sie ja nur auf einem Halbgesicht beruhen.

Hält man die drei Gesichter nebeneinander, dann stellt sich heraus, daß alle drei verschieden sind, was einmal mehr bestätigt, daß die linke und die rechte Gesichtshälfte nicht identisch sind. Der Grad der Verschiedenheit zwischen den drei Abbildungen ist aber unterschiedlich. Man kann nämlich prüfen, welches montierte Gesicht dem Original am ähnlichsten ist, und da zeigt es sich, daß die rechte Gesichtshälfte eher dem eigentlichen Gesicht entspricht. Daraus läßt sich ableiten, daß die Identität eines Gesichtes, die seine Erkennbarkeit durch andere über die Zeit hinweg gewährleistet, nicht vom ganzen Gesicht, sondern zum größeren Teil nur von der rechten Gesichtshälfte gewährleistet ist.

Während das »rechte Gesicht« die stabilen Züge zeigt, ist das »linke Gesicht« mehr durch seine Dynamik ausgezeichnet. Das wurde ebenfalls durch Studien an montierten Gesichtern festgestellt. Hierfür wurden Gesichter ausgewählt, in denen verschiedene Gefühle zum Ausdruck kamen, nämlich Freude, Überraschung, Furcht, Trauer, Ärger und Ekel. In der Abbildung 22 ist ein Beispiel für Ekel gezeigt. In der Mitte ist das Abbild des echten Gesichts, links und rechts die montierten Gesichter aus den jeweiligen Hälften, links also das »linke Gesicht«. Wie man an diesem Beispiel erkennt, ist in einer Situation, in der das Gefühl des Ekels zum Ausdruck gebracht wird, das »linke Gesicht« sehr viel ausdrucksstärker als das »rechte«.

Die genaue Untersuchung dieses Sachverhalts an Gesichtern vieler verschiedener Leute, die durch eine Reihe von Beurteilern geprüft wurden, ergab, daß jeweils im »linken Gesicht« das Gefühl zum Ausdruck kommt. Eine Abschätzung der Ähnlichkeit zwischen den Gesichtern während des emotionellen Ausdrucks zeigt, daß in derartigen Situationen das »linke Gesicht« dem Originalgesicht ähnlicher ist. Diese Dominanz des »linken Gesichts« bei emotionalem Ausdruck betrifft aber nur die negativ getönten Emotionen, also Ekel, Ärger, Trauer, Furcht und Überraschung. Für den Ausdruck der Freude konnte eine derartige Asymmetrie des Ausdrucks nicht nachgewiesen werden. Und was noch wichtig ist: Hinsichtlich des lateralisierten Ausdrucks der Gefühle besteht zwischen Männern und Frauen kein Unterschied.

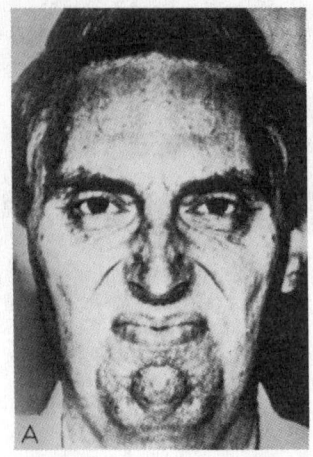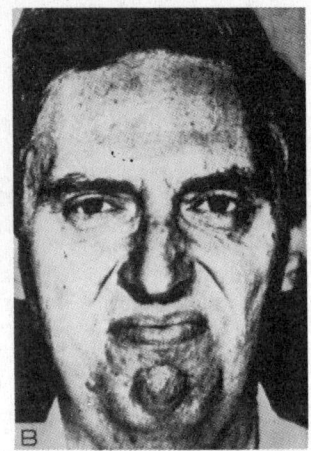

Wie ist es möglich, daß nur die eine Seite des menschlichen Gesichts bevorzugt emotionell ist, insbesondere hinsichtlich des Ausdrucks unangenehmer Gefühle? Neuroanatomisch ist es so, daß beide Gehirnhälften die Muskeln auf beiden Seiten des Gesichts steuern, allerdings mit einem Übergewicht von der jeweils anderen Seite vor allem für die untere Hälfte des Gesichts, also etwa den Mundbereich. Die linke Hemisphäre kontrolliert stärker das »rechte Gesicht« und die rechte Hemisphäre stärker das »linke«. Die Beobachtungen beweisen somit, daß die rechte Hemisphäre des Gehirns stärker beteiligt ist an der Steuerung des emotionellen Ausdrucks, vor allem unerfreulicher Gefühle. Das erinnert daran, daß auch beim Ausdruck von Gefühlen in der Sprache (Kapitel 6), vor allem durch die prosodische Kompetenz, die rechte Hemisphäre maßgebend ist.

Den ersten Hinweis für die Dominanz der rechten Hemisphäre für Gefühle fand Gary Schwartz von der Yale Universität in einem Versuch, der durch seine Einfachheit besticht. Versuchspersonen wurden ins Labor gebeten zu Untersuchungen von Augenbewegungen. Sie hatten also keine Ahnung, daß sie an einem Gefühlsexperiment teilnahmen. Um die Augenbewegungen zu registrieren, wurden kleine Elektroden links und rechts am Kopf in Augenhöhe angeklebt. Wenn sich die Augen hin her bewegen, entsteht ein kleines elektrisches Potential, das verstärkt wird und dann aufgezeichnet werden kann. Dieses sogenannte Elektro-Okulogramm, das übrigens auch bei Lesestudien

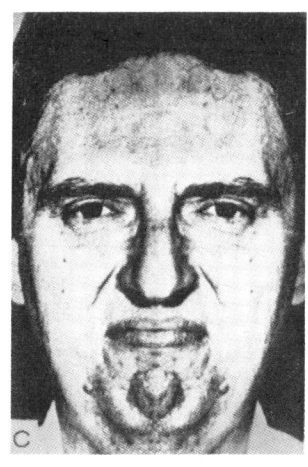

Abbildung 22

oder zur Erfassung des Traumschlafs registriert wird, erlaubt festzustellen, wie lange eine Versuchsperson in welche Richtung
schaut. In dieser Situation nun, bevor der »eigentliche« Augen-
bewegungsversuch begann, aber die Augenbewegungen schon
registriert werden konnten, wurden beiläufig verschiedene Äußerungen gemacht, teils belangloser Art, teils stark gefühlsmäßige.
Immer wenn eine gefühlsmäßige Äußerung fiel, schauten die
Versuchspersonen automatisch nach links. Bei den beiläufigen
Äußerungen passierte entweder gar nichts, oder der Blick wan-
derte nach links oder rechts.

Wenn nach links geschaut wird, ist im Gehirn hauptsächlich
die rechte Hemisphäre aktiv, d. h. die gefühlsmäßigen Äußerungen lösen eine Aktivität der rechten Hemisphäre aus, die sich in
einer Reaktion der Augenbewegungen nach links zeigt. Auch
dieses Experiment zeigt also die Dominanz der einen Seite unseres Gehirns für emotionelles Geschehen. Dieser Versuch eignet
sich auch für eigene Beobachtungen, indem man festzustellen
versucht, ob, wie hier behauptet wird, tatsächlich in einem unangenehmen und hitzigen Gespräch eine Abwendung nach links
erfolgt. Wenn man sich selbst in eine derartige Situation hinein-
versetzt, wird man bald merken, daß Abwende-Bewegungen bei
einem unerfreulichen Sachverhalt bevorzugt in einer Richtung
auftreten.

Die Tatsache der Seitenbewegungen beim Ausdruck unserer Gefühle läßt danach fragen, ob sich dieses Grundphänomen

unseres Erlebens und Verhaltens, das durch die Arbeitsweise des menschlichen Gehirns vorgegeben ist, nicht auch in der künstlerischen Darstellung des Menschen auffinden läßt. Wenn dies ein so wesentliches Element unserer psychischen Struktur ist, dann sollte es der gut beobachtende Künstler auch schon längst gemerkt haben, wenn auch möglicherweise »nur« implizit. Die Züricher Kunsthistorikerin Christa Sütterlin hat sich dieses Problems in letzter Zeit angenommen. Auch sie ist Mitglied der schon genannten Studiengruppe, die biologische und psychologische Randbedingungen im ästhetischen Prozeß aufzudecken versucht. Bevor ihre Untersuchungsergebnisse hier geschildert werden, möchte ich aber auf eine eigene Beobachtung eingehen, zu der ich bei einem Besuch des Vatikanischen Museums Gelegenheit hatte.

In der Galleria Chiaramonti des Vatikanischen Museums findet sich eine riesige Sammlung antiker Plastiken, wobei ich in einem schnellen Überblick 241 Büsten von Römern und Römerinnen zählte. Die wenigsten dieser Köpfe schauen den Betrachter direkt von vorne an. Die meisten wenden entweder die linke oder die rechte Gesichtshälfte nach vorn. Zu den wenigen gehört übrigens eine Büste Cäsars im Braccio Nuovo der Galleria Chiaramonti. Wenn nun eine Gesichtshälfte bevorzugt gezeigt wird, ist dies dann eher die rechte oder eher die linke? Aufgrund der obigen Bemerkungen über die Seitenbevorzugung bei emotionellem Ausdruck kann man die Hypothese aufstellen, daß möglicherweise der linke Aspekt bevorzugt gezeigt wird, da sich hier die größere Expressivität des Gesichts kundtut. Von den 241 Büsten, die ich zählte, waren 144 von Männern und 97 von Frauen. 65 Prozent der männlichen und ebenfalls 65 Prozent der weiblichen Darstellungen wandten die linke Gesichtshälfte und jeweils 35 Prozent die rechte Gesichtshälfte nach vorn. Der Unterschied zwischen 65 Prozent gegenüber 35 Prozent ist sowohl bei den männlichen als auch bei den weiblichen Darstellungen im statistischen Sinne hoch signifikant. Mit anderen Worten heißt das, daß die Differenz nicht auf Zufall beruhen kann, sondern daß sich dahinter ein systematischer Faktor verbergen muß. (Daß diese Beobachtung ein »Zufall« ist, hat eine Wahrscheinlichkeit von weit weniger als 0,1 Prozent. Das ist so wenig, daß ich zu sagen geneigt bin, daß es nicht »Zufall« ist, sondern daß sich darin etwas Wesentliches ausdrückt).

Es mag nun kulturgeschichtliche Gründe geben, in der Antike dem Beobachter eher die linke Gesichtshälfte zu zeigen als die rechte. Mir sind solche Gründe jedoch nicht bekannt, und ich bin nach Befragen von Kunsthistorikern auf derlei Gründe bisher auch nicht hingewiesen worden. Ich möchte deshalb die Vermutung wagen, daß sich in der Seitenbevorzugung bei antiken Büsten eine grundlegende Tatsache der menschlichen Hirn-Organisation widerspiegelt. Hierbei ist allerdings eine zusätzliche Annahme nötig, daß sich nämlich die Organisationsform des menschlichen Gehirns seit 2000 Jahren nicht prinzipiell geändert hat. Aber diese Annahme können wir getrost machen; denn in jenen 80 Generationen, die etwa 2000 Jahren entsprechen, hat nach allem, was wir wissen, kein wesentlicher genetischer Umbruch in der Menschheitsgeschichte stattgefunden. Der antike Künstler hat also in der Darstellung des Menschen von damals jener Seite des Gesichts den Vorzug gegeben, in der sich mit Vorrang menschliche Gefühle abbilden. Und das tat er natürlich ohne Kenntnis der modernen Forschungsergebnisse, aber vielleicht aufgrund eines intuitiven »Wissens«.

An dieser Stelle sei ebenso wie vorher bei dem Hinweis auf zeitliche Grundstrukturen in Poesie und Musik betont, daß der bildliche Prozeß damit nicht auf psychologische Beobachtungen reduziert wird. Es soll nur ein Fingerzeig gegeben werden auf ein Phänomen, das bei der kunsthistorischen Betrachtung zum umfassenderen Verständnis hilfreich sein könnte. Eigenschaften unseres Gehirns, die unser Erleben und Verhalten determinieren, schaffen auch Randbedingungen, von denen sich der Künstler nicht völlig befreien kann. Er kann sich von ihnen nur dann lösen, wenn er diese Randbedingungen kennt.

Die Untersuchungen der Kunsthistorikerin Christa Sütterlin zeigen in ähnlicher Weise eine Seitenbevorzugung und zwar bei Bildern aus der Neuzeit. Sie ging von der Frage aus, ob nicht der Maler dann, wenn er einen besonders starken Affekt zum Ausdruck bringen möchte, von vornherein eine Links-rechts-Asymmetrie in der Bildkomposition berücksichtigt. Wenn die rechte Hemisphäre dominant ist für die gefühlsmäßige Einstellung zu Erlebnissen und Sachverhalten, dann könnte es sein, daß ein affektiv geladenes Bild sein Zentrum eher auf der linken Bildseite hat. Es sei daran erinnert, daß aus anatomischen Gründen alles das, was auf der linken Seite des Gesichtsfeldes liegt, also links von unserem Fixationspunkt, in der rechten Hemisphäre abgebildet wird (siehe Abbildung 7). Zur Untersuchung dieser Hypothese schien es sinnvoll, sich zunächst einmal auf Künstler zu beschränken, die bekannterweise emotionell orientierte Werke geschaffen haben. Die Wahl fiel u.a. auf Goya und seine Caprichos und auf Munch. Als Beispiel ist hier ein Bild von Goya mit seinem inhaltlichen und optischen Zentrum auf der linken Bildhälfte gezeigt (Abbildung 23). Zur Veranschaulichung, wie wesentlich der

Abbildung 23

Links-rechts-Aspekt für den Betrachter ist, wurde dasselbe Bild
auf der nächsten Seite noch einmal seitenverkehrt abgebildet
(Abbildung 24). Man empfindet sofort, wie verschieden die Bilder wirken. Die Analyse der Bilder von Goya und Munch ergab,
daß bei Darstellungen, die ein starkes Gefühl zum Ausdruck bringen, eine asymmetrische Komposition der linken Bildhälfte den
Vorzug gibt. Das soll nicht heißen, daß dies für alle Bilder gilt.
Aber es zeigt sich zahlenmäßig eine eindeutige Bevorzugung, die
wiederum nicht als Zufall zu erklären ist.

Abbildung 24

Der Hinweis, daß bei zwei Malern, denen die Vermittlung von starken Gefühlen am Herzen lag, eine Links-Bevorzugung in der Bildgestaltung erkennbar ist, führte dann zu weiteren Analysen, in denen emotionell orientierte Bilder auch anderer Maler beurteilt wurden. Es zeigte sich, daß für die abstrakte Malerei eine derartige Betrachtungsweise nicht geeignet ist. Sowohl die Bestimmung des affektiven Gehaltes eines abstrakten Bildes als auch die Festlegung, wo nun eigentlich das Zentrum des Bildes sei, erwies sich meist als unmöglich. Die Bewertung von Kunstwerken aus dem 19. Jahrhundert ergab dagegen, daß etwa zwei Drittel jener Bilder, die stark gefühlsmäßig orientiert sind, ihr Zentrum links haben, ein Drittel dagegen rechts.

Ähnlich wie für die antiken Büsten ist für Bilder aus der Neuzeit also eine Seiten-Bevorzugung festzustellen, wenn Bilder uns emotionell anrühren. Es ist naheliegend, die vorgefundene Asymmetrie mit den unterschiedlichen Interessen unserer Hemisphären im Gehirn in Zusammenhang zu bringen. Ohne daß es dem Künstler bewußt sein muß, zwingt sich ihm offenbar bei bestimmten Themen eine Darstellungsweise auf, die der Organisation des menschlichen Gehirns entspricht. Damit ist für ein Bild längst noch nicht alles erklärt, doch die Grundlage seiner ästhetischen Wirkung wird besser verständlich.

Wenn man sich zurückbesinnt auf die Tatsache, daß unser Zeiterleben einen Rahmen liefert für die Wirkung von Gedichten und für den Ausdruck eines Musikstücks, und wenn man sieht, daß die Ausprägung verschiedener Dominanzen in den Hemisphären eine Randbedingung für den bildnerischen Akt schafft – kann man dann auf die neuro-psychologischen Gesichtspunkte bei der Analyse ästhetischer Wirkungen völlig verzichten? Ich meine, daß diese Gesichtspunkte in eine umfassendere Bewertung von Kunst einbezogen werden müssen, da sich darin doch recht deutlich die Relevanz der menschlichen »Natur« für die menschliche »Kultur« zeigt.

15. Optische Täuschungen: Die Lust des Schauens

Wie der Künstler so kann auch der Wissenschaftler versuchen, die Weise der menschlichen Wahrnehmung zu veranschaulichen, indem er zunächst vom Selbstverständlichen wegführt. Wir wollen uns deshalb nun mit einigen optischen Täuschungen befassen, weil durch sie wesentliche Hinweise auf die Funktionsweise unseres »Seh-Apparates« gegeben werden.

Das erste Beispiel für eine optische Täuschung ist das negative Nachbild (Abbildung 25), das dann entsteht, wenn unsere

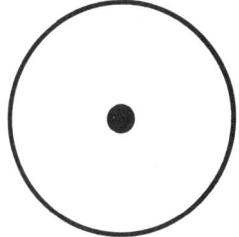

Abbildung 25

Augen ermüden. Um ein Nachbild zu erzeugen, fixieren wir zunächst den kleinen weißen Punkt innerhalb der schwarzen Fläche für etwa zehn Sekunden. Das Buch kann dabei in normalem Leseabstand gehalten werden. Wenn wir nun auf den kleinen schwarzen Punkt innerhalb der weißen Fläche schauen, werden wir wahrscheinlich bemerken, daß die weiße Fläche innerhalb des Kreises deutlich heller ist als die Umgebung.

Dieser Helligkeitsunterschied zwischen dem Weiß innerhalb des Kreises und der Umgebung verschwindet nach einiger Zeit wieder. Für die Herstellung eines Nachbildes ist es wichtig, daß während der Fixation des Punktes im schwarzen Kreis der Blick wirklich starr auf diesen weißen Punkt gerichtet wird und die Augen nicht bewegt werden.

Ein nächster Versuch zeigt uns, daß sich das Nachbild in seiner Größe verändern kann. Zunächst fixieren wir wieder mit starrem Blick das schwarze Feld, und nach etwa zehn Sekunden schauen wir auf das weiße Feld. Aber nun bringen wir das Buch näher an uns heran, beispielsweise auf die Hälfte des gewöhnlichen Leseabstandes. Wir werden nun auch ein Nachbild sehen, aber ein viel kleineres, das hell auf dem weißen Hintergrund schwebt und nach einiger Zeit wieder verschwindet. Das Nachbild wird also kleiner, wenn wir die Fixationsfläche näher an uns heranbringen, und es wird größer, wenn wir auf eine Fläche schauen, die weiter entfernt ist. Letzteres kann man dadurch nachprüfen, daß man nach der Fixation des schwarzen Kreises auf einen Punkt an der Zimmerdecke schaut. Man wird dann ein sehr viel größeres Nachbild sehen als das ursprünglich fixierte Bild.

Nachbilder treten nicht nur nach der Betrachtung von schwarzen Objekten auf, sondern auch dann, wenn wir längere Zeit auf eine helle oder eine farbige Fläche schauen. Besonders störend empfinden manche ein dunkles Nachbild, wenn sie längere Zeit auf den Fernsehschirm geschaut haben. Dabei ist bemerkenswert, daß das dunkle Nachbild sehr viel intensiver ist, wenn es im Raum sonst kein Licht gibt, der Kontrast zwischen der hellen Fernsehscheibe und dem Raum also größer ist.

In einer weiteren Beobachtung soll nun geprüft werden, wo eigentlich Nachbilder entstehen. Dafür kommen nur zwei Orte in Frage, nämlich die Augen oder das Gehirn. Zunächst ist klar, daß ein Nachbild ein subjektives Wahrnehmungsphänomen ist, das irgendwo in uns selbst vorhanden ist und nicht im Raum vor uns. Denn der optische Reiz, der das Nachbild auslöst, ist ja beim »Sehen« des Nachbildes nicht mehr vorhanden.

Um diese Ortsfrage zu klären, halten wir ein Auge geschlossen und fixieren für einige Zeit den kleinen weißen Punkt im schwarzen Feld. Nach der Fixationszeit schauen wir auf das weiße Feld und holen vielleicht das Buch etwas näher heran, um das Nachbild dann besser sehen zu können. Jeder wird wohl ein Nachbild sehen, auch wenn er nur mit einem Auge schaut. Nun kommt der zweite wesentliche Teil des Experiments. Die schwarze Fläche wird mit einem Auge fixiert, z.B. mit dem *rechten*, und dann halten wir uns schnell das *rechte* Auge zu und sehen mit dem *linken* Auge auf die weiße Fläche. Jetzt wird kein Nachbild zu sehen sein, so sehr wir uns auch anstrengen mögen, d.h. die weiße Fläche im Kreis wird auch nicht heller scheinen als die Umgebung.

Aus dieser Beobachtung können wir schließen, daß die Übertragung eines Nachbildes von einem Auge, in dem das Nachbild ausgelöst wurde, zum anderen Auge offenbar nicht stattfindet. Das bedeutet, daß Nachbilder im Auge selbst entstehen und nicht im Gehirn. Denn entstünden sie im Gehirn, wo die Information der beiden Augen zusammengekommen ist, dann müßte bei der Auslösung des Nachbildes in einem Auge das Nachbild auch im anderen Auge zu sehen sein.

In welchem besonderen Zustand befindet sich nun das Auge, wenn ein Nachbild erlebt wird? Durch längere Fixation auf einen bestimmten Punkt im Gesichtsfeld kommt es zur Ermüdung der gereizten Sinneszellen in der Netzhaut des Auges. Aufgrund dieser Ermüdung wird ein normalerweise vorhandenes Gleichgewicht in der Aktivität verschiedener Sinneszellen, die verschiedene Farben oder Helligkeiten vermitteln, gestört. Dadurch kommt es zum Übergewicht der Aktivität jener Sinneszellen, die die komplementäre Farbe oder Helligkeit vermitteln. Diese spezifische Ermüdung ist an einen bestimmten Punkt im Auge gebunden. Bei der Fixation des schwarzen Kreises ermüdet im Auge nur der Bereich, in dem der Kreis optisch abgebildet ist, und nicht das ganze Auge.

Diese Ortsspezifität der Ermüdung ist aber nicht absolut perfekt. Dies führt zu einer weiteren Beobachtung, die mit der Tafel II illustriert werden soll. Wenn wir oben auf der Tafel den kleinen schwarzen Punkt für etwa zehn Sekunden fixieren, werden wir danach bei Fixation des Punktes in der mittleren Fläche wieder ein Nachbild sehen. Dieses Nachbild hat einen besonderen ästhetischen Reiz. Deutlicher als hellgrüne Kreise, die wir als farbiges Nachbild anstelle der roten Kreise erwarten, sehen wir vor allem rote Rauten an den Stellen, die vorher weiß waren. Ein analoges Ergebnis erhalten wir, wenn der kleine schwarze Punkt unten in den grünen Kreisen fixiert wird. Es stellen sich als Nachbild neben hellroten Kreisen grüne Rauten ein, wenn der Punkt in der mittleren Fläche fixiert wird. Daraus kann man schließen, daß die Ermüdung der Sinneszellen, die dem Gehirn die Farbe rot oder grün vermitteln, dazu führt, daß in unmittelbarer Nachbarschaft zu dem ermüdeten Bereich auch etwas vor sich geht: Die Ermüdung der Rot- und Grün-Sinneszellen an einem bestimmten Ort der Netzhaut führt dazu, daß Nachbargegenden nun etwas melden, was gar nicht vorhanden ist. Daß dieser Wahrnehmungseffekt in der Op-Art ausgenutzt werden kann, ist offensichtlich.

Wie läßt sich diese neue Beobachtung erklären? Obwohl ein Nachbild ortsspezifisch ist, wie wir festgestellt haben, gibt es innerhalb des Auges Wechselbeziehungen zwischen Sinneszellen, die an verschiedenen Orten liegen. Diese Wechselbeziehungen sind vermutlich hemmender Natur. Wann immer wir unsere Augen benutzen, hemmen sich Sinneszellen an verschiedenen

Stellen des Auges gegenseitig. Also die Rot-Zellen hier hemmen die Aktivität der Rot-Zellen dort, welche ihrerseits die Rot-Zellen hier in ihrer Aktivität hemmen. Das Gleiche gilt für Grün-, Blau- oder Gelb-Zellen. Diese gegenseitige Hemmung von Aktivität der benachbarten Sinneszellen bewirkt bemerkenswerterweise einen ausgeglichenen Aktivitätszustand im Auge. Wird nun längere Zeit nur eine Farbe fixiert, kommt es zu einer Störung des vorgegebenen Gleichgewichts. Beispielsweise ermüden die Sinneszellen, die die Farbe rot vermitteln. Aufgrund ihrer Ermüdung sind diese Zellen nicht mehr in der Lage, ihre Nachbarn zu hemmen, die im Versuch nicht ermüdet wurden, weil sie ja an einer anderen Stelle im Auge liegen. Die fehlende Hemmung bewirkt dann, daß diese Rot-Zellen von sich aus übermäßig aktiv werden, ohne daß in der Umwelt ein roter Reiz vorhanden war oder ist. Und man sieht dann an der Stelle, die vorher weiß war, als Nachbild rot.

Dieser Sachverhalt soll noch einmal hervorgehoben werden: Die Aktivität der Sinneszellen in unseren Augen befindet sich normalerweise in einem sehr gut balancierten Gleichgewicht. Kleinere Störungen, z.B. bedingt durch die dauernde Fixation eines bestimmten Punktes von einer bestimmten Farbe, bewirken, daß das eingebaute Gleichgewicht vorübergehend und manchmal auch längerfristig gestört wird.

Diese Aussage gilt nun nicht nur für die Sinneszell-Aktivität in unseren Augen; sie hat eine viel allgemeinere Bedeutung. Jedes Übermaß von Beanspruchung führt zur Ermüdung, manchmal sogar zur Erschöpfung der Nervenzellen, die eine bestimmte Leistung vollbringen müssen. Dadurch wird ein Ungleichgewicht der Nervenzell-Aktivität herbeigeführt, was sich sogar in Erlebens- oder Verhaltensänderungen oder gar -störungen widerspiegeln kann. Der Spruch der Alten: »Variatio delectat – Abwechslung erfreut« ist also nicht oberflächlich zu verstehen, als ob damit ein Ablenkungsbedürfnis befriedigt würde, sondern drückt einen Sachverhalt in unserem Gehirn aus. Abwechslung ist notwendig zur Aufrechterhaltung der sachgerechten Hirntätigkeit.

Wie vermeidet nun unser Sehsystem, daß es dauernd durch falsche Nachbilder irregeführt wird? Eine Antwort auf diese Frage ergibt sich aus der Tatsache, daß wir unsere Augen natürlicherweise nie für längere Zeit starr auf eine Fläche richten. Es sei denn, wir zwingen uns dazu, wie etwa beim Fernsehen oder wenn wir uns Nachbilder »anschauen« wollen. Ohne daß wir uns der Tatsache bewußt sind, führen unsere Augen sonst dauernd kleine automatische Bewegungen aus. Außerdem gibt es einen zweiten

Typ von Augenbewegungen, die automatisch auftreten, aber auch willentlich ausgelöst werden können und die bewirken, daß wir in kurzen Abständen immer neue Blickziele ansteuern. Es fällt uns ausgesprochen schwer, mehr als ein paar Sekunden auf einen bestimmten Punkt zu starren, was uns bei Selbstversuchen mit den Nachbildern sicher aufgefallen ist. Spätestens nach einigen Sekunden möchten unsere Augen von sich aus ein neues Blickziel ansteuern. Und wenn wir uns nicht zu einem starren Blick zwingen, dann tun sie es auch.

Die Wahrscheinlichkeit in einer normalen Umwelt, wieder genau denselben optischen Reiz vor sich zu haben, ist aber äußerst gering. Aufgrund der dauernd auftretenden automatischen Augenbewegungen kommt es also gar nicht zur ausgeprägten Ermüdung von Sinneszellen, die zu Nachbildern führen würden, da die visuelle Umwelt optisch nicht homogen ist. Anders ist dies jedoch in künstlichen Umwelten, in denen wiederkehrende optische Muster im Übermaß vorhanden sein können. In solchen Fällen, wenn den Augen keine Abwechslung geboten wird, können Nachbilder dann als äußerst störend empfunden werden.

Nachbilder können jedoch auch ihren ästhetischen Reiz haben, wenn sie, wie in der Abbildung 26 gezeigt ist, zur Auslösung komplizierter Muster herangezogen werden. Wir fixieren zunächst wieder mit starrem Blick für einige Zeit das weiße Kreuz auf der linken Seite des Bildes. Dann schauen wir nach rechts hinüber, und wenn wir Glück haben und schon etwas geübt sind

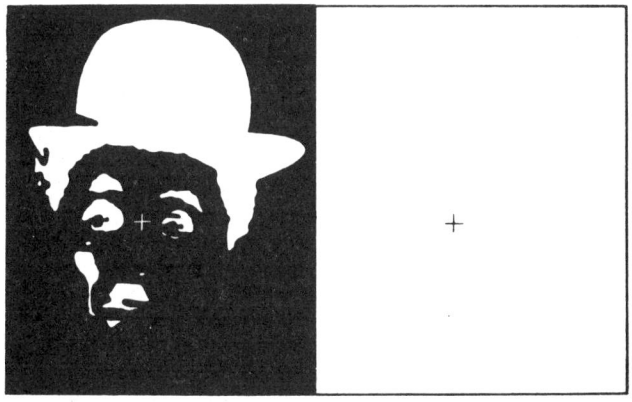

Abbildung 26

Abbildung 27

im Erkennen von Nachbildern, werden wir mit seiner typischen Melone Charlie Chaplin erkennen.

Ich habe mehrfach betont, daß wir mit möglichst »starrem Blick«, ohne die Augen zu bewegen, auf ein Reizmuster schauen müssen, wenn ein Nachbild ausgelöst werden soll. Daß wir auch gegen unseren Willen unsere Augen trotzdem bewegen, kann mit der Abbildung 27 gezeigt werden. Wir fixieren zunächst wieder den kleinen schwarzen Punkt im Zentrum der Abbildung, um ein Nachbild auszulösen. Aufgrund der geometrischen Struktur erwarten wir, daß als Nachbild dunkle Straßen und helle Blocks entstehen. Dieses Nachbild betrachten wir nun, indem wir zunächst eine helle Fläche suchen, auf der wir dann in der Tat helle Blocks und dunkle Straßen sehen. Für unsere eigentliche Frage jedoch, wie starr wir wirklich fixieren, schauen wir nach Auslösung des Nachbildes nicht auf eine helle, homogene Fläche, sondern verschieben unseren Blick auf den kleinen weißen Punkt innerhalb des benachbarten schwarzen Blocks. Wenn wir nun Nachbild und geometrische Struktur überlagern, entsteht ein viel reichhaltigeres Bild als das ursprüngliche Muster allein. Wir können also hier unsere Wahrnehmung bereichern, indem wir optisch vorhandene Muster mit vorübergehend im Auge hervorgerufenen Nachbildern kombinieren.

Während der Fixation des weißen Punktes fällt auf, daß das Nachbild unter gar keinen Umständen stillstehen will. Sondern es bewegt sich gegen unseren Willen dauernd hin und her. Manchmal hat man sogar das Gefühl, als werde einem bei diesen Bewegungen schwindlig.

Wir können nach einer längeren Erholungszeit, wenn also kein Nachbild mehr vorhanden ist, mit dieser Abbildung einen zweiten Versuch machen, indem wir zunächst den kleinen *weißen* Punkt fixieren und das so hervorgerufene Nachbild auf uns wirken lassen, indem wir auf den kleinen *schwarzen* Punkt schauen. Nun kann man ein dunkles Straßenmuster, das die geometrische Struktur überlagert sehen, das als ganzes nicht stationär bleibt, sondern wie vorher in irritierender Weise zittert.

Diese kleinen Bewegungen des Nachbildes lassen sich leicht erklären. Nachbilder entstehen, wie festgestellt wurde, durch ortsspezifische Ermüdung im Auge selbst. Wenn wir unseren Blick verlagern, dann wandert das Nachbild mit, es haftet also in unserem Auge. Wenn wir nun bei der Fixation eines Punktes leichte Bewegungen des Nachbildes sehen, die erkennbar sind aufgrund der sonst vorhandenen optischen Struktur im Gesichtsfeld, dann muß daraus geschlossen werden, daß gegen unsere Absicht die Augen dauernd kleine Bewegungen ausführen.

Diese Bewegungen werden *Mikrobewegungen* genannt. Man hat festgestellt, daß sie immer vorhanden sind, bei jeder Fixation und selbst wenn wir die Augen geschlossen haben. Werden diese Mikrobewegungen der Augen künstlich unterbunden, dann kommt es zu schweren Sehstörungen. Versuchspersonen, die an solchen Versuchen teilnahmen, berichten, daß sie nach kurzer Zeit überhaupt nichts mehr sehen konnten, sondern praktisch blind wurden. Erst wenn wieder kleinste Augenbewegungen zugelassen wurden, konnten sie auch wieder sehen. Die Mikrobewegungen dienen offenbar dem Zweck, eine ortsspezifische Ermüdung in den Augen zu verhindern. Sie sorgen für Abwechslung und verhindern so eine Ermüdung der Sinneszellen an bestimmten Stellen der Augen.

Das Auftreten dieser kleinen Augenbewegungen macht einen weiteren Sachverhalt bei Nachbildern verständlich. Es ist auffallend, daß der Rand eines Nachbildes nicht so scharf ist wie der Rand der Vorlage. Die seitliche Begrenzung des Nachbildes ist immer etwas verwaschen. Das liegt daran, daß bei der Fixation der Reizvorlage sich unsere Augen gegen unseren Willen unbemerkt etwas hin und her bewegen. Die Ermüdung der Sinneszellen war also gar nicht exakt auf den Bereich beschränkt, der durch die seitlich scharfe Begrenzung des schwarzen Feldes gegeben ist. Aufgrund der Mikrobewegungen der Augen ist die Grenze etwas verwaschen, was sich dann in dem unscharfen Rand des Nachbildes zeigt.

Das scheint gut verständlich und erklärbar zu sein, und doch ergibt sich ein neues Problem: Warum sehen wir überhaupt scharfe Konturen, wenn unsere Augen sich dauernd hin und her bewegen? Die optischen Reize in der Umwelt sind klar umrissen; was wir sehen, ist klar und eindeutig – nur was im Auge selbst von den optischen Reizen abgebildet ist, das ist offenbar nicht das, was wir erlebnismäßig sehen. Die Lösung dieses Problems ergibt sich aus Mechanismen der weiteren Verarbeitung optischer Information im Gehirn, wenn diese Information das Auge verlassen hat.

Diese Mechanismen lassen sich zum Teil auch an optischen Täuschungen sichtbar machen, die zu einer anderen Klasse als die Nachbilder gehören. Bei der Betrachtung von Abbildung 27 ist noch ein anderes Täuschungsphänomen auffallend. Obwohl die weißen Straßen überall gleich hell sind, was wir überprüfen können, wenn wir mit unserem Blick an den Straßen und Kreuzungen entlangfahren, so erscheinen doch bei stetiger Fixation des Punktes die Kreuzungen etwas dunkler als die Straßen. Um diese Täuschung eindrücklich zu erleben, holen wir das Buch möglichst nahe an uns heran und schauen auf den kleinen schwarzen Punkt im Zentrum. Wir werden nun wahrscheinlich in allen Kreuzungen ein auffallendes Grau erkennen, mit Ausnahme der Kreuzung, auf die sich unser Blick gerade heftet. Schauen wir auf eine Kreuzung, die an der Peripherie unseres Gesichtsfeldes vorher grau erschien, ändert sich sofort ihre Helligkeit, wenn unsere Blicklinie darauf fällt, d.h. sie wird wieder hell.

Dieser Unterschied in der anschaulichen Helligkeit an verschiedenen Stellen im Gesichtsfeld liegt daran, daß die neuronalen Grundlagen unserer Sehleistungen für verschiedene Stellen unseres Gesichtsfeldes unterschiedlich ausgeprägt sind. Wenn wir unseren Blick auf eine bestimmte Stelle im Raum richten, also etwas fixieren, dann bedeutet das, daß wir den sensitivsten Bereich unserer Augen auf den uns interessierenden Gegenstand richten. Weniger sensitive Teile des Auges in der Peripherie um die Blicklinie herum führen eine Vor-Analyse der visuellen Reize durch. Und wenn es sich um ein interessantes Objekt handelt, wird zur genaueren Inspektion der Blick auf dieses Objekt gerichtet. Daß ein Muster wie das in Abbildung 27 gezeigte nicht nur für wahrnehmungspsychologische Untersuchungen dient, beweist ein Bild des Malers Vasarely (Abbildung 28: »Supernovae«), das aufgrund seiner geometrischen Struktur die gleiche Täuschung zeigt. Man kann sagen, daß dieses Bild für den Betrachter aufgrund der Täuschung, daß an jeder Kreuzung ein Schatten wahrnehmbar ist, sehr viel reichhaltiger wirkt, als durch die objektive Struktur allein nahegelegt wird.

Damit diese Gittertäuschung, wie sie auch genannt wird, verständlich wird, muß ein Ergebnis der modernen Sinnesphysiologie berücksichtigt werden, wie es erstmals der in Zürich wirkende Neurologe Günter Baumgartner erarbeitet hat. Das hier interessierende Ergebnis betrifft die Form von sogenannten »rezeptiven Feldern« im Gesichtsfeld. Man hat festgestellt, daß jedes menschliche Auge etwa eine Million Sinnesfelder besitzt, die über Nervenfasern ihre Information an das Gehirn weiterleiten. Diese eine Million Sinnes- oder »rezeptive Felder« sind über das ganze Auge verteilt. Im Bereich unserer Blicklinie sind sie klein, und zur Peripherie des Gesichtsfeldes hin werden sie immer größer. Jedes dieser rezeptiven Felder hat eine besondere Form – und diese Form wird uns helfen, die Gittertäuschung verständlich zu machen. Die rezeptiven Felder sind kreisrund mit einem Zentrum und einem Umfeld. Bei *einem* Typ dieser Felder ist das Zentrum positiv und das Umfeld negativ gepolt, bei dem anderen Typ ist es gerade umgekehrt. Was heißt das? Damit ist gemeint, daß bei dem einen Typ der rezeptiven Felder die dazugehörende Nervenzelle, die ihre Information zum Gehirn weiterleitet, dann aktiv wird, wenn in ihrem Zentrum ein Lichtpunkt erscheint. Und sie wird weniger aktiv, wenn in ihrem Umfeld ein Lichtpunkt erscheint. Da diese Forschungsrichtung bevorzugt englische Fachausdrücke verwendet, wird dieser Typ von rezeptiven Feldern als »on«-Zentrum-Typ bezeichnet, so als würde die entsprechende Nervenzelle durch Licht im Zentrum angeschaltet. Genau anders verhält es sich mit dem anderen, dem »off«-Zentrum-Typ. Wenn hier im Zentrum ein Lichtreiz erscheint, vermindert die entsprechende Nervenzelle ihre Aktivität. Und wenn in ihrem Umfeld ein Lichtreiz erscheint, wird die Nervenzelle aktiver.

Ein rezeptives Feld mit einem on-Zentrum wird also dann optimal gereizt, wenn ein Lichtreiz auf sein Zentrum beschränkt ist. Denn wenn der Lichtreiz größer wäre und auch das Umfeld reizen würde, dann wäre ja ein Bereich gereizt, der zu einer Aktivitätsverminderung führen würde. Entsprechend wird ein rezeptives Feld mit einem off-Zentrum optimal angesprochen, wenn der dunkle Reiz auf das Zentrum beschränkt ist.

Abbildung 28

Mit diesen Kenntnissen läßt sich die Gittertäuschung bereits verstehen. Wenn wir den kleinen schwarzen Punkt fixieren, dann werden viele der einen Million rezeptiver Felder in jedem Auge gereizt. Bei einer Fixation ist es nun so, daß manche rezeptiven Felder von den Straßen der Abbildung, andere von der Kreuzung gereizt werden. Zufälligerweise entspricht die Breite der Straßen etwa der Größe von vielen rezeptiven Feld-Zentren in der Peripherie unseres Gesichtsfeldes. Dadurch entsteht folgende Situation: Die rezeptiven Felder der Straßen werden im Zentrum von der Straße, im Umfeld jedoch von den schwarzen Blöcken gereizt, und zwar auf jeder Seite. Anders verhält es sich dagegen mit den rezeptiven Feldern der Kreuzungen. Zwar werden die Zentren genauso von den Straßen gereizt; das Umfeld wird aber nicht von den schwarzen Blöcken, sondern von den senkrecht auf die Kreuzungen zulaufenden Straßen gereizt, und sie sind hell und nicht dunkel. Dadurch ergibt sich für die rezeptiven Felder der Straßen eine hinsichtlich der Aktivierung ihrer Nervenzellen günstigere Situation als für die rezeptiven Felder der Kreuzungen. Der Unterschied bezüglich der Aktivierung liegt eben darin, daß das Umfeld bei den rezeptiven Feldern der Kreuzungen negativ gereizt wird in Richtung einer geringeren Aktivierung. Als Resultat ergibt sich dadurch eine geringere Aktivität der Nervenzellen mit ihren rezeptiven Feldern auf den Kreuzungen.

Nun bedarf es nur noch einer Annahme, und dann ist die Täuschung auf neuronaler Ebene hinreichend erklärt. Es wird vorausgesetzt, daß größere Aktivität in den Nervenzellen sich subjektiv dadurch bemerkbar macht, daß wir etwas als heller empfinden. Ist die Nervenzell-Aktivität geringer, so wird der entsprechende Reiz als dunkler empfunden. Mit dieser Annahme, daß Aktivität von Nervenzellen mit der Intensität der Helligkeit positiv zusammenhängt, wird somit verständlich, warum wir der Täuschung unterliegen. Die Nervenzellen mit ihren rezeptiven Feldern auf den Kreuzungen werden weniger günstig durch Licht gereizt, ihre Aktivität ist deshalb geringer, und wegen der geringen Aktivität entsteht dort ein Grau. Daß wir die Täuschungen beim direkten Blick nicht oder weniger stark erleben, hängt damit zusammen, daß die Größe der rezeptiven Felder in unseren Augen nicht der Reiz-Anordnung entspricht. Die rezeptiven Felder in der Blicklinie selbst sind sehr viel kleiner als an der Peripherie. Man sieht übrigens bei den sehr viel kleineren Mustern des Bildes von Vasarely auch beim direkten Fixieren der Kreuzungen einen Schatten.

Mit der soeben erläuterten Form von rezeptiven Feldern, die die Gittertäuschung verständlich machen, kann nun auch die vorher gestellte Frage beantwortet werden, warum wir überhaupt eindeutige und klare Linien und Konturen sehen können, obwohl das optische Bild im Auge so schlecht ist. Das Gehirn schafft es mit Hilfe von mathematischen Operationen, schon verloren gegangene Information über die Präzision eines Bildes wieder herauszurechnen, so daß wir wahrnehmungsgemäß etwas nicht so verwaschen sehen, wie es im Auge noch vorhanden ist. Für diese Operationen ist die Form der rezeptiven Felder maßgebend. Damit die mathematische Operation verständlich wird, möchte ich eine Zeichnung (Abbildung 29) mit einer dunkel-hellen Kan-

Dunkel   Hell

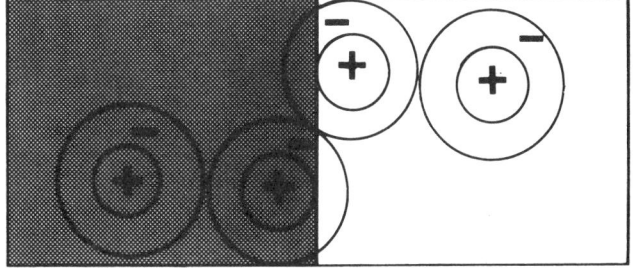

Abbildung 29

te heranziehen. Für diese Erörterung eine Kante zu verwenden, ist alles andere als trivial. Wenn wir einmal um uns blicken, werden wir feststellen, daß sich unser Gesichtsfeld eigentlich nur aus Kanten und Flächen zusammensetzt, mit gelegentlichen Linien, (wobei optisch gesehen eine Linie eine Kante mit zwei Seiten ist).

Stellen wir uns vor, wir fixieren einen Punkt genau auf der Kante, dann gilt nach dem vorher Gesagten, daß links und rechts von der Hell-Dunkel-Kante rezeptive Felder liegen, deren Zellen in unterschiedlichem Ausmaß gereizt werden. Konzentrieren wir uns zunächst nur auf die rezeptiven Felder, die ein on-Zentrum haben, d.h. bei »Licht an« im Zentrum optimal gereizt werden. Die rezeptiven Felder, die auf der Lichtseite direkt an der Kante liegen, haben günstigere Reizbedingungen als diejenigen auf der Lichtseite, die von der Kante weiter weg liegen. Da jene mit einem on-Zentrum besser gereizt werden, wenn ein Teil des Umfeldes im Dunkeln liegt, ist dies offensichtlich, denn sie liegen ja direkt an der Kante. Analoges gilt für die Kante von der anderen Seite:

Die on-Zentren, die im Dunkeln liegen, sind sowieso nicht sonderlich aktiv, da ja Licht der adäquate Reiz wäre. Für die on-Zentren, die direkt an der Kante liegen, gilt aber, daß sie noch weniger aktiv sind als ihre Nachbarn. Denn ein Teil ihres Umfeldes liegt im Licht, was für die on-Zentren noch schlechter ist.

Hieraus ergibt sich, daß die on-Zentren an der Kante im Dunkeln weniger aktiv sind als ihre Nachbarn. Das heißt, daß die Kante hervorgehoben wird. Direkt an der Kante ist das Helle heller und das Dunkle dunkler – wie man trotz des geringen Hell-dunkel-Kontrasts vielleicht sehen kann. In dieselbe Richtung einer wahrnehmungsmäßigen Kantenverstärkung wirken die off-Zentren, nur mit dem Unterschied, daß der adäquate Reiz gerade der jeweils andere ist. Aber der Effekt ist der gleiche.

Der Mechanismus der Kantenverschärfung in der Wahrnehmung, der zur verbesserten Sichtbarkeit einer Kontur im Gesichtsfeld führt, wird noch durch einen weiteren Mechanismus verstärkt, der wahrscheinlich besonders im Zwischenhirn tätig ist (siehe Abbildung 5), wo eine Umschaltstation vom Auge zum Okzipital-Lappen liegt. Dieser zweite Mechanismus beruht darauf, daß benachbarte Zentren sich auch noch gegenseitig hemmen. Die benachbarten on-Zentren und die benachbarten off-Zentren vermindern also durch hemmende Verbindungen untereinander ihre gegenseitige Aktivität. Das mag zunächst unsinnig erscheinen, wie ja auch die Hemmung in den Farb-Kanälen zuerst nicht plausibel erschien. Es hat aber doch einen interessanten Effekt. Betrachten wir nur on-Zentren an der Kante: Das auf der Lichtseite liegende Zentrum ist am aktivsten und hemmt deshalb am effektivsten seine Nachbarn, also den, der auch auf der Lichtseite liegt, und dann vor allem den, der an der Kante auf der Dunkelseite liegt. Das on-Zentrum an der Kante auf der Dunkelseite ist aber von vornherein schon der inaktivste und wird selbst seine Nachbarn, vor allem den unmittelbar auf der Lichtseite, kaum hemmen können. Analoges gilt für die off-Zentren, d. h. das Zentrum, das an der Kante auf der Dunkelseite liegt, ist besonders aktiv, da es von dem off-Nachbarn von der Lichtseite nicht eingeschränkt wird.

Dieses Phänomen, daß Nachbarn sich hemmen, wird als »Laterale Hemmung« bezeichnet und ist ein Grundphänomen der neuronalen Tätigkeit unseres Gehirns. Der New Yorker Physiologe Floyd Ratliff in der Rockefeller University hat darauf hingewiesen, daß das Prinzip der lateralen Hemmung, das zur wahrnehmungsmäßigen Hervorhebung von Kanten und Konturen dient, auch für andere Bereiche und nicht nur für das Gehirn gilt. So funktioniert das Fotokopieren nach dem Xerox-Verfahren analog (Flächen lassen sich schlecht kopieren!), und auch der Bildaufbereitung z.B. in der Astronomie liegt das gleiche Prinzip zugrunde. Ratliff hat übrigens auch betont, daß viele Maler, insbesondere die Impressionisten, offenbar implizit von der Möglichkeit der Kontrastverschärfung wußten, indem kontrast-verschärfte Kanten nochmals durch den Künstler verschärft wurden, so daß sich erheblich überbetonte Begrenzungslinien ergaben. Vor allem in der Dekoration älterer Porzellane ist dies auffällig, wie Teller und Tasse von Ignaz Bottengruber (Breslau, um 1725) zeigen (Tafel III).

Die Bedeutung der lateralen Hemmung für unsere visuelle Wahrnehmung liegt nicht nur darin, Kanten und Linien hervorzuheben, so daß sie besser erkannt werden können. Aus der Schilderung der Funktionsweise dieses Mechanismus wird deutlich, daß immer dann, wenn kleine Unterschiede vorhanden sind, diese akzentuiert werden. Die Unterschiede der Gegenstände in unserem Gesichtsfeld sind wahrnehmungsmäßig ausgeprägter, als sie in Wirklichkeit sind. Dieses Hervorheben von Unterschieden bei Reizen aus der Umwelt ist nicht auf unser Sehsystem beschränkt. Neurophysiologische Studien haben ergeben, daß in anderen Sinnessystemen ein analoges Prinzip gilt. Durch laterale Hemmung wird die Empfindung von Tönen oder ein Berührungseindruck hervorgehoben. Laterale Hemmung ist demnach ein Grundprinzip unseres Gehirns, das zur Akzentuierung von Unterschieden dient. (Man ist versucht, anzunehmen, daß ein analoges Prinzip zur lateralen Hemmung manchmal auch im sozialen Leben wirksam ist, wenn man feststellt, daß Arme ärmer und Reiche reicher werden.)

Die Tatsache der Akzentuierung von gesehenen Objekten, gehörten Lauten, gefühlten Berührungen oder Schmerzen oder auch bestimmter Geschmackreize oder Gerüche ist die notwendige Vorbedingung für ein weiteres Grundprinzip unserer Wahrnehmung und unseres Erlebens, nämlich des sogenannten Figur-Grund-Kontrasts. Wann immer wir etwas erleben oder wahrnehmen, dann ist dieses Etwas (die Figur) im Zentrum unseres Bewußtseins, und es ist abgehoben von einem Hintergrund. Mit diesem Sachverhalt möchte ich mich im folgenden Kapitel befassen.

16. Gestalt und Hintergrund: Die Neugier des Bewußtseins

Die meisten Bilder von M. C. Escher, dem holländischen Künstler, verblüffen durch ihre ungewöhnlichen visuellen Effekte. In dem Bild »Tag und Nacht« (Abbildung 30) ziehen weiße Wildgänse von links, vom Tag kommend, in die Nacht. Aber auch schwarze Wildgänse ziehen von rechts kommend nach links in den Tag. Die hellen und dunklen Gänse sind so gezeichnet, daß jeweils der räumliche Zwischenraum zwischen vier weißen eine schwarze und zwischen vier schwarzen eine weiße Gans ergibt.

Bei der Betrachtung des Bildes stellt sich sofort eine Verwirrung der Wahrnehmung ein. Sieht man eigentlich schwarze oder weiße Wildgänse? Konzentriert man sich auf die weißen, die nach rechts ziehen, dann wird nach kurzer Zeit der Blick abgelenkt, und plötzlich treten die schwarzen Wildgänse in den Vordergrund. Aber nach kurzer Zeit zieht es den »inneren« Blick wieder zurück. Das Bild gewinnt keine Stabilität. Man sieht im Grunde zwei Bilder, die hin und her schwanken. *Ein* Bild kann man nur sehen, wenn man sich ganz auf den linken oder rechten Rand konzentriert, weil dort der Reiz für die visuelle Verwirrung noch fehlt. Aber dann blendet man natürlich den Rest des Bildes aus. Der Grund für die Verwirrung bei der Betrachtung liegt darin, daß

Abbildung 30

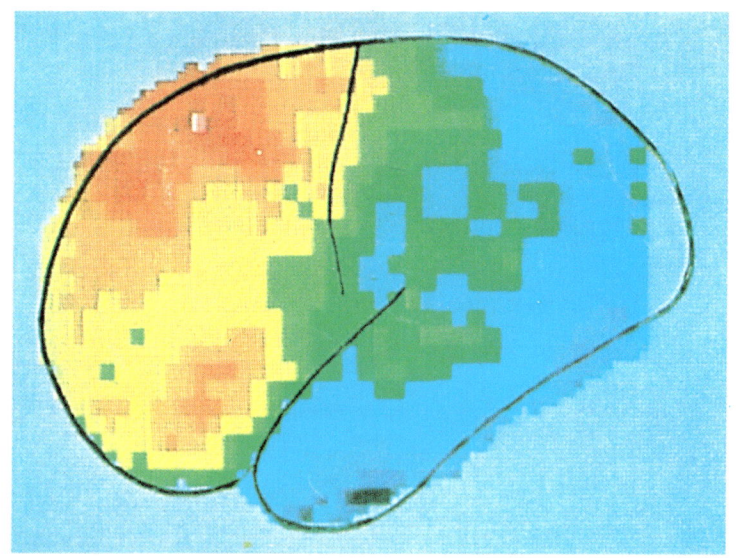

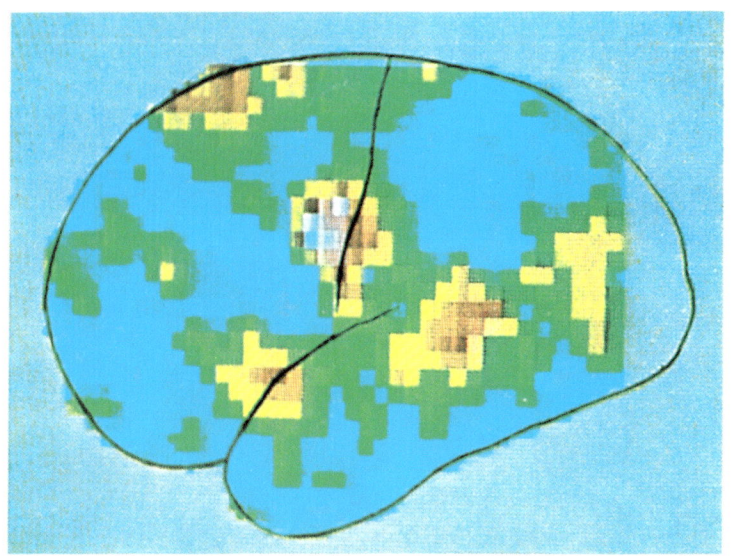

Tafel I

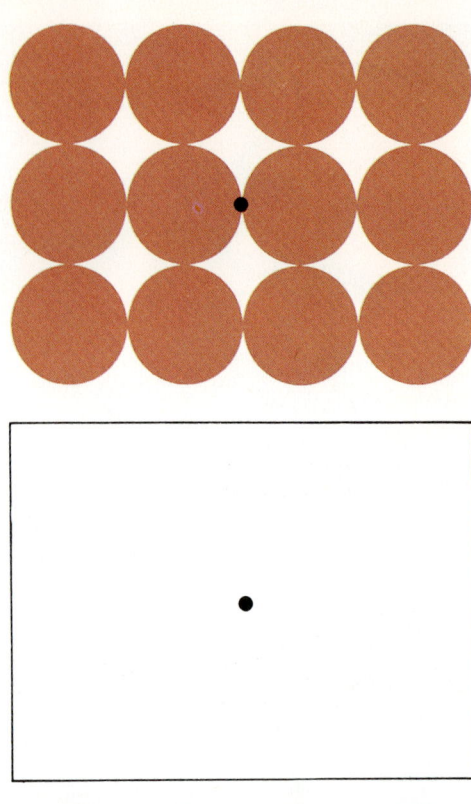

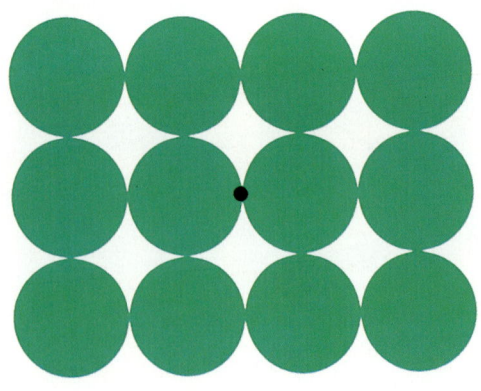

Tafel II

Tafel III

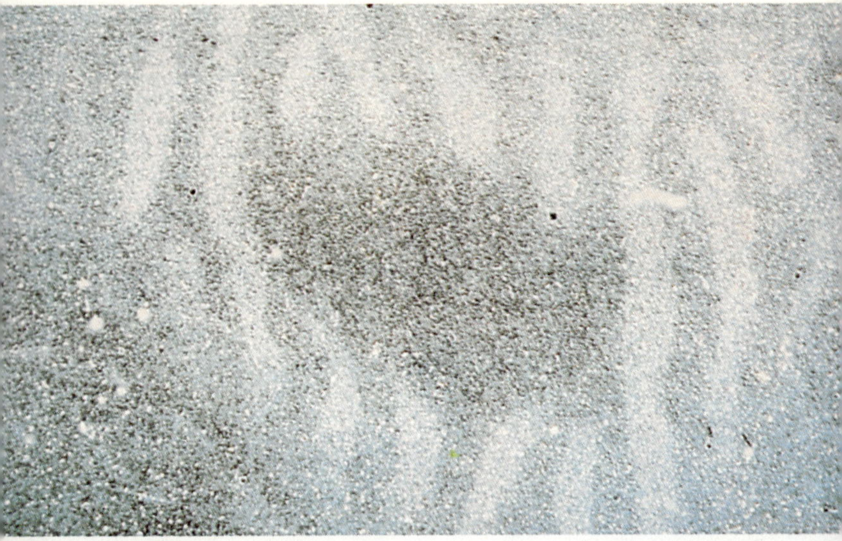

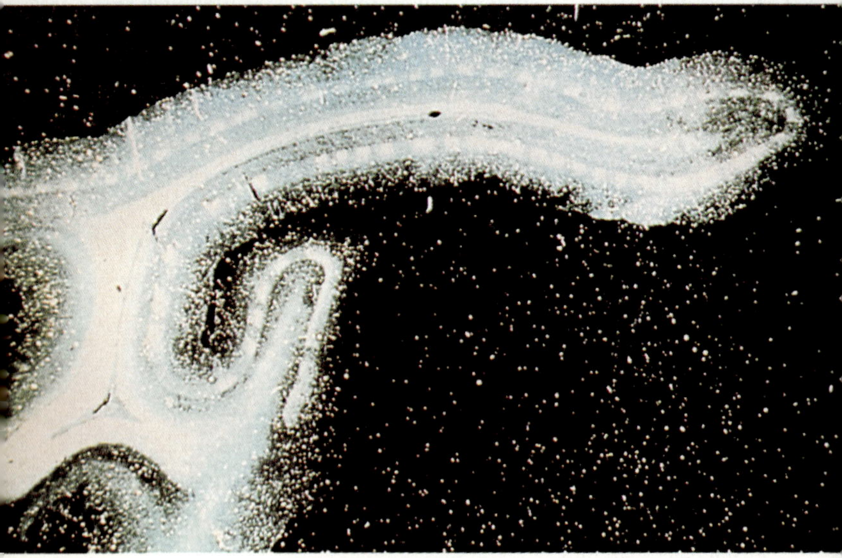

Tafel IV

Abbildung 31

Escher sich nicht darauf festlegt, was eigentlich die »Figur« im Bild ist. Sind es die weißen oder sind es die schwarzen Gänse? Denn beide gleichzeitig können es nicht sein. Bei diesem Angebot von zwei gleichberechtigten Alternativen für unsere Interpretation kippt nun die Figur in regelmäßigen Abständen hin und her, da ein Festlegen aufgrund der Struktur nicht möglich ist. Escher gelingt es in diesem Bild der doppelten Sehweise, mit einem Grundprinzip unserer Wahrnehmung zu spielen, nämlich dem Prinzip des Figur-Grund-Kontrastes.

Was damit gemeint ist, läßt sich anschaulich an der folgenden Abbildung 31 zeigen. Man sieht hier entweder zwei Gesichter, die sich anschauen, oder man sieht eine Vase. Es ist nicht möglich, gleichzeitig beides zu sehen. Man kann im betrachtenden Bewußtsein nicht gleichzeitig – gleichzeitig in dem früher erörterten Sinn – Vase und Gesichter sehen. Springt das eine in den Blick, beispielsweise die Vase, dann wird sie zur Figur, und die Gesichter treten als Wahrnehmungsobjekt zurück und werden Hintergrund. In dem Augenblick, in dem sie Hintergrund werden, sind sie für die Betrachtung nicht Gesichter, sondern nur Hintergrund, auf dem die Vase gesehen wird.

Aber die Gesichter sind im Augenblick der »Hintergründigkeit« nicht nichts. Unser betrachtendes Bewußtsein kann sich plötzlich einen Ruck geben und sagen: »Jetzt will ich zwei Gesichter sehen.« Dann ist die Vase verschwunden; sie ist zum Hintergrund geworden und ist damit kein Inhalt des wahrnehmenden Bewußtseins mehr.

Diese Beobachtungen weisen in karikierender Weise darauf hin, daß in unserem Bewußtsein immer nur ein Sachverhalt im Vordergrund des Wahrnehmens und Erlebens steht, nämlich die »Figur«, nie gleichzeitig zwei oder mehrere Sachverhalte. Auch wenn der Hintergrund selbst potentiell Figur ist, kann er im gleichen Augenblick nicht Inhalt des wahrnehmenden Bewußtseins sein, wie die Abbildung 31 belegt.

Auf dieser Tatsache, daß wir immer nur einen einzigen Bewußtseinsinhalt haben können, beruht die Verwirrung von Eschers »Tag und Nacht«-Bild. Escher hat bekanntlich viele solcher Bilder gezeichnet, in denen Figur und Grund ambivalente Größen sind, so daß eine wahrnehmungsmäßige Verwirrung entsteht. Der Reiz seiner Kunst ist aber gerade (neben anderem), daß er durch diese Verwirrung unserer Sinne uns auf ihre Funktionsweise hinweist und uns klarmacht, daß es nicht selbstverständlich ist, wie wir die Umwelt sehen. Er führt uns geometrische Welten vor, die uns unmöglich erscheinen, die geometrisch aber offenbar möglich sind, womit er zeigt, daß unsere visuelle Welt nur *eine* Realisierung vieler möglicher geometrischer Welten ist.

Die Behauptung, wir könnten nur einen Bewußtseinsinhalt haben, nur jeweils eine wahrgenommene Figur auf einem Hintergrund sehen, wird sicherlich von vielen bestritten. Ich habe solche Einwände immer wieder gehört, aber aus den Beschreibungen derer, die gleichzeitig vieles im Kopf haben können, dennoch stets ableiten müssen, daß sie zwar viel, aber vieles nicht gleichzeitig im Kopf haben. Auch der Hinweis, Napoleon habe »gleichzeitig« mehrere Briefe diktieren können, widerlegt nicht die Beobachtung, daß im Bewußtsein jeweils nur ein Sachverhalt Platz hat. Wenn wir gleichzeitig mehrere Dinge erledigen, dann haben wir sie nicht alle gleichzeitig im Bewußtsein, sondern wir verwenden eine besondere Strategie, wobei in kurzen Zeitabständen nacheinander Teilstücke der jeweiligen Aufgaben erledigt werden. Das mag dann für den Außenstehenden wie »gleichzeitig« erscheinen, ist es aber tatsächlich nicht.

In dieser Hinsicht verhält es sich mit dem Gehirn wie mit einem großen Computer, an dem gleichzeitig mehrere Benutzer rechnen können. Wenn zehn Wissenschaftler an einem Großrechner gleichzeitig arbeiten, haben sie subjektiv den Eindruck, als geschehe das gleichzeitig, d.h. als stünde der Rechner jedem der zehn ununterbrochen zur Verfügung. In Wirklichkeit ist es jedoch so, daß durch bestimmte Überwachungsprogramme dafür gesorgt wird, daß die zehn Benutzer ihre Arbeiten in optimaler Weise nacheinander im Großrechner abwickeln können. Nur ist die Geschwindigkeit derartiger Rechner heutzutage so ungeheuer hoch, daß für die Benutzer gleichzeitig erscheint, was sie tun. Die Gleichzeitigkeit auf der Benutzerseite ergibt sich also aus der Tatsache, daß im Computer ganz andere Zeitdimensionen eine Rolle spielen als im menschlichen Gehirn. (Ich möchte im übrigen nicht den Eindruck erwecken, als ob das menschliche Gehirn wie ein Computer arbeitet. Die Unterschiede zwischen beiden sind prinzipieller Natur. Nur hinsichtlich des hier diskutierten Problems zeigt sich u. a. eine Analogie.)

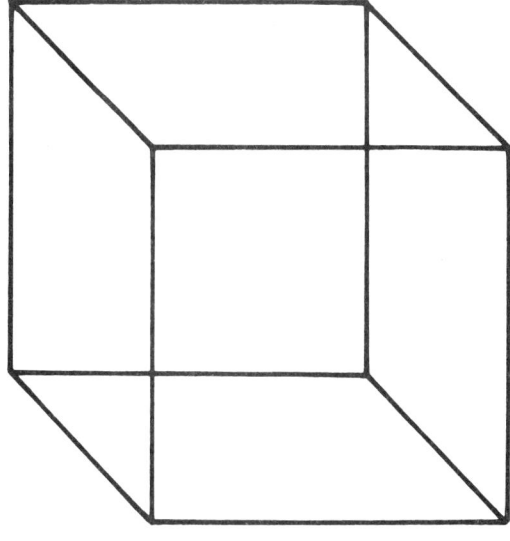

Abbildung 32

Kann man sich eine Vorstellung machen von der Strategie, die man verwendet, wenn man »gleichzeitig« viele Dinge erledigt? Um hierfür einen Anhaltspunkt zu gewinnen, ist es sinnvoll, den zeitlichen Ablauf des Wahrnehmungsvorgangs zu untersuchen, der das Figur-Grund-Erleben charakterisiert. Als Demonstration für diesen Zeit-Aspekt möchte ich in der nächsten Abbildung (32) das Bild eines Würfels zeigen (in der Wahrnehmungsforschung als Neckerscher Würfel bekannt, da ein Herr Necker im letzten Jahrhundert erstmals damit experimentiert hat), der in zweifacher Weise gesehen werden kann. Entweder sieht man das Quadrat, das mehr links unten liegt, als vorn; dann definiert das

Quadrat, das nach rechts oben liegt, die Rückseite des Würfels. Oder es ist gerade umgekehrt, wobei dann das Quadrat mehr rechts oben am Würfel vorn wäre. Die räumliche Orientierung des Würfels ändert sich also je nach Deutung des Reizmusters. Es mag manchem am Anfang schwierig erscheinen, beide Aspekte zu sehen. Wenn man aber lange genug hinschaut, dann »schnappt« die Wahrnehmung plötzlich ein, und man sieht die Alternative.

Für die weitere Betrachtung wäre es günstig, wenn tatsächlich beide Alternativen gesehen werden könnten. Wenn sich dies jedoch nicht einstellen will – was übrigens nicht auf einen speziellen Mangel hinweist –, so kann auch Abbildung 31 mit den Gesichtern bzw. der Vase als Ersatz herangezogen werden. Bei der kontinuierlichen Betrachtung des Würfels wird sich nun ein auffallendes zeitliches Phänomen einstellen. Wenn ein Aspekt gegeben ist, kippt plötzlich ohne unser Zutun der Würfel in den anderen Aspekt um. Voraussetzung ist allerdings, daß wir die zwei Aspekte überhaupt sehen können. Wir können sogar folgendes Handikap einbauen: Wir nehmen uns fest vor, daß der Würfel auf gar keinen Fall »umkippen« darf. Und trotzdem stellt sich nach wenigen Sekunden spontan der andere Aspekt ein, ohne daß wir das verhindern können.

Wenn man aufzeichnet, in welcher Abfolge jeweils der Würfel spontan seinen Aspekt ändert, dann zeigt sich, daß nur für wenige Sekunden die eine Betrachtungsweise beibehalten wird. Aus Untersuchungen von A. Borsellino aus Camogli in Italien, einem bekannten Kybernetiker, und aus unseren eigenen Untersuchungen ist hervorgegangen, daß sich automatisch der alternative Aspekt am häufigsten nach zwei bis drei Sekunden einstellt. Das ist jene Zeit, die sich aus anderen Versuchen für die zeitliche Dauer unserer subjektiven Gegenwart ergab. Die Vermutung ist naheliegend, daß hier dasselbe Organisationsprinzip unseres Gehirns gilt. Das spontane Umkippen des Würfels in regelmäßigen zeitlichen Abständen besagt, daß, wenn zwei gleichwertige Alternativen aus der Reizkonfiguration nahegelegt werden, sich auch beide regelmäßig in den Vordergrund unseres Bewußtseins drängen. Wir können die Beobachtung aber noch weiter interpretieren und sagen, daß in regelmäßigen kurzen Zeitabständen (von zwei bis drei Sekunden) unser Gehirn nach außen fragt: »Und was gibt es noch?« Wenn das »was noch« nur eine alternative Interpretation eines Würfels ist, dann erscheint eben diese – aber meist ist es ja etwas anderes, etwas wirklich Neues, das in der Umwelt vorhanden ist und dann ins Bewußtsein tritt.

Hier zeigt sich der kreative oder zumindest der aktive Teil

unseres Gehirns. Unsere Wahrnehmung ist eingebettet in einen zeitlichen Rahmen, innerhalb dessen wir Information – sei sie visuell oder sprachlich – zu einer Gestalt integrieren. Wenn der Rahmen gefüllt ist, dann wird ein neuer bereitgestellt. Der zeitliche Integrationsrahmen stellt sich bereit, um das jeweils Neue aufzunehmen. Wenn eine Gestalt gebildet wurde, dann wird diese uninteressant, und es wird die nächste gesucht, die am interessantesten ist. Wenn aufgrund einer verarmten Reiz-Situation dies nur ein alternativer Aspekt eines Objektes ist, dann ist das Neue eben dieser Aspekt. Doch im täglichen Leben, also normalerweise, ist es jeweils etwas anderes, das in kurzen Zeitabständen aufgenommen wird. Wir können also nicht von einer zeitlichen Kontinuität des Bewußtseins sprechen, sondern müßten eigentlich sagen, daß jeweils gegenwärtige »Bewußtseins-Fenster« von einigen Sekunden Dauer den Strom der Zeit erlebnis- und wahrnehmungsmäßig gliedern. Der Grund für diese Gliederung liegt einerseits in der Fähigkeit des Gehirns, zeitliche Gestalten zu bilden, und zum anderen – und dies wäre ein inhaltlicher Gesichtspunkt – in der »Neugier« des Gehirns.

Dieser zeitliche Rahmen für unsere Bewußtseinsprozesse ist allerdings nicht starr festgelegt in dem Sinn, daß immer alles, was wir im Bewußtsein vorfinden, zwei bis drei Sekunden dauern muß. Der Rahmen definiert vielmehr eine *obere* zeitliche Grenze. Zweifellos gibt es Ereignisse von kürzerer Dauer, mit denen wir konfrontiert werden und die dementsprechend kürzere Einheiten von Bewußtseinsinhalten bilden. Diese Verkürzung läßt sich wieder mit dem Neckerschen Würfel studieren. Zwar kann der Würfel von uns bis zu wenigen Sekunden in einem Aspekt gehalten werden, aber wenn wir beide Aspekte sehen wollen, dann können wir ihn absichtlich sehr viel schneller hin und her kippen lassen. Wir können also aktiv eingreifen und das, was wir jeweils als Figur sehen wollen, uns sehr viel rascher sichtbar machen. Wenn wir versuchen, den Würfel so schnell wie möglich hin und her kippen zu lassen, bemerken wir, daß wir über eine bestimmte Geschwindigkeit nicht hinauskommen. Es gibt also auch eine Minimalzeit für einen Bewußtseinsinhalt, die sicher weit unter einer Sekunde liegt. Aber wie lang sie ist, läßt sich bisher noch nicht sicher abschätzen.

Halten wir also fest, daß in unserer Wahrnehmung, besser: in unserem wahrnehmenden Bewußtsein jeweils nur ein Inhalt sein kann und daß diesem Figur-Grund-Phänomen eine zeitliche Organisationsstruktur zugrundeliegt, die verursacht, daß eine Figur nur bis zu wenigen Sekunden als geschlossene Einheit erlebt wird, daß dieses Erlebnis aber auch viel kürzer sein kann, wobei es eine untere zeitliche Grenze zu geben scheint.

Wenn wir jetzt noch einmal auf jene Behauptung zurückkommen, gleichzeitig mehrerlei im Bewußtsein haben zu können, so läßt sich folgende Hypothese aufstellen: Man hat zu jedem Zeitpunkt jeweils nur einen Sachverhalt im Kopf, wobei sich die Konzentration auf das Eine auf Bruchteile von Sekunden beschränken kann. Wenn Konzentration auf mehrere Sachverhalte gleichzeitig gefordert wird, dann wechseln die Inhalte zeitlich ab, wobei die Befehle für das, was jeweils ins Zentrum des Bewußtseins kommt und wann es kommt, vom Bewußtsein selbst gegeben werden. Ich selbst entscheide, wann ich was sehen will. Wenn diese Abfolge des Bewußtseinsinhalts sehr schnell ist, dann kann das darüber reflektierende Bewußtsein im nachhinein vielleicht den Eindruck haben, daß es praktisch gleichzeitig war – wobei der zeitliche Wechsel zwischen den Inhalten nicht berücksichtigt und ein nicht definierter Begriff von Gleichzeitigkeit verwendet wird.

Die ungewöhnlichen visuellen Effekte, die sich durch besondere Reiz-Konfigurationen hervorrufen lassen, haben auch schon früher Künstler in ihren Bann gezogen. Es ist belegt, daß beispielsweise Paul Klee sich intensiv mit Forschungsarbeiten aus der Wahrnehmungspsychologie auseinandergesetzt hat, um deren Untersuchungsergebnisse seiner Kunst nutzbar zu machen. Besonders der Neckersche Würfel scheint es Klee angetan zu haben. Er hat ihn spielerisch variierend in eine Reihe von Bildern aufgenommen (siehe Abbildung 33).

Neuerdings ist die Vermutung aufgetaucht, daß auch Picasso sich in jungen Jahren mit Fragen der visuellen Wahrnehmung befaßt hat und daß die Entwicklung des Kubismus ohne diese Kontakte gar nicht denkbar gewesen wäre. Während man die Meinung vertreten kann, daß das Aufgreifen von Effekten aus der Forschung bei diesen großen Künstlern nur nebensächliche Bedeutung hat, ist die Sachlage bei der sogenannten Op-Art doch anders. Sie ist ein Ableger aus der Wahrnehmungsforschung und geht auch nicht über das hinaus, was der Forschung bekannt ist, sondern variiert nur deren Effekte. Man kann im Gegenteil sagen, daß in der Wahrnehmungsforschung der letzten Jahre derart viele neue Effekte entdeckt wurden, daß eine Beschäftigung mit diesen der Op-Art wesentliche neue Impulse geben könnte.

Ein solcher Effekt ist kürzlich von meiner Mitarbeiterin Petra Mitterhusen entdeckt worden. Ausgehend von Untersuchungen des österreichischen Psychologen Ivo Kohler über die sogenannte Farb-Stereoskopie überprüfte sie, ob visuelle Reize, die objektiv gleich weit von uns entfernt sind, auch gleich weit erscheinen, wenn sie an verschiedenen Stellen des Gesichtsfeldes auftreten. Wenn man verschiedene Farbpunkte mit beiden

Abbildung 33

Augen betrachtet und sie hinsichtlich ihrer gesehenen Tiefe miteinander vergleicht, dann scheinen sie verschieden weit entfernt zu sein – das wird als Farb-Stereoskopie bezeichnet. Die Begründung sei nur angedeutet: Verschiedene Farben sind bedingt durch unterschiedliche Wellenlängen des Lichtes, das in unsere Augen tritt. Jedes Auge hat nun eine leichte prismatische Wirkung, d.h. Licht verschiedener Wellenlänge wird unterschiedlich stark abgelenkt. Durch diese unterschiedliche Ablenkung für verschiedene Wellenlängen werden deshalb unterschiedliche Punkte im Auge gereizt. Im Gehirn müssen die gereizten Punkte, die an verschiedenen Stellen in den Augen liegen, aber wieder zu einem Bild zusammengefaßt werden. Und diese Zusammenfassung nach der unterschiedlichen Ablenkung für die verschiedenen Farben in beiden Augen bewirkt dann, daß beispielsweise ein roter Punkt weiter vorn gesehen wird als ein grüner oder blauer.

Dieser Effekt beruht auf der Verwendung beider Augen. Petra Mitterhusen fand nun, daß es auch einen Tiefeneffekt mit nur einem Auge gibt, wobei die Farbe der Lichtpunkte keine Rolle spielt. Betrachtet man zwei Punkte vor einem homogenen Hintergrund, wobei die beiden Punkte übereinander liegen sollen, und fixiert man genau zwischen den beiden, dann scheint der untere Punkt näher zu sein als der obere. Dieses Phänomen, daß unter dem Fixationspunkt alles etwas näher ist als darüber, gilt auch unabhängig von der Form der gewählten Punkte und der Art des Kontrastes. Die Beobachtung besagt, daß in unserer Wahrnehmungswelt eine Schräge eingebaut ist, die von der objektiven Struktur der physikalischen Welt abweicht. Die Wahrnehmung eines Objektes, das sich in unserem Bewußtsein repräsentiert, weicht also in doppelter Weise von der physikalischen Repräsentation des Objektes ab: zeitlich und räumlich. Zeitlich insofern, als die zeitliche Organisation unseres wahrnehmenden Bewußtseins nicht der Kontinuität der physikalischen Zeit entspricht, und räumlich, weil der Wahrnehmungshintergrund selbst, in dem wir das Objekt sehen, nicht der objektiven Metrik des physikalischen Raumes entspricht.

Ich möchte hier auf eine optische Täuschung hinweisen, die die Differenz zwischen physikalisch definierter Reizsituation und subjektiv Erlebtem vielleicht am augenfälligsten macht. In der Abbildung 34 sieht man eine Figur, in diesem Fall ein Dreieck, das überhaupt keine Linien hat, die es zu einem Dreieck machen. Dennoch ist es für uns da, es hat sogar eine größere Helligkeit als die Umgebung. Daß hier ein Dreieck zu sehen ist, ergibt sich aus der Anordnung der vorhandenen Linien. Aus ihrer Struktur wird für die Wahrnehmung die Hypothese nahegelegt, daß hier ein Dreieck sein sollte. Aufgrund dieser Hypothese über eine bestimmte Figur »erfindet« das Gehirn virtuelle Konturen, d.h. Begrenzungslinien für das Dreieck, wo geometrisch gar keine vorhanden sind. Diese Erfindung ist so wirkungsvoll, daß sich subjektiv die Helligkeit des objektiv nicht vorhandenen Bereichs verändert.

Das belegt, daß unsere Wahrnehmung immer auf der Suche nach einem wahrnehmbaren Objekt ist, und wenn kein definier-

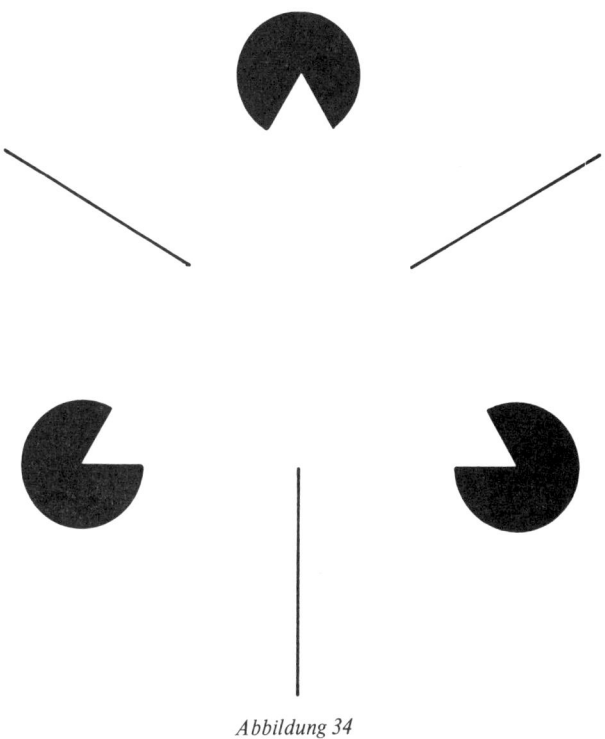

Abbildung 34

barer Gegenstand vorhanden ist, dann wird die beste Hypothese ausprobiert und dem nur diffus Gegebenen als Deutung gleichsam aufgestülpt. Die Gestaltpsychologen, auf die ich schon hinwies im Zusammenhang mit ihrer Ablehnung einer physikalistischen Orientierung in der Psychologie, haben für diesen Sachverhalt ein Gesetz aufgestellt, das sogenannte Prägnanzgesetz oder Gesetz der guten Gestalt. Es besagt, daß unsere Wahrnehmung immer versucht, eine möglichst gute, prägnante Gestalt ins wahrnehmende Bewußtsein zu heben. Für die Wahrnehmung gibt es kein Chaos – auch wenn es die Reiz-Konfiguration vielleicht ist –, die Wahrnehmung ist immer auf dem Wege zur Ordnung. Lust nach Ordnung kann in diesem Sinn als ein teleologisches Prinzip, als Zweck der Wahrnehmung benannt werden. Da es sich um ein Grundphänomen der menschlichen Natur handelt, sollte man vielleicht einen besonderen Begriff dafür prägen, und ich schlage vor, von »Taxophilie« zu sprechen (vgl. Kap. 22).

Bisher habe ich hauptsächlich nur über Phänomene der visuellen Wahrnehmung gesprochen und dabei die anderen Modalitäten unserer sinnlichen Erfahrung, also z.B. das Hören und Fühlen, vernachlässigt. Dies geschah, weil sich durch Abbildungen eine bessere Anschaulichkeit herbeiführen läßt. Die allgemeinen Bemerkungen über Figur und Grund und über den zeitlichen Ablauf unserer bewußten Repräsentation von Wahrnehmungsobjekten gelten aber in gleicher Weise für die anderen Bereiche. In dem vorangegangenen Kapitel über das Phänomen der Gegenwart wurde schon auf die zeitliche Strukturierung des Sprechens hingewiesen. Daß es auch im sprachlichen Umkipp-Phänomene wie beim Neckerschen Würfel gibt, kennt bereits jedes Kind, wenn es vor sich hin sagt: »Rhabarber, Rhabarber ...« und dies dann plötzlich in »Barbara« umschlägt. Für Münchner, die gerne gut essen und in die Oper gehen, wechseln sich »Tristan« und »Tantris« ab.

Daß die bewußte Steuerung für Gehörtes ähnlich, wenn nicht gar »augenfälliger« ist als für Gesehenes, beweist das »Cocktail-Party-Phänomen«. Auf einer dicht gedrängten Party, wenn alle durcheinanderreden, d.h. ein akustisches Rauschen besteht, ist es uns beliebig möglich, uns diesem oder jenem im Gespräch zuzuwenden. Unser Bewußtsein sucht sich gleichsam den Kanal aus, auf dem es etwas hören will, und unterdrückt die andere akustische Information zum wahrnehmungsmäßigen Hintergrund. Was Figur sein soll, kann trotz der Störgeräusche jeweils ausgewählt werden.

Ich möchte am Schluß dieses Kapitels auf ein paar praktische Konsequenzen hinweisen, die sich aus dem teleologischen Prinzip unserer Wahrnehmung ergeben. Aus den vielen Praxisfeldern seien drei herausgegriffen, nämlich psychologische Tests, die Röntgendiagnostik und die Parapsychologie.

Eine Reihe von psychologischen Tests, vor allem älteren Datums, die aber auch heute noch angewandt werden, beruhen unmittelbar auf dem teleologischen Prinzip der Wahrnehmung. Am bekanntesten ist der Rorschach-Test, in dem Tintenklecks-Muster gezeigt werden, die nichts Bestimmtes darstellen (Abbildung 35). Die Aufgabe des Patienten oder der Versuchsperson ist es mitzuteilen, was man sieht. Aufgrund des Bedürfnisses, immer etwas Bestimmtes zu sehen, stellen sich dann auch meist sehr schnell Antworten ein. Jemand sieht z.B. einen Schmetterling oder zwei tanzende Figuren. Den Psychodiagnostiker interessiert nun für seine Analyse, was der Betreffende sagt. Anhand einer zugrundeliegenden Theorie wird angenommen, daß sich vor allem geheime Bedürfnisse, verdrängte seelische Inhalte in den inhaltlichen Deutungen zeigen. Wenn eine Aussage nicht direkt etwas Triebhaftes oder Verdrängtes widerspiegelt, sondern etwas »Vordergründiges« darstellt, dann ist der Rorschach-Diagnostiker geneigt, das Vordergründige als etwas Verdecktes zu deuten.

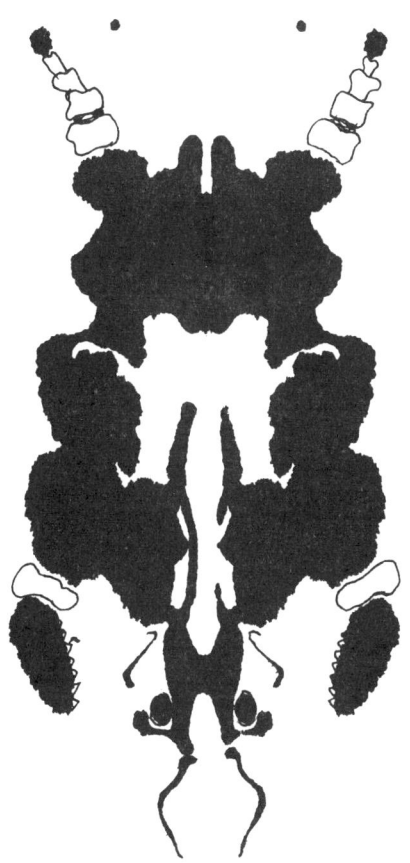

Abbildung 35

Eine Beschränkung von Deutungen auf diesen hintergründigen seelischen Bereich verbietet sich meines Erachtens. Zwar könnte es durchaus sein, daß sich auch geheime Antriebe in den Wahrnehmungsgestalten abbilden, die auf sinnlosen Reizmustern beruhen. Daß dies aber ausschließlich so sein sollte oder zumindest in bevorzugter Weise, ist außerordentlich unwahrscheinlich. Irgendeine Wahrnehmungshypothese hat immer ihre Chance, im Zufallsmuster bestätigt zu werden, und sei sie noch so trivial und oberflächlich. So ist man auch in letzter Zeit von diesen Verfahren abgekommen, da die Objektivität der Ergebnisse, die man damit erhält, doch sehr zu wünschen übrigläßt. Manche meinen sogar, daß ein Rorschach-Test »mehr über den Diagnostiker als über den Patienten aussagt«.

Daß das teleologische Prinzip der Wahrnehmung in der Röntgendiagnostik eine Rolle spielen soll, mag zunächt befremdlich erscheinen, doch wird dies sogleich deutlich, wenn man sich die optische Struktur von Röntgenbildern anschaut. Aus feinsten optischen Unterschieden muß der Radiologe häufig ableiten, ob eine Struktur einen Hinweis auf eine Erkrankung enthält oder nicht. Dabei sind Röntgenbilder nicht nur durch Konturen charakterisiert sondern auch durch Schattierungen, die ineinander übergehen. Die optische Vorlage ist meist äußerst ungünstig für unser Sehsystem, was zur Folge hat, daß Fehldiagnosen in der Röntgendiagnostik erstaunlich zahlreich sind. Wenn ein Radiologe bereits fixiert ist auf eine bestimmte Diagnose, also eine Wahrnehmungshypothese hat, dann besteht tatsächlich eine größere Chance, diese Diagnose zu bestätigen, als wenn er sie nicht hätte. Denn das Bild, das er vor sich hat, ist durchaus nicht immer eindeutig. Aus diesem Grunde versucht man in der Röntgendiagnostik immer bessere Verfahren zu entwickeln, insbesondere die optische Aufbereitung eines Röntgenbildes zu vervollkommnen, um mögliche Fehldiagnosen einzuschränken.

Wie bedeutsam das teleologische Prinzip der Wahrnehmung in der Parapsychologie ist, wurde mir bewußt bei einer Fernsehsendung, bei der ein Parapsychologe vorgab, auf einem Tonband, soweit ich mich erinnere, Stimmen von Verstorbenen aufgenommen zu haben. Es war in der Tat vom Tonband etwas zu hören, aber wenn der Parapsychologe nicht gesagt hätte, was es sein sollte, also ein bestimmtes Wort, dann wäre sicher niemand auf die Idee gekommen, gerade dieses Wort oder überhaupt irgendein Wort zu hören. Durch das Mitteilen dessen, was man hören würde, stand die Hypothese für die Wahrnehmung fest, und irgendein undefinierbares akustisches Signal wurde dann tatsächlich von vielen in der antizipierten Weise als dieses Wort gehört. Derartige

Versuche sind also in keiner Weise geeignet, die Kommunikation mit Verstorbenen zu beweisen. Hier ist kein parapsychologisches Problem gegeben, sondern ein ganz normales Phänomen der menschlichen Wahrnehmung.

17. Das Sehsystem:
Die Revolution von 1959

Im Jahre 1959 wurden zwei wissenschaftliche Arbeiten veröffentlicht, die unsere Betrachtungsweise geändert haben. Diese Arbeiten bewirkten das, was Thomas Kuhn einen Paradigmenwechsel in der Forschung nennt. Die eine Arbeit stammte von David Hubel und Torsten Wiesel von der Harvard Medical School in Boston, die 1981 mit dem Nobelpreis ausgezeichnet wurden. Die andere Arbeit wurde von Jerry Lettvin und Mitarbeitern vom Massachusetts Institute of Technology in Cambridge publiziert. Beide Gruppen arbeiteten unabhängig voneinander und wußten nicht, daß sie auf einer ähnlichen Fährte waren. So kam es »zufällig« zu korrespondierenden Entdeckungen, die unsere Betrachtungsweise über die Funktion des Gehirns revolutionierten.

Worin bestand das Neue, das Lettvin, Hubel und Wiesel angesprochen haben? Ähnlich wie die subjektive Zeit im Gehirn nicht zeitlich abgebildet sein muß, zeigten sie, daß Raum im Gehirn nicht einfach räumlich abgebildet ist, sondern daß der uns umgebende Sehraum im Gehirn aufgelöst wird nach bestimmten Gesichtspunkten, die sie »Features« nannten. Im Deutschen können wir dafür vielleicht Kategorien sagen. Die visuellen Informationen, die den Sehraum definieren, werden nicht Punkt für Punkt im Gehirn abgebildet wie etwa auf einem photographischen Film, sondern für kleine Bereiche des Gesichtsfeldes werden jeweils vorgegebene Kategorien analysiert. Das schwierige Problem am Anfang war, sich geistig von der Auffassung einer Punkt-für-Punkt-Abbildung zu lösen und auf diese Kategorien zu kommen.

Ich habe im vorangegangenen Kapitel darauf hingewiesen, daß die optische Information unseres Gesichtsfeldes, wenn wir sie einmal vorurteilslos betrachten, eigentlich nur aus Kanten, Linien und Flächen besteht, wenn wir zunächst nicht an bestimmte Sehobjekte denken. Und hierin verbirgt sich schon ein Hinweis auf die Kategorien, zumindest auf eine Wahrnehmungskategorie. Hubel und Wiesel fanden nämlich, daß Nervenzellen im visuellen Cortex – Area 17, wie diese Gegend im Gehirn bezeichnet wird – nur Interesse an Linien und Kanten bestimmter Orientierung haben. Punkte oder kreisförmige Reize, und seien sie noch so intensiv und attraktiv, lösen bei diesen Nervenzellen keine Reaktion aus. Punkte existieren für diesen Teil des Gehirns überhaupt nicht, nur Kanten und Linien.

Das Gesagte gilt für *unsere* Wahrnehmungswelt. Doch gilt dies für alle Lebewesen? Das Wesentliche der Arbeit von Lettvin und seinen Mitarbeitern war, festzustellen, daß jede Tierart schon auf neurophysiologischer Ebene ein eigenes Weltbild hat. Sie nannten ihre Veröffentlichung beziehungsreich: »Was das Frosch-Auge dem Frosch-Gehirn erzählt« und zeigten darin, daß Nervenzellen im Frosch-Gehirn nur auf solche optischen Reize reagieren, die auch für das Frosch-Verhalten und das Überleben des Frosches wichtig sind. Was im Frosch-Gehirn an visueller Welt abgebildet ist, richtet sich nach Kategorien, die für das Leben des Frosches maßgebend sind – und diese Kategorien sind ganz anders als bei einer Eule, einer Katze oder dem Menschen. Das jeweils typische Verhalten einer Art, das eingepaßt ist in seine spezielle Umwelt, determiniert auch sein »Weltbild«, d.h. seine Wahrnehmungskategorien auf neurophysiologischer Ebene, indem Nervenzellen im Gehirn nur Interesse an diesen Kategorien zeigen und andere für sie nicht existent sind.

Die Arbeiten von Hubel und Wiesel haben die Grundlagen gelegt für das Verständnis der neurophysiologischen Basis unseres »Weltbildes«. Der wesentlichste Gesichtspunkt scheint dabei zu sein, daß im Gehirn jeweils eine Feinanalyse jedes Ortes im Gesichtsfeld bezüglich aller vorkommenden Orientierungen von Linien und Kanten an Gegenständen vorgenommen wird. Neben der Orientierung von Linien wird mit einer weiteren Kategorie die Richtung von bewegten und in bestimmter Weise orientierten Kanten oder Linien analysiert. Weiter ist die Farbe eines Reizes eine maßgebliche Wahrnehmungskategorie. Und vielleicht ist es auch die Geschwindigkeit eines sich in optimaler Orientierung mit optimaler Farbe bewegenden Reizes. Mit diesen wenigen Bausteinen, zu denen vielleicht noch andere hinzukommen mögen, ist neurophysiologisch unser »Weltbild« begründet.

Es mag manchen irritieren, wenn hier das Wort »Weltbild« verwendet wird. Doch ein Gedankenexperiment mag illustrieren, daß unser »Weltbild« in der Tat ein ganz anderes sein könnte. Man stelle sich vor, unser Gehirn hätte keine Fähigkeit zur Wahrnehmung von *Bewegung* von Gegenständen; es fehlte also nur eine der Wahrnehmungskategorien. Das würde heißen, daß für den Betrachter das »Weltbild« statisch geworden ist. Kein Objekt könnte mehr von einem Ort zu einem anderen gelangen. Erst ist ein Gegenstand hier – und dann ist er plötzlich woanders. Aber ist es dann noch derselbe Gegenstand? Die Bewegung bewahrt die Identität des Gegenstandes, doch wenn Bewegung fehlt, dann kann sich der Eindruck fehlender Kausalität in der visuellen Welt einstellen. Nichts hängt mehr mit etwas anderem zusammen. Das

Weltbild im eigentlichen Sinne des Wortes wäre notwendig ein anderes, bis hin zu prinzipiellen philosophischen Fragen. Aristoteles zeigt in seinem Werk »Physik«, daß das Kernstück der Frage nach der Natur die Bestimmung des Wesens der Bewegung ist. Hiervon leitet sich alles weitere ab. Wenn aber Bewegung als Kategorie fehlt, ist uns dann überhaupt noch der Satz der Identität oder das Prinzip der Kausalität in der üblichen Weise zugänglich?

Das also würde nur durch den Ausfall einer Kategorie geschehen. Aber was wäre z.B., wenn statt der Kategorie der Orientierung eine ganz andere in unserem Gehirn lokalisiert wäre, wie z.B. … und hier stockt man. Da ich mich in meinem Weltbild vorfinde, das neurophysiologisch determiniert ist, und eine Hypothese über andere Kategorien gar nicht offen zutage liegt, fällt es schwer, sich andere Kategorien auch nur auszudenken. Man kann aber bei Tier-Experimenten nachfragen, für die andere Kategorien gefunden worden sind, wobei man den menschlichen Denk- und Wahrnehmungshorizont mühsam übersteigen muß. Man könnte dann etwa »Größe« eines Reizes als Kategorie definieren oder vielleicht auch beliebig komplexe Reiz-Konstellationen.

Bei vielen Untersuchungen an Tieren hat sich nämlich gezeigt, daß nicht der einfach strukturierte Reiz, sondern komplexe Konfigurationen – für uns komplexe Konfigurationen – grundlegende Wahrnehmungskategorien sein können. Die Verhaltensforschung hat gezeigt, daß bestimmtes Verhalten auslösende Reize außerordentlich reich gegliedert sein können, wenn man sie geometrisch analysiert, aber daß sie insofern einfach sind, als sie automatisch jeweils bei Partnern ein bestimmtes Verhalten auslösen. Wie ich bereits früher festgestellt habe, scheint es auch für uns solche geometrisch komplexen Reize zu geben, die einfach verstanden werden, z.B. Gesichter. Offenbar gibt es beim Menschen neben den genannten Kategorien wie Orientierung der Reize oder ihre Bewegung auch solche höherer geometrischer Komplexität, wie sie Verhaltensforscher festgestellt haben. Neben Gesichtern gibt es vielleicht noch andere, die wir noch nicht erfragt haben. Könnte es z.B. sein, daß Schreck-Reaktionen, die in bestimmten Situationen auftreten, wie beim Anblick von Schlangen, darauf zurückzuführen sind, daß auch Schlangen aufgrund ihrer potentiellen Gefährlichkeit eine Wahrnehmungskategorie sind? Und welche anderen Reize gibt es vielleicht noch? Etwa Hände, wie Charlie Gross von der Princeton Universität in den USA vermutete? Oder Spinnen? Gerade die bei so vielen von uns auftretenden Panik-Reaktionen bei bestimmten Reizen könnten Hinweise auf solche »komplexeren« Wahrnehmungskategorien enthalten.

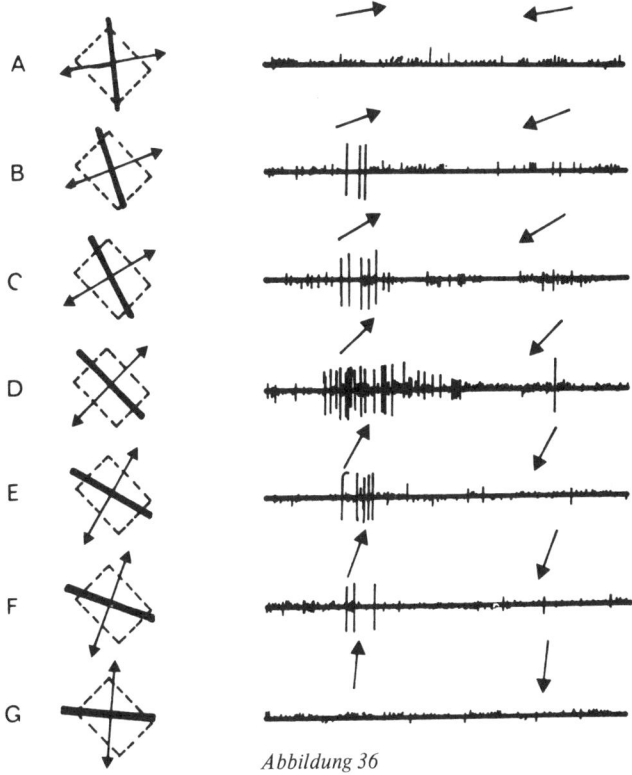

Abbildung 36

Kehren wir nun zurück zu einigen konkreten Beobachtungen von Hubel und Wiesel. In der Abbildung 36 wird das Ergebnis der Untersuchung einer Nervenzelle in Area 17, also im Okzipital-Lappen eines Versuchstieres, gezeigt. Bei einem solchen Experiment wird eine winzige Nadel in das Gehirn eingeführt, wobei die Spitze der Nadel einen Durchmesser von etwa ein tausendstel Millimeter hat. Mit dieser Nadel, einer Elektrode, läßt sich die Aktivität von Nervenzellen erfassen. Immer wenn eine Zelle aktiv wird, produziert sie zunehmend mehr elektrische Entladungen, die mit der Elektrode aufgefangen werden können. Jede Nervenzelle in Area 17 hat ein rezeptives Feld irgendwo im Gesichtsfeld des Versuchstieres. Die erste Aufgabe im Versuch besteht darin, festzustellen, wo genau im Gesichtsfeld dieses rezeptive Feld

(RF) liegt. Hat man den Ort gefunden, wird geprüft, auf welche Art von optischem Reiz die Zelle aktiv oder gehemmt wird. Anders als bei den Strukturen, die zwischen dem Auge und Area 17 liegen, kann man hier die Zelle nicht beeinflussen, wenn man punktförmige Reize verwendet. Die rezeptiven Felder sind also nicht mehr on-Zentren oder off-Zentren, wie wir früher gesehen hatten.

In der Abbildung ist gezeigt, wie ein Balken (links oben) hin und her bewegt wird, aber bei dieser Orientierung in der Zelle keine Reaktion auslöst. Das wird rechts daneben gezeigt. Wird nun der Balken etwas nach links gekippt, dann gibt es ein paar Entladungen der Zelle bei einer Bewegung nach rechts, aber keine bei der Rückwärtsbewegung. Bei C ist der Balken noch etwas gekippt, und die Zelle reagiert schon freudiger. Erst bei D scheint der Balken jedoch eine optimale Orientierung für die Zelle zu haben, denn nun reagiert sie maximal bei der Bewegung nach rechts oben und minimal bei der Gegenbewegung. Wird der Balken weiter gekippt, nimmt die Reaktion der Zelle wieder ab. Die optimale Orientierung des Lichtreizes für diese Zelle konnte also durch Variation der Neigung festgestellt werden. Und außerdem wurde die bevorzugte Bewegungsrichtung erkannt, nämlich die nach rechts oben.

Jede der untersuchten Zellen zeigt eine typische Bevorzugung einer Richtung und Orientierung. Dabei stellte es sich bereits frühzeitig heraus, daß die Zellen, die durch bestimmte Orientierungspräferenzen gekennzeichnet sind, im Gehirn nicht wirr durcheinander liegen. Untersucht man Zelle für Zelle nacheinander und geht dabei genau senkrecht von der Oberfläche des Gehirns in die Tiefe, dann beobachtet man, daß jede Zelle exakt dieselbe Präferenz der Orientierung zeigt. Hubel und Wiesel sprechen deshalb von sogenannten »Orientierungssäulen« im Gehirn (Abbildung 37).

In der Abbildung 37 ist schematisch auch gezeigt, wie benachbarte Orientierungssäulen charakterisiert sind. Dies kann man prüfen, indem man mit der Elektrode schräg zur Oberfläche in das Gehirn hineingeht. Dabei zeigt sich, daß benachbarte Orientierungssäulen in ihrer Präferenz immer nur geringfügig voneinander abweichen. Man findet die Orientierungspräferenzen entweder im oder gegen den Uhrzeigersinn nebeneinander aufgereiht, bis man nach etwa einem Millimeter Strecke wieder bei der ersten Orientierung angelangt ist.

Eine weitere Entdeckung, die Hubel und Wiesel machten, betrifft die Erregung dieser Zellen durch beide Augen. Es zeigte sich, daß die meisten Zellen zwar durch beide Augen aktiviert

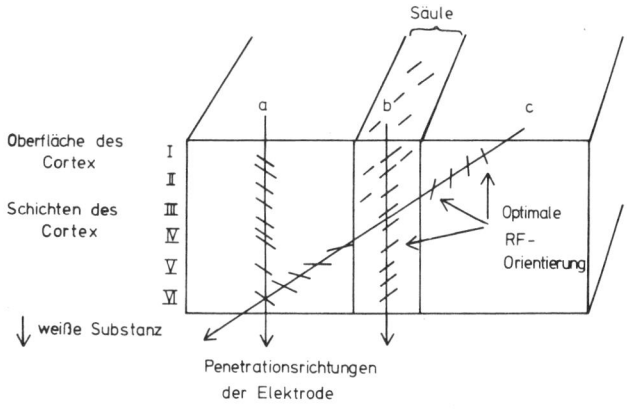

Säule

Oberfläche des Cortex

Schichten des Cortex

weiße Substanz

Optimale RF-Orientierung

Penetrationsrichtungen der Elektrode

Abbildung 37

werden können, daß aber eine deutliche und charakteristische Dominanz von jeweils einem Auge ausgeht. Geht man wieder genau senkrecht von der Oberfläche des Gehirns in die Tiefe, beobachtet man, daß die Zellen dominant nur von einem Auge angetrieben werden. Führt man die Elektrode schräg durch die verschiedenen Schichten von der Oberfläche ausgehend hindurch, dann stellt sich plötzlich ein Sprung in dieser Dominanz von dem einen zum anderen Auge ein. Aufgrund dieser Beobachtung sprechen Hubel und Wiesel auch von »okulären Dominanz-Säulen«. Wichtig ist dabei die Beobachtung, daß der Durchmesser der okulären Dominanz-Säulen sehr viel größer ist als jener der Orientierungssäulen. Im ersten Fall liegt er etwa bei einem halben Millimeter, im zweiten etwa bei einem Zehntel davon.

Wie stehen nun die beiden Säulentypen zueinander? Hierzu gibt es eine vereinfachte Vermutung, die in Abbildung 38 gezeigt ist. Es könnte sein, daß diese funktionellen Säulen senkrecht zueinander angeordnet sind. Während die Dominanz der Säulen für die beiden Augen (L und R) nach links hin angeordnet ist, laufen die Orientierungssäulen nach rechts. Aus diesen Beobachtungen und daraus abgeleiteten modellhaften Vorstellungen haben Hubel und Wiesel das Konzept der »Hyper-Kolumne« entworfen. Sie nehmen an, daß eine solche Hyper-Säule im Gehirn eine Kantenlänge von etwa einem Millimeter hat und daß in ihr für beide Augen alle Orientierungen und vermutlich auch Bewegungsrichtungen aus einem Gesichtsfeld-Bereich verarbei-

179

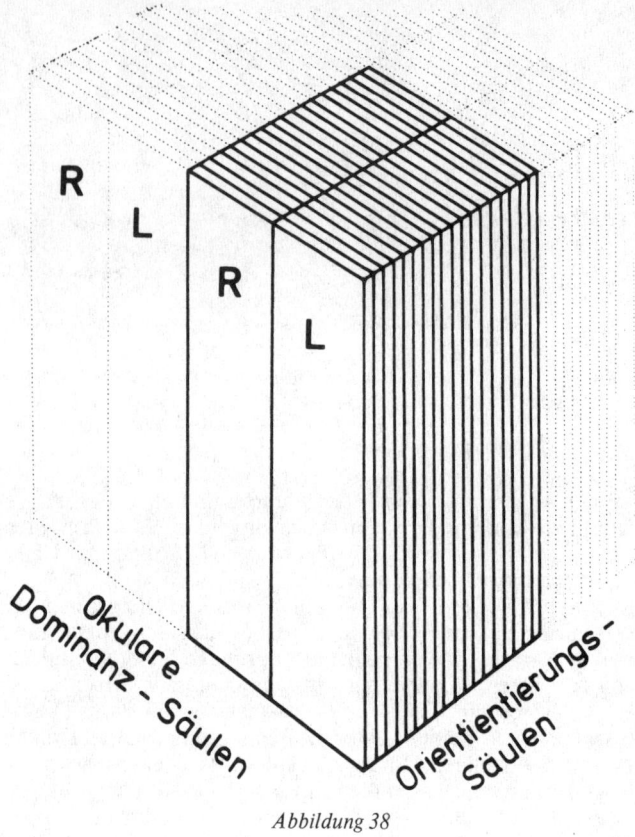

Abbildung 38

tet werden. Die Hyper-Kolumne kann also als ein eingebauter Modul, ein Baustein, aufgefaßt werden, der die grundlegenden visuellen Analysen für einen Gesichtsfeldbereich vornimmt. Alle diese Module nebeneinander analysieren für beide Augen das ganze Gesichtsfeld hinsichtlich der verschiedenen Wahrnehmungskategorien.

Die Besonderheit der Arbeiten von Hubel und Wiesel besteht auch darin, daß sie sich nicht nur auf neurophysiologische Beobachtungen verlassen haben, sondern mit Hilfe modernster anatomischer Techniken versuchten, die Existenz der verschiedenen Säulen sichtbar zu machen. Auf Tafel IV ist ein Beispiel für

180

diese okulären Dominanz-Säulen gezeigt. Wenn nach sachge-
rechter Vorbereitung das Gehirn parallel zur Oberfläche in feinste
Scheibchen geschnitten wird, dann kann man in einer bestimmten Schicht Bänder sehen, die jeweils der Ankopplung dieses
Bereichs an ein Auge entsprechen (Tafel IV, oben). Diese Bänder
beherrschen die ganze Oberfläche des visuellen Cortex und sehen
in gewisser Weise, wenn man die ganze Struktur vor Augen hat,
wie ein Zebra-Muster aus. Ein Anhaltspunkt für die Größe dieses
Musters ergibt sich aus den Linien eines Fingerabdruckes. In
Tafel IV unten sieht man diese Bänder aus einer anderen Perspek-
tive, wenn man nämlich den visuellen Cortex nicht von oben,
sondern von der Seite betrachtet. Die hellen, periodisch aufge-
reihten Flecken entsprechen der Ankopplung an ein Auge (in
diesem Fall an das rechte), die dazwischenliegenden Bereiche
werden vom anderen Auge versorgt.

Was geschieht nun mit der derart verarbeiteten Information
weiter im Gehirn? Mit diesem Problem hat sich besonders Semir
Zeki vom University College in London befaßt. Schon seit langem weiß man, daß Area 17, also die Station, mit der sich Hubel
und Wiesel hauptsächlich beschäftigt haben, von anderen Bereichen umgeben wird, in denen auch visuelle Reize verarbeitet
werden. Früher nannten die Psychologen diese Bereiche die
»visuellen Assoziationsgebiete«, wohl in der Annahme, daß es im
Gehirn auch Gegenden geben müsse, in denen über eine unmittelbare Abbildung des Sehraums hinaus – in dem das jeweilige
Sehen von Gegenständen, das *Was*, ermöglicht wird – auch
irgendwo visuelle *Vorstellungen* repräsentiert sein müssen. Die
Arbeiten von Semir Zeki haben ergeben, daß vermutlich ganz
andere Gesichtspunkte eine Rolle spielen. Es scheint so, als sei
Area 17 umlagert von mehreren Unterstrukturen, in denen jeweils nur einzelne Wahrnehmungs-Kategorien weiterverarbeitet
werden. Eine Struktur ist etwa dadurch charakterisiert, daß Nervenzellen sich hauptsächlich für die Bewegung in der Umwelt
interessieren. Eine andere Struktur hat nur Gefallen an der Farbe
der Reize. Man könnte meinen, diese Strukturen funktionierten
als Verstärker der jeweiligen Kategorien, die in Area 17 noch alle
zusammen repräsentiert sind. Sticht ein Seh-Ereignis besonders
wegen seiner Farbe hervor, dann wird das Farb-Areal in Gang
gesetzt. Spielt die Bewegung eine maßgebliche Rolle, wird das
Bewegungs-Areal aktiviert.

Doch mit dieser Denkweise geraten wir automatisch in ein
schwerwiegendes Dilemma, das alle Hirnforscher beunruhigt
und für dessen Lösung es bisher nur Spekulationen gibt. Wo wird
wieder alles zusammengesetzt, wenn es vom Gehirn vorher aus-

einandergenommen wurde? Denn was wir sehen, ist ja nichts Getrenntes, sondern ein Gegenstand mit einer bestimmten Farbe irgendwo im Raum, der sich möglicherweise irgendwohin bewegt. Um es banal zu sagen: Die Farbe des Gegenstandes ist am Gegenstand, nicht links oder rechts von ihm. Wie kommt also die Farbe wieder zum Gegenstand, wenn sie vorher im Gehirn losgelöst wurde?

Daß hier tatsächlich eine aktive, integrative Leistung des Gehirns vorliegen muß, um ein geschlossenes Wahrnehmungserlebnis bereitzustellen, ergibt sich aus Beobachtungen an Patienten, bei denen tatsächlich nicht mehr alles richtig funktioniert. Es kann vorkommen, daß ein Patient nach einer Störung im Gehirn wirklich die Farbe nicht mehr am Gegenstand sieht, sondern woanders – eine für den Gesunden nur schwer vorstellbare Tatsache. Aber sie zeigt, daß eine Trennung in Kategorien durch das Auseinanderfallen des integrativen Verbundes vorkommen kann.

Vielleicht ist aber die Frage nach dem Wo, also nach dem Ort der Zusammenfassung der Kategorien, eine inkorrekte Frage. Möglicherweise gibt es einen solchen Ort gar nicht – oder es gibt ihn nur als »virtuellen« Ort, d.h. als Instanz, nicht an einer bestimmten Stelle im Gehirn. Eine solche Instanz könnte etwa die »Psyche« sein, die als etwas vom Gehirn Getrenntes, als eigene Substanz von außen kommend in die Hirntätigkeit eingreift und, wie auf einem Klavier spielend, kategoriale Aspekte zu einem Wahrnehmungserlebnis integriert. Einer solchen Auffassung neigen manche Hirnforscher zu, etwa auch John Eccles, der in seinem gemeinsam mit Karl Popper veröffentlichtem Werk »The Self and its Brain« diesen Dualismus vertritt.

An einer derartigen Deutung ist unbefriedigend, daß etwas von außen Kommendes, eine andere Instanz, die mit der Arbeitsweise des Gehirns nichts zu tun hat, herangezogen werden muß, um unsere Erlebnisse zu klären. Mit einer dualistischen Erklärung ist im Grunde nichts Neues hinzugekommen außer einem »Deus ex machina«. Denn nun muß man fragen, wie eigentlich Psyche und Körper aufeinanderwirken. Die These »irgendwie« ist sicher nicht ausreichend. Der Philosoph René Descartes, der diesen Dualismus zwischen Leib und Seele wohl als erster so scharf hervorgehoben hat, löste das Problem, indem er eine räumliche Struktur im Gehirn, nämlich die unpaarige Zirbeldrüse annahm, in der Leib und Seele aufeinander wirken, aber *wie* nun tatsächlich diese Wirkung vor sich gehen könnte, wird im Grunde von keinem Vertreter der dualistischen Denkweise erklärt.

So bleibt als Alternative eine *monistische* Auffassung, zu der ich selbst neige, die aber genau so ihre Mängel hat. Aber ich stehe auf dem Standpunkt, daß dann, wenn zwei Hypothesen Mängel haben oder beide noch nicht belegt werden können, aus rationellen Gründen zunächst die einfachere gewählt werden sollte, und das wäre hier die monistische Deutung. Für die Integration der verschiedenen Kategorien zu einem Wahrnehmungserlebnis würde das bedeuten, nicht eine von außen kommende »Psyche« anzunehmen, aber auch nicht unbedingt nach einer räumlichen Instanz zu suchen, in der die Integration vollzogen wird. Aufgrund der zeitlichen Strukturierung der Hirntätigkeit, also der Herstellung von Gleichzeitigkeit überall im Gehirn, und der zeitlichen Integration von Informationen in eine gegenwärtige Gestalt leite ich die Hypothese ab, daß alles, was in diesem zeitlichen Rahmen an Aktivität an verschiedenen Orten im Gehirn abläuft, das Wahrnehmungserlebnis *selbst* ist.

Man kann nun mit der Frage entgegnen, woher man dies wisse. Zweifellos gibt es keinen direkten Beweis für diese These, und möglicherweise wird es ihn nie geben. Die monistische These ist genau so in Beweisnot wie die dualistische. Es gibt aber doch eine Vielzahl von Beobachtungen, auch die hier schon erörterten, die die konstitutionelle Notwendigkeit von Wahrnehmungskategorien für unser Erleben derart eindringlich zeigen, daß man geneigt ist, von Kausalität zu sprechen. Die Qualität unserer Erlebnisse ist eindeutig abhängig vom neuronalen Geschehen, wie mehrfach gezeigt wurde. Ausfälle bestimmter Regionen im Gehirn führen zu entscheidenden Veränderungen im Erleben. Wie Roger Sperrys Versuche zeigen, haben die beiden Hemisphären sogar unterschiedliche »Bewußtseinskompetenzen«. Die so vielfältig nachgewiesene Verwobenheit zwischen Struktur und Funktion des Gehirns und unseren Erlebnissen, die sich nicht nur im Inhaltlichen des Erlebens abbildet, sondern, wie die Experimente mit Störungen des Zeiterlebens ergeben haben, auch in ihrer qualitativen Ausprägung, legt die Einheit von Leib und Seele nahe. So vertreten viele Hirnforscher eine monistische Auffassung hinsichtlich des Leib-Seele-Problems, weil sie auch von außerwissenschaftlichen Belastungen befreit, wie sie durch eine dualistische Denkweise in die Hirnforschung hineingebracht werden.

E. Modifikationen: Die Bedeutung für Lust und Schmerz für den Wandel des Erlebens und Verhaltens

18. Entwicklung: Nicht Lernen, nur Bestätigen

Die Gruppe der Wissenschaftler, die sich mit psychologischen Problemen oder mit den neuronalen Grundlagen menschlichen oder tierischen Verhaltens befassen, ist schon immer in zwei Lager gespalten gewesen. Die einen vertreten die Auffassung, daß wir in unserem Verhalten und Erleben im wesentlichen durch Umwelt-Einflüsse geprägt werden; die anderen meinen, daß wir das meiste mit auf die Welt bringen, also hauptsächlich genetisch determiniert sind. Besonders aufreizend ist diese Diskussion bei der Frage der Intelligenz (vgl. Kap. 22), wobei häufig weltanschauliche Gesichtspunkte die wissenschaftliche Diskussion belasten.

Auch im Bereich der Sehforschung hat bald, nachdem Hubel und Wiesel ihre ersten Entdeckungen mitgeteilt hatten, ein solcher Streit zwischen Empiristen, die an die Umwelt glauben, und Nativisten, die an die Gene glauben, begonnen. Hubel und Wiesel selbst gehören dabei eher zur Gruppe der Nativisten, während die Empiristen – man könnte sagen: der philosophischen Tradition entsprechend – hauptsächlich aus englischen Labors kommen, wie etwa Colin Blakemore aus Oxford. Auch hier war der Streit recht hitzig, und zwar interessanterweise nicht nur über Theorien, sondern auch über Fakten. Inzwischen hat sich aber eine gewisse Beruhigung eingestellt. Daß man sich über unterschiedliche Fakten streiten konnte, belegt einmal mehr die Kuhnsche Hypothese eines wissenschaftlichen Paradigmas: Wenn man a priori von gewissen Überzeugungen ausgeht, dann bestätigen sich auch die eigenen Hypothesen sehr viel besser. Etwas zu finden, was den eigenen Denk-Schemata grundsätzlich widerspricht, zeugt zwar von großer wissenschaftlicher Kreativität, kommt aber seltener vor.

Der Angelpunkt der Kontroverse in diesem Bereich war die Frage, ob die Nervenzellen in Area 17 ihre Orientierungspräferenzen mit auf die Welt bringen, ob also das ganze Betriebssystem des Gehirns mit seiner wohlgeordneten Geometrie angeboren ist oder ob sich die Orientierungspräferenzen der Nervenzellen erst durch die visuelle Erfahrung ergeben, die Tier oder Mensch machen. Es war deshalb naheliegend, Versuche mit Tieren durchzuführen, die praktisch keine visuelle Erfahrung gemacht hatten. Als Versuchsobjekt dienten in den meisten Fällen junge Katzen, die in den Labors gezüchtet wurden, damit man sie genau zu dem Zeitpunkt zur Verfügung hat, wenn sie ihre Augen öffnen. Die empiristisch ausgerichteten Forscher fanden nun, daß die Nervenzellen in Area 17 des Gehirns noch keine bevorzugten Orientierungen der Lichtreize zeigten. Hubel und Wiesel jedoch stellten fest, daß die Orientierungspräferenz schon vorhanden war.

Der Gegensatz der Befunde ist in der Tat wohl auf einen unterschiedlichen Blickwinkel zurückzuführen. Wenn man nativistisch eingestellt ist, dann ist man überzeugt von seiner Hypothese, wenn – überspitzt gesagt – auch nur eine Zelle eine Orientierungspräferenz zeigt. Ist man dagegen empiristisch ausgerichtet, dann reicht es zur Bestätigung der eigenen Hypothese, wenn nur eine Zelle eine derartige Präferenz *nicht* zeigt. Ich selbst neige zur nativistischen Auffassung und glaube, daß in den ersten Versuchen die Tatsache noch nicht berücksichtigt worden war, daß das Gehirn mit der Geburt noch nicht völlig ausgereift ist, daß also zwar schon einige, aber noch nicht alle Zellen ihre genetisch vorgegebene Richtungspräferenz zeigen können. (Vom Menschen ist bekannt, wie schon früher erwähnt wurde, daß die Bereiche im Gehirn, in denen sprachliche Information verarbeitet wird, erst mit der Pubertät voll ausgereift sind.) Inzwischen neigen, so meine ich, wohl alle Wissenschaftler in diesem Forschungsbereich zur Auffassung, daß ein genetisches Repertoire zwar vorhanden ist, daß also Orientierungspräferenz nicht in das Gehirn hineingelernt werden muß, daß aber für einen gewissen Zeitraum nach der Geburt eine sensible Phase von Gehirn-Plastizität besteht, innerhalb derer Umwelt-Einflüsse auf das Gehirn einwirken können.

Die Versuche, die das an Tieren belegen, haben auch für die Entwicklung menschlichen Sehens größte Bedeutung. Wenn man einer heranwachsenden Katze für einige Wochen nach der Geburt ein Auge abdeckt, dann zeigt sich, daß die Nervenzellen, die von diesem Auge erregt werden, außerordentlich träge werden. Prüft man visuell gesteuertes Verhalten, so zeigt sich, daß das Auge ohne Seh-Erfahrung sehr viel schlechter ist als das andere Auge, das in dieser Phase Seh-Eindrücke sammeln konnte. Die Notwendigkeit visueller Erfahrung ist aber interessanterweise nur auf eine sensible Phase von einigen Wochen nach der Geburt beschränkt. Wird später ein Auge für längere Zeit abgedeckt, kommt es nicht zu solchen gravierenden Änderungen der Seh-Kompetenz und der Aktivität von Nervenzellen. Das legt nahe, daß einige Zeit nach der Geburt das Gehirn sich gleichsam öffnet, um prägende Seh-Eindrücke in sich aufzunehmen. Das genetische Repertoire für die Kategorien des Sehens ist zwar vorhanden, es bedarf aber der *Bestätigung* durch Umwelt-Reize. Ohne diese Bestätigung in einer sensiblen Phase kommt es zur Verkümmerung der Seh-Leistung. Anlage und Umwelt-Erfahrung ergänzen einander also, um ein System mit zureichender Leistungsfähigkeit zu entwickeln.

Es hat den Anschein, daß die Prägungsereignisse in der sensiblen Phase zu Ergebnissen führen, die nicht mehr rückgängig gemacht werden können. Was in dieser Phase geschieht, führt zu einer endgültigen Festlegung der Kompetenzen im Gehirn, und was nicht geschieht, kann vermutlich später nicht nachgeholt werden. Zur Veranschaulichung dieses Sachverhalts sei ein Beispiel aus der menschlichen Sprachentwicklung herangezogen. Auch die sprachlautliche Kompetenz ist dem Menschen angeboren. Doch welche Sprache wir lernen, wird von der Umwelt bestimmt, in der wir aufwachsen. Dabei können wir offenbar jede Sprache lernen. Diese Offenheit unseres Gehirns für die Aufnahme von Sprache ist aber mit etwa zehn Lebensjahren vorbei. Zwar können wir dann noch mühsam eine neue Sprache erwerben – was in den Schulen bewiesen wird –, aber nur in den seltensten Fällen akzentfrei. Der akzentfreie Erwerb einer Sprache ist also auch an eine ähnliche, obwohl zeitlich sehr viel ausgedehntere Prägungsphase gebunden.

Zum Beweis der Offenheit des Gehirns für prägende Seh-Eindrücke ist in mehreren Labors versucht worden, junge Katzen in künstlichen optischen Umwelten aufwachsen zu lassen, in denen nur bestimmte Konturen vorkommen. Üblicherweise werden dabei junge Tiere mehrere Stunden täglich in eine runde Trommel gesetzt, an deren Wand nur senkrechte Konturen sichtbar sind. Das Tier wächst also gleichsam in einer senkrechten Welt auf. Kommt es dann nur zu einer Aktivierung jener Zellen im Gehirn, die senkrechte Orientierungspräferenzen mit auf die Welt gebracht haben, d.h. zur Bestätigung ihres angeborenen Vermögens, und zu einer Blindheit für alles Waagerechte? Wolf Singer vom Max-Planck-Institut für Psychiatrie ist einer jener Forscher, der diese Frage in langwierigen Experimenten untersucht hat. Er konnte sie tendenziell beantworten. Die Struktur der optischen Umwelt hat in der Tat einen wesentlichen Einfluß auf die Konsolidierung des Gehirnteils, in dem visuelle Reize verarbeitet werden.

Dann wird man vermuten müssen, daß wir Zivilisationsmenschen, die in einer Stadt mit einem starken Übergewicht senkrechter und waagerechter Konturen aufwachsen, vermutlich partiell blind sind für andere Konturen. Und so ist es auch. Unsere Sehschärfe für senkrechte und waagerechte Kanten und Linien ist erheblich besser als für alles Schiefe. Blind sind wir allerdings für das Schiefe nicht. Die Tatsache, daß wir in einer geometrisch strukturierten Wahrnehmungswelt mit Übergewicht bestimmter Konturen aufwachsen, bestimmt aber die Ausprägung unseres Gehirns.

Eine der wichtigsten Untersuchungen zu diesem Problem, wie visuelle Eindrücke das Verhalten prägen können, stammt von dem amerikanischen Forscher Richard Held vom Massachusetts Institute of Technology. Er zeigte, daß Seh-Eindrücke nur dann eine Wirkung auf den Organismus haben, wenn sich das Versuchstier oder die Versuchsperson aktiv in der visuellen Umwelt bewegen. Ein passives Ausgesetztsein hat keinen nachhaltigen Einfluß. Mit einer trickreichen Versuchsanordnung, die in Abbildung 39 gezeigt ist, gelang es, zwei Kätzchen jeweils derselben visuellen Umwelt auszusetzen, wobei das eine nur sah, das andere

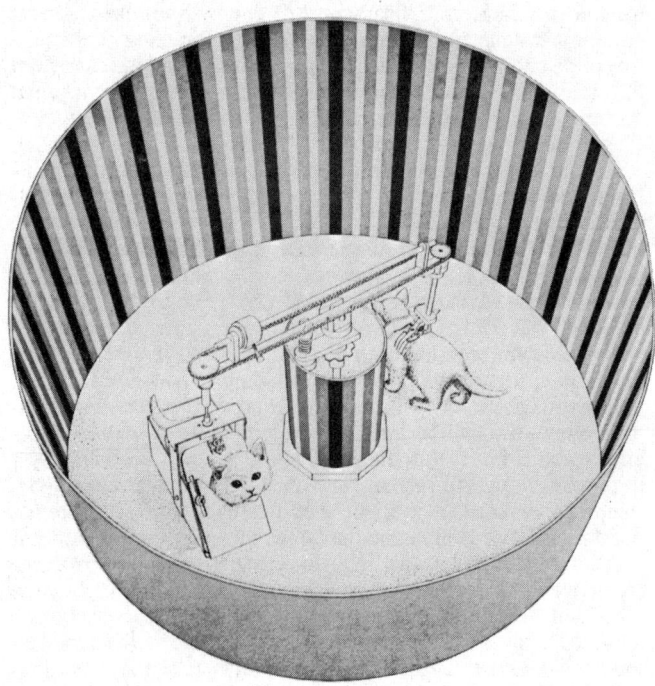

Abbildung 39

aber sah und sich bewegte (und durch seine Bewegungen dem anderen dieselbe Umwelt zugänglich machte). Nur das aktiv sich bewegende Kätzchen lernte, sich in dieser künstlichen Seh-Welt zu verhalten – das andere, passiv dieser Welt ausgesetzte Kätzchen lernte nichts, d.h. es blieb für diese künstliche Seh-Welt blind.

Entsprechende Untersuchungen wurden von Held auch an Menschen durchgeführt, wobei es nicht darum ging, langfristig wirkende Prägungen im Gehirn auszulösen, sondern kurzfristige Adaptationen zu untersuchen, wenn man Prismenbrillen aufgesetzt bekommt, die die visuelle Welt um einen kleinen Winkel seitlich verschieben. Ähnliche Untersuchungen hat der österreichische Psychologe Ivo Kohler aus Innsbruck schon vorher durchgeführt, wobei er zeigte, daß nach längerem Tragen solcher Brillen sich unser Orientierungsverhalten wieder einpendelt. Wenn alles etwa um 10 Winkelgrad nach rechts verschoben ist, dann gewöhnen wir uns daran und können uns nach einiger Zeit wieder richtig zurechtfinden. Kohler trug sogar selbst eine Brille, die oben und unten vertauschte. Er gewöhnte sich auch daran und konnte schließlich sogar mit dieser Brille Ski laufen und Motorrad fahren.

Richard Held zeigte nun, daß diese Adaptation nur möglich ist, wenn wir uns in dieser verschobenen Welt bewegen, sie aktiv »ergehen«. Wenn wir in ihr herumgefahren werden, was in Abbildung 40 gezeigt ist, dann gewöhnen wir uns nicht an sie. Eigene Aktivität ist also die Voraussetzung für die richtige Anpassung an eine gegebene Umwelt. Unsere Seh-Welt erschließt sich uns nicht dadurch, daß wir ihr ausgesetzt sind, sondern daß wir uns in ihr bewegen.

Bedauerlicherweise haben alle diese Befunde eine negative Bedeutung für die Herausbildung des Sehens bei vielen Kindern. Eine große Zahl von Menschen hat einen mehr oder weniger ausgeprägten Schielwinkel zwischen beiden Augen. Schielen bedeutet für das Gehirn, daß die Information aus den beiden Augen nicht mehr exakt übereinander paßt. Im Gehirn mit seiner geometrischen Konstruktion ist aber vorgesehen, daß die Information aus beiden Augen sich entspricht. Das bedeutet, daß ein bestimmter Ort in Area 17 darauf angelegt ist, daß in ihm entsprechende Orte aus dem Gesichtsfeld der beiden Augen sich abbilden. Tritt nun wegen einer Muskelschwäche an einem Auge ein Schielen auf, dann geht diese Korrespondenz im Gehirn verloren. Ein Ort im Gesichtsfeld wird plötzlich zu zwei verschiedenen Stellen im Gehirn gemeldet. Was ist die Folge? Etwas außerordentlich Störendes, nämlich Doppelbilder. Aufgrund der

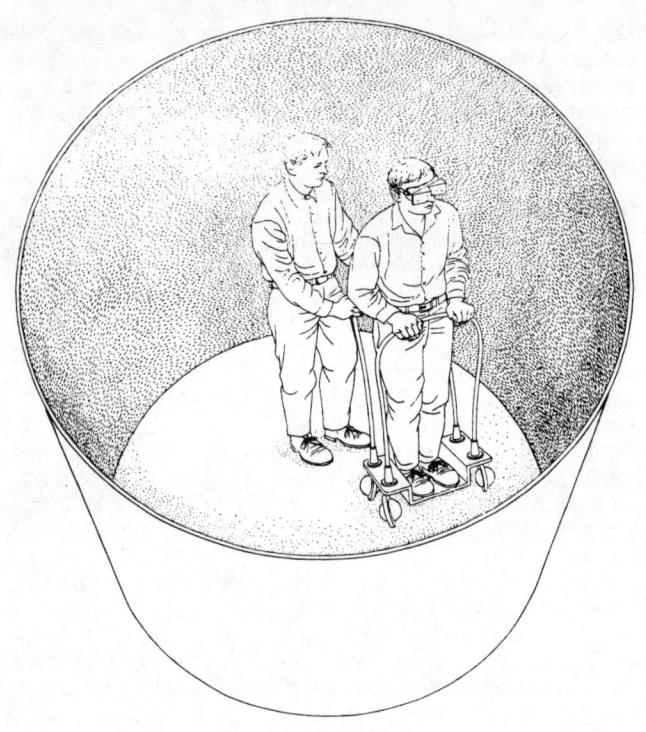

Abbildung 40

fehlenden Übereinstimmung der Seh-Achsen wird der Seh-Raum zweimal nebeneinander liegend gesehen. Das ist keine sinnvolle Voraussetzung für adäquates Verhalten im Raum, und deshalb wird eines der Bilder unterdrückt. Nach kurzer Zeit sieht der Schieler nur noch ein Bild, das ihm von einem Auge bereitgestellt wird. Das hat aber Nicht-Gebrauch des anderen Auges zur Folge. Und es geschieht dann genau dasselbe wie in den Tierversuchen, wenn ein Auge abgedeckt wird, daß nämlich das unterdrückte Auge in seiner Leistungsfähigkeit immer schlechter wird. Das zeigt sich z. B. darin, daß dann die Sehschärfe in diesem Auge nur noch 10 Prozent betragen kann im Vergleich mit dem benutzten Auge.

Um diesem Funktionsverlust eines Auges – einer Amblyopie, wie die Augenärzte sagen – entgegenzuwirken, wird in den

Sehschulen richtigerweise das gute Auge für längere Zeit abgedeckt, damit das schlechtere Auge trainiert wird. Allerdings dauert diese Behandlung meist sehr lange, viele Monate, und ist mit erheblichen sozialen Belastungen für das Kind verbunden.

19. Hypothalamus: Ein Vergnügungsviertel im Gehirn

Bei der Erforschung der neuronalen Grundlagen der Gefühle wurde Mitte der fünfziger Jahre eine ähnliche grundlegende Entdeckung gemacht wie etwas später durch Lettvin, Hubel und Wiesel hinsichtlich der Wahrnehmung. Für diese Entdeckung ist James Olds verantwortlich, der damals am McGill Hospital in Montreal arbeitete. Er fand – aus Zufall –, daß es im Gehirn, besonders im Hypothalamus (siehe Abbildung 5), Zentren gibt, die offenbar die neuronalen Grundlagen für das Erleben von Lust bereitstellen. Interessanterweise wirkte sich diese Entdeckung besonders fruchtbar für die Lernforschung aus; doch darüber später.

Wie kam es zu dieser Entdeckung? James Olds schreibt selbst: »Unsere Ungenauigkeit im Zielen erwies sich als glücklicher Zufall.« Mit »Zielen« meint er, durch seine Nadel-Elektroden einen bestimmten Ort im Gehirn aufzufinden. Um die Entdeckung der Lust-Zentren verständlicher zu machen, seien ein paar Bemerkungen über die Methode der elektrischen Hirnreizung vorweggenommen, die mit solchen Elektroden ausgeführt wird.

Früher meinte man, daß nur Funktionen wie Sehen, Hören oder Sprechen an bestimmten Orten im Gehirn lokalisiert, daß aber Lust und Schmerz jeweils durch die Gesamtaktivität des Gehirns gekennzeichnet seien. Wir hatten schon bei der Erörterung der Durchblutung des Gehirns darauf hingewiesen, daß sich bei Schmerzreizen tatsächlich die Gesamtaktivität des Gehirns erhöht. Die Auffassung, daß nur die psychischen Funktionen, die uns die Verbindung mit der Umwelt ermöglichen, also Wahrnehmungs- und motorische Funktionen, streng lokalisiert sind, hat im wesentlichen technische Gründe. Da diese Funktionen an der Gehirnoberfläche repräsentiert sind, waren sie leichter zu untersuchen. Die Tiefe des Gehirns, insbesondere der Hypothalamus, war dagegen schwer zu erreichen. So hat man aus technischen Mängeln lange die wissenschaftliche Hypothese der Nicht-Lokalisierbarkeit besonders emotioneller Phänomene aufrechterhalten.

Eine wesentliche Änderung trat dann durch die Arbeiten des Züricher Physiologen W. R. Hess ein. Ihm gelang es, feinste Nadel-Elektroden in das Gehirn von Versuchstieren zu implantieren und über diese Elektroden mit elektrischen Impulsen die Gehirn-Aktivität zu beeinflussen. Die Versuchstiere konnten sich frei bewegen, und man konnte studieren, wie ihr normal auftretendes Verhalten durch elektrische Reizungen in der Tiefe des Gehirns verändert wurde. Mit solcher Technik war es beispielsweise möglich, zu zeigen, daß es in den schwer zugänglichen Bereichen des Gehirns auch Zentren für die Steuerung des Wachens und Schlafens gibt. Wenn ein Versuchstier schläft, kann es durch einen elektrischen Reiz plötzlich hellwach werden. Die Zerstörung der Nervenzellen in diesem Bereich führt zu kontinuierlichem Schlaf. Und es gibt Bereiche, in denen sogenannte Notfall-Funktionen repräsentiert sind, d. h. Funktionen, die ein Tier kämpfen oder fliehen lassen. Aber ein großer Bereich dieses Gehirnteils blieb noch unerforscht, und hier hatte dann James Olds mit seiner zufälligen Beobachtung Glück.

Für die Experimente, bei denen verschiedene Teile des Gehirns elektrisch gereizt werden, benutzt man meistens Ratten, weswegen auch viele verächtlich von »Ratten-Psychologie« sprechen – völlig zu Unrecht, wie ich meine, denn die meisten Ergebnisse haben sich ohne Probleme auf den Menschen übertragen lassen. Olds führte also Elektroden in das Ratten-Gehirn ein und setzte die Ratte in eine große Kiste, wobei er zu diesem Zeitpunkt noch nicht wußte, daß die Elektrode an einer ganz falschen Stelle gelandet war. Nennen wir die vier Ecken der Kiste A, B, C und D. Olds fiel nun auf, daß die Ratte, wenn sie in der Ecke A war und einen elektrischen Reiz bekam, eine Bevorzugung für diese Ecke entwickelte. Sie kam immer wieder in diese Ecke zurück, auch noch am nächsten Tag. Zunächst meinte Olds, daß der verabreichte Stromstoß vielleicht Neugier bei dem Tier hervorgerufen habe und daß es deshalb immer wieder dort herumsuchte. Aber es zeigte sich, daß es offenbar mehr als Neugier war. Er gab nämlich dem Tier plötzlich nicht mehr in der Ecke A, sondern in der Ecke B einen elektrischen Reiz. Innerhalb weniger Minuten hatte die Ratte dann Ecke A vergessen und hielt sich in der neuen Ecke auf. Es zeigte sich also, daß die Ratte durch Stromstöße irgendwohin manipuliert werden konnte. War sie zufällig irgendwo und erhielt einen elektrischen Reiz, dann war dies in kürzester Zeit ihr bevorzugter Aufenthaltsort. Es schien, als passiere durch den elektrischen Reiz etwas Angenehmes im Gehirn, und die Ratte »glaubte«, daß Angenehmes mit bestimmten Orten im Käfig assoziiert sei.

Man stelle sich, nebenbei bemerkt, einmal vor, James Olds hätte seine Ratte nicht beobachtet, wäre also selber nicht neugierig gewesen, sondern hätte einen automatischen Versuchsaufbau mit Computer-Steuerung und allen Raffinessen benützt, mit dem er seine Hypothese prüfen wollte (die er ja hatte), der ihm aber die Möglichkeit der persönlichen Beobachtung seines Versuchstieres verwehrt hätte. Es ist sehr unwahrscheinlich, daß er dann noch zu seinen Ergebnissen gekommen wäre. Auch hier stand am Anfang einer Erkenntnis naive Beobachtung an einem Fall, nicht der systematisierte und automatisierte Versuchsablauf. Der kommt später, auch in diesem Experiment.

Was meint man eigentlich mit Zufallsentdeckung? Nicht, daß einem untätigen Forscher zufällig etwas in den Schoß fällt, sondern daß bei der kontinuierlichen wissenschaftlichen Tätigkeit häufig Situationen auftreten, die nicht geplant waren, und manchmal Bedingungen für Beobachtungen geschaffen werden, die man nicht vorhersehen konnte. Der gute Forscher kann dann eine solche Zufallssituation kreativ ausnützen, da er seine Augen offenhält. Der schlechte Forscher klammert sich dagegen an seine anfänglich aufgestellte Hypothese und blendet alles aus, was nicht in die vorbereitete Situation paßt. Flexibilität im Beobachten, Offenheit und daß er vermeidet, sich an schon Bekanntes zu klammern, kennzeichnen den Wissenschaftler, der »Zufallsentdeckungen« zu machen fähig ist.

Nachdem Olds seine erste Beobachtung an einer Ratte gemacht hatte, überprüfte er sofort den Befund an vielen anderen Versuchstieren und konnte ihn ohne Schwierigkeiten bestätigen. Ihm war dann auch klar, daß er im ersten Versuch einen »falschen« Ort im Gehirn getroffen hatte. Aber nun interessierte ihn nur noch dieser Ort. Um seine Experimente zu systematisieren, benutzte er im folgenden eine Versuchsapparatur, die von dem Psychologen B. F. Skinner von der Harvard Universität in Cambridge entwickelt wurde und die als »Skinner-Box« bekannt ist. Die Abbildung 41 zeigt eine Versuchsratte in einer solchen Box. Man sieht, daß sie auf dem Kopf eine kleine Krone trägt, von der ein Kabel wegführt. Die Ratte ist gerade im Begriff, einen Hebel zu drücken. Von der Krone führt eine haarfeine Elektrode in die Tiefe des Gehirns, wo bei den Ratten offenbar angenehme Gefühle ausgelöst werden.

Mit dieser Versuchsapparatur konnte die Ratte sich nun selber elektrische Reize verpassen. Zunächst »wußte« die Ratte natürlich nicht, daß der Hebel links irgend etwas mit dem Kabel zu tun hatte, das vom Kopf wegführte. Wenn sie aber zufällig den Hebel drückte, wurde damit ein elektrischer Reiz gegeben, und ein Lustgefühl stellte sich ein. Innerhalb weniger Minuten lernten alle Ratten, daß sie durch das Hebeldrücken in einen Lustzustand versetzt wurden. Sie reizten sich dann etwa alle fünf

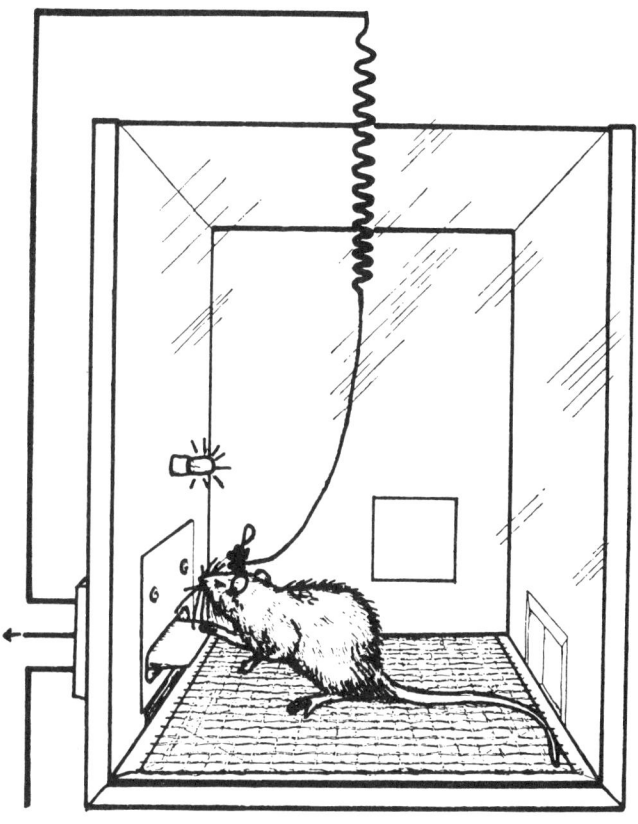

Abbildung 41

Sekunden, bis der Experimentator etwa nach einer halben Stunde den Strom abstellte. Die Ratte versuchte es noch ein paarmal. Aber da nichts mehr passierte, gab sie auf und legte sich schlafen. Der Versuch ließ sich beliebig oft wiederholen. Man brauchte der Ratte nur einen ersten elektrischen Reiz zu geben, und schon ging sie zum Hebel und setzte die Selbst-Stimulation fort.

Ein Grund, warum Olds die Ratten in eine Skinner-Box setzte, bestand darin, daß er damit prüfen konnte, wieviel Lust jeweils von verschiedenen Teilen dieses tiefen Bereiches im Gehirn vermittelt wurde. Skinner hatte nämlich früher die Hypothese aufgestellt, daß die Häufigkeit, mit der eine Ratte den Hebel drückt und dadurch etwa Futter als Belohnung erhält (also keine Stromstöße), ein Ausdruck für die Intensität der Belohnung ist. Eine sehr hungrige Ratte drückt häufiger, was heißt, daß für sie das zur Verfügung gestellte Futter mehr bedeutet als einer weniger hungrigen Ratte, die seltener den Hebel drückt. Diese Untersuchungen ergaben nun, daß das Lust-Erleben, das aus der Häufigkeit des Hebeldrückens abgeleitet wird, durch Reizung verschiedener Gehirnbereiche außerordentlich unterschiedlich ist. Den größten Genuß vermittelten Elektroden, die im Hypothalamus lagen und auch in den Bereichen, von denen W. R. Hess zeigen konnte, daß sie sexuelle oder auch Verdauungsprozesse steuern. Wenn eine Elektrode in diesem Bereich lag, reizte sich die Ratte bis zu fünftausendmal in einer Stunde. Elektroden, die dagegen in den Bereich implantiert waren, wo etwa Wahrnehmungseindrücke verarbeitet werden, hatten überhaupt keinen Lust-Effekt. Die Ratte drückte dann vielleicht zehnmal auf den Hebel, was sie auch tat, wenn gar kein elektrischer Reiz gegeben war.

Manchmal ergab sich aber auch ein negativer Effekt. Wenn die Reiz-Elektrode an einer etwas anderen Stelle in der Tiefe des Gehirns saß, dann konnte es geschehen, daß die Ratte nur einmal drückte und dann nie wieder. Offenbar führte eine Reizung hier zu einem Schmerz-Erlebnis oder wurde als außerordentlich unangenehm empfunden. Das war derselbe Bereich, in dem W. R. Hess in Zürich Reaktionen wie Wut oder Fluchtverhalten bei seinen Tieren auslösen konnte. Das Lust-Erleben, das durch die elektrische Reizung vermittelt wurde, war dagegen manchmal so stark, daß alle anderen Bedürfnisse zur Seite gedrängt wurden. Es konnte passieren, daß hungrige Ratten, obwohl Futter im Käfig war, sich lieber mit dem Hebel beschäftigten, um sich selber zu stimulieren. Es kam auch vor, daß 24 Stunden lang kontinuierlich gereizt wurde bei Vernachlässigung aller anderen Bedürfnisse, die Versuchstiere normalerweise zeigen. Dies legt nahe, daß im Gehirn tatsächlich so etwas wie ein Lust-Zentrum angenommen werden muß, das die Befriedigung starker Triebe, neben dem sexuellen Bedürfnis vielleicht auch Hunger und Durst, vermittelt.

Die Lust konnte sogar den Schmerz übertreffen. Wenn ein Tier nur zum Hebel gelangen konnte, mit dem Selbstbefriedigung möglich war, indem es ein elektrisch geladenes Gitter überqueren mußte, so geschah das. Dabei war der Schmerz verursachende Stromstoß doppelt so stark wie der Stromstoß für die Hirnreizung. Wenn allerdings die Intensität bei der Hirnreizung vermindert wurde, gab es einen Punkt, von dem an nicht mehr über das elektrisch geladene Gitter gelaufen wurde. So kann man also Lust und Schmerz gegeneinandersetzen und fragen, von welcher Intensität an Lust mehr Wert hat als Schmerz.

Die elektrische Hirnreizung in diesen Bereichen löst aber nicht nur Lust-Erleben und in manchen Fällen Schmerz aus, sondern es zeigen sich auch andere Phänomene. Stimulation an manchen Orten hat neben dem Lust-Effekt offenbar auch eine beruhigende Wirkung, was sich unter anderem darin zeigt, daß der Puls und die Atmung etwas langsamer werden und auch der Blutdruck abfällt. In den wichtigsten Lust-Zentren jedoch, dem seitlichen Hypothalamus, löste die Hirnreizung auch allgemeine Erregung aus: Die Tiere liefen mehr umher, Kreislauf und Atmung zeigten erhöhte Aktivität an.

Für das Verständnis des menschlichen Erlebens ist es nun wichtig zu fragen, ob sich diese Beobachtungen aus der »Ratten-Psychologie« auf uns übertragen lassen. Dies scheint prinzipiell möglich zu sein, auch wenn für den Menschen aufgrund der eingeschränkten Untersuchungsmöglichkeiten noch längst nicht soviel bekannt ist wie für Ratten oder andere Tiere, an denen die Beobachtungen bestätigt wurden. Die meisten Beobachtungen an Menschen stammen aus Kliniken, in denen vor neurochirurgischen Eingriffen verschiedene Areale in der Tiefe des Gehirns gereizt werden. Dies geschieht zur Absicherung, um bei Operationen nicht lebenswichtige Zentren auszuschalten. Diese Beobachtungen zeigen, daß Gefühlserlebnisse wie Ärger, Furcht oder sexuelle Lust niemals ausgelöst werden, wenn die Oberfläche des Gehirns gereizt wird. Bei diesen Reizungen haben die Patienten einfache Wahrnehmungs- oder Bewegungserlebnisse, aber keine Gefühle. Dies entspricht der Beobachtung an den Ratten. Selbstreizung macht dann, wenn die Elektroden in diesem Bereich liegen, offenbar kein Vergnügen. Wenn die Reiz-Elektroden aber in den Bereichen liegen, die den Lust-Zentren bei den Versuchstieren entsprechen, kommt es zu lustvollen Erlebnissen. Dies zeigt sich besonders am Gesichtsausdruck, aber auch in Berichten der Patienten. Das Erlebnis kann als Euphorie, als »gut« oder »angenehm« bezeichnet werden, und in bestimmten Bereichen kommt es zu sexuellen Vorstellungen oder bis zu dem Gefühl, sich dem sexuellen Höhepunkt zu nähern. In anderen Bereichen wieder mag das dominierende Gefühl das einer tiefen Entspannung sein. Oder man erlebt angenehme – oder unangenehme – Gerüche, einen angenehmen – oder unangenehmen – Geschmack auf der Zunge.

Wie zahlreich und verschieden emotionelle Erlebnisse sein können, wenn in der Tiefe des Temporal-Lappens gereizt wird, zeigt die folgende Aufreihung von Aussagen, die Patienten machten, nachdem sie nacheinander an verschiedenen Stellen gereizt worden waren, wobei positive und negative Gefühle sich abwechseln können und auch sehr spezifische Erlebnisse auftreten:

»Zahnschmerzen
Ich verliere die Kontrolle über mich
Alles ist wild
Gesichtsschmerzen
Ich kann nicht sprechen
Herzschmerzen
Meine Kraft ist weg, ich fühle mich schwach
Alles ist so seltsam
Ich fühle das Nichts
Ohrenschmerzen
Ein warmes schwebendes Gefühl
Atemlos
Ich kann mich auf meine Gedanken nicht konzentrieren, und nicht sagen, was ich will
Ich fühle mich: hoffnungsvoll, entspannt, vertrauensvoll, kreativ, schwebend, friedlich, ruhig, vom Boden erhoben
Ich habe tiefe Gedanken
Als ob ich zu einem woanders hinginge mit Vertrauen in die Zukunft.«

Die Untersuchungen, die von Old's Entdeckungen ausgingen, sind in letzter Zeit besonders auch durch chemische Studien am Gehirn, also mit einer ganz anderen Untersuchungstechnik bestätigt worden. Dazu muß man sich vor Augen halten, daß die Informationsübertragung zwischen Nervenzellen im Gehirn in chemischer Weise geschieht. Wenn eine Nervenzelle ihre elektrische Aktivität auf eine nächste übertragen will, dann bewerkstelligt ein chemischer Vermittler diese Übertragung. Dieser chemische Vermittler ist nicht überall der gleiche, sondern in verschiedenen Bereichen des Gehirns kommen verschiedene derartige »Transmitter« vor. Eine Gruppe sind die Katecholamine, und eins ist das Dopamin. Dieses Dopamin scheint nun genau der Stoff zu sein, der in den Lust-Zentren eine Aktivität hervorruft. Wenn man nämlich beispielsweise die Fähigkeit der Zellen unterminiert, Dopamin herzustellen, dann hat die elektrische Selbst-Reizung auch keine Wirkung mehr. Das hat man durch einen besonders eleganten Versuch beweisen können: Durch Injektion eines Stoffes, der die Eigenproduktion von Dopamin blockiert, in nur eine Hemisphäre wird nur in dieser Hemisphäre die Selbst-Stimulation aufgehoben, nicht dagegen in der anderen. Das Lust-Erlebnis ist dann nur auf die eine Hirnhälfte beschränkt, also halbiert.

Die Funktion des Dopamins erklärt auch, warum solche Drogen wie Amphetamin (»Speed«) oder Kokain so wirksam sind. Es ist festgestellt worden, daß Amphetamin oder Kokain das Dopamin stärker in Gang setzen. Diese Drogen wirken also über die erhöhte Verfügbarkeit des Dopamins. Eine Euphorie bei einem Menschen, die durch Amphetamin ausgelöst wurde, kann blockiert werden, indem eine Verminderung des Dopamins herbeigeführt wird. Diese Beobachtungen zeigen, daß hier ein chemischer Stoff, das Dopamin, maßgeblich an der Steuerung des Lust-Erlebens beteiligt ist und daß man das Lust-Zentrum vielleicht eher chemisch charakterisieren sollte als örtlich.

Bei der Erörterung des Problems, wie eigentlich psychische Funktionen im Gehirn abgebildet sind, wurde festgestellt, daß dies im wesentlichen durch Repräsentation an verschiedenen Orten geschieht. Wenn mehrere Funktionen an einem Ort repräsentiert sind, dann sind vielleicht Programme wie in einem Computer vorhanden, die die Funktionen auseinanderhalten. Jetzt zeigt sich, daß ein Auseinanderhalten auch dadurch möglich ist, daß in einem Netz von vielen Nervenzellen manche durch bestimmte chemische Eigenschaften ausgezeichnet sind und so voneinander getrennte Funktionen repräsentieren können. Solche Nervenzellen, die jeweils die gleiche Chemie haben, also passende Transmitter-Substanzen, finden zueinander und bilden eine Einheit. Heutzutage glaubt man, daß Dopamin ein solcher Stoff ist, der für »angenehme Erlebnisse« zuständig ist.

20. Lernen: Appell an die Pädagogen

Die Entdeckung von Olds hat ganz neue Möglichkeiten geschaffen, die Gehirnvorgänge beim Lernen zu untersuchen. Wenn wir von Lernen sprechen, dann legt der Begriff nahe, als handle es sich dabei um nur *einen* Sachverhalt. Betrachtet man die Angelegenheit genauer, stellt man fest, daß die Sprache uns hier eine Einheit vorspielt, wo gar keine besteht. Man kann mindestens fünf verschiedene Formen des Lernens unterscheiden, wobei man davon ausgehen muß, daß sie alle fünf ganz unterschiedlich in unserem Gehirn berücksichtigt werden.

Wenn wir vom alltäglichen Gebrauch des Wortes »Lernen« ausgehen, dann verstehen wir darunter meist das, was ein Kind am Anfang seines Lebens tun muß und was es dann in der Schule betreibt. Also es muß gehen und sprechen lernen; es muß lernen, seine Blase zu kontrollieren; es muß Tischmanieren lernen, lesen und schreiben lernen und womöglich auch noch lateinische Wörter. Hier wird der Begriff »lernen« genau besehen sehr unterschiedlich angewendet. Das, was gleich erscheint in den verschiedenen Fällen, ist nur, daß das Kind nachher etwas kann, was es vorher noch nicht konnte. Aber ob ein Kind »gehen« lernen muß, ist bereits die Frage. Vielleicht entwickelt sich diese Fähigkeit bei einem gesunden Kind von selbst und wird gar nicht gelernt, kann also auch gar nicht verhindert werden.

Lernen wird hier im Sinne des automatischen Reifens einer Fähigkeit verwendet. Beim Sprechen-Lernen hatten wir schon auf die besondere Situation hingewiesen, daß ein Kind angeborenerweise notwendig sprechen lernt und daß beim Sprechenlernen die das Kind umgebenden Sprachlaute in sein Sprach-Repertoire aufgenommen werden. Es braucht also eine enge Verzahnung von angeborenen Eigenschaften mit tatsächlichem Lernen. Das Lernen, die Blase zu kontrollieren, vor allem während des Schlafs, scheint wieder etwas anderes zu sein; denn hier geht es darum, eine normalerweise dem Willen entzogene Funktion beherrschen zu lernen. Tischmanieren, lesen und schreiben lernen sind dagegen Erwerb ganz bestimmter Bewegungsweisen, Bewegungskontrollen und Haltungsweisen – wir nennen dies »psychomotorisches« Lernen. Und das Lernen lateinischer Wörter soll bewirken, daß irgendwo in unserem Gedächtnis ein verläßliches Lexikon aufgebaut wird, um bei Examen nicht zu versagen. Und was ist, verglichen mit all diesem, gemeint, wenn wir sagen, daß wir »jemanden kennengelernt« haben?

Ein wesentlicher Schritt bei jeder Analyse menschlicher Erlebens- und Verhaltensweisen muß deshalb sein, zu prüfen, was eigentlich die in der Umgangssprache verwendeten Begriffe wirklich meinen, damit man nicht aufgrund sprachlicher Mißverständnisse in einem Nebel bleibt. Manchmal werden umgangssprachliche Begriffe in der wissenschaftlichen Arbeit neu und schärfer definiert. Und dann gibt es natürlich keine beliebige Umsetzbarkeit der wissenschaftlichen Sprache mehr. Sie wird dem Laien schwerer verständlich, nicht nur wegen der Fachausdrücke, sondern auch wegen der anderen Bedeutung, die Begriffe bekommen. Für Letzteres sei hier nur ein Beispiel gegeben: Was umgangssprachlich »Information« bedeutet, das ist in der mathematischen Informationstheorie genau das Gegenteil.

Vier von den eingangs erwähnten Lernformen seien nur kurz gestreift, um dann länger bei der fünften, dem »Lernen durch Versuch und Irrtum« zu verweilen, weil das für unser Verstehen von manchen psychischen und körperlichen Beschwerden, den sogenannten psychosomatischen Krankheiten (vergleiche Kapitel 21), besonders wichtig ist.

Die einfachste Lernform ist die sogenannte »Habituation«. Sie kommt bereits bei primitivsten Lebensformen vor. Aber auch uns ist sie noch eigen und hilft uns, unsere Umwelt zu bewältigen. Damit ist Gewöhnung oder Anpassung an eine bestimmte Situation gemeint. Nun mag es vielleicht als übertrieben angesehen werden, so etwas schon als Lernen zu bezeichnen. Die Tatsache, daß wir unsere Kleidung nicht ununterbrochen auf der Haut spüren, sondern erst, wenn wir willkürlich unsere Aufmerksamkeit darauf richten, wäre Habituation. Aber wenn uns ein Schuh drückt, also Schmerzen verursacht, dann habituieren wir nicht. Von allen Sinnesreizen, die auf uns einwirken, läßt sich sagen, daß wir dann, wenn sie in etwa gleich bleiben, uns an sie gewöhnen. Nur Schmerzreize sind die Ausnahme. An Schmerzen gewöhnt man sich nicht; für sie gibt es keine Habituation.

Diese Form des Lernens ist also ganz besonders praktisch. Damit wird garantiert, daß wir uns auch einmal auf etwas anderes konzentrieren können als auf die dauernd auf uns eindrängenden Sinnesdaten. In jedem Augenblick sind wir ja durch die Funktion unserer Sinnesorgane einem Bombardement von Nachrichten ausgesetzt. Doch wichtig für uns ist ja nur, wenn etwas wirklich Neues auftaucht. Das ewig Gleiche braucht nicht von Augenblick zu Augenblick bestätigt zu werden; denn unser Gedächtnis ist fähig, das Nicht-Veränderte festzuhalten. Die Habituation sorgt dafür, das Gleichbleibende aus dem Bewußtsein auszublenden. Erst wenn sich plötzlich etwas Neues ergibt, wird blitzartig umgeschaltet. Die Habituation wird aufgehoben, und die neue Situation kann bewußt registriert werden. Der russische Forscher E. N. Sokolov, der besonders viel zum Verständnis der neuronalen Prozesse beigetragen hat, glaubt, daß für diese blitzartige Umschaltung ein Zusammenspiel der in der Tiefe des Gehirns liegenden Strukturen mit den auf der Oberfläche repräsentierten Funktionen notwendig ist. Wir müssen also anerkennen, daß trotz ihrer Einfachheit Habituation jene Lernform ist, die uns von der Umwelt in gewissem Sinne befreit.

Etwas völlig anderes ist dagegen das »psychomotorische Lernen«. Damit fassen wir alle jene Tätigkeiten zusammen, in denen unsere Sinne trainiert werden oder in denen wir eine neue Bewegungs-Koordination erwerben. Wenn also ein Patient mit einer Verletzung des visuellen Cortex behandelt wird, indem man versucht, seine visuellen Leistungen zu verbessern, dann gehört das zu diesem Funktionsbereich des Lernens. Hierher gehören auch das Lesen- und Schreibenlernen oder das Trainieren bestimmter Bewegungsabläufe. Wir erinnern uns an den Anfang des Buches, als festgestellt wurde, daß der Patient Henry, der nichts Neues mehr im Gedächtnis behalten konnte, dennoch in der Lage war zu lernen, seine Bewegungen besser zu kontrollieren. Sprachlich vermitteltes Lernen ist also für das Gehirn etwas ganz anderes als Bewegungs-Lernen.

Hierzu gibt es auch die Geschichte eines Pianisten mit einer Gedächtnisstörung: Er lernte am Nachmittag ein neues Stück spielen und konnte sich am nächsten Tag nicht daran erinnern, warum er plötzlich dieses Stück beherrschte. Die Bedeutung des psychomotorischen Lernens für das sportliche Training ist offensichtlich. Neben dem Kraft- und Konditions-Training und der psychologischen Vorbereitung für einen Wettkampf steht das Training des Bewegungsablaufs im Vordergrund.

Eine neue Untersuchung an Schwimmern in Australien hat ergeben, daß das Training eines Bewegungsablaufes auch so durchgeführt werden kann, daß der Sportler sich gar nicht mehr bewegt, sondern sich den Bewegungsablauf immer wieder vorstellt. Diese Trainingsform wird als »mentales Training« bezeichnet. Die Schwimmer trainierten den Startsprung, dessen optimale Ausführung ja ein wesentlicher Teil des Wettkampfes ist. Eine Gruppe trainierte den Startsprung, indem er immer wieder durchgeführt werden mußte. Die zweite Gruppe beschränkte sich darauf, sich den Ablauf möglichst genau vorzustellen, d. h. sich hineinzudenken in den ganzen Ablauf. Und eine dritte Gruppe kombinierte das mentale Training mit der tatsächlichen Durchführung. Den besten Trainingseffekt erzielte die dritte Gruppe, bei den beiden anderen war der Trainingseffekt gleich gut. Das bedeutet, daß mentales Training allein auch wirksam ist, daß aber die Kombination mit dem realistischen Bewegungsablauf das Beste ist. Für unser allgemeines Verständnis des Lernens heißt dies, daß Lernen allein in der Vorstellung möglich ist. Skilaufen kann man also vielleicht auch im Sommer lernen, ohne in die Berge zu fahren.

Prägung ist eine Form des Lernens, die die Verhaltensforscher entdeckt haben. Am bekanntesten ist die »Nachlaufprägung«, die Konrad Lorenz beschrieben hat. Junge Enten oder Gänse folgen nach dem Schlüpfen aus dem Ei dem Lebewesen, das sich gerade in ihrer Umgebung aufhält und bewegt. Üblicherweise ist das natürlich die Mutter, die die Eier ausbrütet. Aber wenn Eier künstlich ausgebrütet werden, dann kann es auch ein Mensch sein. Die Nachlaufprägung ist zeitlich aber auf ein sehr enges Intervall beschränkt, und wenn dies Intervall vorüber ist, dann ist Prägung auf ein Objekt nicht mehr möglich. In einer solchen Prägungsphase besteht eine vorübergehende Offenheit des Gehirns, bestimmte Objekte wahrnehmungsmäßig und erlebnismäßig aufzunehmen, die dann das spätere Verhalten eindeutig determinieren. Bei der Nachlaufprägung ist der Effekt, daß nach der Prägung die jungen Tiere immer nur diesem Objekt, sei es also Mutter Gans, Konrad Lorenz oder ein bewegter Gegenstand, folgen. Durch die Prägung wird eine »Bezugsperson« bestimmt, die dem Heranwachsenden die Sicherheit für das Heranwachsen gewährt. Es wird sogar vermutet, daß in dieser Prägungsphase schon festgelegt wird, wer später als Sexualpartner in Frage kommt. Dies bedeutet, daß die Prägung in einem allgemeinen Sinn die Identität mit der Art festlegt, zu der man gehört. Und wenn es zu Fehlprägungen kommt, also beispielsweise auf nichtarteigene Lebewesen, dann wird auch die artgebundene Selbst-Identität in Frage gestellt.

Gerade Letzteres scheint auch bei höheren Lebewesen, sogar beim Menschen, eine wichtige Rolle zu spielen. Man kann den Begriff der Prägung nämlich auch für die Entwicklung menschlicher Verhaltensweisen heranziehen, insbesondere solcher, die unsere Gefühlsentwicklung betreffen. Allerdings sind die Prägungsphasen für Gefühle zeitlich nicht so begrenzt, sondern umfassen vermutlich die ersten Lebensjahre. Betrachtet man nur die Entwicklung im ersten Lebensjahr, so spricht vieles dafür, daß in dieser Zeit so etwas wie Vertrauen in die Welt geprägt wird, wie der amerikanische Psychoanalytiker Erik Erikson vermutet. Gestützt wird diese Vermutung durch Beobachtungen aus den Lebensgeschichten von Menschen, denen dieses »Vertrauen« in die Welt und den Mitmenschen fehlt, die also von vornherein mißtrauisch und pessimistisch sind. Am eindrucksvollsten sind in diesem Zusammenhang die Untersuchungen des Psychoanalytikers René Spitz an Heimkindern. Wachsen Säuglinge in einem Heim ohne die Verfügbarkeit einer individuellen Bezugsperson auf, dann stellen sich schwerste Entwicklungsstörungen ein. Wenn niemand Bestimmtes für den Säugling da ist, also eine Prägung auf eine Bezugsperson nicht stattfinden kann, ist die körperliche Entwicklung verlangsamt, und es zeigen sich in der seelischen Entwicklung bestürzende Abweichungen. Die Kinder ziehen sich völlig in sich zurück, sind kaum ansprechbar, scheinen ohne Antrieb zu sein, erscheinen also einem depressiven Erwachsenen ähnlich. Das Tragische an derartigen Entwicklungsdefiziten scheint zu sein, daß die einmal verfehlte Bindung zur Umwelt zum nichtkompensierbaren Verlust von Sicherheit und Vertrauen führt, der auch nicht durch ausführlichste psychotherapeutische Behandlungen behoben werden kann.

Das Typische bei der Lernform der Prägung ist, daß das junge Lebewesen nur wenige Male mit dem Objekt oder Subjekt in Kontakt gekommen sein muß, auf das es geprägt wird, was auf ein sehr effizientes Lernen schließen läßt. Wenn man eine derartige Lern-Effizienz im Blick hat, dann ist das Lernen nach dem Modell des »bedingten Reflexes« weniger wirksam, doch ist es deshalb nicht weniger bedeutsam für die Gestaltung menschlicher Erlebens- und Verhaltensweisen. Bekannt geworden ist diese Form des Lernens durch den russischen Physiologen I. Pawlow, der sogar meinte. daß der bedingte Reflex ein Grundprinzip der Hirntätigkeit sei. Was ist mit diesem Lernen gemeint? Ausgangspunkt ist eine uns angeborene Reflex-Tätigkeit. Viele unserer Reaktionen werden automatisch, reflexhaft durch bestimmte Reize ausgelöst. Vor dem Essen, läuft einem das Wasser im Mund zusammen. Wenn man plötzlich einen scharfen Luftstoß auf das Auge bekommt, schließt man blitzartig die Lider. Oder wenn man einen leichten Schlag unter das Knie bekommt, springt der Unterschenkel nach vorne. Pawlows Entdeckung war, daß der Reiz, der reflexartig eine Reaktion auslöst, durch einen anderen Reiz ersetzt werden kann, wobei dieser andere Reiz allein den Reflex nicht auslösen würde. Wenn man immer wieder unmittelbar vor dem natürlichen Reiz einen »bedingten« Reiz zeigt, dann lernt der Organismus schließlich, auf diesen Reiz mit dem Reflex zu reagieren. Kommt beispielsweise in einem Laborversuch vor einem Luftstoß auf das Auge regelmäßig ein Lichtsignal, dann werden die Augenlider nach einiger Zeit bereits beim Lichtsignal und nicht erst beim Luftstoß geschlossen.

Nun ist das sicher keine sehr lebensnahe Situation. Denn wann bekommen wir schon einmal gezielt einen Luftstoß auf das Auge? Dennoch spielt das Lernen nach dem bedingten Reflex eine wichtige praktische Rolle. Immer wenn wir aufgrund unserer Erfahrung eine Assoziation zwischen Situationen herstellen, dann können wir aus der einen Situation die andere antizipieren, und wenn letztere für uns Konsequenzen hat, reagieren wir bereits auf die Ankündigung durch die erste Situation. Wenn wir beispielsweise Blut abgenommen bekommen, dann ist dies meist mit etwas Schmerz bei dem Einstich in die Vene verbunden. Und da wir das wissen, verkrampfen wir aus Angst vor dem Schmerz bereits, wenn der Arzt im weißen Mantel erscheint.

Von gleicher Bedeutung für unser Leben wie das Lernen in der Weise der Habituation, des psychomotorischen Lernens, der Prägung und des bedingten Reflexes ist das Lernen durch »Versuch und Irrtum«. Die meisten psychologischen Forschungsinstitute, vor allem in den anglo-amerikanischen Ländern, befassen sich mit diesem Problem. Es führt uns, wie wir sehen werden, wieder zu dem Lust-Zentrum im Gehirn zurück und macht dessen Bedeutung für Lernen recht deutlich. Es läßt sich vorweg sagen, daß richtiges Lernen ohne Bedürfnisbefriedigung, ohne Lust gar nicht möglich zu sein scheint.

Ausgangspunkt bei diesem operanten Lernen, wie es auch bezeichnet wird, ist die Beobachtung, daß eine Verhaltensweise, für die man Belohnung erhält, verstärkt und eine Verhaltensweise, für die man bestraft wird, abgebaut wird. Diesen Sachverhalt bezeichnet man als »Effekt-Gesetz« des Lernens: Positive Effekte führen zur Einprägung, negative zum Verdrängtwerden. Um den Unterschied zwischen dem bedingten Reflex und dem operanten Lernen zu verdeutlichen, betrachten wir das Schema in Abbildung 42. Im oberen Teil ist noch einmal der Ablauf des Lernens beim bedingten Reflex zusammengefaßt: Ein Futterreiz führt bei einem Versuchstier, z.B. bei einem Hund, zu einer reflexhaften Speichel-Absonderung. Dann treten der Futterreiz und ein irrelevanter Reiz, z.B. ein Lichtsignal, zusammen auf, so daß schließlich das Lichtsignal allein die Speichelabsonderung auslöst. Darunter ist das Schema für das operante Lernen gezeigt. Es erscheint ein Lichtsignal, das zunächst für das Versuchstier überhaupt keine Bedeutung hat. Das Versuchstier macht oder erlebt irgend etwas, das in keinem Zusammenhang mit dem Lichtreiz steht, also eventuell Handlung A (es kratzt sich), Handlung B (es

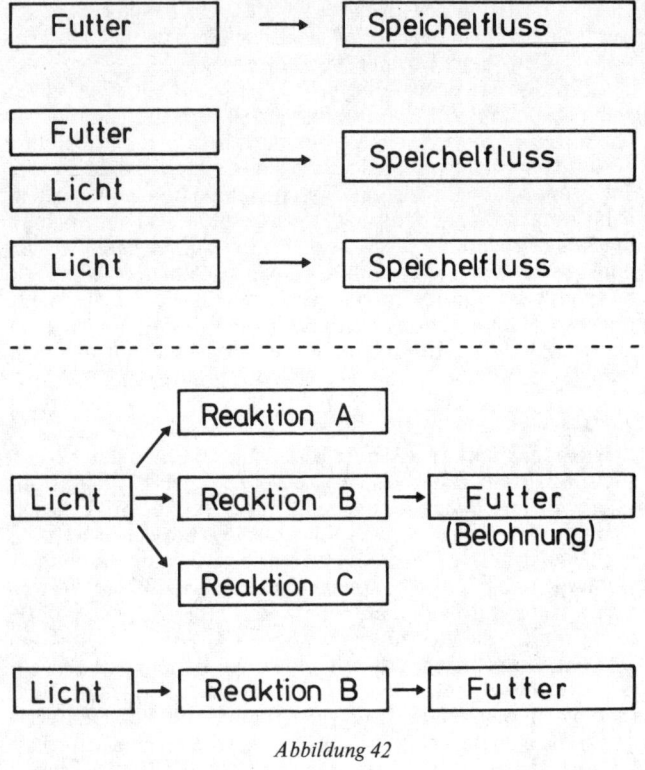

Abbildung 42

drückt aus Spaß an einem Hebel vor sich) oder Handlung C (es macht Kopfstand). Wenn es nun nach einer dieser Handlungen belohnt wird, etwa durch einen Futterreiz, dann prägt sich diese Handlung ein. Es wird sie wiederholen, um wieder belohnt zu werden. Schließlich ist dann die Assoziation zwischen dem Lichtsignal und der Handlung B hergestellt, da stets diese Handlung zur Belohnung führte.

Die Lernmöglichkeiten beim operanten Lernen sind demnach sehr viel breiter als beim bedingten Reflex. Es ist nicht notwendig, von einer reflexartigen Verknüpfung von Reiz und Reaktion auszugehen, sondern irgendeine spontan auftretende Verhaltensweise kann belohnt oder »verstärkt« werden, und irgendein Reiz kann herangezogen werden, um eine Verhaltensweise auszulösen. Voraussetzung ist immer, daß am Schluß der Kette das Lust-Erlebnis als Belohnung steht. Um das operante Lernen zu demonstrieren, sei ein Beispiel aus dem Hochschulleben gegeben, das tatsächlich vorgekommen ist. Studentinnen und Studenten nahmen sich in einer Vorlesung vor, ihren Professor während der Vorlesung zu konditionieren. Immer wenn er sich von seinem Podium nach links wandte, gab es strahlende Gesichter im Hörsaal und bestätigendes Kopfnicken. Wenn er sich zur anderen Seite wandte, wurde er durch Desinteresse, mürrische Gesichter und Kopfschütteln bestraft. Daraufhin wendete sich der Professor immer mehr nach links, verließ allmählich das Podium in dieser Richtung und hielt schließlich seine Vorlesung aus der linken Ecke des Hörsaals.

Das operante Lernen ist auch jene Lernform, die bei der Tier-Dressur, z. B. bei Zirkus-Tieren, angewandt wird. Der Dompteur geht dabei so vor, daß er eine spontan auftretende Verhaltensweise, die in der Richtung der Dressur-Absicht liegt, belohnt und diese Verhaltensweise dann immer mehr verfeinert. Dabei ist es auch möglich, ganze Verhaltensketten aufzubauen, die den unerfahrenen Betrachter von der einmaligen Intelligenz dieser Tiere überzeugen. Dabei wird nur übersehen, daß Intelligenz hierbei keine Rolle spielt, sondern nur die Antizipation des Versuchstieres, am Ende der Dressur ein Stück Zucker zu bekommen. Berühmt geworden ist die Ratte Barnabus, die eine erstaunliche »Intelligenz-Leistung« vollbrachte.

Barnabus lernte, eine Wendeltreppe hinaufzusteigen, über eine schmale Zugbrücke zu laufen, eine Leiter hinabzuklettern, ein Spielzeugauto an einer Kette herbeizuziehen, in das Auto einzusteigen, mit dem Auto zu einer zweiten Leiter zu fahren, diese Leiter hinaufzuklettern, durch ein Rohr zu kriechen, in einen Aufzug zu klettern, an einer Kette zu ziehen, die eine Fahne hochzog und Barnabus zur Ausgangsplatte zurückbrachte, wo die Ratte einen Hebel drücken konnte und dafür eine Futterpille bekam, die sie fraß. Damit Barnabus diese Verhaltenskette lernen konnte, begann die Konditionierung nicht am hier beschriebenen Anfang der Sequenz, sondern am Ende. Zuerst mußte Barnabus lernen, den Hebel zu drücken, um an die Belohnung heranzukommen. Wenn er eine Tätigkeit beherrschte, mußte er lernen, vor dieser eine andere auszuführen, um dadurch an die Belohnung zu kommen. So konnte mit zunehmendem Lernerfolg immer eine neue Forderung gestellt werden, die er willig lernte, da ganz am Ende ja die Belohnung wartete.

Es fragt sich, ob durch operantes Lernen nur derartige Bewegungskoordinationen oder offensichtliche Handlungsweisen gelernt werden können oder ob nicht vielleicht auch unsere »inneren Organe« in ihrer Funktionsweise durch operantes Lernen beeinflußt werden können. Lange Zeit meinte man, daß die Tätigkeit unseres Herzens oder unserer Eingeweide völlig »autonom« ist, d. h. durch unseren Willen nicht beeinflußt werden kann und daß diese inneren Systeme deshalb auch nicht durch Lernen in ihrer Funktion verändert werden können. Der New Yorker Psychologe Neal Miller von der Rockefeller Universität fand sich mit dieser Vorstellung nicht ab und prüfte deshalb in langen Versuchsreihen die Lernfähigkeit des sogenannten autonomen Nervensystems. Die Befunde, die er im Laufe der Zeit erbrachte, sind derart wichtig, vor allem auch für unser Verständnis für die psychosomatischen Krankheiten, daß wir uns ihnen nun zuwenden wollen, auch wenn die grundlegenden Arbeiten zuerst nur an Ratten ausgeführt wurden.

Die erste experimentelle Entscheidung war, welchen Reiz man als Belohnung für ein Verhalten verwenden sollte. Hier war nun die Entdeckung des Lust-Zentrums durch Olds entscheidend. Den Versuchsratten wurden kleine Elektroden in das Lust-Zentrum implantiert, so daß die Möglichkeit bestand, irgendeine Verhaltensänderung optimal zu belohnen. Damit die Versuche über jede Kritik erhaben waren, mußte eine weitere Vorsichtsmaßnahme ergriffen werden. Da autonome Funktionen wie

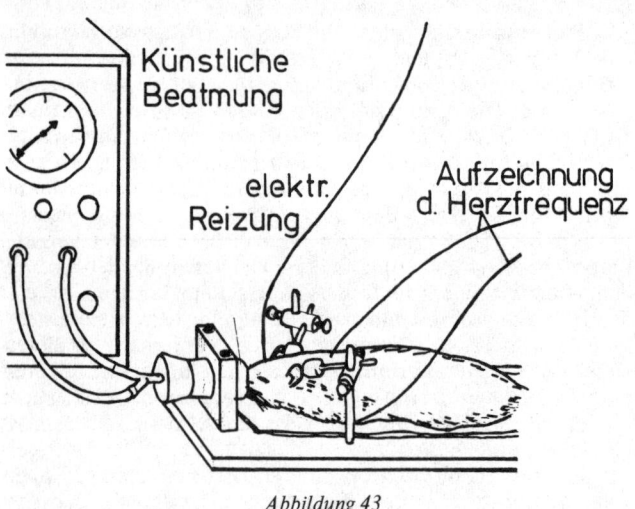

Abbildung 43

Herz- oder Eingeweide-Tätigkeit auch durch Anspannung oder Entspannung beeinflußt werden können, mußte jegliche Form von Muskeltätigkeit ausgeschaltet werden. Das kann man dadurch erreichen, daß man mit dem Indianer-Gift Curare den Organismus vergiftet, dann werden die Muskeln von den Nerven nicht mehr erreicht. Damit die Tiere aber überleben, müssen sie künstlich beatmet werden, denn das Gift wirkt auch auf die Atemmuskulatur. Die Abbildung 43 zeigt schematisch eine solche Versuchs-Ratte in ihrer Apparatur, wo auch Drähte eingezeichnet sind, die die Herztätigkeit registrieren.

Wenn nun die Ratte bewegungslos in dieser Versuchsapparatur lag, konnte der Versuch beginnen. Das Versuchsziel war etwa, den Puls zu beschleunigen. Da die Herzrate gemessen wurde, konnte man leicht feststellen, wann sich der Puls spontan etwas verlangsamte oder beschleunigte. Wenn der Puls zufällig schneller wurde, dann erhielt die Ratte eine Belohnung, d.h. das Lust-Zentrum wurde elektrisch gereizt. Wenn er langsamer wurde, blieb der Lust-Reiz aus. In kurzer Zeit »begriff« die Ratte, daß sie dann, wenn der Puls schneller wurde, mit Lust belohnt wurde, und so beschleunigte sich der Puls tatsächlich immer mehr. Wenn andererseits das Versuchsziel war, das Herz langsamer schlagen zu lassen, erhielt die Ratte den Lust-Reiz, wenn zufällig das Herz einmal langsamer schlug. Und prompt nahm die Herzrate dann kontinuierlich ab. In ähnlicher Weise gelang es, außer dem Puls auch den Blutdruck, die Geschwindigkeit von Darmkontraktionen, den Durchmesser von Blutgefäßen oder die Bildung des Harns in der jeweils gewünschten Richtung zu beeinflussen. Wenn mit einer Veränderung bei diesen »autonomen« Funktionen ein Lustgewinn, eine Belohnung verbunden war, dann konnte sie auch herbeigeführt werden. Diese Versuche beweisen zunächst, daß Lernen auch bei den inneren Organen möglich ist, also nicht beschränkt ist auf Sinnesfunktionen, Bewegungsweisen oder Gefühle.

Inwieweit sind diese Beobachtungen des operanten Lernens auf den Menschen übertragbar? Es hat sich gezeigt, daß die Versuchsergebnisse an Ratten nicht nur für diese sondern für alle höheren Lebewesen, auch den Menschen, Geltung haben. Nachdem die Ergebnisse bekannt geworden waren, hat man untersucht, ob Menschen beispielsweise ihren Blutdruck kontrollieren können. Dabei kann man natürlich zu Belohnungszwecken nicht Elektroden ins menschliche Gehirn implantieren. Aber Menschen sind häufig mit sehr viel weniger zufrieden. Man kann beispielsweise die Verminderung des Blutdrucks mit dem Auftreten eines angenehmen Tons assoziieren und dann den Versuchspersonen den Auftrag geben, sie sollten versuchen, den Ton möglichst häufig zu hören. Dann gelingt es nach einiger Zeit fast jedem, über die Rückmeldung des Tons seinen Blutdruck zu senken. Das häufigere Hören des angenehmen Tons wäre also in diesem Fall die Belohnung, wahrlich wenig, verglichen mit einem intensiven Lusterlebnis, doch ausreichend zur Beeinflussung der Kreislauf-Funktionen. Außer der Kontrolle des Blutdrucks ist bestätigt worden, daß sich viele Funktionen beeinflussen lassen, die sich der bewußten Repräsentation entziehen. Man kann den elektrischen Hautwiderstand wunschgemäß ändern. Die Hauttemperatur und Durchblutung lassen sich variieren, und sogar das EEG, das unsere Hirntätigkeit anzeigt, kann beeinflußt werden.

Es konnte nicht ausbleiben, daß der »Psycho-Boom« der letzten Jahre sich dieses Phänomens annahm und kommerziell zunutze machte. Unter dem Stichwort »Biofeedback« wurden reihenweise Geräte entwickelt, mit deren Hilfe man seine körperlichen Funktionen beeinflussen kann. Der Grund für diese Entwicklung ist, daß »Entspannung« mit bestimmten Veränderungen dieser Funktionen einherzugehen scheint. Wenn wir ruhig und entspannt und gerade keinem Streß ausgesetzt sind, dann schlägt unser Herz regelmäßig und langsam, der elektrische Hautwiderstand ist hoch, die Durchblutung optimal, und im EEG gibt es hauptsächlich Alpha-Wellen. Darum meinte man, daß Entspannung herbeigeführt werden könnte, wenn man diese Funktionen in der Richtung ändert, in der sie üblicherweise Entspannung anzeigen. Diesem Zweck dienen die vielen Biofeedback-Geräte, die so aufgebaut sind, daß man jeweils eine wahrnehmbare Meldung, meist akustischer Art, über ein Organsystem erhält. Durch Änderung des wahrnehmbaren Reizes, der als psychologische Belohnung dient, kann dann die Tätigkeit des gewünschten Organsystems verändert werden. Nur stellt sich dann Entspannung leider nicht ein. Das hätte man sich aber von Anfang an klarmachen können, wenn man die Arbeit von Neal Miller sorgfältiger zur Kenntnis genommen und den logischen Fehler vermieden hätte, einen Zusammenhang als eine kausale Verbindung zu interpretieren. Neal Miller zeigte nämlich eindeutig, daß das operante Lernen in den autonomen Funktionen jeweils auf diese Funktionen beschränkt und nicht auf allgemeine Veränderungen aller Funktionen zurückzuführen ist. Wenn der Puls verändert wird, dann nur der Puls und nicht auch beispielsweise das Eingeweide-System. In Studien, die die subjektive Befindlichkeit von Versuchspersonen erfaßten, ergab sich dann auch, daß beispielsweise dann, wenn das EEG immer mehr

Alpha-Wellen produzierte, dies subjektiv gar nicht als Entspannung erlebt wird. Es wird gar nichts erlebt, sondern eine Funktion des Gehirns, die erlebnismäßig nicht zugänglich ist, ändert nur ihren Zustand.

Der Mißerfolg der Biofeedback-Verfahren zur allgemeinen Herbeiführung von Entspannung macht wieder einmal deutlich, was geschieht, wenn man eine Korrelation mit einem kausalen Zusammenhang gleichsetzt. Eine Korrelation ist notwendig, doch nicht hinreichend für einen kausalen Mechanismus. Die Zunahme der Geburtenhäufigkeit im Frühling im Elsaß und das Ankommen der Störche sind eine Korrelation, aus der aber nicht folgt, daß die Störche die Kinder bringen. Auf das Problem von Streß und Entspannung bezogen bedeutet das, daß mit diesen Zuständen körperliche Veränderungen korrelieren, daß diese Korrelationen aber durch eine dahinterliegende Ursache bedingt sind, von der sowohl das subjektive Befinden als auch körperliche Funktionen abhängen, so daß oberflächlich betrachtet eine Korrelation entsteht. Es wäre nun naiv, anzunehmen, daß durch die Änderung einer der Folgen die Ursache modifiziert wird, die dann ihrerseits andere Folgen gleichsinnig ändern würde. Das setzt eine zu primitive Funktionsweise des menschlichen Gehirns voraus, was ja auch heißen würde, daß wir der Funktionsweise unserer autonomen Systeme ausgeliefert, selbst also gar nicht autonom wären.

21. Fettsucht: Zuviel Lust am Essen

Etwa vierzig Prozent aller Patienten, die eine hausärztliche Praxis aufsuchen, leiden an psychosomatischen Beschwerden. Das sind solche Beschwerden, bei denen psychische Phänomene als Ursache entweder allein oder doch maßgeblich, etwa neben einer vorhandenen Veranlagung, entscheidend sind. Für viele dieser Erkrankungen gibt es kein Gegenstück bei dem Menschen nahe verwandten Tieren, weswegen man meinen kann, daß die Möglichkeit für psychosomatische Krankheiten sich aus der Höherentwicklung, insbesondere der Ausprägung des menschlichen Gehirns ergeben hat (vergleiche Abbildung 3). Dadurch, daß wir ein sehr viel reicheres Repertoire an Erlebens- und Verhaltensweisen erworben haben, sind wir auch sehr viel anfälliger für Störungen geworden, sei es für seelische, die man unter dem Begriff Neurose zusammenfaßt, oder körperliche Störungen, die sich aus psychischen Wirkungen ergeben. Die allgemeine Auffassung der Psychosomatiker ist, daß sich die Entwicklung psychosomatischer Krankheiten meist aus der Lebenssituation in der Kindheit ergibt, daß also schon im frühen Lebensalter die Entwicklung auf eine psychosomatische Krankheit hin begründet werden kann.

Bei der Entwicklung solcher Beschwerden spielen Lust und Schmerz als Grunddimensionen menschlichen Erlebens die entscheidende Rolle. Wenn ein Kind durch eine bestimmte Verhaltensweise einen Lustgewinn herbeiführen oder wenn es einen Schmerz vermeiden kann, dann wird gemäß dem operanten Lernen diese bestimmte Verhaltensweise sich einprägen. Derartige Verhaltensweisen können dann ganz direkt auf die Entwicklung von Beschwerden zielen. Nehmen wir als Beispiel ein Kind, das blaß am Frühstückstisch sitzt und von der Mutter gefragt wird, was ihm fehle. Das Kind antwortet, es habe Kopfschmerzen, und darf deshalb zu Hause bleiben und muß nicht in die Schule gehen. Durch die Kopfschmerzen hat es also einen Lustgewinn erzielt, nämlich dem Schul-Streß zu entgehen. Wenn das nun immer wieder vorkommt, dann wird damit gelernt, durch Kopfschmerzen Anforderungen des täglichen Lebens aus dem Weg zu gehen. Obwohl es Schmerzen sind, haben sie belohnenden Charakter, da mit ihnen etwas vielleicht noch Unangenehmeres vermieden werden kann. Die selektive Verstärkung einer vielleicht zunächst nur minimal vorhandenen Unpäßlichkeit kann also dann den Kopfschmerz-Patienten prägen, für den Kopfschmerzen eine bestimmte Anpassung an die Umwelt sind.

Ein anderes Kind am Frühstückstisch hätte auf sein bedrücktes Aussehen vielleicht geantwortet, es habe Bauchweh und bitte deshalb, zu Hause bleiben zu können. Dieses Kind könnte dann lernen, sich immer mehr auf seinen Bauch zu konzentrieren, sich dauernd zu fragen, ob da auch wirklich alles in Ordnung ist, und könnte schließlich in diesem Bereich eine Krankheitssymptomatik entwickeln. Und wer kennt nicht Menschen, die in bestimmten Situationen häufig über Kopf- oder Leibschmerzen klagen!

Beispiele für andere typisch psychosomatischen Erkrankungen sind etwa Asthma, bestimmte Herzbeschwerden, Magersucht oder Fettsucht. Hier will ich mich auf das Beispiel der Fettsucht konzentrieren. Ein Übergewicht beim Menschen hat fast immer psychische Ursachen. Körperlich, d. h. hormonell bedingte Fettsucht ist dagegen selten.

Fettsüchtige scheinen offenbar keine »Bremse« für Essen eingebaut zu haben. Das läßt sich schon auf psychophysiologischer Ebene demonstrieren. Wenn der Gesunde ein Stück Zucker nach dem anderen ißt, dann steigt der Blutzucker-Spiegel allmählich an, und wenn er ein bestimmtes Maß überschritten hat, dann verändert Zucker seine Geschmacksqualität; er beginnt ekelhaft zu schmecken. Nach dem Wechsel in der Geschmacksqualität wird dann das weitere Essen von Zucker eingestellt. Wenn dagegen ein Fettsüchtiger übermäßig viel Zucker ißt, kommt es bei Überschreiten des Blutzucker-Spiegels nicht zu einem Umschlag der Geschmacksqualität. Der Zucker schmeckt weiter gut, und der Fettsüchtige setzt die Aufnahme von Zucker fort. Es sieht so aus, als habe das Gehirn nicht gelernt, die Informationen aus dem Organismus zu berücksichtigen, um nach diesen Informationen das Verhalten einzurichten. Ein Hemm-Mechanismus im Eßantrieb, der beim Gesunden vorhanden ist, scheint außer Kraft, bzw. nicht ausgeprägt worden zu sein.

Daß der Geschmack des Essens erst gelernt werden muß, wissen wir aus Beobachtungen an Kindern. Was Erwachsenen gut schmecken mag, etwa Spinat, kann für Kinder tatsächlich ekelhaft sein. Speisen haben nicht von vornherein einen guten oder schlechten Geschmack. Die Qualität von Speisen und damit die Kultur des Essens müssen erst gelernt werden. Wenn einer eine Speise zum ersten Mal ausprobiert, dann schmeckt sie nicht immer gleich gut. Es gibt einen offenbar vorgegebenen Gehirn-Mechanismus des Mißtrauens neuen Speisen gegenüber. Der Grund dafür ist naheliegend: Woher sollte man bei dem vielen

Eßbaren, das es gibt, wissen, was davon unbekömmlich oder gar giftig ist? Das Nicht-Eßbare muß erst durch Erfahrung ausgesondert werden. Dem entspricht eine Lernweise, die es nur beim Geschmack und sonst nirgends gibt: das »Nahrungs-Vermeidungs-Lernen«, das auch in Tierexperimenten untersucht wurde. Wenn man etwas zu sich genommen hat, wovon man krank wird, dann wird dies in Zukunft schlecht schmecken, und man wird es vermeiden. Verglichen mit den anderen Lernformen ist dabei ungewöhnlich, daß die Strafe des Krankwerdens im allgemeinen erst viele Stunden nach dem Essen einsetzt. Es kann also über ein sehr langes Zeitintervall eine Assoziation zwischen einer Speise und einer Unverträglichkeit hergestellt werden. Auf diese Weise lernt man, das Unbekömmliche zu meiden und sich auf das Bekömmliche zu konzentrieren und den Geschmack daran zu verfeinern. Diese Beobachtungen zeigen übrigens auch, daß es völlig sinnlos ist, mit Besuchern aus einem anderen Kulturkreis gleich ins beste Restaurant zu gehen, da jede Kultur ja ihr eigenes Raffinement der Küche besitzt und eine Wertschätzung des Fremden für das Besondere in einer anderen Kultur erst entwickelt werden muß.

Da durch das Schmecken eine Befriedigung vermittelt wird, ist es plausibel, hier auch einen Ansatzpunkt für Fehlprägungen zu sehen. Wenn Essen zu einer Belohnung für bestimmte Verhaltensweisen stilisiert wird, gewinnt es einen Selbstzweck, der vom Stoffwechsel entkoppelt wird und bei fehlender Selbstkontrolle zu einer Fettsucht führen kann. Ich möchte hier als Beispiel über einen fettsüchtigen Patienten berichten, den U. Halbreich aus Jerusalem vorgestellt hat und bei dem durch die Belohnungsfunktion des Essens das Gewicht außer Kontrolle geriet. Dieser Fallbericht sei als Beispiel genannt für das generelle Prinzip, daß prägende Ereignisse im Leben manche Menschen ein psychosomatische Krankheit zu »lernen« veranlassen.

Es handelt sich um einen in Israel geborenen Patienten, der zu einer bekannten Familie bei der Besiedlung des Landes gehörte. Von väterlicher Seite her war kein Fall von Fettleibigkeit bekannt. Auf mütterlicher Seite war die Großmutter und eine Tante zu dick. Das Gewicht der Mutter schwankte zwischen normal und extremer Zunahme. Andere Familienmitglieder hatten teilweise auch extremes Übergewicht. Aber der Zwillingsbruder (zweieiig) des Patienten hatte normales Gewicht. Eine gewisse erbliche Veranlagung zur Fettleibigkeit scheint also bei unserem Patienten gegeben gewesen zu sein.

Von der familiären Situation seiner Kindheit ist zu sagen, daß der Patient seine Eltern als ideal hinstellte und daß die häusliche

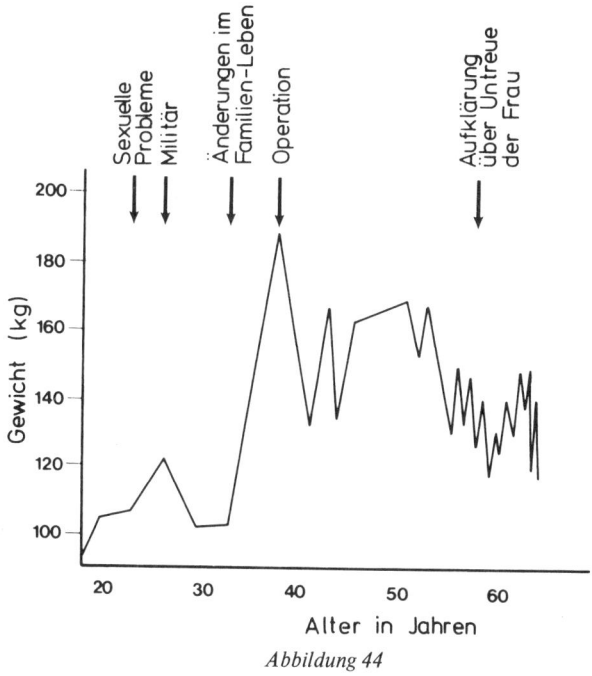

Sexuelle
Probleme
Militär

Änderungen im
Familien-Leben
Operation

Aufklärung
über Untreue
der Frau

Gewicht (kg)

200

180

160

140

120

100

20   30   40   50   60

Alter in Jahren

Abbildung 44

Situation »sehr gut« war, wie er sagte. Die Eltern versuchten ihre
Kinder in der bestmöglichen Weise zu erziehen. Alles wurde freiwillig und ohne Zwang getan. Essen spielte in der Familie aber
eine zentrale Rolle. Es wurden immer Mengen von Essen ge-
kocht, und es wurde viel über Essen gesprochen. Das Motto der
Eltern war, daß dicke Menschen gesünder seien. Während des
Essens wurden riesige Portionen vorgesetzt. Die Eltern stopften
sich voll und ermunterten auch die Kinder, tüchtig zuzulangen.
Am Essen orientierte sich das familiäre Verhalten. Wenn ein Kind
bestraft wurde, dann durfte es nicht mitessen und wurde hungrig
ins Bett geschickt. Eine andere Form der Bestrafung gab es nicht.

Die Entwicklung unseres Patienten verlief bis zu seinem
fünften Lebensjahr normal. In diesem Alter jedoch hatte er ein
traumatisches Erlebnis; denn er mußte mit ansehen, wie sein
Vater einer Tortur unterworfen wurde. Nach diesem einschnei-
denden familiären Erlebnis war der Vater für zwei Jahre nicht zu
Hause und kam dann als Krüppel wieder. Mit siebzehn Jahren

kam unser Patient in eine Internatsschule im Ausland. Kurze Zeit später starb der Vater. Um weiter studieren zu können, arbeitete der Sohn als Kellner. In der Schule versuchte er durch Leistungen aufzufallen. Während dieser Zeit nahm er stark zu und wog bis zu 100 kg. Der Verlauf seines Gewichtes ist in Abbildung 44 gezeigt.

Im Alter von zweiundzwanzig Jahren heiratete er, aber nach zwei Jahren, die er als »gut« bezeichnete, entwickelten sich sexuelle Probleme. Etwa in derselben Zeit starb seine Mutter. Der Patient begann, nicht mehr nur zu Hause zu essen, und erlebte nun seine Erfüllung im Essen. Im Alter von achtundzwanzig Jahren hatte er eine ernsthafte Auseinandersetzung mit seinem Onkel, der nun das Familien-Oberhaupt war. Durch diese Auseinandersetzung wurde sein Selbstwertgefühl stark herabgesetzt. Er fühlte sich nach einer Bloßstellung schwer gekränkt und hatte das Gefühl, von zu Hause wegzumüssen. Er ging zum Militär. In dieser Zeit wog er 130 kg.

Während seines fünf Jahre dauernden Militärdienstes stabilisierte sich sein Gewicht bei 110 kg. Zunächst war er wegen seines Gewichtes ein Außenseiter. Aber dann wurde er allmählich anerkannt, weil er sich bei der Erfüllung seiner Aufgaben sehr anstrengte. Als er vom Militär nach Hause zurückkam, fand er eine neue Situation vor. Die Einstellung seiner Frau zu ihm hatte sich tiefgreifend geändert. Sie weigerte sich, mit ihm sexuellen Kontakt zu haben, und lehnte ihn emotionell völlig ab. Seine Frau und er lebten wie Fremde zusammen, die kaum ein Wort miteinander wechselten. In dieser Zeit nahm er sehr stark zu, bis er schließlich 185 kg wog. Später unterzog er sich einer Operation zur Entfernung von Fettgewebe, worauf er nach zusätzlicher Diät nur noch 135 kg wog. Doch kurze Zeit darauf wog er wieder 165 kg. Das blieb dann ungefähr sein Gewicht.

Als er einundfünfzig Jahre alt war, stellte man bei ihm Zuckerkrankheit fest und außerdem handfeste Herzprobleme. In seinem sechsundfünfzigsten Lebensjahr erzählte ihm seine Frau, daß sie vor fünfundzwanzig Jahren eine sexuelle Affäre mit einem gemeinsamen Freund gehabt hätte. Diese Information war für ihn eine neue schwere innere Verletzung. Er begann unmäßig zu trinken und wurde außerordentlich aggressiv. Nach einige Tagen hörte er mit dem Trinken auf und begann, in sich hineinzufressen. Von da an schwankte sein Gewicht kurzfristig auf und ab, wie die Abbildung 44 zeigt. Er kam mehrmals zur Gewichtsreduktion oder wegen seiner Herzbeschwerden ins Krankenhaus. Dann nahm er kurzfristig ab, hauptsächlich durch Flüssigkeitsverlust, aber danach wog er schnell wieder 150 kg.

Kurze Zeit nach seinem letzten Klinikaufenthalt wurde sein erwachsener Sohn krank, was eine grundlegende Änderung der familiären Situation zur Folge hatte. Er kam der Familie seines Sohnes näher, übernahm Verantwortung für dessen Familie und wurde als Autorität von ihr anerkannt. Sein Gewicht stabilisierte sich daraufhin etwa bei 110 kg, und er hörte auf, ärztliche Hilfe zu beanspruchen.

Auffallend war schon in früheren Zeiten, daß er oft nicht schlafen konnte. Um sich die schlaflose Zeit zu vertreiben, aß er dann ungefähr alles, was er im Eisschrank finden konnte. Morgens hatte er keinen Appetit und ging oft ohne Frühstück zur Arbeit. Er begann meist am Nachmittag zu essen, wenn er sich allein fühlte. Das Gefühl der Einsamkeit überkam ihn, wenn er seine Arbeitskollegen verließ und auf dem Weg nach Hause war. Dann suchte er, um etwas zu sich zu nehmen, ein Restaurant auf, wo er möglichst nicht bekannt war. Wenn er in Restaurants jemanden traf, der ihn kannte, war ihm dies sehr unangenehm. Wenn er mit anderen aß, beschränkte er sich ohne Schwierigkeiten, doch allein fraß er hemmungslos. Er aß so lange, bis er ein tiefes Müdigkeitsgefühl spürte, obwohl er dann noch weiter essen konnte, wobei er sich mit jedem Bissen mehr verachtete. Er bevorzugte süße Sachen und aß Obst und Gemüse eigentlich nur, wenn nichts anderes zur Verfügung stand.

Vom Anfang seiner Ehe an hatte es sexuelle Schwierigkeiten zwischen ihm und seiner Frau gegeben, so daß sexuelle Kontakte schließlich völlig eingestellt worden waren. Er hatte nie Geschlechtsverkehr mit einer anderen Frau. Nicht-körperliche, »platonische« Liebe wurde von ihm idealisiert, körperliche Liebe, vor allem mit Frauen, als etwas Entwürdigendes abgetan.

In der Lebensgeschichte dieses Patienten sind einige Phänomene bemerkenswert, die typisch für die Herausbildung von Fettleibigkeit sind. In seiner Kindheit lebte er in einer familiären Umgebung, in der Nahrung zum Lebensstandard erhoben worden war und als Belohnung oder Bestrafung eingesetzt wurde. Dies könnte heißen, daß er seine eigentlichen inneren Bedürfnisse nie richtig kennenlernen konnte. Wann immer er Sehnsucht nach Liebe, Anlehnung oder Geborgenheit verspürte, bekam er etwas zu essen, was dazu führte, daß er körperliche und emotionale Bedürfnisse nicht zu trennen lernte. Emotionelle Wünsche und Hunger wurden miteinander identifiziert. Das hatte zur Folge, daß er nicht nur aus Hunger, sondern auch von Emotionen zum Essen getrieben wurde.

In seiner Kindheit sorgte seine Familie auch dafür, daß er sich nicht zu sehr anstrengte. Körperliche Anstrengung wurde als etwas Gefährliches angesehen. Das führte dazu, daß er lernte, passiv zu bleiben, und daß er sich nicht aktiv mit den Forderungen der Umwelt auseinandersetzte. Seine Reaktionsweise auf Umweltreize wurde das Essen. Als sein Vater starb, dem er innerlich nahestand, reagierte er auf diesen Verlust wieder mit extremem Hunger. Seine Depression äußerte sich in einem rapiden Gewichtsanstieg. Als seine Ehe sich nicht gut entwickelte und er sexuell unbefriedigt blieb, reagierte er mit der Ersatzhandlung des Essens. Nahrung als Ersatz nicht erreichbarer Zuwendung und Anerkennung von anderen waren das Grundmotiv seiner Sucht.

Die Lebensgeschichte dieses Mannes scheint recht eindrucksvoll zu zeigen, wie durch die Verknüpfung ungünstiger Lebensumstände eine Reaktionsweise gelernt wird, die für den Patienten eine lebenslange Belastung bedeutet. Durch den Lebensstil seiner Eltern ist der Patient während der Kindheit in einer Weise geprägt worden, daß daraufhin all sein Erleben über die Lustdimension des Essens bewertet wird. Die Unterordnung subjektiver Werte unter die Befriedigung durch Essen hält den Patienten ein Leben lang gefangen. Therapeutische Bemühungen schlagen fehl, wohl auch deshalb, weil die frühkindliche »Konditionierung« mit Essen als Belohnung zu irreversiblen Bewertungsprozessen im Gehirn geführt hat. Erst nach dem Gewinn von Anerkennung durch andere aufgrund übernommener Verantwortung wird die Bedeutung des Essens durch einen neuen Wert ergänzt.

Für die Grundthese dieses Buches, daß Lust und Schmerz jeweils koexistente Erlebnisse kennzeichnen, liefert dieser Patient einen anschaulichen Beleg, wenn er sich selbst in seinen Eßorgien charakterisiert. Er frißt zur Befriedigung seiner Eßlust alles in sich hinein. Doch gleichzeitig verbindet sich mit diesem lustvollen Erlebnis eine extreme Unlust: Er verachtet sich, weil er so ist, wie er *ißt/ist*.

22. Intelligenz: Zuviel Fragen nach der Intelligenz mangels Intelligenz?

Der folgende Satz ist falsch.

Der vorhergehende Satz ist wahr.

Diese beiden Sätze, bezogen jeweils auf andere Aussagen als gerade auf sich selbst, sind natürlich richtig. Denn in der Tat ist der folgende Satz falsch: Alles ist ohne Grund. Und wenn ich sage: Nichts ist ohne Grund, so ist dies wahr. Nur wenn die beiden Sätze auf sich selbst bezogen werden, entsteht ein unauflösbares Problem, ein geistiger Strudel. Denn wenn es heißt, der folgende Satz sei falsch, dann kann die Aussage, daß »der vorhergehende Satz wahr ist« nicht wahr sein. Nun folgt aber die Aussage »Der vorhergehende Satz ist wahr«; also kann die Aussage, daß »der folgende Satz falsch ist« nicht falsch sein. Durch die Rückbezüglichkeit der beiden Sätze aufeinander entsteht somit ein nicht entwirrbares gedankliches Knäuel, ähnlich dem wohlbekannten Problem: Ein Kreter sagt, alle Kreter lügen – lügen sie nun oder nicht?

Man kann über solche und ähnliche Probleme lange nachdenken und wird doch nie eine Auflösung finden. Und wenn man sich immer mehr in solche Probleme vertieft, mag man an seiner Intelligenz zu zweifeln beginnen: Wieso ist es nicht möglich, solche Probleme zu entwirren? Aufgrund der Tatsache, daß hier offenbar ein Problem vorliegt, nimmt man wohl automatisch an, daß es auch eine Lösung des Problems geben müsse. Doch anders als beispielsweise bei der folgenden lösbaren Aufgabe, nämlich ein Viereck mit einer Geraden in *drei* Dreiecke aufzuteilen, gibt es bei den beiden rückbezüglichen Sätzen keinen Ausweg. Das Denken führt uns an eine Grenze, die nicht überschreitbar ist. Offenbar gibt es Probleme, die vom menschlichen Geist zwar formuliert, aber nicht gelöst und zwar prinzipiell nicht gelöst werden können.

Hier verbirgt sich meines Erachtens ein Problem der Struktur des menschlichen Verstandes, das viele von uns beunruhigen mag: Wie ist das möglich, Fragen stellen und Probleme entdekken zu können, die grundsätzlich unbeantwortbar und unauflösbar sind? Ist dies vielleicht sogar eine besondere Eigenschaft des menschlichen Verstandes, die uns von Tieren unterscheidet? Seit langem, besonders in der Geschichte der Philosophie, wird ja versucht, Wesensunterschiede zwischen Mensch und Tier zu nennen, wobei vor allem Aspekte der geistigen Fähigkeiten, insbesondere am Beispiel der Sprache, hervorgehoben werden. Vielleicht ließe sich als Wesensunterschied hinzufügen, daß der Mensch jene Spezies ist, die aufgrund der besonderen Ausprägung ihres Gehirns und der Entwicklung ihrer Denkfähigkeit dahin gekommen ist, nicht beantwortbare Fragen formulieren zu können bzw. Probleme ausfindig zu machen, die immer in einer Aporie enden. Der Mensch wäre damit jenes Lebewesen, das wegen seiner besonderen Intelligenz paradoxerweise in die Lage versetzt worden ist, für bestimmte Probleme zu wenig Intelligenz zu besitzen.

Gegen die Beschäftigung mit solchen nicht entwirrbaren Fragen hat sich besonders der Philosoph Ludwig Wittgenstein zur Wehr gesetzt. In seinem »Tractatus logico-philosophicus« fordert er: »Zu einer Antwort, die man nicht aussprechen kann, kann man auch die Frage nicht aussprechen. Das Rätsel gibt es nicht. Wenn sich eine Frage überhaupt stellen läßt, so *kann* sie auch beantwortet werden.« Dies heißt, daß das eingangs formulierte Problem rückbezüglicher Sätze gar keine Frage enthält bzw. im Wittgensteinschen Sinne auf eine »verbotene« Frage zielt. Nur der unkontrollierte Gebrauch unseres Intellekts führt zu solchen Grenzen des Nicht-Auflösbaren, wo wir auf das Stellen von Fragen verzichten sollten, da Antworten nicht möglich sind.

Trotzdem tun wir das dauernd und schrecken nicht davor zurück, die uns vielleicht von Natur gesetzten Grenzen des Verstandes zu überschreiten. Auch wenn wir »wissen«, daß ein Problem keine Lösung haben kann, legen wir deshalb das Problem nicht unbedingt zur Seite. Der Antrieb zum Denken und zum Lösen von Problemen ist selbst nicht nur etwas Verstandesmäßiges, sondern wird offenbar aus tieferen Schichten unseres Wesens gespeist. Das Denken ist, zumindest für viele Menschen, ein lustbetonter Vorgang, der sich durch Kenntnisse über Sachverhalte (z.B. daß das Perpetuum mobile nicht möglich ist) nicht einschüchtern läßt und bei einer ungelösten oder nicht lösbaren Frage nicht ruhig bleiben kann.

Wie können diese tieferen Schichten menschlichen Wesens charakterisiert werden, die das Denkbedürfnis bedingen, auch angesichts nicht möglicher Antworten? Es scheint, daß bleibende Fragen Angst auslösen und daß wir darum automatisch versuchen, Fragen zu beseitigen, wobei wir bestrebt sind, die Antworten in ein übersichtliches Bezugssystem zu ordnen. Und wenn es gar nicht gelingt, etwas in einem gegebenen Rahmen zu verstehen, dann erfinden wir manchmal neue Bezugssysteme, die dann den »Rest des Nicht-Verstehbaren« erklären, etwa in Form religiöser oder zumindest außer-wissenschaftlicher Systeme. Dieses Bedürfnis möchte ich mit dem Begriff »Taxophilie« bezeichnen.

Die Art und Weise aber, wie wir Fragen beantworten und wie wir uns und die Welt um uns zu verstehen und zu erklären versuchen, weist meines Erachtens auf einen besonderen, notorischen Mangel menschlicher Intelligenz. Unser Erklärungsbedürfnis ist nämlich im Grunde eine »Monokausal-Taxophilie«. Darunter verstehe ich das menschliche Bedürfnis, alles Vorgefundene möglichst einfach zu ordnen und nichts in einem Zustand des Halbgeordneten, Halbverstandenen oder gar Chaotischen zu belassen. Und dieser Mangel wird besonders klar, wenn man sich verdeutlicht, wie über die Grundlagen der menschlichen Intelligenz selbst nachgedacht wird.

So wie unsere Wahrnehmung automatisch Struktur in die Sinnesmannigfaltigkeit bringt und deshalb ein sinnliches Chaos von vornherein gar nicht möglich ist, versucht unser Verstand, nach ordnenden Gesichtspunkten zu suchen, die die Welt um uns verständlich und erklärbar machen, und zwar möglichst in der Form einfacher Gesetze. Nur dann scheint unser Denkstil befriedigt zu sein, wenn wir Sachverhalte möglichst durch einfache Gesetze beschreiben können. Komplexe, multifaktorielle Beschreibungen von Erscheinungen haben für uns einen sehr viel geringeren (ästhetischen) Reiz. Nur das einfache Gesetz befriedigt unser taxophiles Bedürfnis. Albert Einstein hat dies einmal so ausgedrückt:»Vornehmstes Ziel aller Theorie ist es, jene irreduziblen Grundelemente so einfach und so wenig zahlreich als möglich zu machen.« Und in der theoretischen Physik hat sich dieses Denken ja auch in hervorragender Weise bewährt. Hierzu wieder Einstein:»Nach unserer bisherigen Erfahrung sind wir zum Vertrauen berechtigt, daß die Natur die Realisierung des mathematisch denkbar Einfachsten ist. Durch rein mathematische Konstruktion vermögen wir nach meiner Überzeugung diejenigen Begriffe und diejenige gesetzliche Verknüpfung zwischen ihnen zu finden, die den Schlüssel für das Verstehen der Naturerscheinungen liefern.«

In der Physik hat dieses Vorgehen, das dem menschlichen Denkstil so entgegenkommt, zu unerhörten Erfolgen geführt, wenn wir beispielsweise nur an Einsteins Relativitätstheorien denken. Doch führt dieses Bedürfnis, charakterisiert durch die Suche nach dem einfachsten Erklärungsmodell, nicht vielleicht in die Irre, wenn wir andere Sachverhalte zu verstehen suchen, beispielsweise die Grundlagen des Verstandes? Das taxophile Bedürfnis mit dem zusätzlichen Kennzeichen, einfache Erklärungen zu geben, kann nämlich dazu verleiten, *immer* möglichst mono-kausale Erklärungen zu erzwingen, auch wenn offensichtlich mehrere Gründe für gegebene Phänomene anzunehmen sind.

Die Monokausal-Taxophilie fürt dann beispielsweise dazu, hinsichtlich der Grundlagen der Intelligenz etwa nur nativistisch zu argumentieren und zu behaupten: Intelligenz ist angeboren. Oder es wird eine rein empiristische Auffassung vertreten und gesagt: Intelligenz ist erworben. Die multifaktorielle Deutung, daß nämlich Intelligenz sowohl genetisch determiniert ist, als auch durch Erfahrung geprägt wird, ist für unser interpretatives Bedürfnis anscheinend weniger befriedigend – obwohl die multi-faktorielle Erklärung in diesem Fall offensichtlich zutrifft.

Anders als durch ein *monokausales* Erklärungsbedürfnis, die Monokausal-Taxophilie, scheint mir die kontroverse Diskussion über die Grundlagen der Intelligenz in der Psychologie nicht verständlich zu sein. Die »intelligente« Diskussion über Intelligenz wird dadurch belastet, daß unsere Intelligenz unbefriedigt bleibt, wenn multikausal argumentiert wird, und unser taxophiles Bedürfnis ist erst dann befriedigt, wenn die monokausale Deutung gelungen ist. Vielleicht sollte man, als vorbeugende Maß-nahme für Psychologen, den philosophischen Grundsatz »Nihil est sine ratione« (Nichts ist ohne Grund) deshalb bei der Erör-terung psychischer Phänomene und insbesondere der Intelligenz etwas anders formulieren, indem man sagt »Nihil est sine rationi-bus« (Nichts ist ohne Gründe), um damit gleich die Multikausali-tät psychischen Geschehens vorauszusetzen.

Ich möchte nun einige Belege dafür bringen, daß Intelligenz sowohl genetisch als auch umweltbedingt ist, um damit zu de-monstrieren, daß der Versuch, nur milieutheoretisch oder nur genetisch zu argumentieren, von vornherein zum Scheitern ver-urteilt ist. Doch ich möchte schon an dieser Stelle betonen, daß es mir unmöglich scheint, irgendwelche Prozentsätze anzugeben, nach denen die Intelligenz hinsichtlich ihrer genetischen und ihrer Umweltbedingungen aufgeteilt wird. Für diese Erörterung scheint es sinnvoll zu sein, zunächst kurz auf Intelligenzbegriffe einzugehen, die man in der Psychologie verwendet, da sie teil-weise vom umgangssprachlichen Intelligenz-Begriff abweichen.

Aufgrund jahrzehntelanger Forschung vertritt man heutzu-tage in der Psychologie die Auffassung, daß man von Intelligenz als *einem* Faktor nicht sprechen kann. Das, was wir als Intelligenz an einem Menschen beschreiben, setzt sich vielmehr aus mehre-ren, voneinander unabhängigen Faktoren zusammen. Zu diesen intellektuellen Primärfähigkeiten gehört interessanterweise aber nicht Kreativität, da es bis heute nicht gelungen ist, für Kreativität eine sinnvolle objektive Beschreibung zu finden. Wenn wir umgangssprachlich von einem Menschen sagen, er sei intelligent, dann meinen wir oft damit, daß der Betreffende auch schöpferisch sei. Gerade diese »Fähigkeit« wird aber im psychologischen Intelligenz-Begriff ausgelassen. Zu den intellektuellen Primärfähigkeiten zählen dagegen unter anderem Faktoren wie räumliches Vorstellungsvermögen, Gedächtnis, sprachliche Fähigkeiten, Rechenleistung oder logisches Denken.

In einem bekannten Intelligenz-Test, dem HAWIE (Hamburg-Wechsler-Intelligenz-Test für Erwachsene) werden solche Primärfähigkeiten mit folgenden Tests untersucht: In einem verbalen Textteil wird u. a. geprüft, wie es um das allgemeine Wissen bestellt ist, wie groß der Wortschatz ist oder wie gut jemand Gemeinsamkeiten bei gegebenen Wortpaaren aufdecken kann; des weiteren müssen Rechenaufgaben gelöst werden, und durch das Nachsprechen von Zahlen wird der Gedächtnisumfang bestimmt.

In einem sogenannten Handlungsteil müssen u. a. nach optischen Vorlagen Mosaike zusammengelegt werden, oder es müssen Bildergeschichten in ihre richtige Ordnung gebracht werden, damit eine sinnvolle Geschichte entsteht. Außerdem wird verlangt, einfache Puzzles zusammenzulegen oder Bilder daraufhin zu prüfen, ob ein wesentliches Teil fehlt. Schließlich wird vom Getesteten verlangt, möglichst schnell Zahlen in andere Symbole umzukodieren. Jeder dieser Tests ist so konstruiert, daß nur eine beschränkte Zeit zur Bearbeitung der Aufgaben zur Verfügung steht, um damit auch dem Gesichtspunkt Rechnung zu tragen, daß die Schnelligkeit, mit der Probleme gelöst werden, eben auch etwas mit Intelligenz zu tun hat.

Damit man nun eine quantitative Aussage über die individuelle Intelligenz eines Menschen machen kann, werden die Test-Leistungen mit Normwerten verglichen, die an einer breiteren Gruppe von Probanden gewonnen wurden. Da sich die Intelligenz-Forschung früher hauptsächlich zunächst mit der Beurteilung der Intelligenz von Kindern befaßte, wurde der sogenannte »Intelligenz-Quotient« (I Q) über das Intelligenz-Alter definiert. Wenn ein Kind im Test ein Intelligenzalter von beispielsweise zehn Jahren erreicht, in Wirklichkeit aber erst acht Jahre alt ist, dann ergibt sich ein I Q von 125, wobei das Intelligenzalter durch das Lebensalter dividiert und dann aus Normierungsgründen mit 100 multipliziert wird. Durchschnittlich wäre eine Intelligenz dann, d. h. der I Q wäre 100, wenn Lebensalter und Intelligenz sich entsprechen.

Man hat einmal versucht, bei bedeutenden Persönlichkei-

Abbildung 45

ten, deren Kindheit recht gut dokumentiert ist, als es aber noch keine Intelligenz-Tests gab, rückwirkend deren Intelligenz-Quotienten zu berechnen (Abbildung 45). Dabei ging man davon aus, daß bestimmte Leistungen erbracht wurden, die man normalerweise erst in einem späteren Lebensalter erwarten könnte. Wie man sieht, hat in dieser Skala Goethe einen IQ von 210, Kant dagegen »nur« von 175. Man sollte derartige »Berechnungen«

allerdings nicht zu ernst nehmen, denn wie die Gezeigten tatsächlich in einem modernen Intelligenz-Test abgeschnitten hätten, bleibt völlig offen – wahrscheinlich wären die Werte viel niedriger; denn was die auf der Abbildung 45 Dargestellten auszeichnete, ist ja gerade ihre Kreativität, die, wie betont wurde, mit Intelligenz-Tests gar nicht erfaßt werden kann.

Um die Intelligenz Erwachsener zu beurteilen, ist es weniger sinnvoll, das Lebensalter als Bezugsgröße heranzuziehen. Man geht deshalb von einem anderen Sachverhalt aus, nämlich von der Beobachtung, daß Intelligenz sich in einer Bevölkerung statistisch so ähnlich verteilt wie die meisten biologischen Größen (etwa die Körpergröße oder das Gewicht), d.h. entsprechend einer sogenannten Normalverteilung (Abbildung 46). Wenn man

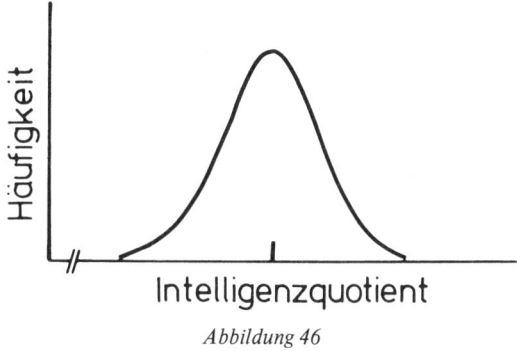

Abbildung 46

nämlich sehr viele Menschen hinsichtlich ihrer intellektuellen Fähigkeiten testet, dann beobachtet man, daß die meisten mittlere Leistungen erbringen und daß es nach oben und nach unten jeweils immer weniger werden. Immer weniger Dummen stehen auf der anderen Seite zahlenmäßig immer weniger Schlaue gegenüber. Wenn nun jemand einen Intelligenz-Test absolviert hat, dann wird seine persönliche Leistung mit dieser Normierungsverteilung verglichen. Dabei ist es neuerdings üblich, nicht nur einen allgemeinen IQ-Wert, sondern für die verschiedenen mentalen Fähigkeiten gesonderte Werte anzugeben, um so möglichst ein individuelles Intelligenz-Profil zu definieren. In dieser Weise lassen sich dann übrigens auch Intelligenz-Profile für Berufsgruppen bestimmen, wobei etwa der »durchschnittliche« Ingenieur sich durch überdurchschnittliche Werte bei allen mentalen Fähigkeiten auszeichnet, aber seine verbalen Fähigkeiten weniger ausgeprägt sind als die (berufsspezifischen) numerischen Kompetenzen.

Die Tatsache, daß sich Intelligenz im allgemeinen und die primären mentalen Fähigkeiten im besonderen statistisch in einer Bevölkerung wie biologische Größen verteilen, ist ein bemerkenswertes Phänomen, das von vornherein nicht selbstverständlich sein kann. Weist diese Tatsache bereits darauf hin, daß es sich bei Intelligenz auch um eine biologische Größe oder zumindest um eine biologisch fundierte Größe handelt, die mit dem Aufbau und der Funktionsweise unseres Gehirns zusammenhängt? Bevor ich jedoch diesen Gedanken weiterverfolge, möchte ich zunächst erörtern, daß Intelligenz eben auch von Umweltfaktoren abhängt, und zwar am Beispiel der erstaunlichen Beziehungen, die zwischen Intelligenz, Familiengröße und Geburtenposition in der Geschwisterreihe bestehen.

In umfangreichen Studien in verschiedenen Ländern wurde eine sich immer wieder bestätigende und an sich verblüffende Beobachtung gemacht: Je größer eine Familie ist, um so geringer ist die Durchschnittsintelligenz der Gesamt-Familie. In Abbildung 47 sind die Ergebnisse aus solchen Untersuchungen aus Holland, USA, Frankreich und Schottland zusammengefaßt, wobei sich überall der gleiche Trend zeigt. Woran mag das liegen? Hierzu hat R. B. Zajonc aus Ann Arbor in Michigan eine These entwickelt, die von der Beobachtung ausgeht, daß auch die Geburtenposition in der Geschwisterreihe einen Einfluß auf die

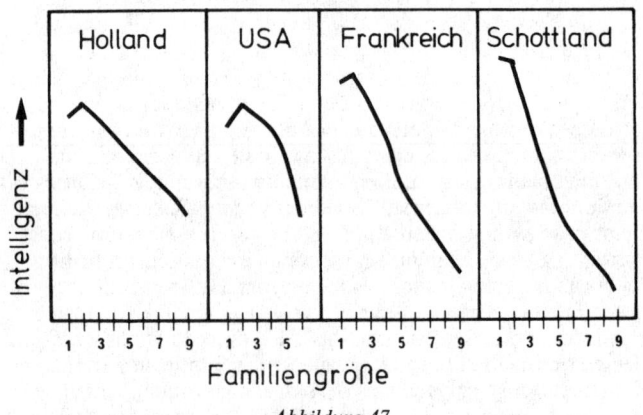

Abbildung 47

Intelligenz hat. Je später die Geburtenposition eines Kindes in einer Geschwisterreihe ist, um so mehr nimmt die Wahrscheinlichkeit zu, daß es etwas weniger Intelligenz als die älteren Geschwister zeigt. In einer umfassenden Studie an neunzehnjährigen holländischen Rekruten konnte dies eindeutig bewiesen werden, wobei aber darauf hingewiesen sei, daß die Unterschiede, obwohl statistisch signifikant, quantitativ gering sind und daß es sich um Durchschnittswerte handelt – niemand sollte sich also von einem derartigen Befund persönlich betroffen fühlen.

Die Beobachtung, daß die durchschnittliche Intelligenz mit der Geburtenposition abnimmt, macht den in Abbildung 47 gezeigten Befund verständlich, denn wenn spätere Kinder in der Geschwisterfolge durchschnittlich immer weniger intelligent sind, muß natürlich die durchschnittliche Familien-Intelligenz bei größer werdenden Familien abnehmen. Aber warum gibt es überhaupt diesen Effekt der Geburtenposition auf die Intelligenz?

Um dies zu verstehen, muß man nur daran erinnern, daß man beim Lehren selbst am meisten lernt. Einem Universitätsprofessor ist dies selbstverständlich: Er lernt bei einer Vorlesung mit Sicherheit am meisten. Zajonc nimmt nun an, und dieser Meinung kann man sich ohne Bedenken anschließen, daß ältere Geschwister immer auch in der Position des Lehrenden sind und dabei ihre intellektuellen Fähigkeiten üben. Ältere Geschwister zeigen jüngeren Schwestern und Brüdern, wie man eine Schuhschleife knüpft, den Plattenspieler anstellt, Regeln des Fußballspiels beachtet oder deutsche Sätze ins Lateinische überträgt. Ältere klären Jüngere darüber auf, was man machen kann, darf oder soll. Sie entdecken Fehler und weisen darauf hin, und sie kritisieren Sachverhalte, indem sie in die Rolle eines Lehrers schlüpfen. Indem sie dies tun, verbessert sich ihr eigenes Verständnis der Sache natürlich auch. Im Zeigen und Erklären sind die Älteren viel aktiver beteiligt als die Jüngeren. Wie wir früher gesehen haben, ist aber gerade das aktive Beteiligtsein entscheidend für Modifikationen unseres Verhaltens. Die aktive Teilnahme im Lehren und Zeigen verbessert das Verständnis einer Sache. Aber diesen Vorteil haben eben nur die Älteren. Die Jüngeren können nicht in die Position des Lehrenden schlüpfen, und ihnen entgeht somit eine Chance zur Übung und Entwicklung ihrer eigenen Intelligenz.

Mit diesen Befunden und ihrer Erklärung ist meines Erachtens an nur einem Beispiel hinreichend veranschaulicht, daß Umwelt-Faktoren maßgeblich die menschliche Intelligenz mitprägen. Lassen sich nun auch Beobachtungen oder Überlegungen anführen, die ähnlich deutlich den genetischen Anteil an der menschlichen Intelligenz zeigen? Ich möchte hier nun nicht auf die Zwillingsstudien, die genetische Faktoren eindeutig beweisen, eingehen. Erst kürzlich ist in einem interessanten Buch von Friedrich Vogel und Peter Propping »Ist unser Schicksal mitgeboren?« wieder auf den Aspekt angeborener Intelligenz hingewiesen worden, wie er u.a. durch die Zwillingsforschung bewiesen werden kann. Ich möchte vielmehr ein Argument vortragen, das sich meines Erachtens aus der Repräsentation psychischer Funktionen im Gehirn, den mentalen Fähigkeiten, die im Intelligenz-Test untersucht werden, und aus systematischen Intelligenzunterschieden zwischen Männern und Frauen ergibt.

Es wurde schon darauf hingewiesen, daß Intelligenz heutzutage über primäre mentale Fähigkeiten definiert wird, wobei zu diesen Fähigkeiten Gedächtnis, sprachliche Kompetenzen, räumliches Vorstellungsvermögen oder die Schnelligkeit gehören, mit der kognitive Leistungen erbracht werden können. Das sind aber alles Funktionen und Aspekte von Funktionen, bei denen die Intaktheit bestimmter Gehirnbereiche Voraussetzung ist. Wie wir gesehen haben, führen Ausfälle bestimmter Strukturen im Gehirn zur Einschränkung sprachlicher Kompetenz, zur Verminderung des Gedächtnisses oder zur Verlangsamung der noch vorhandenen Restfunktionen. Und aus diesen neuropsychologischen Beobachtungen läßt sich schließen, daß man örtliche Repräsentation psychischer Funktionen im Gehirn annehmen muß oder daß, wenn die Repräsentation nicht an bestimmte Orte gebunden ist, Netzwerkeigenschaften (oder Algorithmen) in neuronalen Strukturen diese Aufgabe übernehmen können.

Wir müssen also davon ausgehen, daß bestimmte Strukturen oder Algorithmen des Gehirns verantwortlich sind für Leistungen, die wir mit Intelligenz-Tests erfassen. Nun scheint es wenig plausibel, anzunehmen, daß diese Strukturen im Gehirn bei allen Menschen völlig identisch sind, daß sie sich von Natur aus also nicht unterscheiden. So wie es für uns selbstverständlich ist, daß Menschen sich aus genetischen Gründen in äußerlichen Merkmalen unterscheiden, wie etwa der Haarfarbe oder der Körpergröße, so müssen wir auch annehmen, daß aus genetischen Gründen auch Unterschiede an körperlichen Merkmalen vorhanden sind, die unter der Körper-Oberfläche, also etwa im Gehirn, liegen. Das bedeutet aber eine selbstverständliche genetische Variation in den verschiedenen Gehirnbereichen, etwa dem sensorischen und dem motorischen Sprachzentrum, die bestimmte psychische Funktionen repräsentieren. Dies heißt aber weiter, daß es dann auch eine genetische Variation in der Intelligenz geben muß, da wir Intelligenz ja über die mentalen Fähigkeiten definiert haben, die an bestimmte Strukturen des Gehirns gebunden sind.

Wen dieses theoretische Argument über den notwendigen genetischen Anteil an der Intelligenz nicht überzeugt, der sei auf die neuesten Untersuchungen verwiesen, in denen Unterschiede in der Intelligenz von Männern und Frauen geprüft wurden. Ausgangspunkt sind hier Beobachtungen von Intelligenz-Einbußen nach Hirnverletzungen. Wie wir früher gesehen hatten, ist beispielsweise die linke Gehirnhälfte dominant für die Sprache. Wenn eine Störung in der linken Gehirnhälfte auftritt, dann ist üblicherweise Sprachlosigkeit die Folge. Diese frühere Behauptung muß ich nun etwas einschränken. Der Verlust der Sprache nach einer Läsion der linken Hemisphäre gilt sehr viel ausgeprägter für Männer. Frauen werden von einem Funktionsverlust der Sprache nach solchen Läsionen eher verschont. Im Gegensatz zu links-hemisphärischen Läsionen führen Störungen der rechten Hemisphäre zu Einschränkungen des räumlichen Vorstellungsvermögens. Aber wiederum gilt diese klare Aussage mehr für Männer als für Frauen, denn Frauen können von diesem Funktionsverlust nach Hirnverletzungen verschont bleiben.

Hieraus kann man die Hypothese ableiten, daß es zwischen Männern und Frauen einen maßgeblichen Unterschied in der Gehirn-Organisation gibt. Bei Frauen sind die beiden Gehirnhälften einander sehr viel ähnlicher als beim Mann, bei dem die beiden Hemisphären auf einzelne Funktionen jeweils auf Kosten der anderen Hemisphäre ausschließlicher spezialisiert sind. Diese größere Dissoziation zwischen den Hemisphären macht den Mann natürlich anfälliger für Funktionsverluste nach Störungen in einer Hemisphäre.

Diese Unterschiede zwischen Männern und Frauen hinsichtlich ihres Gehirnaufbaus wurden übrigens schon seit langem vermutet. Bereits 1880 hat J. Crichton-Browne in der noch heute hochangesehenen wissenschaftlichen Zeitschrift »Brain« Messungen über Gehirne veröffentlicht, die zeigten, daß Gewichtsunterschiede zwischen der linken und rechten Hemisphäre bei Frauen weniger ausgeprägt sind als bei Männern. Aus den letzten Jahren ergaben neue Beobachtungen des makroskopischen Aufbaus des Gehirns, daß die Gehirne von Frauen symmetrischer strukturiert sind als die von Männern.

Die größere Ähnlichkeit der weiblichen Hemisphären – bzw. ihre geringere Spezialisierung – hat sich auch in psychologischen Versuchen zur Erkennbarkeit visueller Reize gezeigt. Wir erinnern uns, daß alle optischen Informationen links vom Fixationspunkt in die rechte Hemisphäre geschickt wird, und daß alles, was rechts liegt, nach links ins Gehirn wandert. Nun ist festgestellt worden, daß bestimmte Reizmuster besser im linken bzw. im rechten Gesichtsfeld erkannt werden. Buchstaben und Worte werden viel schneller und genauer erkannt, wenn sie rechts vom Fixationspunkt erscheinen, d.h. in der linken (der sprachdominanten) Hemisphäre verarbeitet werden. Nicht-verbale Reizsituationen, in denen es darum geht, Richtungen von Linien oder die Tiefe von Gegenständen zu erkennen, werden besser wahrgenommen, wenn das Material links vom Fixationspunkt erscheint, also in der rechten Hemisphäre verarbeitet wird. Aber wesentlich ist in diesem Zusammenhang, daß dieser Unterschied bei den männlichen Versuchspersonen sehr viel ausgeprägter ist als bei den weiblichen.

Auch dieser Befund macht klar, daß die Hemisphären bei der Frau sehr viel weniger spezialisiert sind als beim Mann. Da es – bedauerlicherweise – bei solchen Beobachtungen immer leicht zu Wertungen kommt, müssen sie in zweifacher Weise ausgedrückt werden. Man kann sagen, daß bei Männern eine größere Spezialisierung der Hemisphären vorliegt; oder man kann sagen, daß bei Frauen eine bessere Übereinstimmung zwischen den Hemisphären gegeben ist. (Vielleicht ist die Aussage, Frauen seien ausgeglichener als Männer, auch darin begründet, daß die beiden Hemisphären bei Frauen besser aneinander angepaßt sind.)

Diese Unterschiede zwischen Mann und Frau können in der Tat nur durch genetische Faktoren erklärt werden. Es ist kaum vorstellbar, daß etwa die makroskopischen strukturellen Eigenschaften des Gehirns, bei denen Unterschiede zwischen Männern und Frauen festgestellt wurden, sich aus der Wirkung bestimmter Umwelt-Faktoren ergaben. Wir können also hier festhalten, daß die menschliche Intelligenz von genetischen Faktoren *und*, wie ich weiter oben anführte, von Milieuwirkungen abhängig ist.

Daß diese beiden Wirkungsfaktoren aber überhaupt nicht mehr zu trennen sind, wird klar, wenn man die Gesichtspunkte berücksichtigt, die im Kapitel über die »Entwicklung« (Kap. 18) erörtert wurden. Ich möchte daran erinnern, daß für bestimmte psychische Phänomene ein angeborenes Repertoire vorhanden ist, daß diese Phänomene aber durch Umwelterfahrung, also durch Lernen, bestätigt werden müssen, um im Verhaltensrepertoire zu bleiben. Dies bedeutet, daß nach der Bestätigung eines endogenen Schemas durch Reize aus der Umwelt das Verhalten und ein damit verbundenes Erleben sowohl genetisch als auch durch Umweltreize bedingt sind. Beide Komponenten jeweils allein könnten die Verhaltensweise nicht garantieren, d.h. ohne Bestätigung geht etwas verloren, und ohne Anlage kann nichts gewonnen werden. Erst das kooperative Zusammenwirken genetischer und Umwelt-Faktoren garantiert das Verhalten und die psychische Qualität des Erlebens. Als konkretes Beispiel sei an die Sprache erinnert, bei der angeborene Kompetenzen durch individuelle Erfahrung zu einer bestimmten gesprochenen Sprache ausgebaut werden. Und sprachliche Kompetenz ist ja der wesentliche Bereich, über den die primären mentalen Fähigkeiten der Intelligenz bewertet werden.

Wenn im Titel dieses Kapitels angedeutet wurde, daß zuviele Fragen nach der Intelligenz mangels Intelligenz gestellt würden, so leuchtet der Sinn dieser Aussage vielleicht jetzt ein. Unvernünftig, ja unintelligent erscheint an der Frage nach den Grundlagen der Intelligenz das Bemühen zu sein, jeweils nur *einen* ursächlichen Faktor zu suchen, das Erbgut oder die Umwelt. Diese mangelnde Intelligenz scheint daher zu rühren, daß unser monokausales Erklärungsbedürfnis (»Monokausal-Taxophilie«) uns dazu verleitet, alles Vorgefundene übersichtlich zu ordnen und in möglichst *einfacher* Weise zu verstehen. Im Vorteil sind dann vielleicht eben jene, die es mit der Unordnung aushalten können, da sie damit auch mögliche Ordnungsfehler vermeiden.

Man muß allerdings noch auf einen Sachverhalt hinweisen, der die Monokausal-Taxophilie vielleicht in einem etwas anderen Lichte erscheinen läßt. Neueste Forschungen des Sinologen Wolfram Eberhard von der University of California in Berkeley weisen darauf hin, daß das Denken der Chinesen nicht wie in der beschriebenen Weise nach monokausalen Erklärungen sucht, sondern von vornherein multikausal orientiert ist. Eberhard meint, daß das chinesische Denken weniger als analytisch, sondern eher als integrativ und holistisch bezeichnet werden muß. Läßt sich diese interessante Hypothese bestätigen, so würde das heißen, daß die Monokausal-Taxophilie dem Menschen nicht unbedingt mitgegeben ist, sondern aufgrund bestimmter kultureller Bedingungen geprägt wird; denn anders ließe sich der Unterschied im Denkstil zwischen den Chinesen und uns wohl kaum erklären. Das würde aber auch erkennen lassen, wie tiefgreifend unser Bemühen um ein Verstehen der Welt und von uns selbst von kulturellen Umständen und entsprechenden Traditionen abhängig ist.

F. Die Matrix
von Lust und Schmerz:
An den Grenzen
unseres Erlebens

23. Schmerz:
Das Leiden des Leibes

Jeder, der längere Zeit unter Schmerzen gelitten hat, betrachtet Schmerz als ein Übel, vielleicht sogar als eine Strafe. Doch weiß auch jeder, daß Schmerz eine wichtige Funktion hat, denn durch Schmerzen wird uns signalisiert, daß unser Leib in Gefahr geraten ist. Schmerzen ermöglichen uns, auf Verletzungen oder Entzündungen zu reagieren. Wir ändern unser Verhalten, damit Möglichkeit zur Heilung und Erholung gegeben ist.

Der Sinn von Schmerz wird deutlich, wenn man die Lebensgeschichte von Menschen betrachtet, die von Geburt an ohne Schmerzempfindung leben, also »schmerz-blind« sind. Solche Menschen haben die größten gesundheitlichen Probleme, weil sie nur schwer lernen können, gefährliche Situationen zu vermeiden. Da ihnen Verletzungen oder Entzündungen keine Schmerzen verursachen, ist die Möglichkeit verstellt oder zumindest erschwert, Situationen, in denen eine körperliche Gefährdung vorhanden ist, zu erkennen und zu vermeiden.

Nehmen wir als Beispiel einen wohldokumentierten Fall einer Arzttochter, für die Schmerz ein unbekanntes Gefühl war. Dieses Mädchen biß sich ihre Zungenspitze ab, ohne es zu fühlen. Sie zog sich häufig Verbrennungen am Herd zu, ohne darunter zu leiden. Sie konnte ihre Hände längere Zeit in Eiswasser oder in heißes Wasser halten, ohne dabei etwas zu spüren. In Experimenten mit elektrischen Reizen konnte sie Stromstärken aushalten, die jeden Menschen, der über normale Schmerzempfindung verfügt, in Panik versetzen würden. Normalerweise ändern sich bei Schmerzreizung Blutdruck, Puls und Atmung, doch bei diesem Mädchen geschah nichts. Der Körper nahm keine Notiz von den schmerzhaften Ereignissen. Aufgrund dieser Schmerzblindheit stellten sich bei ihr schließlich ernsthafte medizinische Probleme ein. Besonders auffallend waren krankhafte Veränderungen an den Knien. Da sie keine Schmerzen spürte, blieb sie immer in der gleichen Stellung stehen, so daß ihre Gelenke einseitig belastet wurden. Durch Gewichtsverlagerungen, die automatisch ausgelöst werden, wenn die Knie zu schmerzen beginnen, vermeidet der Gesunde solche einseitigen Belastungen und dadurch Gelenkentzündungen. Es ist anzunehmen, daß das Fehlen von Schmerz für dieses Mädchen der Grund war, daß es relativ jung starb, da massive Infektionen schließlich von den Ärzten nicht mehr unter Kontrolle gebracht werden konnten.

Interessanterweise scheinen solche Schmerzblindheit oder zumindest verringerte Schmerzempfindlichkeit nicht nur aufgrund eines angeborenen Defektes aufzutreten, sondern sich auch durch bestimmte frühkindliche Erfahrungen zu entwickeln. Als Beispiel berichte ich zunächst über das Ergebnis eines Tierversuchs, den einer der führenden Schmerzforscher, R. Melzack aus Kanada, durchführte. Er zog mehrere Würfe von Foxterriern in seinem Labor auf, wobei eine Gruppe der heranwachsenden Hunde so gehalten wurde, daß sie sich praktisch nie irgendwo wehtun konnten. Nach dieser schmerzfreien Aufzucht der einen und der normalen Aufzucht der anderen Gruppe wurde das spontane Verhalten der Tiere in einer neuen Umgebung überprüft, in der der Experimentator auch ein offenes Feuer aufstellte. Die normal aufgewachsenen Hunde erkundeten die neue Umgebung, und da sie Feuer noch nicht kannten, schnüffelten sie auch am Feuer – doch nur ein einziges Mal. Durch die schmerzhafte Erfahrung, sich am Feuer verbrennen zu können, lernten sie für alle Zukunft, Feuer zu vermeiden. Anders die schmerzfrei aufgezogenen Hunde. Auch ihnen war Feuer unbekannt, doch sie lernten nicht, es zu vermeiden. Immer wieder gingen sie ans Feuer und verbrannten sich stets aufs neue. Durch das schmerzfreie Heranwachsen waren sie offenbar schmerzblind geworden.

Hier möchte ich an Gesichtspunkte erinnern, die schon in anderem Zusammenhang erörtert wurden (Kap. 18 und 20), daß nämlich in der Entwicklung zwar viel, doch nicht alles gelernt werden muß, sondern daß von Natur aus Angelegtes durch Erfahrung manchmal nur bestätigt zu werden braucht. Für diese Bestätigung von vorprogrammierten Erlebens- und Verhaltensweisen sind sensible Phasen im Heranwachsen vorgesehen, in denen der Organismus für derartige Prägungen ganz besonders offen ist. Das Ergebnis des Hunde-Experiments läßt sich in diesem Zusammenhang recht gut verstehen. Das Schmerz-System wurde bei den schmerzfrei aufgewachsenen Hunden nicht gereizt und deshalb durch Schmerz-Information nicht bestätigt, d. h. das Gehirn der Hunde lernte nicht, daß die Umwelt überhaupt Schmerzen verursachen kann, so daß deshalb die Prägung dieses Systems überflüssig wurde. In der normalen Umwelt, in der Schmerzreize in Form von Feuer vorkamen, erwies sich dann aber die fehlende Bestätigung der Schmerz-Wahrnehmung als eine Fehlprägung. Die Bestätigung durch Umweltreize zur Ausprägung und Bereitstellung eines funktionsfähigen Systems scheint an eine Phase in der Entwicklung gebunden zu sein, und die zeitlich begrenzten Wirkungen, die in dieser Phase zu bestimmten Bewertungen von Erlebnissen führen, können später praktisch nicht mehr nachgeholt werden. Das bedeutet, daß die einmal aufgrund fehlender Schmerz-Erfahrung schmerzblind gewordenen Hunde nie mehr lernen, schmerzhafte Erfahrungen zu machen. Für sie ist die Welt ohne Schmerz, denn nach der sensiblen Phase ist die Möglichkeit zur Bestätigung vorbei. Das Gehirn ist verschlossen und die Neubewertung alter Bewertungen nicht mehr möglich.

Es fragt sich nun, ob wir diese Beobachtungen aus dem Hunde-Experiment auch auf Phänomene des Schmerzerlebens beim Menschen übertragen können, ob also frühkindliche Erfahrung unser Erleben von Schmerz im Erwachsenenalter bestimmt. Natürlich können solche »Kaspar-Hauser-Versuche«, in denen in kontrollierter Weise jegliche schmerzhafte Erfahrung von einem Kind ferngehalten wird, mit Menschen nicht durchgeführt werden. Da es aber wesentliche kulturbedingte Unterschiede in der Einstellung zum Schmerz gibt, auf Grund deren Kinder Schmerz in unterschiedlicher Weise bewerten »lernen«, läßt sich die Bedeutung frühkindlicher Erfahrung für die Prägung des Schmerzerlebens zumindest teilweise abschätzen. Man kann nämlich prüfen, ob unterschiedliche Erfahrungen während der Kindheit sich auf die spätere Schmerzempfindlichkeit auswirken.

Um Unterschiede im Schmerzerleben beim Menschen aus verschiedenen Kulturen objektiv beurteilen zu können, ist es zuerst notwendig, ein geeignetes Maß für die Bewertung der Schmerzempfindlichkeit zu finden. In der experimentellen Schmerzforschung sind verschiedene solcher Maße definiert worden, wobei für unsere Zwecke besonders zwei Maße interessant sind, nämlich die *Schmerzschwelle* und die *Schmerztoleranz*. Wenn man im Experiment einen Schmerzreiz gibt, z. B. einen Hitzereiz oder einen elektrischen Reiz, dann gibt es eine bestimmte, relativ geringe Reizintensität, bei der eine Versuchsperson sagt, daß es jetzt gerade wehzutun beginne. Wenn man diese Reizintensität geringfügig verringert, dann spürt man nur noch ein Prickeln, aber keinen Schmerz mehr. Die minimale Reizintensität, bei der man gerade noch von Schmerz sprechen kann, wird als Schmerzschwelle bezeichnet.

Wird nun im Versuch die Intensität des Reizes weiter erhöht, dann nimmt natürlich auch der subjektive Schmerz zu. Bei einer bestimmten Reizintensität sagt dann die Versuchsperson: »Bis hierhin und nicht weiter!« Diese Intensität, die eine Versuchsperson im Experiment gerade noch aushalten kann, bezeichnet man als Schmerztoleranz.

Interkulturelle Vergleiche über das Schmerzerleben zeigen nun, daß es praktisch keine Unterschiede zwischen den Individuen verschiedener Kulturen hinsichtlich der Schmerzschwelle gibt. Unabhängig also von frühkindlicher Erfahrung und kultureller Prägung bleibt die Schmerzschwelle konstant. Ganz anders ist es jedoch bei der Schmerztoleranz; denn hier zeigen sich große kulturelle Unterschiede. In einer Studie in den USA wurden beispielsweise jüdische, italienische und indianische Hausfrauen miteinander verglichen. Obwohl es zwischen den drei Bevölkerungsgruppen keine Unterschiede bei den Schmerzschwellen gab, zeigten die Italienerinnen eine erheblich geringere Schmerztoleranz als die Jüdinnen oder die Indianerinnen. Das entspricht dem durch die Karl-May-Tradition genährten Klischee, daß Indianer mehr Schmerzen aushalten können.

Bei diesen interkulturellen Vergleichen ergab sich ein weiterer interessanter Befund, der deutlich macht, daß sogar das Bewußtsein, zu einer bestimmten Bevölkerungsgruppe zu gehören, die Schmerztoleranz beeinflussen kann. In Versuchen mit Protestanten und Juden wurde den Versuchspersonen jeweils vor einem Experiment gesagt, daß ihre religiöse Gruppe mehr Schmerzen als die andere aushalten könnte. Es zeigte sich, daß aufgrund dieser Information nur die Juden, nicht aber die Protestanten ihre Schmerztoleranz erhöhten.

Mit der Schmerzschwelle und der Schmerztoleranz werden also offenbar ganz verschiedene Aspekte des Schmerzerlebens erfaßt, denn sonst könnte diese Dissoziation in der kulturellen Prägung zwischen diesen beiden Maßen nicht auftreten, da nur die Schmerztoleranz, nicht aber die Schmerzschwelle prägbar zu sein scheint. Daß mit Schmerzschwelle und mit Schmerztoleranz unterschiedliche Aspekte des Schmerzes erfaßt werden, konnten wir auch in ganz anderen Experimenten im Münchner Institut für Medizinische Psychologie nachweisen. Wir wollten wissen, ob die beiden Seiten des Körpers gleich schmerzempfindlich sind oder ob es hier interessante Unterschiede gibt. Bei einer Gruppe von Versuchspersonen wurde deshalb u. a. der rechte und der linke Unterarm mit elektrischen Schmerzreizen stimuliert. Wir stellten fest, daß es keinen Unterschied zwischen rechts und links gibt, wenn man die Schmerzschwellen miteinander vergleicht. Und das galt für die männlichen und die weiblichen Teilnehmer an diesem Experiment. Wurde die Schmerzintensität aber erhöht, dann zeigte sich ein markanter Unterschied zwischen beiden Seiten. Die linke Seite hatte nämlich eine erheblich geringere Schmerztoleranz als die rechte, d. h. die Versuchspersonen verlangten sehr viel früher bei Links-Reizung als bei Rechts-Reizung mit der Schmerz-Stimulation aufzuhören. Eine heiße Bratpfanne faßt man also besser mit der rechten Hand an.

Dieses Ergebnis steht in einem interessanten Zusammenhang mit der Spezialisierung unserer beiden Gehirn-Hemisphären, wobei hier wichtig ist, sich daran zu erinnern, daß die rechte Hälfte für die emotionelle Beurteilung von Erlebnissen dominant ist. Aus anatomischen Gründen gelangt die Information vom rechten Arm hauptsächlich in die linke Hemisphäre und die vom linken Arm in die rechte. Wenn die linke Seite eine geringere Schmerztoleranz zeigt, dann heißt das, daß die rechte Hemisphäre eine geringere Schmerzintensität als die linke Hemisphäre als unerträglich wertet. Die Tatsache, daß die Schmerzschwellen zwischen rechts und links gleich sind, daß sich aber die Schmerztoleranz signifikant unterscheidet, bedeutet, daß hier zwei Aspekte von Schmerz erfaßt werden. Bei der Schmerztoleranz steht der emotionelle Aspekt des Schmerzes, etwa das Quälende, im Vordergrund, während bei der Schmerzschwelle dieser Aspekt – aufgrund der geringeren Intensität – weitgehend fehlt. Aufgrund der unterschiedlichen Spezialisierung der Hemisphären läßt sich dieser Doppel-Aspekt leicht erkennen.

Dieser Befund ist nun nicht nur von akademischem Interesse. Er bedeutet, daß wir bei Kenntnis der Schmerzschwelle die Schmerztoleranz nicht voraussagen können, und das heißt, daß es etwa bei der Bestimmung der Wirkung von Schmerzmitteln nicht ausreicht, nur die Schmerzschwelle zu bestimmen. Wenn jemand Schmerzen hat und diese medikamentös unter Kontrolle bringen möchte, dann steht für den Patienten das Leiden im Vordergrund, d.h. der emotionelle Aspekt des Schmerzes. Er möchte sich von der Qual befreien – und nicht seine Schmerzschwelle verändern. Bedauerlicherweise wird aber im allgemeinen bei der Prüfung der Wirkung neuer Schmerzmittel nicht die Wirkung auf die Schmerztoleranz, sondern die auf die Schmerzschwelle geprüft. Dabei geht man von der falschen Vorstellung aus, die sich aus der der Physik entlehnten Tradition des Messens psychischer Phänomene ergibt, als könnte man die Schmerztoleranz aus der Schmerzschwelle voraussagen. Das ist aber, wir wir sahen, nicht möglich. Deshalb sind viele Versuche, in denen die Wirkung von Medikamenten auf die Schmerzschwelle nachgewiesen wird, hinsichtlich der eigentlichen Frage, inwiefern diese Medikamente auch von der Qual des Schmerzes befreien, bedeutungslos. Wenn solche Medikamente trotzdem wirken, dann nicht aufgrund ihrer »chemischen Kraft«, sondern aufgrund ihrer *Placebo*-Wirkung. Darüber später mehr.

Die Tatsache, daß unser Schmerzerleben durch vermutlich zwei Qualitäten charakterisiert ist, bildet sich übrigens auch in unserer Sprache ab. Wenn wir Schmerzen beschreiben, dann verwenden wir Begriffe, die zum einen den mehr sensorischen und

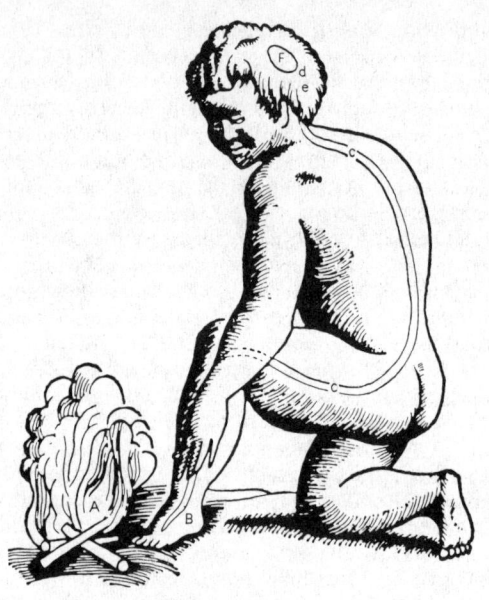

Abbildung 48

zum anderen den mehr emotionellen Aspekt hervorheben. Wenn
wir einen Schmerz als »stechend, pulsierend, brennend oder
scharf« bezeichnen, dann steht der sensorische Gesichtspunkt im
Vordergrund. Wenn wir dagegen von »grausamen, quälenden,
strafenden, schrecklichen« Schmerzen sprechen, beziehen wir
uns mehr auf den emotionellen Bereich. Man kann vermuten,
daß dieser sensorische Aspekt mit der Schmerzschwelle und der
emotionelle Aspekt mit der Schmerztoleranz assoziiert ist.

Was geschieht nun in unserem Gehirn, wenn wir körperli-
chem Schmerz ausgeliefert sind? Wie in den meisten Bereichen
der Forschung, in denen die neuronalen Grundlagen von Erleben
und Verhalten erforscht werden, gibt es hier noch keine letzte
Klarheit. Aber die Forschung in den letzten Jahren hat sehr viel
zu unserem Verständnis beigetragen, insbesondere durch die
Entdeckung der körpereigenen Morphine, d. h. von Schmerzmitteln, die der Körper selber produziert.

Eine sehr einflußreiche Theorie, in der zu erklären versucht
wird, wie Schmerz im Organismus repräsentiert und verarbeitet
wird, stammt von R. Descartes (Abbildung 48). Seine Theorie aus

242

dem Jahre 1644 ist ein typisches Beispiel für eine sogenannte »Spezifitäts-Theorie« – eine Theorie, die noch heute unser Denken, vor allem in der Medizin, beherrscht. Descartes nahm an, daß es eine spezifische Leitungsbahn für Schmerz von der Peripherie des Körpers ins Zentrum des Gehirns gäbe. Wenn beispielsweise der Fuß an ein Feuer gerät, dann kommt es zu einer Reizung, die vom Fuß über das Rückenmark in das Gehirn zieht. Man kann sich den Inhalt dieser Theorie auch wie ein Klingelknopf-System vorstellen. Wenn draußen etwas passiert, wird über ein Kabel ein Impuls weitergeleitet, und irgendwo (im Gehirn) läutet eine Klingel. Der Betreffende weiß dann, wo es wehtut, und kann auf den Schmerz reagieren. Diese Theorie besagt auch, daß, wenn Schmerzreize an einer bestimmten Körperstelle auftreten und die Reize intensiv genug sind, es immer zu einer Meldung im Gehirn kommt. Mit anderen Worten: daß wir Schmerzreizen ausgeliefert sind und daß wir uns im Grunde wegen der Struktur unseres Nervensystems gegen sie nicht wehren können. Doch stimmt das wirklich?

Jeder hat wohl einmal die Erfahrung gemacht, daß je nach der Situation Schmerz unterschiedlich erlebt wird. In der Hitze eines sportlichen Wettkampfes etwa bleiben leichtere Verletzungen häufig völlig unbeachtet. Jeden Samstag kann man diese Phänomene bei Fußballspielen der Bundesliga beobachten. Nach einem Zusammenprall bleiben die Spieler auf dem Boden liegen, und die Zuschauer meinen, daß sie jetzt wohl mit einer Bahre vom Platz getragen werden müssen – was leider manchmal auch notwendig ist –, doch in der Regel laufen sie eine Minute später wieder über den Platz, als sei nichts geschehen. Da das für viele so unwahrscheinlich aussieht, erscheint es ihnen als eine theatralische Einlage. Manche Fußballer mögen in der Tat den schauspielerischen Aspekt solcher Unfälle kultivieren. Doch im Vordergrund steht die Tatsache, daß durch Unfälle ausgelöste Schmerzen aufgrund der Wettkampf-Situation oft unbemerkt bleiben bzw. sehr schnell unterdrückt werden. Erst wenn das Spiel vorbei ist, merkt der Spieler, wo überall er Blessuren erlitten hat.

Die Bedeutung der Situation für das Schmerzerleben konnte auch der Schmerzforscher H. K. Beecher von der Harvard Medical School in Boston in einer Studie an Soldaten aus dem Zweiten Weltkrieg deutlich machen. Ihm fiel auf, daß Soldaten mit schweren Verwundungen sehr viel weniger über Schmerz klagten als Zivilisten, die aufgrund ähnlicher Verletzungen ins Krankenhaus kamen. Beecher erklärte sich den Unterschied durch den primären Nutzen, der sich aus der Verwundung für die Soldaten ergab.

Sie konnten nun das Schlachtfeld verlassen, d. h. ihre Verwundung setzte sie nicht weiteren Gefährdungen aus, während für den Zivilisten eine Verletzung dieses Ausmaßes eine persönliche Katastrophe bedeutete.

Um die Bedeutung kultureller Prägungen und situativer Faktoren auf den subjektiven Schmerz zu verdeutlichen, ist es nützlich, auch extreme Beispiele anzuführen. In unserem Kulturkreis wird beispielsweise der Geburtsschmerz oft als der stärkste bezeichnet, den ein Mensch überhaupt ertragen muß. Geburt ist bei uns mit Schmerz assoziiert. Von Anthropologen hören wir nun, daß es Kulturen gibt, in denen die Geburt den Frauen offenbar keinen so intensiven Schmerz bereitet. Frauen in solchen Kulturen arbeiten bis kurz vor dem Geburtstermin, bringen das Kind zur Welt und wenden sich gleich darauf wieder ihrer Arbeit zu. Wer aber leidet, ist der Mann. Er legt sich mit schwersten Schmerzen nieder, als sei er es, der das Gebären – nach unserer Vorstellung – besorgt.

Das bedeutet natürlich nicht, daß in unserer Kultur Frauen den Geburtsschmerz »erfinden« oder daß in jenen anderen Kulturen die Männer das tun. In unserer Kultur gehören Geburt und Schmerz zusammen. Die Geburt wird als etwas erlebt, was das Leben gefährdet. Geburt ist also ein angstbesetzter Vorgang. Diese Beziehung zwischen Geburt und Angst und Schmerz wird im Sinne einer Prägung von den Mädchen von früh an erfahren, und sie können sich dieser Dimension nicht entziehen, da sie ein Teil unserer Kultur ist, der nicht einfach abgestreift werden kann.

Ein weiteres extremes Beispiel der möglichen Kontrolle von Schmerzen ist in Abbildung 49 dargestellt. In manchen Dörfern Indiens gibt es noch heute einen Brauch, daß ein Mann an einen Haken gehängt wird, um als Erwählter in Vertretung der Götter Kinder und Felder zu segnen. Zwei Haken aus Stahl werden ihm unter der Rückenmuskulatur durchgezogen, und während der Zeremonie hängt er nur an diesen Haken. Während der Zeremonie des Segnens zeigt er keinerlei Anzeichen von Schmerz, er scheint vielmehr in einem Zustand der Ekstase zu sein. Durch die Situation wird der Schmerz also möglicherweise umgewertet in eine positive Qualität. Ich möchte hier zurückerinnern an Abbildung 1, in der die Koexistenz von Lust und Schmerz gezeigt wird. Vielleicht ist die Ekstase, wie sie durch extreme Situationen ausgelöst wird, jener Zustand, in dem größte Lust und tiefster Schmerz sich vereinen und durch ihre Integration eine neue Erlebnisqualität entstehen lassen.

Anders als im Konzept von Descartes ist unser Schmerzerleben also nicht nur von sensorischen Signalen abhängig, die bei

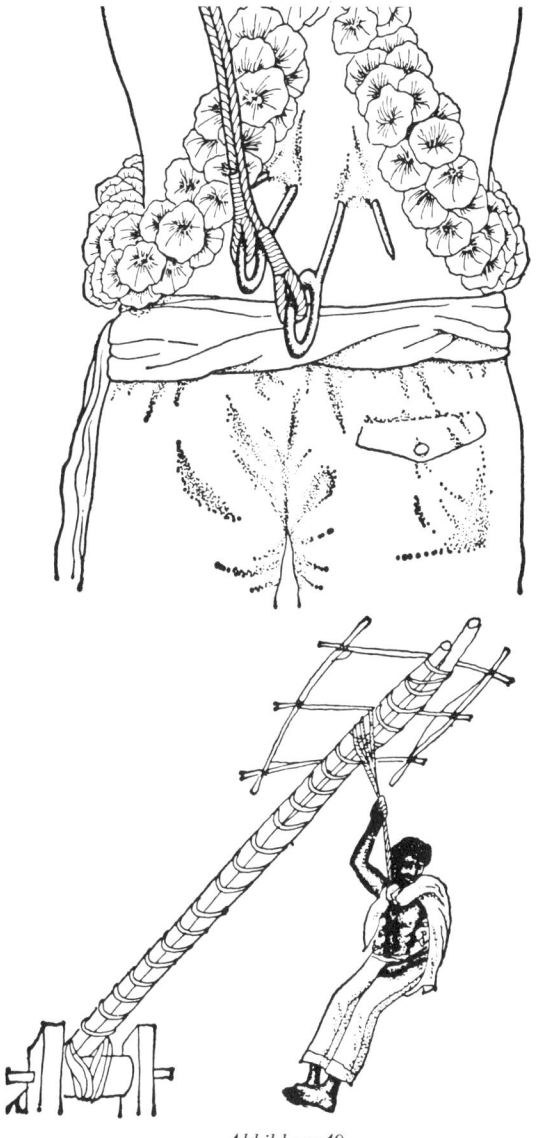

Abbildung 49

Verletzungen oder Entzündungen entstehen. In der Abbildung 50 fließen in den Pfeil, der zur Schmerzaussage führt, neben sensorischen Signalen viele andere Faktoren mit ein. Es ist z.B. wichtig, wie aufgeregt wir sind, ob wir in einer Situation Schmerzen erwarten und in welcher sozialen Situation wir uns befinden. Wichtig scheint auch zu sein, daß diese hinzukommenden Einflüsse im wesentlichen unsere Schmerztoleranz, nicht die Schmerzschwelle beeinflussen. Mit der Bestimmung der Schwelle erfassen wir eher den sensorischen Aspekt, und die anderen Faktoren wirken dann auf jenen Schmerz, der unsere gefühlsmäßige Bewertung betrifft.

Aufgrund der vielen Beobachtungen, die zeigen, daß wir nicht wie hilflose Apparate, die sich nicht wehren können, dem Schmerz ausgeliefert sind, wurde es natürlich notwendig, eine alternative Theroie zu der Spezifitätstheorie zu entwerfen, die Descartes vertreten hat. Diese Theorie wurde 1965 von R. Melzack und P. Wall vorgetragen, und sie gehört in den Neurowissenschaften mit zu den einflußreichsten Konzepten. Für den Psychologen ist dabei besonders die Tatsache befriedigend, daß diese neurowissenschaftliche Theorie in ihrer Konzeption sich ganz maßgeblich auf Schmerzerlebnisse bezieht, also von vornherein versucht, physiologische und psychologische Sachverhalte zu integrieren und so der Wirklichkeit unseres Erlebens gerecht zu werden. Die Theorie hat den Namen »Tor-Kontrollen-Theorie« (Gate Control Theory), wobei sich die Torkontrolle darauf bezieht, daß im Rückenmark gleichsam Torwächter stehen, die manche Schmerzinformation durchlassen, andere vor dem Tor festhalten.

Schmerzreize aus der Peripherie des Körpers unterliegen,

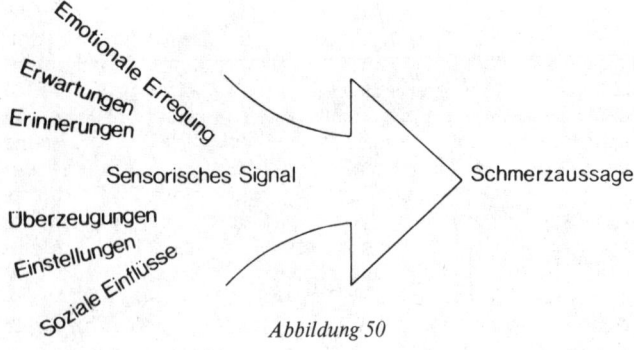

Abbildung 50

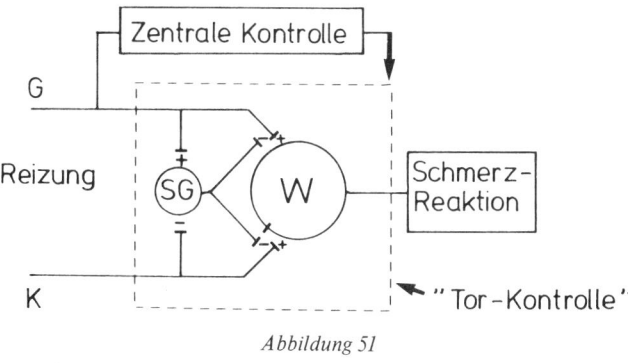

Abbildung 51

bevor sie als Schmerzinformation durchgelassen werden, einer zentralen Bewertung. Zur Veranschaulichung sei ein Beispiel aus dem Post- und Fernmeldewesen herangezogen. Jemand schickt einen Brief ab, in dem er eine Forderung stellt; gleichzeitig aber ruft er an und teilt dem Briefempfänger mündlich mit, daß er gerade einen Brief losgeschickt habe, in dem die Forderung klar formuliert sei. Der Empfänger weiß also, daß etwas Unerfreuliches im Brief kommen wird, und verweigert deshalb die Annahme. So schützt er sich, zunächst einmal, vor der unangenehmen Nachricht.

In analoger Weise müssen wir uns den Informationsfluß bei der Tor-Kontrollen-Theorie des Schmerzes vorstellen, der in Abbildung 51 schematisch dargestellt ist. Von der Peripherie des Körpers ziehen große (G) und kleine (K) Fasern in das Rückenmark, und nach einer Umschaltung im Rückenmark ziehen andere Fasern in das Gehirn. Große Fasern haben die Eigenschaft, daß sie Informationen sehr viel schneller weiterleiten als kleine. Wenn sich demnach jemand in die Hand schneidet, dann wird neuronale Information schnell über große Fasern ins Gehirn gemeldet, z.B. auch zu einer Instanz, die mit »zentrale Kontrolle« in Abbildung 51 gekennzeichnet ist. Diese zentrale Kontrolle kann nun, wie der Pfeil anzeigt, auf die Torkontrolle auf der Ebene des Rückenmarks einwirken. Wenn die Schnittwunde in diesem Augenblick aufgrund anderer Beanspruchung, weil anderes wichtiger ist, unwichtig ist, dann wird durch die Bewertung der Situation bei der zentralen Kontrolle das Tor auf der Rückenmarksebene einfach geschlossen.

Bei der Torkontrolle selbst spielt ein physiologischer Mechanismus eine interessante Rolle, der zwar neuerdings in dieser

247

speziellen Form in Frage gestellt wird, doch als Konzept immer noch wichtig zu sein scheint und vor allem eine Vielzahl wesentlicher Untersuchungen angeregt hat. (Auch wenn die Theorie letzten Endes nicht richtig sein sollte, so ist sie doch außerordentlich kreativ gewesen.) Die Weiterleitung von Schmerzinformation im Rückenmark, so argumentieren Melzack und Wall, ist abhängig von der neuronalen Aktivität in den großen und kleinen Fasern. Mehr Aktivität in den großen Fasern hemmt die Weiterleitung (W), mehr Aktivität in den kleinen Fasern fördert sie. Damit dies geschehen kann, wird eine bestimmte Verschaltung angenommen, bei der winzige Nervenzellen in der Substantia gelatinosa (SG), einem Bereich im Rückenmark, einen entscheidenden Beitrag liefern. Stellen wir uns vor, die großen Fasern (G) sind besonders aktiv. Dann wird am Anfang W und auch SG aktiv sein. Von SG geht aber eine hemmende Leitung zu der Stelle, wo die Aktivität von G auf W übertragen wird. Das bedeutet, daß gleich nach Aktivitätsbeginn in den großen Fasern die Übertragung auf die weiterleitenden Fasern gehemmt wird und deshalb eine Schmerzreaktion gar nicht eintreten kann bzw. sofort unterbrochen wird.

Anders sieht es aus, wenn die kleinen (K) Fasern besonders aktiv sind. Sie hemmen die SG-Zellen, anstatt sie zu erregen. Wenn sie aber gehemmt sind, dann können sie die Übertragung auf die weiterleitenden (W) Zellen auch nicht mehr hemmen, und die Aktivität in den kleinen Fasern wird als Schmerzinformation weitergeleitet, so daß es zu einer Schmerzreaktion kommen kann.

Wichtig an dem Konzept der Torkontrollen-Theorie scheint zu sein, daß wir uns damit von der Vorstellung lösen, menschliches Schmerzerleben als ein unbeeinflußbares Phänomen aufzufassen, dem man passiv ausgeliefert ist. Diese physiologische und anatomische Theorie vermag zu erklären, warum situative Faktoren zu einer Umwertung von Schmerz führen können, die sich in einer Veränderung der subjektiven Schmerzintensität äußert. Manchmal können sie Schmerz sogar in eine positive Qualität verwandeln.

Hierzu gibt es aufschlußreiche Experimente von Pawlow, deren Ergebnisse uns an ein besseres Verständnis des Mechanismus heranführen. Normalerweise lösen elektrische Reize, wie schon erwähnt, Schmerzempfindungen aus. Durch besondere Versuchssituationen kann jedoch der aversive Charakter von elektrischen Reizen aufgehoben und zum positiven Reiz werden. Pawlow versuchte in Tierexperimenten mit elektrischen Reizen bedingte Reflexe auszulösen (vgl. Kapitel 20). Vor einem Futterreiz, der bei einem Versuchstier normalerweise Speichelsekretion auslöst, bekam das Tier einen elektrischen Schlag. Mit der Zeit assoziierte das Tier den elektrischen Schlag mit dem Futter, bis schließlich der elektrische Reiz allein die Speichelsekretion auslöste. Wenn diese Konditionierung etabliert war, zeigte das Versuchstier bei dem elektrischen Schlag keinerlei Anzeichen von Schmerz mehr. Der elektrische Schlag war zum bedingten Reiz geworden, der signalisierte, daß etwas Angenehmes kommen würde. Etwas zunächst Schmerzhaftes wurde in einem neuen Bezugssystem des Verhaltens umgewertet und mit etwas Lustvollem assoziiert.

Eine ähnliche Sachlage scheint beim Masochismus vorzuliegen. Durch besondere Erfahrungen im Umgang mit Lust und Schmerz »lernt« der Masochist im Laufe der Zeit vermutlich, Schmerzreize als Lust umzudeuten. Ausgangspunkt einer solchen Umkonditionierung kann etwa sein, daß nach einem zugefügten Schmerz eine positive Zuwendung dessen erfolgt, der den Schmerz zufügt. Schmerz wird dann als Ankündigung einer kommenden emotionellen Belohnung erfahren und verliert dadurch seinen aversiven Charakter. Allerdings trägt diese Handlungsweise, jemandem sich positiv zuzuwenden, nachdem man ihm wehgetan hatte, sadistische Züge. So läßt sich vermuten, daß der Sadist den Masochisten prägt.

Die Torkontrollen-Theorie ermöglich aber auch ein besseres Verständnis der Akupunktur, eines Begriffes, der heutzutage in aller Munde ist. Bei einem Gespräch mit chinesischen Ärzten, die Akupunktur ausführen, konnte ich feststellen, daß vieles, was über die Wirkung und vor allem den Wirkungsmechanismus der Akupunktur behauptet wird, auch in China selbst ein Mythos ist. Die schmerzlindernde Wirkung von Akupunktur ist unbestritten. Doch scheint der Grund dieser Wirkung zum Teil wohl auch ein sogenannter »Placebo-Effekt« zu sein. Placebos sind bekanntlich Medikamente, die nur wie solche aussehen, tatsächlich aber keine Wirkstoffe enthalten.

Hierzu ist kürzlich ein wesentliches Experiment durchgeführt worden, das die – zumindest teilweise – psychologische Wirkung von Akupunktur beweist. Ein erfahrener Akupunkteur behandelte seine Patienten in dreifacher Weise, und zwar einmal in Form klassischer Akupunktur, dann mit Akupunktur, ohne jedoch dabei mit dem Patienten zu sprechen, und schließlich ohne Akupunktur, indem er nur mit dem Patienten sprach (oder auch Punkte reizte, die nicht zu den Akupunktur-Punkten gehören). Es ergab sich, daß eine Wirkung dann vorhanden war, wenn er die klassische Akupunktur durchführte, daß sich aber die gleiche Wirkung einstellte, wenn er nur mit den Patienten sprach.

Akupunktur allein, ohne sprachliche Zuwendung zum Patienten, hatte keine Wirkung. Selbst wenn man der Akupunktur, insbesondere bei Reizung der traditionellen Akupunktur-Punkte, eine Wirkung zugesteht, muß man doch sehen, daß die Kommunikation zwischen dem Akupunkteur und dem Patienten auch ein entscheidender Faktor ist, der zur Schmerzkontrolle beiträgt.

In meinen Gesprächen mit den chinesischen Ärzten wurde dies auch ohne Einwände bestätigt. Akupunktur ist im Rahmen der traditionellen chinesischen Medizin allen bekannt; jeder »weiß«, daß Akupunktur hilft. Es gibt also ein Bezugssystem des Glaubens und Vertrauens, in das sich der an Schmerzen Leidende begeben kann. Und wenn er behandelt wird, dann wirkt die Behandlung auch, und zwar – zumindest teilweise – aufgrund der Erwartung, daß ihm durch Akupunktur die Schmerzen genommen werden.

Ob es über diesen »psychischen Placebo-Effekt« hinaus tatsächlich noch direkte körperliche Wirkungen gibt, ist heutzutage Gegenstand intensivster Forschung, wobei sich tatsächlich, vor allem auch aus Tierversuchen, ein positiver Hinweis anzudeuten scheint, obwohl über den Wirkungsmechanismus noch nichts bekannt ist. In einer zusammenfassenden Arbeit, die kürzlich erschienen ist (vgl. Keeser et al., 1982) weist der Münchner Neuropharmakologe A. Herz darauf hin, daß man an Mäusen eine Reduktion der Schmerzempfindlichkeit nachweisen kann, nachdem Körperstellen, die den menschlichen Akupunktur-Punkten entsprechen, gereizt worden waren. Wenn sich solche Beobachtungen bestätigen lassen, dann muß man tatsächlich auch eine unmittelbare Wirkung von Akupunktur auf Systeme im Gehirn annehmen, die für die Schmerzverarbeitung verantwortlich sind, da man bei den Mäusen wohl kaum einen »psychischen Placebo-Effekt« vermuten kann.

Um solche Veränderungen der Schmerzempfindlichkeit besser verständlich zu machen, ist es notwendig, noch auf eine Entdeckung hinzuweisen, die in den letzten Jahren die Schmerzforschung entscheidend befruchtet hat. Es wurde festgestellt, daß das menschliche Gehirn selbst Substanzen produziert, die Eigenschaften wie etwa Opium oder Morphium besitzen und unter dem Namen »Endorphine« zusammengefaßt werden. Prüft man, wo im Gehirn die Endorphine besonders häufig sind, dann stellt sich heraus, daß es die Strukturen sind, die vorrangig an der Verarbeitung von Schmerz beteiligt sind. Interessanterweise hat man aber im Bereich des Neocortex praktisch kein Endorphin gefunden, mit Ausnahme eines kleinen Bereichs im Frontal-Lappen (vgl. Abbildung 5 und 6), also jener Gegend im Gehirn, die für die Bewertung von Erlebnissen entscheidend zu sein scheint.

Nun hat sich gezeigt, daß Akupunktur tatsächlich den Endorphinspiegel erhöhen kann, wie Studien der Arbeitsgruppe von L. Terenius in Schweden ergaben. Geprüft wurde, wieviel Endorphin vor und nach Akupunktur vorhanden war, und es ergab sich nach Akupunktur eine signifikante Erhöhung. Das heißt, daß Akupunktur auch direkt in den biochemischen Haushalt des Gehirns eingreifen und so die Schmerzempfindlichkeit verändern kann.

Ich habe hervorgehoben, daß unser Schmerzerleben durch zwei Qualitäten von Schmerz gekennzeichnet ist. Für die Dissoziation des Schmerzes sprechen nun auch Beobachtungen an Patienten, die sich einem psychochirurgischen Eingriff unterziehen mußten. Viele Patienten leiden unter nicht-kontrollierbaren Schmerzen, die sich jeglicher Therapie pharmakologischer oder auch psychotherapeutischer Art widersetzen. Vor einigen Jahren wurde versucht, durch winzige Eingriffe im Cingulum, einem Teil des limbischen Systems (vgl. Abbildung 5), bei einigen Patienten die verheerenden Schmerzen zu beseitigen. Dieser psychochirurgische Eingriff ist nicht sehr aufwendig, und es zeigte sich, daß mit nur wenigen Ausnahmen die Patienten durch diese Operation im Gehirn von ihren quälenden Schmerzen befreit wurden. Die Befreiung bedeutet jedoch nicht, daß die Patienten nun völlig schmerzunempfindlich waren. Bei einem Schmerzreiz reagieren sie prompt und ziehen beispielsweise ihre Hand weg, wenn sie etwa an eine heiße Platte gerät. Durch die Operation wurde nur der quälende Schmerz beseitigt, der sensorische blieb erhalten. Bei diesen Operationen wurde übrigens auch sehr genau untersucht, ob sie mit besonderen Nebeneffekten für den Patienten verbunden sind. Das ließ sich (bisher) nicht nachweisen. Umfassende Untersuchungen über Persönlichkeitsveränderungen, insbesondere auch Abnahme (oder Zunahme) der Intelligenz nach der Operation, konnten keine negativen Auswirkungen aufdekken. Man wird freilich abwarten müssen, ob sich solche negativen Nebeneffekte langfristig einstellen.

Es ist zu vermuten, daß im Zustand der Trance, wenn eigentlich extremste Schmerzen erlebt werden sollten, was aber offenbar nicht der Fall ist, vom Gehirn intensiv Endorphine produziert werden, so daß die Schmerzerfahrung abgeschnitten wird, ja der Betreffende sogar in einen ekstatischen Rauschzustand gerät. Diese Hypothese vertreten auch W. Larbig und Mitarbeiter vom Psychologischen Institut in Tübingen, die ausführliche Studien an griechischen Feuerläufern vorgenommen haben. Sie konnten Feuerläufer dazu überreden, während der Feuerlauf-Zeremonie ein EEG aufzeichnen zu lassen. Dabei zeigte sich, daß bei dem

251

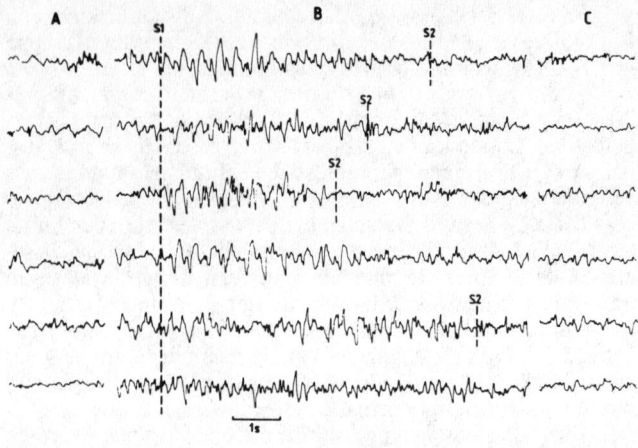

Abbildung 52

direkten Kontakt des nackten Fußes mit der Glut im EEG plötzlich Theta-Wellen auftreten (Abbildung 52), die ein Anzeichen eines intensivsten emotionellen Erlebnisses sind. In der Abbildung ist das EEG für sechs solcher Feuer-Kontakte gezeigt. In Abschnitt A ist das EEG unmittelbar davor, im Abschnitt zwischen S_1 und S_2 jeweils auf dem Feuer gezeigt. Ein solches EEG tritt interessanterweise nicht nur im Zustand potentiell extremer Schmerzen auf, sondern, wie in den folgenden beiden Kapiteln gezeigt wird, auch während des sexuellen Höhepunktes und gelegentlich bei sogenannten mystischen Erlebnissen in der Meditation.

24. Lust:
Vom Viktorianismus zur Labor-Sexualität

Wenn ein Neurowissenschaftler so etwas Intimes wie Lust und Liebe untersuchen will, dann sträuben sich wohl vielen die Haare. Wie sollte es möglich sein, dem privatesten Bereich menschlichen Erlebens mit neurowissenschaftlichen Methoden zu Leibe zu rücken? Ist sexuelle Lust nicht intensivster Ausdruck unserer persönlichen Identität und entzieht sich darum der Mitteilbarkeit – selbst dem geliebten Menschen gegenüber? Spricht aus dem Anspruch jener Wissenschaftler, die neuronalen Mechanismen aufzuklären, die dem Lusterlebnis zugrunde liegen, nicht eine unerhörte Hybris, die intimen Facetten unseres Daseins mechanistisch oder materialistisch deuten zu wollen?

Dieser Anspruch einer reduktionistischen Erklärung mag tatsächlich für manche Wissenschaftler typisch sein, die sich zur Aufgabe gesetzt haben, Sexualität im Labor zu untersuchen. Doch muß man eine solche Denkweise nicht jedem »Sex-Forscher« unterstellen. Das Studium der Sexualität im Laboratorium, wie es William H. Masters und Virginia E. Johnson begonnen haben, hat ohne Frage zu wichtigen Erkenntnissen über das menschliche Sexual-Erlebnis geführt. Möglicherweise aufgrund einer besonderen Schamhaftigkeit hat man in der naturwissenschaftlichen Beschreibung der menschlichen Natur lange das Studium der Sexualität vermieden. Grundlegende Probleme des Schmerzes werden seit langem untersucht, entsprechende Fragen beim Lust-Erleben erst, seitdem sich auch bei Wissenschaftlern eine gewisse Distanzierung vom viktorianischen Weltbild durchgesetzt hat.

Die Gegenreaktion auf die lange währende Vermeidung einer naturwissenschaftlichen Betrachtung des Lust-Erlebens hat dann, wie es für solche Gegenreaktionen typisch ist, zunächst zu einer Auffassung der Sexualität geführt, die ebenfalls irreführend ist. Gegen eine nicht zu überschreitenden Privatheit unseres Lusterlebens ist nämlich die Meinung gestellt worden, insbesondere durch die einflußreichen Untersuchungen von Masters und Johnson, daß menschliche Sexualität sich durch ein einheitliches Standarderlebnis charakterisieren lasse, das sich nicht einmal zwischen Mann und Frau unterscheide. Daß dies falsch ist und vielleicht nur im ersten Übereifer eines vom Viktorianismus befreiten Denkens behauptet wurde, wird sich am Schluß dieses Kapitels ergeben, wenn die Bedeutung des Orgasmus, vor allem des weiblichen, erörtert wird.

Worin besteht nun der wesentliche Beitrag von Masters und Johnson für das Verständnis der menschlichen Sexualität? Sie konnten zeigen, daß sich in übereinstimmender Weise sowohl beim Mann als auch bei der Frau Phasen des sexuellen Erlebens unterscheiden lassen, die durch sich jeweils entsprechende Reaktionen peripherer physiologischer Funktionen gekennzeichnet sind. Sie unterscheiden dabei vier verschiedene Phasen des sexuellen Erlebens, nämlich zu Beginn eines sexuellen Kontaktes eine Phase zunehmender Erregung, der eine Plateau-Phase gleichbleibender Lust folgt, die dem Orgasmus als einer dritten Phase vorausgeht. Auf den Orgasmus folgt dann eine sogenannte Rückbildungsphase, die beim Mann als Refraktärphase mit nicht mehr sofort auslösbarer Erregung zu verstehen ist.

Schon während der Erregungsphase treten bei Mann und Frau zahlreiche körperliche Veränderungen auf. Bei der Frau beobachtet man eine Vergrößerung der Brustwarzen, auch die Brust insgesamt schwillt an, und die Venen auf der Brust treten stärker hervor. Häufig stellt sich eine Rötung der Haut ein, die von den Brüsten ausgehend sich über größere Teile des Körpers verbreiten kann und als »Sexflush« bezeichnet wird. Die gesamte Körpermuskulatur spannt sich allmählich an, wobei neben willentlich herbeigeführten Anspannungen, die das Lust-Erleben verändern können, auch eine unwillkürliche Erhöhung des gesamten Muskeltonus eintritt. Entsprechend einer Zunahme der erlebten sexuellen Erregung steigen Puls und Blutdruck an. Und kurze Zeit nach Beginn der sexuellen Stimulation beginnt die Lubrikation der Vagina; die Vagina erweitert und verlängert sich, und die Vaginalwände verfärben sich.

Während der Erregungsphase des Mannes wird gelegentlich auch eine Aufrichtung der Brustwarzen, aber nur selten der Sexflush beobachtet. Aufgrund eines solchen peripheren körperlichen Zeichens könnte man meinen, daß der Mann in dieser Phase weniger Lust als die Frau erlebt, bzw. daß die Lust den männlichen Körper nicht in einem Ausmaß einbezieht, wie dies beim weiblichen Körper geschieht. Auch beim Mann erhöht sich der Muskeltonus, und parallel zur sexuellen Erregung steigen Puls und Blutdruck an. Während länger dauernder Erregungsphasen kann die anfänglich einsetzende Erektion wieder abschwellen, und es kann auch zu Erektionsabnahmen durch nicht-sexuelle Reize kommen.

In der auf die Erregungsphase folgende Plateau-Phase, die

als ein relativ gleichbleibendes Niveau von Wollust erlebt wird, nimmt bei der Frau die Brustgröße weiter zu und der Sexflush breitet sich manchmal über den ganzen Körper aus. Der Muskeltonus erhöht sich noch mehr, und unwillkürliche Kontraktionen der mimischen Muskulatur können eintreten. Der Puls beschleunigt sich weit über 100 Schläge pro Minute, die Atmung wird unregelmäßiger und schneller, und auch der Blutdruck steigt noch weiter an. Im äußeren Drittel der Vagina bildet sich eine sogenannte »orgastische Manschette«.

Auch bei manchen Männern kann sich während der Plateau-Phase ein mehr oder weniger ausgeprägter Sexflush ausbreiten. Wie bei der Frau beobachtet man einen weiter ansteigenden Muskeltonus, Kontraktionen der mimischen Muskulatur, gelegentliche Hyperventilation (d. h. Zunahme der Atemfrequenz) und Anstieg von Puls und Blutdruck. Am Penis kann eine Farbänderung einsetzen parallel zu einer zunehmenden Anschwellung, und die Hoden vergrößern sich beträchtlich. Außerdem erfolgt eine unwillkürliche Anhebung der Hoden, die für die unmittelbar bevorstehende Ejakulation typisch ist.

Der Orgasmus ist durch einen plötzlichen Umschlag in der physiologischen Kontrolle des Körpers charakterisiert. Dies zeigt sich besonders deutlich im motorischen Bereich. Während des Orgasmus verliert man die willkürliche Kontrolle über seine Bewegungen. Unwillkürliche Kontraktionen und Spasmen in einem zeitlichen Abstand von etwa 0,8 Sekunden begleiten das orgastische Erlebnis. Die Atemfrequenz kann bis auf 40 pro Minute steigen, wobei die Frequenz abhängig ist von dem vorher erreichten sexuellen Erregungsniveau. Der Puls kann bis auf 180 pro Minute ansteigen; Frauen erreichen eher eine höhere Pulsfrequenz als Männer. Diese physiologischen Änderungen sind bei Mann und Frau identisch, und das ist ein wesentlicher Grund dafür, daß Masters und Johnson von der physiologischen Entsprechung des weiblichen und männlichen Sexual-Erlebens sprechen.

Neben diesen Entsprechungen physiologischer Veränderungen während des sexuellen Reaktionszyklus scheint es aber einen wesentlichen Unterschied zwischen Mann und Frau beim Orgasmus zu geben. Während beim Mann der Orgasmus durch ein sich stets ähnlich bleibendes Muster körperlicher Veränderungen gekennzeichnet ist, haben Masters und Johnson bei Frauen eine sehr viel größere Variabilität beobachtet. Das Standard-Geschehen beim Mann ist durch die eintretende Ejakulation gekennzeichnet, wobei nach drei bis vier austreibenden Kontraktionen Intensivität und Frequenz dieser als Lust-Erlebnis empfundenen Kontraktionen sehr schnell abnehmen. Bei der Frau treten im Orgasmus von vornherein mehr Kontraktionen der orgastischen Manschette auf, und der Orgasmus kann gelegentlich auch erheblich länger andauern. Manchmal ergibt sich sogar ein Zustand, den man als »status orgasticus« bezeichnet und der bis zu einer Minute anhalten kann. Dabei scheint erwiesen zu sein, daß den Kontraktionen der orgastischen Manschette das subjektive Erleben des Orgasmus entspricht.

Auf die Orgasmusphase folgt die sogenannte Rückbildungsphase, in der vorübergehend die sexuelle Ansprechbarkeit verringert ist. Beim Mann folgt meist die schon erwähnte, zeitweilige Refraktärphase, in der sexuelle Stimulation ohne Wirkung bleibt. Entsprechend der vorangegangenen sexuellen Erregung folgt auf den Orgasmus ein mehr oder weniger ausgedehnter Schweißausbruch.

Die bisher beschriebenen Phänomene beziehen sich allein auf periphere physiologische Vorgänge während der sexuellen Reaktion. Betrachtet man die Befunde, kann man vielleicht zu dem Schluß kommen, daß sich Männer und Frauen in ihrer Sexualität praktisch nicht unterscheiden, wenn man die größere Orgasmus-Variabilität von Frauen unberücksichtigt läßt. In einem solchen Schluß verbirgt sich allerdings auch ein interessantes wissenschaftstheoretisches Problem: Kann man überhaupt davon ausgehen, daß sich Psychisches jeweils gleichbleibend und spezifisch (oder »isomorph«) im Körperlichen abbildet? Führen bestimmte Emotionen stets zu konstanten und spezifischen physiologischen Reaktionen? Nur wenn dies so wäre, kann man die Argumentation umdrehen und sagen, daß, wann immer bestimmte körperliche Veränderungen an einem Menschen auftreten, der Betreffende gerade dieses oder jenes Gefühl erlebt.

Hier muß nun entschieden darauf hingewiesen werden, daß ein solches eindeutiges Sich-Entsprechen von Gefühlen und peripheren physiologischen Vorgängen *nicht* nachgewiesen werden konnte, obwohl es immer wieder versucht wurde. Was an körperlichen Veränderungen in den einzelnen Phasen zu beobachten ist (mit Ausnahme der Änderungen an den Geschlechtsorganen selbst), hat primär etwas mit körperlicher Anstrengung zu tun und ist nicht spezifisch für sexuelle Reaktionen. Aus der Ähnlichkeit peripherer physiologischer Vorgänge kann man also zunächst nur ableiten, daß bei Mann und Frau Sexualität mit körperlicher Anstrengung verbunden ist. Eine Aussage über Ähnlichkeit oder Unähnlichkeit des damit einhergehenden Erlebens ist nicht möglich.

Wie stellt sich aber nun dieses Problem dar, wenn man ein

Maß zur Beurteilung männlicher und weiblicher Sexualität heranzieht, das uns einen Einblick, zugegebenerweise einen beschränkten, in das Gehirn selbst erlaubt? Vor kurzem haben Harvey D. Cohen und Mitarbeiter aus Kansas City in Missouri untersucht, ob es im sexuellen Reaktionszyklus zu typischen Veränderungen im Elektroenzephalogramm (EEG) kommt und ob hierbei Unterschiede zwischen Männern und Frauen nachgewiesen werden können. Dabei muß man unterstellen, und das ist sicher teilweise gerechtfertigt, daß sich mit dem EEG in gewisser Weise Bewußtseinszustände erfassen lassen.

Ausgangspunkt der Überlegungen war, daß sich der Orgasmus als ein besonderer Zustand unseres Bewußtseins beschreiben läßt, wobei der Kontakt zur unmittelbar gegebenen Umwelt vorübergehend abreißt. Aufgrund dieses Realitätsverlustes sprechen manche Psychoanalytiker auch von einem Gefühl des Sterbens (»petit mort«) während des Orgasmus. Da sich Änderungen von Bewußtseinszuständen recht deutlich im EEG zeigen, lag es nahe zu prüfen, was während dieses besonderen, entrückten Zustandes auf der Gehirnoberfläche abläuft.

Für die Durchführung der Versuche wurden vier männliche und drei weibliche Versuchspersonen im Alter von 21 bis 32 Jahren gewonnen. Alle Versuchspersonen waren sexuell aktiv und hatten Masturbationserfahrung. Aufgabe der Versuchspersonen war es, nach ausführlicher Vorbereitung auf das Experiment bis zum sexuellen Höhepunkt zu masturbieren, wobei während der Masturbation das EEG von verschiedenen Bereichen des Kopfes abgeleitet wurde. Wesentlich war dabei, daß das EEG von der linken und rechten Schädelseite getrennt aufgezeichnet wurde. Wann immer ein Orgasmus erreicht wurde, mußte dies über ein Signal in das angrenzende Labor gemeldet werden.

Die Ergebnisse dieser Experimente sind außerordentlich aufschlußreich für unser Verständnis menschlicher Sexualität, auch wenn man sich zunächst fragen mag, ob derartige Studien über »Labor-Sexualität« überhaupt sinnvoll (oder gar akzeptabel) sind. Es ergab sich nämlich, daß mit dem Einsetzen des Orgasmus im Gehirn ein völlig verändertes Muster von Aktivität entsteht. Das Wesentliche ist dabei, daß es vorübergehend zu einer Dissoziation zwischen den beiden Gehirnhälften kommt. Während die linke Gehirnhälfte vom Orgasmus praktisch unbetroffen bleibt, bricht in der rechten Gehirnhälfte offenbar eine Revolution aus. Die vorangehende elektrische Aktivität verändert sich schlagartig zu einem neuen Muster; statt der sonst vorhandenen Alpha-Wellen (10 Hz) treten in der rechten Hemisphäre, und nur in dieser, plötzlich Theta-Wellen (4 Hz) mit einer sehr hohen Amplitude auf.

Das bedeutet, daß für den Zeitpunkt des Orgasmus eine Entkopplung zwischen den Gehirnhälften gegeben ist. Die linke, die auch als verbale oder analytische Hemisphäre bezeichnet wird, setzt ihre Tätigkeit »unbeteiligt« fort, während die rechte ganz deutlich zeigt, daß sie die emotionelle Hemisphäre ist, indem sie sich in ihrer Tätigkeit von der anderen Seite vorübergehend befreit.

Dieser Befund bedeutet interessanterweise aber auch, obwohl man dies in einem moralisierenden Sinn nicht falsch verstehen sollte, daß wir trotz des Höchstmaßes an Lust nur »halb« beteiligt sind, da nur die Hälfte des Gehirns beteiligt ist. Das läßt sich auch so ausdrücken, daß jeweils nur das halbe Gehirn zur höchsten Lust führt. Letzteres konnte tatsächlich auch in den zitierten Experimenten bestätigt werden. Wurde ein Orgasmus nur gespielt, stellte sich die Dissoziation zwischen den Hemisphären nicht ein, d. h. die Umstellung der Aktivität in der rechten Hemisphäre blieb aus.

Hinsichtlich der zuvor erwähnten Frage, ob beim Heranziehen eines Maßes, das über Bewußtseinszustände Auskunft gibt, sich ein Unterschied zwischen männlichem und weiblichem Sexualerleben nachweisen lasse, ergaben diese Versuche allerdings keine Antwort. Sowohl bei den Männern als auch bei den Frauen wurde während des Orgasmus eine funktionelle Loslösung der rechten Hemisphäre von der linken beobachtet.

Vielleicht ist aber auch das EEG noch kein geeignetes Maß, das für die spezifische Charakterisierung eines Erlebnisses ausreicht. Mit dem EEG können in relativ grober Weise nur allgemeine Bewußtseinszustände beschrieben werden, etwa ob jemand schläft oder hellwach ist, vor sich hin döst oder dergleichen. Spezifische Aussagen, die eine Situation charakterisieren oder einen bestimmten Menschen beschreiben, verbieten sich jedoch. Hier bleibt das EEG unspezifisch. Der Orgasmus wäre dann auch eine solche Allgemein-Situation, die bei Mann und Frau in ähnlicher Weise auftritt und die stets mit einem bestimmten EEG-Muster assoziiert ist. So gesehen erfaßt das EEG nur die »Auspuffgase« des Gehirns, nicht seine Tätigkeit selbst, und über die Auspuffgase ist ja nur eine eingeschränkte Kennzeichnung des »Motors« möglich.

Vielleicht ist es sinnvoller, wenn man den Orgasmus von Mann und Frau auf seine Ähnlichkeit oder Unähnlichkeit hin prüfen will, nicht von physiologischen Beobachtungen auszugehen, sondern von Beschreibungen des Erlebnisses selbst! Dabei zeigt sich, daß es ja schon seit langem die vor allem auch von Sigmund Freud hervorgehobenen zwei Erlebnisformen des Orgasmus bei Frauen gibt, die sich physiologisch nur nicht so einfach unterscheiden lassen. Es handelt sich um den vaginalen und um den klitoridalen Orgasmus, die beide von Frauen erlebnismäßig offenbar klar unterschieden werden. Ein Orgasmus nach Klitoris-Reizung wird als sehr intensiv, kurz anhaltend, schnell ansteigend und schnell abfallend beschrieben. Der klitoridale Orgasmus tritt bevorzugt bei Selbstreizung auf, und da er häufig intensiver als der vaginale Orgasmus erlebt wird, bevorzugen manche Frauen die Masturbation zur Befriedigung der sexuellen Lust.

Im Gegensatz zum klitoridalen Orgasmus kommt der vaginale Orgasmus hauptsächlich beim Koitus vor. Der vaginale (oder auch koitale) Orgasmus wird als langsamer ansteigend beschrieben. Er wird nicht wie der Orgasmus nach Klitoris-Reizung durch einen scharf markierten Zeitpunkt erlebt. Er scheint auch länger anzuhalten und hinterläßt ein tieferes Gefühl der Befriedigung.

Von verschiedenen Gynäkologen und Sexualforschern ist geprüft worden, ob bestimmte Frauen bestimmte sexuelle Präferenzen haben, wobei sich aber offenbar kein einheitliches persönlichkeitsspezifisches Muster finden ließ. Allerdings scheint es so, und das wäre eine kleine Einschränkung, daß ängstliche Frauen einem vaginalen Orgasmus den Vorzug geben. Ansonsten scheint die Präferenz der sexuellen Befriedigung hauptsächlich wohl durch individuelle Erfahrung und Lernen geprägt zu werden.

Die Tatsache, daß von Frauen zwei Orgasmusformen erlebt werden können, beim Manne jedoch offenbar nur eine relativ standardisierte Erlebnisweise möglich ist, macht deutlich, daß die Übereinstimmung zwischen dem männlichen und weiblichen Sexual-Erleben auf oberflächliche Erscheinungen begrenzt ist und daß vermutlich doch ein wesentlicher Unterschied besteht. Ich möchte an dieser Stelle eine Spekulation wagen, die das Problem der Frigidität betrifft und die mit dem Unterschied möglichen Sexualerlebens von Mann und Frau zusammenhängt.

Diese Spekulation geht aus von der Tatsache, daß die beiden Hemisphären des Gehirns sich beim Manne stärker als bei der Frau unterscheiden. Ich hatte früher dargelegt, daß dieser Unterschied in der Hemisphären-Dissoziation sich vor allem in verschiedenen Intelligenz-Leistungen abbildet. Es könnte nun sein, daß die Differenzierung der Hemisphären auch eine Rolle spielt für unterschiedliches Sexualerleben. Da bei der Frau die beiden Hemisphären sich mehr entsprechen als beim Mann, kann man annehmen, daß beide Hemisphären in ihrer Tätigkeit stärker integriert sind. Wenn das jedoch der Fall sein sollte, dann ist es schwieriger, daß eine Hemisphäre sich von der anderen in ihrer Tätigkeit befreit. Da der Orgasmus aber offenbar assoziiert ist mit einer frei laufenden Aktivität nur der rechten Hemisphäre, könnte die Möglichkeit bestehen, daß für die Frauen die Aktivitätstrennung der Hemisphären schwieriger ist als für den Mann. Um diese Schwelle zu überwinden, ist also möglicherweise ein erhöhtes Maß an Reizung notwendig, mit anderen Worten: Frauen müssen mehr sexuelle Reizung erleben, bevor sie den Orgasmus erreichen können. Oder vielleicht sind – und dies wäre die besondere Spekulation – die Hemisphären derart eng integriert, daß sexuelle Reizung manchmal nicht zu ihrer Entkopplung führt. Das Erlebnis, trotz erhöhter Lust auf einem hohen Niveau keinen Orgasmus erreichen zu können, also »frigide« zu sein, kann dann rückwirkend die Einstellung zur eigenen Sexualität entscheidend verändern bis hin zur Verweigerung, da die Erfahrung der betreffenden Frau das nicht Überschreiten-Können einer Schwelle immer wieder bestätigt. Frigidität sollte im Sinne dieser Spekulation also nicht allein unter dem Gesichtspunkt einer rein psychologisch gedeuteten Unfähigkeit zur Liebe verstanden werden, sondern es sollten konstitutionelle Gesichtspunkte, die Eigenschaften unseres Gehirns betreffend, einbezogen werden, was dann bei der therapeutischen Behandlung von Frigidität zu berücksichtigen wäre.

Interessanterweise hat man ja lange Zeit geglaubt, daß Frauen konstitutionell anorgastisch sind, d. h. von Natur aus nicht zum Orgasmus fähig sind. Eine solche Auffassung konnte wohl auch deshalb entstehen, weil ein weiblicher Orgasmus zur Empfängnis nicht notwendig ist. Ganze Generationen könnten immer wieder neu entstehen, ohne daß jemals eine Frau einen Orgasmus erlebt hat. (Manche Sexualforscher meinen sogar, daß der Orgasmus einer Frau die Chancen für die Befruchtung verringert, da aufgrund der Kontraktionen der orgastischen Manschette dem Samen der Durchlaß verwehrt wird.) Wenn aber der Orgasmus der Frau zum Fortbestehen der Menschheit nicht notwendig ist, was könnte dann der Sinn sein? Gibt es einen biologischen Sinn? Oder ist der Orgasmus der Frau vielleicht ein Luxus der Natur, der eigentlich keinen Sinn hat – und der deshalb im Rahmen mancher moralischen Auffassungen auch gar nicht angestrebt werden sollte?

Zu dieser Frage gibt es neuerdings eine interessante wissenschaftliche Diskussion, die besonders angefacht wurde durch ein einflußreiches Buch von Donald Symons. Im Gegensatz zu dem Humanethologen Irenäus Eibl-Eibesfeldt oder dem Verhaltensforscher Desmond Morris meint Symons, daß der Orgasmus der Frau funktionslos sei. Eibl-Eibesfeldt und Morris heben hervor, daß menschliche Sexualität nicht allein den Zweck hat, unsere

Art zu erhalten, sondern daß durch Sexualität die Bindung zwischen Partnern aufrechterhalten wird. Durch das Orgasmus-Erlebnis des Mannes *und* der Frau wird die Bindung zwischen beiden verstärkt, was wiederum einen Nutzen für die Familie und insbesondere auch für die Betreuung der Kinder hat.

Ein Argument, das für diese Bindungshypothese spricht, ist, daß, anders als bei Tieren, zwischen Menschen-Mann und Menschen-Frau immer sexuelle Attraktivität vorhanden ist und nicht nur zu Zeiten, wenn die Frau auch tatsächlich befruchtet werden kann. Es ist ja im Gegenteil besonders schwierig, festzustellen, wann eine Frau konzeptionsfähig ist und wann nicht. Daraus folgt, daß Sexualität auch noch eine andere Funktion hat, nämlich die der Bindung des Paares aneinander, wobei der weibliche Orgasmus ein wesentliches Element für die Verfestigung der Bindung ist. Wenn man also die menschliche Art, verglichen mit allen Tieren und besonders auch den näher verwandten Affen, als die »sexuellste« beschreibt, dann ist das kein moralischer Kommentar über eine verkommene moderne Zivilisation, sondern eine richtige Einsicht in die menschliche Natur.

Im Gegensatz zu dieser Auffassung der biologischen Notwendigkeit auch des weiblichen Orgasmus vertritt nun Symons die Meinung, daß man nicht davon ausgehen könne, daß auch der weibliche Orgasmus eine biologische Anpassung sei. Es ist für ihn einfach zu auffallend, daß es immer wieder Zeiten und Kulturen gegeben hat und gibt, in denen der weibliche Orgasmus überhaupt keine Rolle spielt. Das Sexualerleben der Frau sei variabler, verglichen mit dem des Mannes, und von der Frau werde der Orgasmus nicht wie vom Mann als ein notwendiges Enderlebnis eines sexuellen Kontaktes angesehen. Symons weist überdies auf Kulturen hin, in denen das Konzept des weiblichen Orgasmus unbekannt sei. Auffallend sei aber die Tatsache, daß alle Frauen potentiell einen Orgasmus haben können. Das führt zu der These, die auch von vielen anderern Forschern vertreten wird, daß der *weibliche* Orgasmus ein entwicklungsgeschichtliches Nebenprodukt des *männlichen* Orgasmus sei. Da für den Mann ein Orgasmus eine biologische Notwendigkeit ist, u.a. zur Aufrechterhaltung der menschlichen Art, und da von der physiologischen Ausstattung her gesehen Mann und Frau recht ähnlich sind (trotz der bekannten Unterschiede), sind auch Frauen potentiell orgasmusfähig, obwohl für sie der Orgasmus, biologisch gesehen, keinen primären Nutzen hat.

Wenn nun der weibliche Orgasmus nur Nebenprodukt eines Selektionsprozesses der Evolution ist, der eigentlich auf die Ausprägung des männlichen Orgasmus zielte, so heißt dies aber keinesfalls, daß aufgrund einer nicht gegebenen biologischen Funktion der weibliche Orgasmus psychologisch bedeutungslos wäre. Wann immer eine Frau ihre orgastischen Möglichkeiten entdeckt, erschließt sich ihr damit eine neue Erlebnis-Dimension. Die damit verbundene Lust wird dazu führen, dieses Erlebnis wiederholen zu wollen. Auch wenn der Orgasmus vielleicht zunächst kein unmittelbares Bedürfnis war, wird aus dem damit möglichen Lustgewinn ein Bedürfnis entwickelt. Und damit ergibt sich sekundär, d.h. also über das Lernen der eigenen Lust, daß Sexualität bindungsfördernd zwischen Partnern sein kann.

Damit scheint nun nochmals ein wesentlicher Unterschied zwischen dem Sexualerleben von Mann und Frau angesprochen zu sein. Während das Lust-Erleben des Mannes biologisch gesehen viel konservativer ist, stehen den Frauen aufgrund ihrer teilweisen Befreiung von biologischer Notwendigkeit im Lust-Erleben viel mehr Erlebnismöglichkeiten offen. Die zwei Orgasmusformen wurden bereits genannt. Aber die größere Offenheit heißt auch, daß durch individuelle Erfahrung das Erleben von Lust sehr viel differenzierter kultiviert werden kann, als dies für den Mann möglich zu sein scheint. Diese größere Offenheit für prägende Einflüsse auf das Lusterleben der Frau zeigt neben den positiven Möglichkeiten aber auch eine Schattenseite, daß nämlich durch negative oder gar traumatische Erfahrungen die Frau die Lust an der Lust leichter verlieren kann als der in dieser Hinsicht, biologisch gesehen, konservativere Mann.

25. Identität: Durch Meditation zum wahren Selbst?

Der Dichter Baudelaire schildert Änderungen seines Ichbewußtseins, seiner eigenen Identität bei einem Haschichrausch in folgender Weise: »Bisweilen kommt es vor, daß die Persönlichkeit schwindet und jene Objektivität, wie sie dem pantheistischen Dichtern eignet, in euch offenbar wird, und zwar derart abnorm, daß die Betrachtung der Dinge der Außenwelt euch eurer eigenen Existenz vergessen läßt und ihr euch bald in jene hinein ergießt. Euer Auge heftet sich auf einen Baum, der harmonisch vom Winde gebogen wird; in einigen Sekunden wird das, was im Hirn eines Dichters nur ein durchaus natürlicher Vergleich sein sollte, in dem euern eine Tatsache werden. Ihr schreibt alsdann dem Baum eure Leidenschaften zu, eure Sehnsucht oder eure Melancholie; seine Seufzer und seine Schwankungen werden die euern und bald seid ihr der Baum. Ebenso der Vogel, der tief im Azur schwebt; zunächst repräsentiert er die unsterbliche Sehnsucht, über den menschlichen Dingen zu schweben; aber schon seid ihr der Vogel selber. Ich nehme an: Ihr sitzt da und raucht. Eure Aufmerksamkeit mag sich ein wenig zu lange auf die blauen Wolken richten, die eurer Pfeife entschweben ... Durch eine besondere Gleichung werdet ihr euch – euch selbst ausströmen fühlen, ihr werdet eurer Pfeife (in die ihr euch hineingedrückt und zusammengepreßt fühlt, wie der Tabak es ist) die seltsame Fähigkeit zuerkennen, euch zu rauchen.«

Mit dieser Beschreibung Baudelaires von Erlebnissen im Haschichrausch hat Karl Jaspers in seiner »Allgemeinen Psychopathologie« unter anderem verdeutlicht, welche Störungen in unserem Ichbewußtsein in besonderen Situationen auftreten können. Eine solche Verwischung der Grenze zwischen dem Ich und der Außenwelt, wie sie Baudelaire beschrieben hat, erlebt der Gesunde oft im Traum, und diese Aufhebung der Grenze zwischen Subjekt und Objekt ist auch typisch für die rätselhafte Welt mancher Schizophrener.

Störungen des Ichbewußtseins oder der eigenen Identität drücken sich aber nicht nur in dieser Form einer Überschreitung der »Ich-Grenzen« aus. So kann es vor allem in der Schizophrenie vorkommen, daß das Bewußtsein verlorengeht, mit sich selbst über die Zeit hinweg identisch zu bleiben. Ein Patient kann etwa behaupten, daß er vor einem gewissen Zeitpunkt nicht er selbst, sondern jemand anderes war.

Das Bewußtsein, mit sich selbst identisch zu bleiben, ist nicht nur ein klinisch relevantes Problem im Rahmen der Psychiatrie. Jugendliche, die durch die Pubertätskrise gehen, stehen auch häufig vor der Frage, ob sie eigentlich noch sie selbst sind. Gerade in der Pubertät kann es zu Depersonalisationserscheinungen kommen, wenn das Ich auf der Suche nach einer neuen Identität ist. Man kann das vielleicht an sich selbst prüfen, indem man fragt, von wann an im eigenen Leben man sich eigentlich als derselbe erlebt, d. h. eine ungebrochene Kontinuität im eigenen Erleben, Handeln, Planen oder Entscheiden fühlt, und wird dann wahrscheinlich einen Zeitpunkt um das Pubertätsalter finden. Natürlich haben wir schon vor der Pubertät ein Ichbewußtsein, das sich bekanntlich aber erst noch entwickeln muß. Doch scheint in der Pubertät eine Umstrukturierung im Erleben der eigenen Identität zu erfolgen, wobei es dann gelegentlich auch zu schweren Identitätskrisen kommen kann. Manchmal erlebt der Pubertierende auch den seltsamen Zustand einer Ich-Spaltung, indem der eine Teil des Ichs den anderen, gleichsam aus der Distanz beobachtend, betrachtet.

Die möglichen Störungen des Ichbewußtseins und die Änderungen des Ichbewußtseins im Heranwachsenden verdeutlichen, daß das Gefühl einer eigenen Identität nichts Selbstverständliches, sondern als ein ganz besonderer Teil unserer Psyche mitgegeben ist; denn sonst könnte es in der Krankheit, im Rausch oder in der Pubertät nicht verlorengehen oder umgewandelt werden. Der Verlust der eigenen Identität, d. h. das Gefühl der Depersonalisation ist übrigens auch ein Zeichen schwerer Depression, wie wir im folgenden Kapitel noch sehen werden, wobei die Entfremdung wahrscheinlich darauf zurückzuführen ist, daß der Depressive nicht mehr in der Lage ist, Lust und Schmerz zu fühlen.

Hier möchte ich beschreiben, welche Versuche u. a. unternommen werden, unsere eigene Identität zu finden, zu bestätigen und möglicherweise zu erweitern. Dabei werde ich jene Gesichtspunkte, daß wir über die Identifikation mit anderen, zumeist mit den Eltern, zu unserer eigenen Identität finden, nicht erörtern, da sie schon häufig, vor allem in der psychoanalytischen Literatur, dargestellt worden sind. Ich will vielmehr über Art und Weise der Ichfindung spekulieren, d. h. einen psychischen Mechanismus aufzudecken suchen, der der Suche nach dem Selbst dient, wobei insbesondere das Beispiel der Meditation herangezogen werden soll.

Ich behaupte – und betone dabei den spekulativen Charakter –, daß wir uns in unsere Identität im wesentlichen durch intensive Grenzerlebnisse, z. B. von Lust und Schmerz, finden – und daß wir deshalb ohne solche Grenzerlebnisse nicht auskommen können. Im täglichen Einerlei stellt sich selten einmal die Frage: »Wer bin ich eigentlich?« Wenn sich nie etwas ändert, nie die Gefühle in Wallung geraten, nie Lust oder Schmerz gefühlt wird, bleibt das Ichbewußtsein unentdeckt, und die Erfahrung einer eigenen Identität fehlt. Erst wenn die Langeweile durchbrochen wird, wenn eine Not-Situation eintritt oder wenn wir durch plötzliche Freude oder Lust überrascht werden, dann stellt sich dieses Ichgefühl ein. Betroffenheit, sei es in Lust oder im Schmerz, läßt das Ichbewußtsein hervortreten, und die eigene Identität wird plötzlich erkannt.

Die Grenzerlebnisse, also etwa das Außersichsein in der Ekstase des Schmerzes oder der Lust, sind nun auch jene Erlebnisse, die uns an die Grenzen unserer Identität führen – und sie manchmal überschreiten lassen. Das Sich-eins-fühlen mit der Welt (wie Baudelaire im Haschischrausch) oder mit einem anderen Menschen im sexuellen Höhepunkt, der qualvolle Schmerz, vor dem man sich nicht retten kann, führen zum Erlebnis des »Das bin ich« oder »Das bin ich ja gar nicht«. Und ohne solche extremen Erlebnisse, ohne an Grenzen des Erlebens herangeführt worden zu sein, kann sich kein Gefühl der eigenen Identität entwickeln. Grenzerlebnisse im Schmerz oder in der Lust ermöglichen es uns erst, durch ihren Kontrast zur Wirklichkeit des Alltäglichen unsere Identität in einem psychischen Bezugssystem zu sehen, wobei der Rahmen dieses Bezugssystems durch die ekstatischen Erlebnisse definiert wird.

Nun scheint es in der menschlichen Natur zu liegen, dieses Bezugssystem unserer Identität immer wieder neu bestätigen und vielleicht auch erweitern zu müssen. Wenn nichts geschieht, verlieren wir langsam das Gefühl unserer Identität, sei es lustvoll oder schmerzhaft. Nur die Rolle im Beruf, in der Familie oder im Sozialen vermag uns dann noch einen Halt zu geben. Das tägliche Einerlei kann manchmal dazu verführen, sich selbst Not-Situationen zu schaffen, um etwas Schmerzhaftes zu erleben. Oder man ist auf dauernder Suche nach neuen Lüsten, nur um sich selbst wieder einmal zu erleben. Wir durchbrechen dieses Einerlei, um uns nicht selbst zu verlieren und um der eigenen Entfremdung zu entgehen. Depressionen, gekennzeichnet durch den chronischen Mangel von Lust und Schmerz, sind dann jene psychische Situation, in der wir nicht mehr die Kraft haben, aus dem Zustand verlorener Identität ohne fremde Hilfe wieder herauszukommen.

Ein Versuch, sich selbst zu erkennen und die eigene Identität zu gewinnen, ist die seit alters geübte Meditation. Mit dem Begriff Meditation werden verschiedene psychologische Techniken zusammengefaßt, die zum Ziel haben, kurzfristig als angenehm erlebte Bewußtseinszustände herbeizuführen und langfristig zur persönlichen Reifung und seelischen Gesundheit beizutragen. Die Praxis der Meditation hat eine sehr lange Geschichte, wobei früher meist im religiösen Kontext meditiert wurde. In den letzten Jahren ist die Meditation aber in säkularisierter Form auch in unseren Kulturbereich eingedrungen, wobei die Hindu-Tradition eine entscheidende Rolle spielte, insbesondere bei der sogenannten »transzendentalen Meditation« (TM). Da die TM sich als wissenschaftliche Lehre versteht, sind zahlreiche experimentelle Untersuchungen durchgeführt worden, in denen mit psychologischen Techniken versucht wurde, den besonderen Bewußtseinszustand, in dem sich der Meditierende befindet, objektiv einzufangen und die körperlichen Veränderungen zu beschreiben, die während der Meditation auftreten.

Der besondere Wert der TM für Forschungszwecke liegt darin, daß die Ausbildung und Technik der Meditation relativ einheitlich sind. Die Technik ist eine sogenannte Mantra-Technik, bei der der Meditierende möglichst entspannt und aufrecht sitzend ein traditionelles Hindu-Wort, das Mantra, in Gedanken sich immer wieder vorsagt, wobei die Augen geschlossen zu halten sind. Der Meditierende soll versuchen, sich nicht anderen Gedankeninhalten hinzugeben; dieses Sich-Wehren soll allerdings mit möglichst geringem Energie-Aufwand geschehen.

Die Übergabe des Mantras vom Guru an den Schüler ist in der hinduistischen Tradition ein Ereignis von großer Bedeutung, vergleichbar etwa dem Initiationsritus in primitiven Kulturen oder der Kommunion oder Konfirmation bei uns. Es wird zwar gesagt, daß das Mantra vom Guru speziell für den Meditierenden ausgesucht werde. Da jedoch die Methode der Mantra-Wahl ein Geheimnis bleibt, kann dies objektiv nicht überprüft werden. Und vermutlich erhält das Mantra – an sich ein bedeutungsloser Begriff – erst durch die Meditation seine besondere individuelle Bedeutung. Aber unabhängig davon, wie man zur Bedeutung des Mantras steht, ob in ihm übernatürliche Kräfte vermutet werden oder ob es seine Bedeutung erst im Meditationsprozeß gewinnt, steht doch fest, daß durch die sub-vokale Wiederholung des Mantras während der Meditation andere Gedanken unterdrückt werden können und eine nach innen gerichtete Aufmerksamkeit herbeigeführt wird.

Obwohl der Meditation, speziell der TM, für den Nicht-Eingeweihten etwas besonders Geheimnisvolles anhaften mag, gibt es keinen Grund, anzunehmen, daß die dabei ausgelösten Bewußtseinszustände etwas Außergewöhnliches sind, die sich in irgendeiner Weise von Bewußtseinsprozessen unterscheiden, die etwa durch Entspannungstechniken, Selbst-Hypnose, autogenes Training oder Biofeedback herbeigeführt werden.

Ein besonderes Ziel der Meditation ist es, möglichst auch in solche extremen Zustände zu kommen, in denen gleichsam »mystische Erfahrungen« gemacht werden und das Bewußtsein tiefgreifend verändert wird. Der Versuch, solche extremen Zustände mit Worten zu charakterisieren, scheint jedoch fast unmöglich zu sein, da sie sich der Begrifflichkeit entziehen. Nur wenn man die mystische Literatur analysiert, in der solche Erfahrungen beschrieben werden, lassen sich vielleicht einige sprachliche Hinweise geben: Im mystischen Erlebnis stellt sich plötzlich ein tiefes Gefühl von positiver Zuwendung, von Liebe und von Friede ein. Es mag die Einheit aller Dinge erlebt werden, und die normalerweise erlebte Trennung des Selbst von der Außenwelt kann aufgehoben sein, wie in dem Bericht Baudelaires über seinen Haschisch-Rausch. Zeit und Raum erscheinen verändert und können sogar ineinanderfließen, und Widersprüche, die sonst in der realen Welt auffallen, können aufgehoben sein. Der Meditierende hat in diesem Ausnahmezustand plötzlich ein intensives Gefühl der eigenen Identität, und die Bedeutung der Welt eröffnet sich ihm.

Auffällig an dieser andeutungsweisen Beschreibung mystischer Erfahrungen ist, daß sie zum Teil Berichten entsprechen, die nach einem Drogenrausch gegeben werden. Auch die subjektive Erfahrung des Orgasmus entspricht teilweise dem mystischen Meditationserlebnis. Und interessanterweise scheint auch die Welt mancher Geisteskranker durch ähnliche subjektive Phänomene gekennzeichnet zu sein.

Solche extremen Erlebnisse im Verlauf einer Meditation sind nun allerdings auch für den regelmäßig Meditierenden außerordentlich selten. Und wenn ekstatische Zustände eintreten, dauern sie nur einige Sekunden bis maximal wenige Minuten. Wissenschaftliche Untersuchungen der körperlichen Begleiterscheinungen während der Meditation, besonders der TM, beziehen sich deshalb auch nicht auf mystische Erlebnisse selbst, da sie selten sind und im Labor wohl noch seltener auftreten, sondern hauptsächlich auf solche durch Meditation bewirkten Zustände, in denen das Bewußtsein zwar verändert ist, doch nicht in extremer Weise wie im mystischen Rausch vom Normal-Bewußtsein abweicht.

Diese weniger extremen Bewußtseinszustände kann man vielleicht als eine gewisse Ablösung von der äußeren Welt charakterisieren. Der Meditierende ist nicht mehr wie sonst Sinnesreizen ausgeliefert. Visuelle, akustische oder auch Schmerzreize werden nebensächlich, d. h. sie können »übersehen« werden. In gewissem Sinne verliert die Information aus der Außenwelt ihre emotionelle Qualität, sie ist weder lust- noch unlust-getönt. Die Aufmerksamkeit ist nach innen gerichtet, das Bewußtsein ist frei von Inhalten, das Denken ist aufgehoben. Die sensorische Lösung von der Außenwelt und die egozentrische Konzentration auf das inhaltsleere Bewußtsein sind nicht nur Kennzeichen der erfolgreichen transzendentalen Meditation, sondern auch Ziel jener Meditationstechniken, bei denen sich der Meditierende auf ein bestimmtes vorgestelltes Bild, ein Mandala, konzentriert.

Die physiologischen Untersuchungen während der erfolgreichen Meditation haben nun einige interessante Befunde zutage gefördert. Es wurde beispielsweise festgestellt, daß sich im Meditationszustand der Puls verlangsamt, die Atemfrequenz abnimmt, der Sauerstoffverbrauch vermindert ist und auch der Hautwiderstand abnimmt. Alle diese Meßwerte sind Indikatoren dafür, daß sich der Organismus in einem Zustand allgemeiner Entspannung befindet, die durch die Meditation, sei es durch Wiederholung des Mantras oder die Vorstellung des Mandalas, ausgelöst wird.

Solche körperlichen Veränderungen, die während der Meditation zu beobachten sind, treten bekanntlich auch im Schlaf auf und zwar in jenen Schlafphasen, in denen wir nicht träumen, also im sogenannten Tiefschlaf. Das bedeutet, wie schon gesagt, daß auch die Meditation in diesem Stadium den Körper in einen Zustand der Entspannung und Ruhe bringt. Dagegen ist die Behauptung, daß Meditation im gleichen Stadium zu einem besonderen Bewußtseinszustand führe, der sich auch durch körperliche Merkmale auszeichne, nicht nachweisbar. Die von manchen vertretene Vorstellung, daß es neben Wachen, Schlafen und Träumen einen vierten, qualitativ ganz anderen Bewußtseinszustand, nämlich das Meditieren, gebe, muß zurückgewiesen werden. Das ergibt sich auch aus den Studien, in denen die Aktivität des Gehirns mit Hilfe des EEGs gemessen wurde. Dabei zeigte sich, daß während der Meditation vermehrt Alpha-Wellen auftreten. Da Alpha-Wellen mit dem Zustand der Entspannung korrelieren, bedeutet das, daß Meditation im Gehirn Veränderungen bewirken kann, die wie auch andere Phänomene Ausdruck einer allgemeinen Erholung sind.

Eine andere Beobachtung, die im Zusammenhang mit den

mystischen Erlebnissen wichtig ist, bei denen man vielleicht von einem »vierten« Bewußtseinszustand sprechen kann, ergab sich jedoch bei Studien an Zen-Mönchen mit langjähriger Meditationspraxis. Es wurde festgestellt, daß während der Meditation im EEG manchmal Theta-Wellen auftreten, die üblicherweise nur mit intensiven emotionellen Erlebnissen korrelieren. So treten während des Orgasmus in der rechten Hemisphäre Theta-Wellen auf. Desgleichen werden Theta-Wellen bei den griechischen Feuerläufern beobachtet (vgl. Abbildung 52). Alle diese Erlebnisse haben ekstatischen Charakter, der durch Lust und Schmerz ausgelöst wird, und wahrscheinlich ist die im EEG festgestellte Theta-Aktivität ein physiologischer Indikator für solche emotionellen Erlebnisse, die an die Grenzen der Identität führen.

Wie kann man sich nun das Zustandekommen solcher Grenzerlebnisse erklären, insbesondere dann, wenn sie durch Meditation herbeigeführt werden? Dazu hat der Physiologe J. M. Davidson von der Stanford Universität in Kaliforniern im Anschluß an Vorstellungen von W. R. Hess, dem bedeutenden Schweizer Physiologen, eine interessante Hypothese diskutiert. Er meint nämlich, daß solche Ausnahmezustände des Bewußtseins dann auftreten, wenn im Organismus ein radikaler Wechsel in der Regulation der körperlichen Funktionen erfolgt. Ausgangspunkt der Überlegungen ist die Vorstellung von W. R. Hess, daß es zwei widerstreitende Systeme im Organismus gibt, das »ergotrope« und das »trophotrope«, die auch anatomisch getrennt repräsentiert sind. Das ergotrope System bereitet den Organismus auf Aktivität oder sogar auf Kampf vor und ist charakterisiert durch körperliche Veränderungen, die optimale Reaktionen in sogenannten »Notfall-Situationen« ermöglichen. Der trophotrope Zustand ist dagegen gekennzeichnet durch physiologische Änderungen, z.B. einen verringerten Muskel-Tonus, die auf körperliche Ruhe und Entspannung hinweisen. Normalerweise befinden wir uns irgendwo zwischen dem ergotropen und trophotropen Pol, d.h. wir leben mit einem ausbalancierten Niveau mittlerer Aktivation. Extreme Situationen lassen aber entweder das eine oder das andere System in den Vordergrund treten. Im Tiefschlaf dominiert das trophotrope System. Beim sportlichen Wettkampf tritt das ergotrope System in Aktion.

Die spezielle Hypothese, wie veränderte Bewußtseinszustände herbeigeführt werden, lautet nun, daß im plötzlichen Umschlag von ergotroper zu trophotroper Regulation im Gehirn eine Ausnahmesituation entsteht, die als alternativer Bewußtseinszustand erlebt wird. Eine extreme Erregung kann in einem Kollaps enden, der einen ekstatischen Zustand, häufig mit Veränderung des Ichbewußtseins, herbeiführt. Als Belege für diese These, daß im plötzlichen Wechsel von Erregung und Entspannung Grenzzustände des Erlebens ausgelöst werden, gibt es verschiedene Beispiele.

So ist z.B. der sexuelle Höhepunkt durch einen plötzlichen Wechsel von extremer Erregung zu tiefer Entspannung charakterisiert, und in diesem Umschlag erscheint das typische sogenannte »petit-mort«-Erlebnis. Aber auch soziale Ereignisse können besondere Bewußtseinszustände auslösen, wenn z.B. ein Rock-Sänger ein Auditorium mitreißt, wobei die zunehmende Erregung des Publikums in plötzliche Entspannung umschlagen kann und dann alle Zuhörer »high« sind. Auch der Tanz in primitiven Kulturen – und bei uns etwa im Fasching oder Karneval – kann, vor allem, wenn er sich über Stunden bis zur Erschöpfung hinzieht, veränderte Bewußtseinszustände herbeiführen.

Diese »Katastrophen-Hypothese«, daß ein radikaler physiologischer Wechsel in der körperlichen Regulation für Bewußtseinsveränderungen verantwortlich ist, muß noch erweitert werden, wenn wir die Spezialisierung unserer Hemisphären im Gehirn berücksichtigen. Ich habe früher darauf hingewiesen, daß die rechte Hemisphäre für die emotionelle Bewertung von Erlebnissen spezialisiert ist, daß sie beispielsweise während des sexuellen Höhepunktes aktiviert ist und vor allem daß sie »sprachlos« ist. Der besondere Bewußtseinszustand, der sich manchmal in der Meditation, im mystischen Erleben ergibt und der sich der sprachlichen Artikulierung entzieht, scheint nun dem zu entsprechen, was für die rechte, die emotionelle Hälfte des Gehirns gilt. Wir können darum die Katastrophen-Hypothese erweitern und feststellen, daß im Umschlag von Erregung zu Entspannung, also im Orgasmus, im mystischen Erleben oder in der Trance die rechte Hemisphäre in ihrer Aktivität enthemmt wird. Sie befreit sich – allerdings nur kurzfristig, was man vielleicht bedauern mag – im Rausch von der Kontrolle der linken, der »preußischen« Hemisphäre.

Wenn wir uns nun fragen, ob Meditation dazu beitragen kann, die Grenzen jenes Rahmens zu finden, ja zu erweitern, innerhalb dessen wir unsere Identität, unser Ichbewußtsein bestimmen, und ob damit einer Ich-Entfremdung entgegengewirkt werden kann, so dürfte deutlich geworden sein, daß dies möglich ist. Und zwar trifft das sowohl für den »normalen« meditativen Prozeß der Selbstversenkung und inneren Konzentration als auch für die äußerst seltenen mystischen Erlebnisse zu. Beide Meditationszustände führen den Meditierenden an Grenzen des Erlebens, die geeignet sind, das Bezugssystem, in dem man sich selbst definiert, deutlich werden zu lassen, wobei das nachfolgende Reflektieren über das Grenzerlebnis besonders bedeutungsvoll ist.

Die Möglichkeit, weitere Bereiche seines Ichs auszuloten, ist aber nicht auf Meditation beschränkt. Die Konsequenzen von Meditationen können Grenzerlebnisse sein, wie sie im überwundenen Schmerz, im Orgasmus oder in einem Trance-Zustand auch auftreten. Meditation ist also kein »heiliger« Ort des Erlebens, der sich durch etwas Besonderes auszeichnet und nur wenigen, den »Jüngern« und Anhängern einer besonderen Lehre, offensteht. Wenn von regelmäßig Meditierenden der Anspruch erhoben wird, daß sie nur mehr Einsicht in sich selbst erhielten, weil sie Meditation praktizieren, dann trifft das sicher nicht zu.

Neben Lust und Schmerz als extremen Erlebnissen gibt es ja auch noch »einfache« Erlebnisse, die uns die Ausgrenzung unserer Identität erlauben, wobei wir dann manchmal in unserer Identität bestätigt, aber gelegentlich auch in Frage gestellt werden. So sind wir uns manchmal »selbst ganz nah«, wenn wir körperlich vollkommen erschöpft sind, sei es nach einer Bergtour oder nach einem ausgiebigen Dauerlauf. Aber auch bei ästhetischen Erlebnissen, etwa wenn wir uns in Musik versenken, kann sich eine Dimension auftun, die man im erörterten Sinne als mystisch bezeichnen kann und wobei sich ein starkes Gefühl der eigenen Identität erschließt.

Es gibt aber einen noch viel alltäglicheren Bereich menschlichen Verhaltens, in dem Identität gesucht und manchmal in Frage gestellt wird und in dem wir uns selbst zu bestimmen suchen. Das ist der Bereich unserer Kleidung. Mit ihr identifizieren wir uns, und sie definiert uns als äußere Erscheinung. Und die Mode ist schließlich auch eine dauernde Herausforderung an unsere durch Kleidung betonte Identität. Wer dann jede Mode willig mitmacht, sprengt damit jeweils den Rahmen seiner erworbenen Identität. Er überschreitet die Grenze seiner gewohnten Erscheinung und versucht durch neue Kleidung, durch das Ungewöhnliche, ein neues Bezugssystem seiner Identität durch das äußere Erscheinungsbild zu gewinnen.

Könnte darum die Tatsache, daß Frauen Mode mehr »mitmachen« als Männer und zumeist auch kleidungsbewußter sind, auch so verstanden werden, daß sie mit mehr Nachdruck und Mut danach streben, nicht nur ihre Identität zu suchen und sich selbst zu erkennen, sondern in äußeren Verwandlungen sich auch immer von neuem zu bestätigen? Oder drückt sich hierin vor allem eine primäre Lust am Rollenwechsel, an der Suche nach neuen Identitäten aus?

26. Depression: Die Trauer der Seele

Der depressive Mensch »kann sich nicht mehr freuen und nicht mehr grämen, sondern alle gemüthlichen Regungen gehen auf in dem dumpfen Gefühl trostloser Verödung; was ihm früher Befriedigung gewährte, sinnliche wie höhere Genüsse, die Arbeit, der Beruf, vermag ihn jetzt nicht mehr zu fesseln. Selbst die Zuneigung zu den Freunden, den Eltern, Weib und Kind macht einer stumpfen Gleichgültigkeit Platz; er steht ihnen teilnahmslos, ohne innere Beziehung, wie ein Fremder, nicht zu ihnen Gehöriger gegenüber ... Die Seelenqual, welche ihm das Bewußtsein der inneren Leere und Verarmung bereitet, steht dabei in eigentümlichem Gegensatz zu der verzweiflungsvollen Klage, daß er nicht mehr im Stande sei, Freude oder Leid zu empfinden.« Mit diesen Worten schilderte vor nahezu hundert Jahren E. Kraepelin, der Begründer der modernen Psychiatrie, den seelischen Zustand des Melancholikers.

Ist es möglich, daß die »trostlose Verödung«, wie Kraepelin den seelischen Zustand der Melancholie oder Depression, wie heute eine derartige Erkrankung bezeichnet wird, umschreibt, mit Veränderungen im Gehirn zusammenhängt, die zum Verlust von Freude und Leid führen und vielleicht auch die seltsame innere Entfremdung bedingen, über die Depressive so häufig klagen? Um dieser Frage nachzugehen, möchte ich zunächst die seelischen und körperlichen Veränderungen in der Depression beschreiben, um dann biochemische Störungen im Gehirn zu erörtern, die vermutlich für Depressionen verantwortlich sind.

Die psychische Welt des Depressiven ist durch drei Hauptsymptome charakterisiert, nämlich durch die Herabsetzung der Stimmung, die Verminderung des Antriebs und die Einschränkung des Denkens. Neben psychischen Beeinträchtigungen treten aber auch zahlreiche körperliche Störungen auf, die zu einer weiteren Verschlechterung der psychischen Situation beitragen können.

Im Folgenden werden einzelne Symptome aufgeführt, die bei einer Depression vorkommen können. So sind z.B. Schlafstörungen auffallend, wobei man Einschlaf- oder Durchschlafstörungen unterscheiden muß. Es kann vorkommen, daß jemand mit einer Depression zwar zur üblichen Zeit einschläft, aber schon um drei oder vier Uhr morgens wieder aufwacht und nicht zum Schlaf zurückfinden kann. Mit quälenden und sorgenvollen Gedanken liegt er wach im Bett und findet keinen Ausweg aus den belastenden, sich im Kreis drehenden Gedanken. Neben Schlafschwierigkeiten, dem Antriebsverlust, der Willenlosigkeit und der außerordentlichen Ermüdbarkeit kann sich jede Tätigkeit zu einer extremen körperlichen Herausforderung auswachsen. Hinzukommt die Unfähigkeit, sich zu etwas zu entschließen. Ein Patient, der am Tisch sitzt, kann sich manchmal nur mit größter Mühe dazu durchringen, aufzustehen, um sich schließlich nur woanders hinzusetzen. Auch der Appetitverlust, der einhergeht mit einer veränderten Einstellung zum Essen, ist symptomatisch. Speisen schmecken plötzlich nicht mehr richtig, nicht mehr gut, aber auch nicht schlecht. Dem Depressiven geht sein Interesse an der Welt um ihn herum verloren; alles ist ihm gleichgültig. Das Sexuelle hat keine Bedeutung mehr, die Lust ist eingeschlafen. Ein depressiver Mann kann impotent, eine depressive Frau frigide werden. Hinzukommt eine bis ins Unverständliche gesteigerte Reizbarkeit und eine dauernde innere Anspannung, die häufig mit großen Ängsten einhergeht. Zweifel am eigenen Wert setzen ein, die dazu beitragen, daß sich der Depressive immer mehr von seiner Umwelt zurückzieht, sich in eine Selbstverneinung steigert bis zu Selbstmord-Wünschen. Und manchmal wird ein Gefühl der Depersonalisation erlebt, gar nicht mehr man selbst zu sein, sondern seine ursprüngliche Identität, sein wahres Ich verloren zu haben.

Auch die äußere Erscheinung wird vernachlässigt, indem die Körperpflege auf ein Minimum beschränkt und die Kleidung nicht in Ordnung gehalten wird. Daß sich der Depressive selbst nicht mehr mag, kann schon am äußeren Erscheinungsbild abgelesen werden. Als Reaktion auf die seelische Verödung kann der Depressive beginnen, sich dem Alkohol oder Drogen zuzuwenden und sogar süchtig werden. Die Angst, die ihn verfolgt, mag auch dazu führen, daß körperliche Mißempfindungen hervortreten, etwa Druck oder Schmerz am Herzen. Sorgen und Bedrohungen werden maßlos überschätzt, da Depressive meinen, die Welt, die über ihnen zusammenzubrechen droht, allein tragen und ertragen zu müssen. Manche entwickeln Wahnvorstellungen, sich versündigt zu haben, wobei der Anlaß zum Wahn ein normalerweise als Trivialität angesehenes Ereignis ist.

Neben Einschränkungen im emotionalen und im körperlichen Bereich ist häufig die Denkfähigkeit behindert. Langsam und mühselig schleppt sich der Gang der Gedanken fort. Nichts fällt dem Depressiven mehr ein, so als sei das Gedächtnis blockiert. Die Aufmerksamkeit haftet am eigenen Unglück und kann sich nur mühsam auf etwas anderes konzentrieren. Und sogar die Wahrnehmungsfähigkeit kann beeinträchtigt sein: Worte werden mißverstanden, Schmerzen als etwas Unpersönliches erlebt, und Farben verlieren ihre Leuchtkraft. Der blaue Himmel ist nicht mehr so blau, wie er einmal war, und alles ist mit einem grauen Schleier verhängt.

Diese Charakterisierung mag mehr oder weniger für alle Depressiven zutreffen, doch verbergen sich hinter der Erscheinungsweise zwei verschiedene Krankheitsbilder. In der Psychiatrie unterscheidet man nämlich zwischen endogenen und reaktiven Depressionen. Bei endogenen Depressionen ist für das Einsetzen der Krankheit kein äußerer Anlaß zu erkennen. Bei reaktiven Depressionen setzt die Verstimmung als Reaktion auf ein bestimmtes Ereignis ein, etwa den Tod eines nahestehenden Menschen oder einen anderen Schicksalsschlag. Auf solche Ereignisse mit Trauer und Kummer zu reagieren, ist normal. Wenn man sich aber nicht mehr davon lösen kann, dann wächst sich der Kummer zu einer Krankheit aus und wird zur reaktiven Depression.

Zwischen den beiden Formen der Depression gibt es wesentliche Unterschiede, die sich vor allem auch im Schweregrad äußern. Bei endogenen Depressionen ist die niedergedrückte Stimmung ausgeprägter als bei reaktiven Depressionen. Wichtig ist auch der Unterschied bei den Schlafstörungen: Endogen Depressive können einschlafen, aber wachen viel zu früh auf. Reaktiv Depressive können nicht einschlafen, finden dann am nächsten Tag aber nicht aus dem Bett. Der Verlauf der Stimmung während eines Tages ist ein weiteres und wesentliches Kriterium. Endogen Depressive zeigen einen typischen tagesperiodischen Verlauf ihres Befindens. Frühmorgens geht es ihnen am schlechtesten, doch kommt es im allgemeinen zu einer allmählichen Aufhellung der Stimmung gegen Abend, bis sich am nächsten Morgen der Stimmungszyklus wiederholt. Trifft man einen solchen Menschen morgens und abends, kann man den Eindruck haben, es mit verschiedenen Menschen zu tun zu haben. So radikal kann sich die Stimmung ändern. Die Tagesperiodik der Stimmung bei endogen Depressiven weist darauf hin, daß hier eine körperliche Ursache im Spiel ist, wobei die Stimmung vermutlich vom circadianen Rhythmus anderer Funktionen gesteuert wird (vgl. Kap. 10). Bei den reaktiv Depressiven fehlt dieser tagesperiodische Wechsel.

Auch hinsichtlich ihrer therapeutischen Ansprechbarkeit unterscheiden sich die beiden Depressionsformen. Während die reaktiven Depressionen erfolgreich psychotherapeutisch angegangen werden können, müssen endogene Depressionen mit Medikamenten behandelt werden, wobei eine zusätzliche Psychotherapie allerdings sinnvoll ist. Und schließlich muß darauf verwiesen werden, daß im Gegensatz zu reaktiven Depressionen für endogene Depressionen sich eine genetische Abhängigkeit hat nachweisen lassen.

In umfangreichen Studien, die vor allem in Dänemark durchgeführt wurden, konnte für die Disposition zum Auftreten endogener Depressionen ein genetischer Faktor nachgewiesen werden. Dänemark eignet sich deshalb für solche Studien besonders gut, weil dort ein zentrales Register besteht, in dem sämtliche psychischen Erkrankungen im Lande erfaßt sind. Bei den Untersuchungen stellte sich heraus, daß bei eineiigen Zwillingen die Wahrscheinlichkeit, depressiv zu werden, wenn der Partner depressiv ist, sehr viel höher liegt als bei zweieiigen Zwillingen. Aufgrund des genetischen Unterschieds zwischen eineiigen und zweieiigen Zwillingen ist damit die Bedeutsamkeit von Erbfaktoren zur Auslösung endogener Depressionen bewiesen.

Betont sei jedoch, daß eine monokausale Erklärung für das Auftreten einer Depression wahrscheinlich nicht ausreicht. Wie bei der Intelligenz, die sowohl durch genetische als auch durch Umwelteinflüsse geprägt verstanden werden muß, ist es auch bei Depressionen notwendig, multikausal zu argumentieren. Eine genetische Disposition muß nicht notwendigerweise eine Depression auslösen, aber sich häufende ungünstige Lebensumstände können einer genetischen Disposition zum Durchbruch verhelfen. Also müssen Veranlagung und Umwelteinflüsse zusammenkommen, um eine Depression auszulösen. Dies gilt wahrscheinlich auch für endogene Depressionen, bei denen bestimmte Ereignisse nicht ausgemacht werden können, die zur Erkrankung führen. In solchen Fällen läßt sich annehmen, daß durch die Anhäufung belastender Erlebnisse im Laufe der Zeit die Resistenz abgebaut wird, so daß dann schließlich ohne erkennbaren Grund »plötzlich« eine depressive Verstimmung einsetzen kann.

Auffallend ist, wieviele Faktoren beim Auftreten einer Depression beteiligt sein können. Neben vielen psychischen Phänomenen gibt es auch zahlreiche äußere Faktoren, an die man zunächst nicht denkt. So ist erst kürzlich festgestellt worden, daß es nicht gleichgültig ist, zu welcher Jahreszeit man auf die Welt kommt. In einer epidemiologischen Untersuchung in England wurde beobachtet, daß Patienten mit endogenen Depressionen häufiger im ersten Quartal des Jahres ihren Geburtstag haben, während im dritten Quartal sehr viel weniger Geburtstage von endogen Depressiven festgestellt wurden. Eine solche Jahresperiodik wurde dagegen bei den reaktiv Depressiven nicht beobachtet.

Man kann nun vermuten, daß ein derartiger Befund mit dem Horoskop zusammenhängt, wobei dann irgendwelche außerirdischen Einflüsse für das Ausbrechen einer Depression verantwortlich gemacht werden. Doch man kann auch nach Gründen suchen, die nicht so weit weg liegen. Ein Hinweis auf irdische Ursachen ergibt sich aus Beobachtungen über die Jahresperiodik verschiedener körperlicher Funktionen. So wie es eine ausgeprägte Tagesperiodik nahezu aller körperlichen und psychischen Funktionen gibt, läßt sich auch – bisher allerdings nicht mit so zahlreichen experimentellen Belegen – für viele Funktionen ein jahresperiodischer Wechsel nachweisen. Jürgen Aschoff vom Max-Planck-Institut für Verhaltensphysiologie in Andechs hat kürzlich referiert, wie die Ausschüttung von Hormonen, z.B. des männlichen Sexualhormons, einen auffälligen jahresperiodischen Wechsel zeigt. Und entsprechend gibt es eine Jahresperiodik der Geburtenhäufigkeit. Auch die Sterblichkeit und – für unser Thema besonders interessant – die Häufigkeit von Selbstmorden variiert als Funktion der Jahreszeiten. Aus den Befunden zur Jahresperiodik läßt sich, gestützt auf theoretische Konzepte aus dem Forschungsbereich der Tagesperiodik, die Spekulation ableiten, daß bei der Konzeption in verschiedenen Jahreszeiten sich die Eltern in jeweils unterschiedlichen physiologischen und psychologischen Ausgangsbedingungen befinden, die sich – auf bisher allerdings ungeklärte Weise – auf die physiologische und psychologische Konstitution des Kindes auswirken.

So viele Faktoren es gibt, die zur Auslösung von Depressionen beitragen, so viele therapeutische Möglichkeiten scheint es auch zu geben, Depressionen zu bekämpfen. Bevor ich auf pharmakologische Behandlungsmethoden hinweise, die in erster Linie für die Kontrolle der endogenen Depressionen herangezogen werden, möchte ich auf eine Studie eingehen, die ich kürzlich in München mit Medizinstudenten durchgeführt habe und aus der die Bedeutung körperlicher Aktivität für die Verbesserung von Befindlichkeitsstörungen, insbesondere bei reaktiven Depressionen, hervorgeht.

Ausgangspunkt der Studie war die bestürzende Beobachtung, daß seit einigen Jahren etwa ein Drittel der zur Universität kommenden Medizinstudenten an schweren depressiven Verstimmungen leidet (vgl. Kap. 10). Die Aussage gründet sich auf Testergebnisse, die seit einigen Jahren zur Verfügung stehen. Warum so viele Studenten an depressiven Verstimmungen leiden, ist schwer zu verstehen. Auffällig ist immerhin, daß um 1978 eine erhebliche Zunahme von depressiven Studenten festgestellt wurde. Davor war der Prozentsatz wesentlich niedriger. Vielleicht mag der erhöhte Prozentsatz mit Änderungen der Schul- und Studiensituation zusammenhängen, in der sich die jungen Menschen einer weniger kontrollierbaren Situation ausgeliefert fühlen. Eine mehrfach bestätigte Theorie über das Entstehen von Depressionen, die von M. Seligman von der University of Pennsylvania entwickelt wurde, besagt, daß Hilflosigkeit depressionsauslösend wirken kann. Wenn man nicht in der Lage ist, Ereignisse seines Lebens zu kontrollieren, wenn man Bedingungen ausgeliefert ist, die man nicht verstehen oder akzeptieren kann, aber denen man sich dennoch unterwerfen muß, entwickelt sich ein Gefühl der Hoffnungslosigkeit. Man wird passiv und fühlt sich gelähmt. Diese erworbene Hilflosigkeit äußert sich dann in depressiven Verstimmungen. Vielleicht empfinden viele Schüler und Studenten, daß sie solchen Bedingungen ausgeliefert sind, also nicht das tun können, was sie gerne möchten – in der Kollegstufe etwa nach Noten und nicht nach Interessen wählen zu können –, und sich damit selbst verleugnen, nur um einem auferlegten und im Grund nicht durchschaubaren System des Studienzugangs gerecht zu werden.

In dieser Situation schien es mir notwendig, etwas zu unternehmen. Bei der großen Zahl von Studenten ist eine individuelle Psychotherapie nicht möglich; denn bei nahezu 400 Studienanfängern besagt das Testergebnis, daß in jedem Semester über 100 Studenten an depressiven Verstimmungen leiden. Deshalb wurde beschlossen zu prüfen, ob nicht möglicherweise sportliche Tätigkeit eine antidepressive Wirkung hat. Wenn dies der Fall ist, sollte man den Studenten empfehlen, regelmäßig Sport zu treiben, um dadurch der besorgniserregenden Situation ein wenig Herr zu werden. Diese Überlegung mag einem Psychotherapeuten zunächst naiv erscheinen, doch gibt es aus der psychiatrischen Forschung tatsächlich Hinweise, daß durch körperliche Aktivität eine Verminderung solcher biochemischer Faktoren bewirkt wird, die bei depressiven Patienten besonders erhöht sind.

Eine Gruppe von siebzig Studenten und Studentinnen hatte sich bereit erklärt, an einer langfristigen Studie teilzunehmen, in der die Wirkung sportlicher Tätigkeit auf das psychische Befinden geprüft wurde. Eine Gruppe, zwanzig Studenten, spielte regelmäßig Volleyball. Die zweite Gruppe, fünfzig Studenten, spielte Squash. Aufgabe der Versuchsteilnehmer war es, unmittelbar davor und unmittelbar danach und eine Stunde nach dem Spiel einen Fragebogen auszufüllen, der sich zur Beurteilung der

Depression in der Psychiatrie bewährt hat. Die durchschnittliche Spieldauer betrug eine Stunde. Das Ausfüllen der Testfragebögen nahm jeweils nur wenige Minuten in Anspruch.

Die Ergebnisse dieser Studie waren eindeutig: Sowohl für die Volleyball- als auch für die Squash-Gruppe ergab sich eine erhebliche Verbesserung der Befindlichkeit bei jenen Studenten, die sich vor dem Spiel durch hohe Depressionswerte ausgezeichnet hatten. Dabei fiel auf, daß sich die Stimmungsverbesserung deutlich erst eine Stunde nach dem Spielende zeigte, wenn die Studenten sich also körperlich erholt hatten. Die positive Wirkung zeigte sich sowohl bei Studentinnen als auch bei Studenten.

Diese Befunde bestätigen, daß körperliche Tätigkeit in Form von Sport eine antidepressive Wirkung hat oder – vorsichtiger formuliert – haben kann. Sport kann also eine psychotherapeutische Funktion erfüllen. Das soll nicht heißen, daß dies für alle Patienten mit Depressionen gelten muß, doch es gilt mit Sicherheit für viele. Denkt man an eine kombinierte Therapie für Depressionen, dann scheint Sport ein außerordentlich wichtiger zusätzlicher Aspekt zu sein, der neben pharmakologischer Behandlung und Psychotherapie berücksichtigt werden sollte. Aufgrund des Versuchsergebnisses empfehlen wir nun allen Studenten, regelmäßig Sport zu treiben, wobei für den künftigen Arzt natürlich auch wichtig ist, für seine körperliche Gesundheit zu sorgen.

Wie schon betont wurde, ist körperliche Aktivität natürlich nur *eine* Möglichkeit, an die man bei der Bekämpfung von Depressionen denken kann. Bei schweren Depressionen, insbesondere endogenen, kann man auf eine medikamentöse Behandlung nicht verzichten. Das bedeutet auch, daß sich bei der Behandlung schwerer Depressionen die ärztliche Kunst nicht in Psychotherapie erschöpft. Seit etwa einem Vierteljahrhundert stehen nämlich antidepressive Medikamente zur Verfügung, für die eine selektive Wirkung auf Depressionen bewiesen ist. Wie so oft wurden diese Medikamente durch einen Zufall entdeckt und zwar von dem Schweizer Psychiater R. Kuhn, der eigentlich auf der Suche nach Stoffen war, die man bei der Behandlung von Schizophrenie verwenden könnte. Zunächst meinte man, diese sogenannten trizyklischen antidepressiven Drogen (trizyklisch wegen ihrer chemischen Struktur) würden wie Placebos wirken, also nicht wegen ihrer chemischen Besonderheiten. Es dauert nämlich etwa drei Wochen, bis man nachhaltige Veränderungen sieht. Doch inzwischen ist nachgewiesen, daß diese Medikamente so lange brauchen, bis eine Wirkung auf die Depression einsetzt. Ähnlich wie bei Hormon-Behandlungen, die auch nicht von heute auf morgen

Veränderungen herbeiführen, muß sich bei der Einnahme von antidepressiven Medikamenten der Stoffwechsel im Gehirn erst langsam umstellen. Diese Umstellung dauert einige Wochen und führt zu einem neuen biochemischen Gleichgewicht im Gehirn.

Es ist übrigens nicht so, wie man vielleicht erwarten könnte, daß nach einer Behandlung mit solchen Antidepressiva nun überhaupt nicht mehr mit Trauer oder mit Kummer reagiert wird, wenn bestimmte Ereignisse Anlaß dazu geben. Die Wirkung der Medikamente besteht vielmehr darin, das seelische Leben zu normalisieren, es aber nicht auf ein dauernd euphorisches Niveau zu heben. Chemische Glücksbringer sind solche Medikamente nur in dem Sinn, daß das seelische Gleichgewicht wiederhergestellt wird, ohne von möglichem Unglück zu befreien. Auch ein mit Antidepressiva behandelter Patient ist unglücklich bei einem Trauerfall. Doch kommt er wie der Gesunde darüber hinweg und wird davon nicht vollkommen paralysiert.

Wie bei den meisten Medikamenten gibt es auch bei den Antidepressiva Nebeneffekte, obwohl diese im allgemeinen wohl zu akzeptieren sind. Zu den Nebeneffekten gehört beispielsweise, daß man mehr schwitzt als sonst, daß man einen unangenehm trockenen Mund hat, daß man an Gewicht zunimmt. Auch Verstopfungen, übermäßige Lichtempfindlichkeit oder auffällige Schläfrigkeit können, zumeist aber nur vorübergehend, auftreten.

Wie läßt sich die Wirkung der antidepressiven Medikamente verstehen? Die therapeutischen Erfolge mit den trizyklischen antidepressiven Drogen, aber auch mit Medikamenten, die andere chemische Strukturen haben, legen die sogenannte Katecholamin-Hypothese der Depression nahe. Katecholamine sind Stoffe, die für die Übertragung von Informationen zwischen Nervenzellen sorgen, und sie sind besonders häufig in den Gegenden im Gehirn, von denen wir wissen, daß sie für die Steuerung von Gefühlen, von Antrieb und Stimmung verantwortlich sind. Werden nun aus irgendeinem Grunde, z.B. aufgrund eines genetischen Faktors oder wegen intensiver Inanspruchnahme dieser Strukturen, zu wenig Katecholamine hergestellt oder zuviel verbraucht, so daß sich der Katecholamin-Spiegel senkt, dann kann es zum Ausbruch einer Depression kommen. Wenn man den Katecholamin-Spiegel, z.B. durch Antidepressiva, wieder normalisiert, wird auch die Depression beigelegt. So gesehen ist eine Depression ein psychischer Indikator für gestörte Funktionszustände bestimmter Hirnbereiche.

Am Anfang diese Kapitels wurde gesagt, daß sich die Depression u.a. dadurch kennzeichnen läßt, daß dem Patienten sowohl Lust als auch Schmerz verlorengehen und daß manchmal sogar ein Gefühl des Ichverlustes eintritt. Denken wir an das Schema im ersten Kapitel (Abbildung 1) zurück, so heißt das, daß in der Depression der seelische Zustand einer Position in der linken unteren Ecke entspricht, wo Lust und Schmerz auf minimalem Niveau angenommen werden. Der zu geringe Katecholamin-Spiegel im Gehirn mag schuld daran sein, daß dem seelischen Leben alle ekstatischen Möglichkeiten unseres Erlebens abhanden kommen. Wir werden blind für Schmerz und kalt für Lust. So gesehen ist die tiefe Depression das Gegenteil von Lust und Schmerz, und die »Trauer der Seele« erklärt sich als Trauer darüber, die Grunddimensionen unseres Erlebens eingebüßt zu haben.

G. Schlußbetrachtung

27. Lust und Schmerz: Ein Fundament für Werte?

In diesem abschließenden Kapitel möchte ich zunächst einige Thesen, die erörtert wurden, zusammenfassen, um auf dieser Grundlage zu fragen, ob die Dimension von Lust und Schmerz nicht auch zum Auffinden bestimmter Werte unseres Lebens in Betracht kommen kann. Am Schluß einer Betrachtung über Mechanismen seelischer Erscheinungen steht also die Frage, ob die Konzeption ethischer Werte mit den naturnotwendigen Eigenschaften unseres seelischen Lebens in Zusammenhang steht.

Zu Beginn der Ausführungen wurde hervorgehoben, daß menschliches Erleben von vornherein und unumgänglich lust- oder unlustbetont ist (Kap. 1). Gleichgültigkeit ist unserem geistig-seelischen Wesen fremd. Diese These, aus neurowissenschaftlichen Beobachtungen und Überlegungen abgeleitet, ist keineswegs neu. Philosophische Untersuchungen über die Struktur des Verstandes und die Weise unseres Erlebens kommen nämlich zum gleichen Ergebnis. So hat schon Aristoteles die Bedeutung der Lust für das Wahrnehmen und das Denken betont. Er schreibt in »Über die Seele«: »Denn wo Empfindung ist, da ist auch Lust und Schmerz, und wo diese, notwendig auch Begierde.« Und in seiner »Nikomachischen Ethik« lesen wir: »Denn für jeden Sinn gibt es eine Lust und ebenso auch für das Denken und die Betrachtung.«

Nun wurde am Anfang noch die spezielle These vertreten, daß nämlich unser Erleben immer durch die Koexistenz von Lust und Schmerz gekennzeichnet sei (Abbildung 1). Lust und Schmerz sind also nicht als sich ausschließende Dimensionen zu verstehen, sondern liegen als steuernde Instanzen unseres Seelenlebens koexistent beieinander. Diese Tatsache läßt sich durch das Beispiel des Konfliktes verdeutlichen, der als subjektives Phänomen durch den Wunsch nach Befriedigung einer Lust und die Angst vor den vielleicht schmerzhaften Folgen des erfüllten Wunsches gekennzeichnet ist. Auch diese These hat eine lange Tradition außerhalb von Psychologie und Neurowissenschaften. In seiner Schrift »Neue Abhandlungen über den menschlichen Verstand« (1704) schreibt Gottfried Wilhelm Leibniz: »Der Mensch, der die Gicht hat, kann nichtsdestoweniger, weil ihm ein großes Vermögen zufällt, Freude empfinden, und ein Mensch, der in allen Vergnügungen schwimmt und behaglich auf seinen Gütern leben könnte, kann wegen einer Ungnade bei Hofe in Trauer versinken. *Denn Freude und Traurigkeit entstehen aus der Resultante oder dem Übergewicht der Lust oder des Schmerzes, wenn beides miteinander gemischt auftritt.*«

Um im einzelnen zu prüfen, »daß es keine Perzeption gibt, die uns ganz und gar gleichgültig ist«, wie Leibniz an anderer Stelle bemerkt, wurde zunächst dargestellt, wie überhaupt psychische Funktionen, unser Sehvermögen, unsere Sprache oder unser Gedächtnis im Gehirn repräsentiert sind. Dabei zeigt sich, daß psychische Funktionen an bestimmten Orten im Gehirn lokalisiert sind. Störungen an diesen Orten, etwa nach einem Unfall, einem Schlaganfall oder nach einer notwendig gewordenen Operation führen zum Ausfall von Funktionen und damit zu Einschränkungen von Erlebnismöglichkeiten. Die Tönung der Erlebnisse durch Lust und Schmerz ist nämlich abhängig von der Integrität jener Strukturen im Gehirn, die die einzelnen psychischen Funktionen repräsentieren. Auch der Bauplan des Gehirns (Kap. 3), der gekennzeichnet ist durch engste Vernetzungen verschiedener Strukturen, in denen psychische Funktionen repräsentiert sind, läßt vermuten, daß unser Erleben und Verhalten immer schon eingebettet ist in eine Dimension des Bewertens.

Dabei bedeutet Repräsentation psychischer Funktionen nicht, daß bestimmte Erlebnisse oder Handlungen durch Aktivität an jeweils nur einem Ort im Gehirn gekennzeichnet sind. Aktivität aus verschiedenen Bereichen kommt in jeweils charakteristischer Weise zusammen, um bestimmte Erlebnisse zu ermöglichen oder Verhaltensweisen zu steuern. Beim Sprechen oder Nachdenken etwa sieht das Muster der Gehirnaktivität anders aus als beim Schreiben oder Lesen oder gar bei Gefühlen (Kap. 4). Auch wenn wir etwas Schmerzhaftes oder etwas Lustvolles erleben, dann ändert sich das gesamte Aktivitätsniveau im Gehirn, wobei dann alles, was im Bewußtsein ist, in seiner Intensität und in seiner Bewertung beeinflußt wird.

In den letzten Jahren wurde nun hinsichtlich der Repräsentation psychischer Funktionen noch ein Sachverhalt herausgearbeitet, der für unser Grundthema von Lust und Schmerz besonders wichtig ist. Es hat sich nämlich ergeben, daß die beiden Hälften des menschlichen Gehirns offenbar unterschiedliche Aufgaben zu erfüllen haben. Wie ausführlich beschrieben wurde, ist die linke Hemisphäre vor allem für unsere Sprache, für das Erleben der Zeit und wohl auch für das mehr analytisch orientierte Denken zuständig (Kap. 6). Die rechte Hemisphäre dagegen bestimmt in erster Linie die gefühlsmäßige Bewertung von

284

Erlebnissen. Außerdem ist diese Hirnhälfte dominant für räumliches Vorstellungsvermögen und vermutlich auch für ein eher ganzheitlich orientiertes, integratives Denken. Lust und Unlust als bewertende Dimensionen sind also nicht homogen über das ganze Gehirn und die an den jeweiligen Orten repräsentierten psychischen Funktionen verteilt, sondern färben bevorzugt jene Erlebnisse, die auf der rechten Seite des Gehirns repräsentiert sind. Diese asymmetrische Eigenschaft unseres Gehirns bewirkt beispielsweise, daß wir Schmerz auf der linken und rechten Körperhälfte in unterschiedlicher Weise erfahren (Kap. 5, 23).

Neben den strukturellen Bedingungen, wie sie vom Gehirn für unser Erleben und Verhalten vorgegeben werden, sind die funktionellen Bedingungen maßgeblich. Dabei stehen jene Mechanismen im Vordergrund, die die zeitliche Organisation des Erlebens begründen; denn über unser Zeiterleben wird uns interessanterweise ein deutlicher Blick auf Eigenschaften unseres Bewußtseins gewährt. Es zeigt sich, daß Gleichzeitigkeit auch im Erleben (und nicht nur in der speziellen Relativitätstheorie von Albert Einstein) ein überaus relativer Begriff ist (Kap. 7) und daß »Gegenwart« oder das »Jetzt« die wohl grundlegendste Dimension unseres Zeiterlebens sind. Was wir subjektiv als gegenwärtig erleben, spiegelt Integrationsmechanismen wider, mit denen in der Zeit aufeinanderfolgende Ereignisse von uns zu Gestalten im Bewußtsein zusammengefaßt werden (Kap. 8). Erst durch solche Integrationen zu Wahrnehmunseinheiten wird ein *bewußtes* Erleben und damit eine Bewertung von Erlebnissen hinsichtlich ihrer Lust- oder Schmerzhaftigkeit möglich. Diese der Tätigkeit unseres Bewußtseins zugrundeliegenden Integrationsmechanismen bestimmen vermutlich auch Randbedingungen für manche ästhetischen Erlebnisse, insbesondere in der Musik und in der Dichtkunst, da z.B. der Komponist oder Interpret, wenn sie ästhetische Lust bewirken wollen, den zeitlichen Rahmen unseres Bewußtseins mit musikalischen Motiven nicht sprengen dürfen (Kap. 9).

Hinsichtlich anderer ästhetischer Lust, nämlich der Lust des Schauens, spielt auch die Spezialisierung der Gehirnhälften, besonders der rechten Hemisphäre, für die gefühlsmäßige Einstellung zur Welt eine wichtige Rolle. Viele Maler scheinen den Gesetzen der Natur, wie sie im Gehirn verankert sind, in ihrem künstlerischen Schaffen zu entsprechen, indem sie bei der Vermittlung emotioneller Themen ihre Bilder in einer Weise strukturieren, die unserem Empfinden am besten entspricht (Kap. 14).

Die erstaunlichen Leistungen, die unser Gehirn vollbringt, um Sehen überhaupt erst möglich zu machen, werden besonders augenfällig, wenn man sich optischen Täuschungen ausliefert. Nicht nur haben diese oft einen besonderen ästhetischen Reiz, sondern sie informieren auch in anschaulicher Weise über Funktionsprinzipien, wie wir mit unserer Wahrnehmung die Welt erfassen (Kap. 15). Ein Gesichtspunkt ist dabei, daß es offenbar so etwas wie ein eingebautes Bedürfnis unseres Bewußtseins nach dem Neuen gibt. Wenn wir etwas wahrgenommen und erlebt haben, scheint unser Bewußtsein nach wenigen Sekunden die Lust daran zu verlieren und sucht nach etwas anderem (Kap. 16). Wahrnehmen ist also charakterisiert durch Lust nach Abwechslung; Neugier ist ein Wesensmerkmal des Bewußtseins; Langeweile ist unnatürlich.

Struktur unseres Gehirns und Funktionsweise unseres Bewußtseins legen den Schluß nahe, daß unser Erleben immer schon durch Lust und Schmerz getönt ist. Doch wie erleben wir Lust und Schmerz? Es erweist sich, daß Schmerz ein Grenzerlebnis ist, das uns an den Rand unserer Existenz führt, doch es ist ein Grenzerlebnis, dem wir nicht passiv ausgeliefert bleiben müssen, da es eine Reihe von Möglichkeiten gibt, Schmerzen im positiven Sinne zu beeinflussen (Kap. 23). Und auch die Lust ist nichts Starres – oder Reflexartiges. Das zeigt sich beispielsweise dann, wenn mögliche Lusterfahrungen zwischen Mann und Frau verglichen werden oder die Möglichkeit der Kultivierung von Lust betrachtet wird. Bemerkenswert ist auch der Befund, der sich in Beobachtungen bei anderen Untersuchungen eingliedert, daß nämlich im sexuellen Höhepunkt nur die rechte Hälfte des Gehirns, die wir als emotionell definiert haben, betroffen zu sein scheint (Kap. 24). So ist es immer wieder faszinierend zu sehen, in welcher Weise Vorgänge im Gehirn mit unseren Erlebnissen zusammenhängen.

Könnte es sein – und dies ist eine Frage, die den Rahmen der neuropsychologischen Forschung sprengt –, daß die Erfahrung unserer eigenen Identität sich überhaupt erst aus der Möglichkeit ergibt, Lust und Schmerz in ihren Extremen zu erleben (Kap. 25)? Wenn wir nie an die Grenzen unseres Erlebens herangeführt werden und wenn wir nie als Person in Frage gestellt werden, fehlt uns dann nicht ein notwendiger Rahmen für die Bestimmung unseres Selbst? Wozu dienen denn etwa die Wanderjahre, in denen man sich der Welt aussetzt? Durch die bereitwillige Öffnung für das Neue, indem Lust gesucht und Schmerz riskiert werden, versucht der durch die Welt Ziehende, seine Identität zu finden. Lust und Schmerz scheinen notwendige Dimensionen für die Reifung der Persönlichkeit zu sein, und dem Gereiften gewähren sie vielleicht die Kontinuität der eigenen Identität.

Das kann am Beispiel der Depression (Kap. 26) verdeutlicht werden. Wenn jemand weder Lust noch Schmerz verspüren kann, geht dabei auch häufig das Selbstgefühl verloren. Die tiefe Depression ist jener seelische Zustand, der als die Verneinung von Lust *und* Schmerz in Erscheinung tritt. Durch die Negation von Lust und Schmerz werden die eigene Identität und der eigene Wert in Frage gestellt.

Hier schließt sich dann der Kreis mit der anfänglichen These (Abb. 1) von einer Koexistenz von Lust und Schmerz. Der seelische Zustand in der Depression ist gekennzeichnet durch den Verlust beider Dimensionen. Was übrigbleibt, ist ein interesseloses und als wertlos empfundenes Erleben. Die psychische Einschränkung in dieser Situation bestätigt die ursprüngliche Annahme, daß unser normales Erleben durch die Teilhabe an Lust *und* Schmerz, ihrer psychischen Koexistenz, ausgezeichnet ist.

Läßt sich aufgrund dieser Beobachtungen und Erwägungen über Lust und Schmerz, wie sie sich aus einem neurowissenschaftlichen Forschungsansatz bieten, vielleicht die Frage stellen, ob sich daraus Hinweise ergeben können für die Definition uns wichtiger Werte? Die Grundfrage der Ethik heißt bekanntlich: »Was ist das Gute?« Und eine alte Antwort auf diese Frage lautet, daß das Gute die Glückseligkeit oder die Lust sei oder, um wieder mit Leibniz zu sprechen: »Gut ist dasjenige, was geeignet ist, Lust in uns hervorzubringen und zu vermehren, oder Schmerz zu vermindern und abzukürzen.« Woran erkennen wir nun, daß eine Glückseligkeit oder eine Lust im Sinne des Sittengesetzes auch ein Wert ist – und nicht nur ein das Erleben kennzeichnendes Naturgesetz, wie hier gezeigt wurde, das außerhalb sittlicher Normen liegt? Hier hilft uns ein Gedanke des Philosophen Max Scheler weiter. Er sagt nämlich, daß es für die Erkennbarkeit und Annahme von Werten nur ein Kriterium gebe, nämlich das des Wertgefühls. Immer dann, wenn sich im Erleben ein Gefühl von Wert – oder sagen wir auch: von Sinn – einstellt, bewegt sich der Erlebende im Rahmen ethischer Normen. Wobei Scheler sogar noch weiter geht und meint, daß über das Wertgefühl eine Definition der Rangordnung von Werten möglich sei. Der höhere Wert ist immer der, dessen Realisierung mit einer tieferen Befriedigung und inneren Zustimmung verbunden ist. Es wird also an die Lust-Dimension selber appelliert, indem eine Befriedigung als Kriterium herangezogen wird, um zu einer Definition und Rangordnung von Werten zu kommen.

Hier stellt sich allerdings die kritische Frage nach dem offensichtlich herrschenden Wertrelativismus. Es ist doch auffallend, daß in der Geschichte der Menschheit immer wieder neue Werte an der Spitze einer Wert-Skala standen, sei es die Tapferkeit, die Männlichkeit, die Wahrheit, die Ehre, die Schönheit, und nach Scheler jeweils wohl durch tiefste Befriedigung des Wertgefühls an diese Stelle gehoben wurden. Gibt es aus dieser für die Ethik im Grunde unbefriedigenden Situation, daß Werte relativ sind und dem kulturellen Wandel unterliegen, einen Ausweg? Ist es denkbar, daß trotz des kulturellen Relativismus sittlicher Werte bestimmte Werte konstant bleiben und einem Wandel prinzipiell entzogen sind?

Ich glaube in der Tat, daß sich eine Antwort auf diese Frage andeutet, und zwar wenn man versucht, das Konzept einer Wert-Hierarchie, wie es beispielsweise von dem Philosophen Nicolai Hartmann entworfen wurde, mit der Tatsache zu vereinen, daß unser Erleben von vornherein eingebettet ist in die Dimension von Lust und Schmerz. Hartmann geht nämlich davon aus, daß der unterste aller Werte der Lustwert ist, und Lust ist, wie wir gesehen haben, eine notwendige Eigenschaft unseres Erlebens, die sich aus Struktur und Funktion des Gehirns ergibt. Über diesem untersten Wert liegen hierarchisch angeordnet andere Werte, bis man schließlich auf höchster Stufe zu sittlichen Werten gelangt. Diese höchsten sittlichen Werte sind jeweils kennzeichnend für eine Kultur. Und sie können sich wandeln, wie die eigene Geschichte oder der Blick auf andere Kulturen beweisen.

Wenn es aber eine Hierarchie von Werten gibt, wie Hartmann unterstellt, dann entsteht bei Wertkonflikten die Frage, nach welchen Wertkriterien man sich orientiert. Und hier meint Hartmann, daß die prinzipielle Ausrichtung nach dem höchsten Wert nicht möglich sei. Um überhaupt leben zu können, müssen auch die Werte der untersten Ebene berücksichtigt werden. Manchmal müssen sie vielleicht auch bevorzugt werden, wenn ein Wertkonflikt zwischen den Ebenen zu bedrohlichen Konsequenzen für den einzelnen zu führen scheint. Die sogenannten Lustwerte sind fundamental und existenznotwendig; und ihre Verletzung aufgrund einer Ausrichtung auf Werte auf höherer Ebene, sofern diese den niederen widersprechen, scheint auf Dauer nicht möglich.

Dann stellt sich, im Einklang mit den Vorstellungen von Nicolai Hartmann, die Frage, ob nicht zur Begründung sittlicher Werte die Dimension von Lust und Schmerz, die, wie die neurowissenschaftliche Forschung zeigt, notwendig zu unserem Erleben und Verhalten gehört, einen nicht wandelbaren Bezugspunkt bereitstellt. Ermöglichen Lust und Schmerz vielleicht überhaupt erst ein Wertgefühl und werden so als Bewertungskriterien benötigt? Und definieren sie nicht auch den Grundwert selber, da sie unserem Leben und Erleben als existenznotwendig innewohnen?

Nachwort
zur zweiten Auflage

Das Gehirn –
ein rätselhaftes Universum
in unseren Köpfen

Dieses Jahrzehnt, das letzte Jahrzehnt vor der Jahrtausend-
wende, ist die »Dekade des Gehirns« genannt worden. Dabei
bezog man sich auf die stürmische Entwicklung, welche die Hirnforschung letzthin genommen hat und die sich auch in zahlreichen Buchpublikationen, in Beiträgen des Fernsehens oder
Radios zeigt. Kaum ein zweiter Bereich der modernen Wissenschaft hat so viele begeisterte junge Forscher anzuziehen ver-
mocht, in kaum einem zweiten sind in so wenigen Jahren so viele
Erkenntnisse gewonnen worden, und durch keine andere Wissenschaft ist unser Bild vom Menschen in jüngster Zeit so grund-
legend geprägt worden wie durch die Hirnforschung. Vor allem
der letzte Punkt mag zugleich eine der entscheidenden Ursachen
für den wissenschaftlichen Entwicklungsschub der Hirnforschung enthalten: die Suche nach Erkenntnis über uns selbst. Wir
wollen nicht mehr nur die Welt um uns herum verstehen; wir wollen herausfinden, wer wir selber sind.
    Diese Hinwendung der Wissenschaft zum anthropologi-
schen Zentrum unserer Weltwahrnehmung ist ein interdisziplinäres Projekt. Es sind nun nicht mehr allein die Philosophen, die
die menschliche Seinsweise zu ergründen versuchen. Zur geistes-
wissenschaftlichen Betrachtung kommt die naturwissenschaftli-
che Analyse, im wesentlichen getragen von neuen Möglichkeiten
der Technik, durch die wir die Struktur und Funktionsweise des
Gehirns erstmals genauer untersuchen können. Interdisziplinäre
Hirnforschung aber ist ein weitgespanntes Unternehmen; es
erfordert, daß nicht nur Mediziner, Biologen und Psychologen
zusammenarbeiten, sondern auch Physiker, Chemiker, Pharma-
kologen, Informatiker und Linguisten.
    Betrachten wir beispielsweise unser Schmerzerleben: Den
Schmerz als eine innere Erfahrung versucht der Psychologe zu
beschreiben. Wie aber bildet sich das kaum Sagbare eines
Schmerzes in der Sprache ab? Das wiederum ist ein Problem, das

den Linguisten interessiert. Was dagegen Schmerz für den einzelnen bedeuten kann, welchen Sinn der Schmerz für unsere Identität hat, erörtert der Dichter – wie Sophokles im »Philoktet« –, der Philosoph oder der Psychotherapeut, jeder auf seine Weise. Der Pharmakologe, gestützt auf Erkenntnisse des Chemikers, entwickelt neue Medikamente zur Kontrolle des Schmerzes, und um deren Wirkung zu überprüfen, muß die individuelle Schmerzerfahrung und ihre Veränderung mit objektiven Verfahren erfaßt werden, was neben der Arbeit des Psychologen auch die des mathematischen Statistikers und Informatikers erforderlich macht. Die zerebrale Verarbeitung von Schmerzsignalen entlang verschiedener Leitungsbahnen erfordert die Kenntnis biologischer Zusammenhänge; schmerzverarbeitende Strukturen von der Haut bis zum Gehirn werden vom Anatomen beschrieben, während der Physiologe, von derselben Fragestellung angeregt, die Tätigkeit einzelner Nervenzellen oder Zellverbände charakterisiert. Versucht man indessen, mit modernen bildgebenden Verfahren wie der Positronen-Emissions-Tomographie (PET) zu prüfen, wie das menschliche Gehirn auf Schmerzreize reagiert, müssen Ingenieure zuvor eine komplizierte Apparatur entwickeln, deren theoretische Grundlagen wiederum von Physikern geliefert werden. Veränderungen schließlich, die bei der Schmerzreizung innerhalb zellulärer und intrazellulärer Vorgänge auftreten, werden von Zell- und Molekularbiologen untersucht.

Doch obwohl so viele verschiedene Disziplinen zur Hirnforschung beitragen, müssen stets jene Phänomene im Zentrum der wissenschaftlichen Aufmerksamkeit bleiben, die den Menschen selbst betreffen: sei es sein Vermögen, Schmerz zu empfinden, sei es seine Fähigkeit, zu sprechen oder etwas im Gedächtnis zu bewahren. Dabei ist es natürlich nicht immer leicht, die einzelnen Befunde in einem Gesamtbild zusammenzufassen. Gerade das aber unternimmt dieses Buch. Lust und Schmerz, so die grundlegende These, sind die wesentlichen Bewertungsinstanzen unseres Lebens und Er-lebens; von diesem Ausgangspunkt aus werden dann verschiedene Befunde der Hirnforschung mit dem Ziel erörtert, den »Ursprung der Welt im Gehirn« verständlich zu machen.

Den Anstoß zu diesem Buch haben Wolf Jobst Siedler und Hans Rössler vor mehr als zehn Jahren gegeben. Da es nun in kaum veränderter Form erneut erscheint, obwohl sich seitdem in der Hirnforschung außerordentlich viel bewegt hat, empfinde ich es als eine Bestätigung, daß die darin entwickelten Grundkonzepte Bestand gezeigt haben. Ich danke deshalb Wolf Jobst Siedler, daß er den Band erneut der Öffentlichkeit zugänglich macht, in dem ich einen Einblick in das rätselhafte Universum in unseren Köpfen zu geben versucht habe.

Wenn man Gedanken über einen ganzen wissenschaftlichen Bereich zusammenfaßt, wird einem bewußt, wie sehr man dabei von anderen abhängig ist, gerade in der Hirnforschung. Bei diesem Buch hatte ich den Vorzug, Mitarbeiter des Instituts für Medizinische Psychologie der Universität München jederzeit in Diskussionen verwickeln zu können. Und soweit Ergebnisse eigener Untersuchungen oder von Mitarbeitern des Instituts hier zur Sprache kommen, wurden diese von mehreren Institutionen unterstützt, deren Namen ich nicht übergehen möchte: der Deutschen Forschungsgemeinschaft, der Max-Planck-Gesellschaft, der Fraunhofer-Gesellschaft, der Volkswagen-Stiftung, der Carl-Friedrich von Siemens-Stiftung, dem European Training Program for Brain and Behaviour Research, dem Neurosciences Research Program in Boston und der Gesellschaft von Freunden und Förderern der Universität München.

Außerdem hatte ich durch persönliches Glück seit meiner Studienzeit Gelegenheit, mit Wissenschaftlern in Kontakt zu kommen, die für mich nicht nur als Forscherpersönlichkeiten, sondern auch menschlich zu Vorbildern geworden sind. Ich denke besonders an Jürgen Aschoff, der die Grundlagen der circadianen Organisation von Lebewesen untersucht und direktes Fragen als notwendige Voraussetzung wissenschaftlicher Kommunikation gelehrt hat; an Hans-Lukas Teuber, der als Neuropsychologe gezeigt hat, welche Bedeutung interdisziplinäres Arbeiten für das Verständnis jener Hirnprozesse besitzt, die unserem Erleben und Verhalten zugrundeliegen; an Johannes Szentàgothai, der neben seinem wissenschaftlichen Enthusiasmus als Neuroanatom mir den Wert unseres wissenschaftlichen Engagements in der Öffentlichkeit vor Augen geführt hat; und an Edwin Land, der die Fähigkeit besaß, neben grundlegender wissenschaftlicher Arbeit auch auf höchst erfolgreiche Weise unternehmerisch tätig zu sein, der aber außerdem eine ungewöhnliche menschliche Wärme ausstrahlte.

Ich widme dieses Buch meinen Kindern, von denen jedes seinen eigenen Weg geht, Lili in der Pharmazie, Julie in der Pädagogik, Amy in der Schauspielkunst und David in der Linguistik. Sie machen es mir leicht, stolz auf sie zu sein.

Ernst Pöppel
Jülich im Januar 1993

Weiterführende Literatur

Aschoff, J. (Ed.): Biological Rhythms. Handbook of Behavioral Neurobiology. Plenum Press, New York 1981.

Bunge, M.: The Mind-Body Problem. A Psychobiological Approach. Pergamon Press, Oxford 1980.

Buser, P. A. and Rougeul-Buser, A.: Cerebral Correlates of Conscious Experience. North Holland Publ. Co., Amsterdam 1978.

Chomsky, N.: Sprache und Geist. Suhrkamp, Frankfurt/M. 1970 (Orig. 1968).

Critchley, M.: The Divine Baquet of the Brain and Other Essays. Raven Press, New York 1979.

Davidson, J. M.: The Physiology of Meditation and Mystical States of Consciousness. Perspectives in Biology and Medicine, S. *345–379,* 1976.

Davies-Osterkamp, S. und Pöppel, E. (Hrsg.): Emotionsforschung. Medizinische Psychologie, Band 6. 1980.

Davison, G. C. und Neale, J. M.: Klinische Psychologie. Urban und Schwarzenberg, München 1979.

Fodor, J. A., Bever, T. G. and Garrett, M. F.: The Psychology of Language. McGraw-Hill Book Co., New York 1974.

Frankl, V. E.: Die Psychotherapie in der Praxis. Franz Deuticke, Wien 1975.

Hofstadter, D. R.: Gödel, Escher, Bach: An Eternal Golden Brain. Basic Books, New York 1979.

Hubel, D. H. (Ed.): The Brain. Scientific American, September 1979.

Keeser, W., Pöppel, E., Mitterhusen, P. (Hrsg.): Schmerz. Urban und Schwarzenberg, München 1982.

Lenneberg, E. H.: Biological Foundations of Language. Wiley, New York 1967. Deutsch: Suhrkamp, Frankfurt/M. 1972.

Lorenz, K.: Vergleichende Verhaltensforschung. Grundlagen der Ethologie. Springer, Wien 1978.

Luria, A. R.: The Working Brain, an Introduction to Neuropsychology. Basic Books, New York 1973.

Masters, W. H. und Johnson, V. E.: Die sexuelle Reaktion. Rowohlt 1970 (Orig. 1966).

Melzack, R.: The Puzzle of Pain. Basic Books, New York 1973.

Olds, J.: Drives and Reinforcements. Raven Press. New York 1977.

Peisl, A. und Mohler, A. (Hrsg.): Reproduktion des Menschen. Beiträge zu einer interdisziplinären Anthropologie. Schriften der Carl Friedrich von Siemens Stiftung, Band 5. Ullstein. Berlin 1981.

Pincus, J. H. and Tucker, G. J.: Behavioral Neurology. Oxford University Press. New York 1974.

Pöppel, E.: Time Perception. Handbook of Sensory Physiology Vol. VIII. Perception. Springer, Heidelberg, S. *713–729,* 1978.

Pöppel, E. (Ed.): Neuronal Mechanisms in Visual Restitution. Human Neurobiology, Vol. 1, 1982.

Pöppel, E., Held, R. and Dowling, J.: Neuronal Mechanisms in Visual Perception. Neurosciences Research Program Bulletin, Vol. 15, 1977.

Popper, K. R. and Eccles, J. C.: The Self and its Brain. Springer International, Berlin 1977.

Schmitt, F. O. and Worden, F. G. (Ed.): The Neurosciences – Third Study Program. MIT Press, Cambridge 1974.

Skinner, B. F.: About Behaviourism. Jonathan Cape, London 1974.

Sperry, R. W.: Lateral Specialisation in the Surgically Separated Hemisspheres. In F. O. Schmitt and F. G. Worden (Ed.): The Neurosciences – Third Study Program. MIT Press, Cambridge 1974.

Symons, D.: The Evolution of Human Sexuality. Oxford University Press, New York 1979.

Teuber, H.-L.: The Brain and Human Behaviour. Handbook of Sensory Physiology Vol. VIII: Perception. Springer, Heidelberg, S. *879–920*, 1978.

Vogel, F. und Propping, P.: Ist unser Schicksal mitgeboren? Moderne Vererbungsforschung und menschliche Psyche. Severin und Siedler, Berlin 1981.

Young, J. Z.: Programs of the Brain. Oxford University Press. New York 1978.

Namenverzeichnis

Sachverzeichnis

Bildnachweis

GOLDMANN

Abenteuer Wissenschaft

Ernst Pöppel,
Lust und Schmerz   12656

Jonathan Weiner,
Die Klima-Katastrophe   12679

Gerald L. Schroeder,
Schöpfung und Urknall   12660

Steven Weinberg, Der Traum
von der Einheit des Universums   12641

Goldmann · Der Taschenbuch-Verlag